KNAUR

HANNA CASPIAN

SCHWESTERN DES BRENNENDEN HIMMELS

Roman

Besuchen Sie uns im Internet:
www.droemer-knaur.de

Originalausgabe Juli 2025
© 2025 Knaur Verlag
Ein Imprint der Verlagsgruppe Droemer Knaur GmbH & Co. KG
Maria-Luiko-Straße 54, 80636 München
Alle Rechte vorbehalten. Das Werk darf – auch teilweise –
nur mit Genehmigung des Verlags wiedergegeben werden.
Die Nutzung unserer Werke für Text- und Data-Mining
im Sinne von § 44b UrhG behalten wir uns explizit vor.
Die dem Text vorangestellten Zitate stammen aus:
Erich Kästner, *Das Blaue Buch*. Hrsg. v. Sven Hanuschek,
Silke Becker und Ulrich Bülow
© Atrium Verlag AG, Zürich, 2018
Günter Grass, *Im Krebsgang*, Neue Göttinger Ausgabe, Band 16
© Steidl Verlag, Göttingen 2020
© Günter und Ute Grass Stiftung, Lübeck
Covergestaltung: ZERO Werbeagentur, München
Karte auf der U2: Peter Palm
Coverabbildung: Composing unter Verwendung
von Shutterstock.com und Arcangel.com
Satz und Layout: Sandra Hacke, Dachau
Druck und Bindung: GGP Media GmbH, Pößneck
ISBN 978-3-426-22748-0

Kontaktadresse nach EU-Produktsicherheitsverordnung:
produktsicherheit@droemer-knaur.de

2 4 5 3 1

FIGURENÜBERSICHT

Ann Miller – Mitglied des britischen Frauenkorps ATS
Karen Dean – ATS, Anns Kameradin
Jackson Powers – Fahrer der amerikanischen Konferenzteilnehmer
Joan Bright – Leiterin des ATS-Stabes
Mary Churchill – Tochter des britischen Premierministers
Winston Churchill – Premierminister Großbritanniens
Liesel Bankow – Deutsche aus Potsdam, ehemalige Flakhelferin
Leopold Bankow – Deutscher, Kulissenbauer bei der UFA
Charlotte Hufnagel – Deutsche aus Potsdam
Penny – ATS, Anns Zimmergenossin
Lavinia – ATS, Anns Zimmergenossin
Gillian Smith – ATS, Anns Kameradin
Olga – russische Soldatin
Igor – russischer Soldat

Da haben nun die drei größten Mächte der Erde fast sechs Jahre gebraucht, um die Nazis zu besiegen, und nun werfen sie der deutschen Bevölkerung, die antinazistisch war, vor, sie habe die Nazis geduldet! Deutschland ist das am längsten von den Nazis besetzte und unterdrückte Land gewesen, – nur so kann man die Situation einigermaßen richtig sehen. Sie sollen nur statistisch feststellen, wie viele Deutsche von den Nazis zugrunde gerichtet worden sind! Dann werden sie merken, was los war.

Erich Kästner, Tagebucheintrag vom
8. Mai 1945 im »Blauen Buch«

Niemals, sagt er, hätte man über so viel Leid, nur weil die eigene Schuld übermächtig und bekennende Reue in all den Jahren vordringlich gewesen sei, schweigen, das gemiedene Thema den Rechtsgestrickten überlassen dürfen. Dieses Versäumnis sei bodenlos.

Günter Grass, *Im Krebsgang*

PROLOG

Februar 1944

Die Abgesandten des Teufels jagten über ihre Köpfe hinweg. Riesige, stählerne Hornissen, die über den Himmel von London schwärmten. Silberstreifen hinter Wolken, beleuchtet von Flakscheinwerfern.

Als Ann am frühen Abend ihren Dienst im Hyde Park antrat, ahnte sie schon, dass es eine dieser Nächte werden würde. Wenn es wolkig war, dann kamen sie – die Geschwader der Deutschen. Weil die Flugzeuge dann nicht so gut zu sehen waren. Spätestens, wenn sie am Stadtrand von London anfingen, ihren Feuerteppich zu knüpfen, wurde die Bevölkerung alarmiert. Abertausende strömten dann in die U-Bahn-Schächte.

Armeeangehörige und freiwillige Kämpferinnen aber standen oberirdisch in Habachtstellung und warteten auf das unheimliche Brummen, das die Maschinen ihrer Verwüstung voranschickten. Kämpferinnen wie Ann.

Die Flakartillerie war geladen. Ann schaute zu der anderen jungen Frau. Seit zwei Wochen erst arbeiteten sie gemeinsam an der Flak. Jetzt waren sie schon ein eingespieltes Team. Karen war schüchtern, aber präzise.

Ann stand wie festgefroren, ihren Blick nach oben gerichtet, angespannt wie ein Tiger vor dem Absprung. Noch bevor das Dröhnen zu hören war, sah man den Widerschein des Flammenmeeres, das die Deutschen auf ihrem Weg ins Herz von London entfachten. Der Himmel war übersät mit rotwangigen Wolkenhaufen. Feuerbälle flammten auf, Rauchsäulen stiegen empor. Einzelne Explosionen und Einschläge waren auszumachen. Das Inferno näherte sich ihnen.

Es war kalt. Eine leichte Schneedecke lag über dem Gras, aber Ann fror nicht. Adrenalin heizte ihre Gedanken und befeuerte ihre Nerven. In düsterer Erwartung dessen, was auf sie zukam. Der eine Moment, auf den sie warteten und den sie gleichzeitig fürchteten.

Einer ihrer Scheinwerfer fing eine Ju 88 ein, eine Junker. Dann noch eine. Immer mehr folgten. Es waren so viele, viel mehr, als sie Flakscheinwerfer hatten. Die Maschinen flogen stets in Schwärmen, wie Fische, die nur in der Gemeinschaft vor dem Hai sicher waren.

Geübt nahmen sie einen Flieger ins Visier. Karen berechnete das Ziel, stellte den Zeiger ein. Ann atmete ein letztes Mal tief durch. Stille. Bewegungslosigkeit. Sie zielte. Betete wie immer heimlich, es würde niemanden treffen, den sie kannte. Und schoss.

Ein Fauchen, ein roter Blitz – die metallische Rache war auf ihrem Weg. Sekunden, die sich wie Minuten dehnten. Die sich zu Stunden dehnen konnten, wenn sie selbst unter Beschuss standen. Jeden Moment konnte die Bombe eines Nachtjägers sie erwischen.

Ihr 40-mm-Geschoss schlug ein, hinten am Heck. Gerade noch so erwischt. Ein kleiner Feuerball erleuchtete den Rest des Rumpfes. Die Maschine fing an zu trudeln, flog aber weiter. Gut so. Besser, als dass sie über der Stadt abstürzte. Mit Glück musste sie außerhalb des dicht besiedelten Gebietes notlanden oder wenigstens direkt umkehren. Jede Bombe, die nicht abgeworfen wurde, konnte zwei oder zwölf Leben retten. Wer wusste das schon?

»Die linke der vier dort. Die Maschine im Spotlight«, sagte Karen. Die Männer hatten schon nachgeladen.

Kein Wort zu viel. Effiziente Sprache. Effizienz hieß, sie

würden Leben retten. Effizienz hieß, einige Kinder würden keine Waisen. Effizienz hieß, eine Zehnjährige hatte die Chance, sechzig zu werden. Effizienz hatte viel mit Hoffnung zu tun. Und Hoffnung war die mächtigste Währung in diesen dunklen Tagen. Hoffnung und eine warme Suppe. Die Zukunft aber lag jenseits der Nacht.

Karen rechnete. Sie hatte den flinken Kopf. Ann hatte die ruhigen Hände. Sie kurbelte, nahm die ausgewählte Maschine ins Visier, folgte ihr mit dem Blick auf dem Weg über den Hyde Park. In direkter Nachbarschaft hatte ein anderes Flakgeschütz ein Flugzeug getroffen. Die Wolken unter der Maschine leuchteten gelborange. Flammende Bruchstücke trudelten Richtung Boden. Andere Artilleriebatterien schickten ihre Ladung hoch. In wenigen Minuten würde der Himmel brennen, genau wie die Stadt.

Sie arbeiteten konzentriert. Da hörten sie es. Das eine Geräusch – das Sirren des Todes. Karen und Ann warfen sich hinter die aufgestapelten Sandsäcke. Es war zu spät, um jetzt noch zu fliehen. Das Sirren wurde höher, dann zu einem bösartigen Zischen und verstummte schließlich. Die Stille vor der Explosion.

Der Boden brüllte. Anns Körper wurde hochgeschleudert. Steine und aufgewirbelte Grasnarben umhüllten sie wie ein Grab in der Luft. Kein Oben, kein Unten. Erdkrumen in ihrem Mund. Schmerzen. Überall Schmerzen.

Sie fiel in Zeitlupe. Ihr linkes Bein knackte. Sie hörte es nicht. Ihr Körper spürte es. Der Schmerz, der in anderen Schmerzen unterging. Hüfte, Schulter, der Kopf – alles prallte nacheinander auf harten Untergrund. Sie rang nach Atem. Die Nacht erlosch.

TEIL 1

Dienstag, 3. Juli 1945

Unter ihnen zogen die Trümmer des Tausendjährigen Reiches vorbei. Anns Herz klopfte so heftig, dass sie es am Hals spürte. Sie lauerte auf das Sirren hinter den Motorgeräuschen. Aber auch schon das Dröhnen der Motoren reichte, damit ihr der Atem stockte. Über viele Monate hinweg hatte sie Maschinen wie diese aus der Luft geholt. Und jetzt saß sie freiwillig in einem Flugzeug. Ihr Ziel: das Herz des Feindeslandes.

Das Motorengeräusch wurde tiefer. Der Co-Pilot forderte die jungen Frauen, die wie Reben an einem Traubenstock vor den kleinen Fenstern hingen, auf, sich zu setzen und anzuschnallen. Alle begaben sich auf ihre Plätze. Ann drängte sich an die Außenwand. Die Militärmaschine war nur behelfsmäßig mit Sitzplätzen ausgestattet.

Wie die anderen gehörte Ann zum ATS – dem *Auxiliary Territorial Service*, der Frauenabteilung des britischen Heeres. An ihren monströsen Flakbatterien hatten sie die deutschen Flugzeuge mit ihren Scheinwerfern verfolgt und ihre Position bestimmt. Die Männer hatten die Granaten geladen, sie hatten gezielt und abgefeuert. Zumindest hatte Ann das bis zu jener Nacht im vorletzten Winter gemacht.

Holprig landeten sie auf dem Flugfeld und rollten aus. Endlich blieb die Maschine mit einem Ruck stehen. Ann packte ihre Habseligkeiten. Ein aufgeregtes Tuscheln hob an. Für die meisten der jungen Frauen war diese Reise ein spannender Ausflug. Nur zwei von ihnen hatten jemals ausländischen

Boden betreten. Und jetzt reisten sie in das Land, das sie in den vergangenen sechs Jahren zu hassen gelernt hatten.

Ann stieg als eine der Letzten die kurze Metallleiter hinab, die von einem britischen Soldaten festgehalten wurde. Unten sammelten sie sich vor einer etwa zehn Jahre älteren Frau in Uniform. Eilig ordnete Ann sich neben Karen in die Reihe ein. Als alle in Formation standen, setzte die Uniformierte eine wohlwollende Miene auf.

»Willkommen in Berlin. Ich sollte lieber sagen, in den Ruinen von Berlin. Denn viel haben unsere Jungs nicht mehr übrig gelassen von der Weltstadt. Vielleicht werden Sie Gelegenheit bekommen, die Innenstadt zu besuchen. Dann werden Sie sehen, dass auch wir Engländer sehr gründlich sein können.« Sie schenkte der Gruppe ein strahlendes Lächeln.

»Mein Name ist Miss Bright, Joan Bright. Ich bin vom Kriegsministerium und für die Vorbereitung der Konferenz zuständig, und damit für Sie alle. … Wir sind hier in Berlin-Gatow, einem der Flugplätze, von dem aus auch die Maschinen gestartet sind, die unsere Heimat zerstört haben.« Sie machte eine ausladende Geste.

Anns Blick lief über die Umgebung. Sie war nicht die Einzige. Alle schauten sich neugierig um. Ein kaputter Wachturm, große Einschlagtrichter in der Erde. Dunkle Teerflecken auf der Landebahn, wo vermutlich ihre britischen Kameraden schon etliche Bombenkrater ausgebessert hatten.

»Der Flugplatz Gatow war in den letzten Tagen des Krieges sehr umkämpft. Was Sie hier erahnen können, ist schon mal ein kleiner Vorgeschmack auf den Rest des Landes. Die Reichshauptstadt liegt wahrlich in Trümmern.« Sie betonte *Reichshauptstadt* voller Abscheu.

»Ich kann Ihnen gar nicht genug ans Herz legen, jederzeit vorsichtig zu sein. Trauen Sie niemandem. Nach wie vor gilt das Fraternisierungsverbot: Sie dürfen nicht privat mit Deutschen sprechen. Viel gefährlicher aber sind die Deutschen, die gar nicht mit einem sprechen wollen. Überall kann jemand lauern, der Hitlers letztem Befehl – Sieg oder Untergang – folgt. Ich denke, ich muss Ihnen nicht sagen, dass Sie keinesfalls alleine unterwegs sein dürfen.«

Einige der Frauen nickten. Miss Bright quittierte das wohlwollend. Ann begann zu ahnen, dass ihre Kontaktaufnahme schwieriger werden könnte als gedacht.

Zwei Mannschaftswagen kamen näher und fuhren eine große Kurve, bis sie ein paar Meter entfernt von der Gruppe stehen blieben. Die jungen Frauen griffen nach ihrem Gepäck und stellten sich bei den Wagen an. Ann und Karen standen in der Schlange am hinteren Wagen, als die Propeller des Flugzeuges wieder schneller wurden. Die schwere Maschine rollte vorwärts und drehte sich dabei in Startposition. Vermutlich würde sie zurück nach England fliegen und weitere ATS-Frauen, Ausrüstung, Verpflegung und sonstige Dinge holen, die man hier vor Ort brauchte.

Eine heftige Luftströmung erwischte Anns Barett. Es flog davon. Sie ließ ihr Gepäck stehen und rannte hinterher. Aber als wollte der Wind sie necken, blies er den leichten Stoff immer wieder fort von ihr. Sie rannte, stoppte, rannte weiter. Ein ums andere Mal wehte die Böe ihre Kopfbedeckung weiter, sobald sie sich danach bückte. Ann kam ins Schwitzen. Es musste urkomisch aussehen, was sie hier trieb.

Ein amerikanischer Jeep kam in ihre Richtung herangebraust und blieb abrupt zehn Meter vor Ann stehen. Der Soldat sprang heraus, lief ein paar Schritte und schnappte sich ihr Barett.

Mit einem verschmitzten Lächeln kam der Mann auf sie zu. »Ich nehme an, das gehört Ihnen.« Er reichte ihr das olivfarbene Stück. Jetzt grinste er strahlend.

»Danke sehr.« Himmel, war das peinlich. Bestimmt hatte er ihre lächerliche Verfolgungsjagd mit angesehen. Seine Miene wirkte aber kein bisschen abschätzig. Es sah eher so aus, als wäre er überrascht oder erfreut.

»Gerade erst angekommen?«

Ann schaute kurz zu den anderen Frauen, die alle in ihre Richtung starrten. »Ja, wir werden die Unterkünfte für die britischen Delegierten der Konferenz vorbereiten.«

Er nickte, als wüsste er genau, was sie meinte. »Unterkünfte klingt sehr schlicht. Ich habe sie schon gesehen. Es sind alles prächtige Villen. Schauen Sie sich gut um. In einigen der Häuser haben deutsche Filmstars gewohnt.«

»Ach, das wusste ich gar nicht.« Für einen Moment geriet Ann aus dem Konzept. Der Soldat hatte ein einnehmendes Wesen. Er war spontan und offen, wie so viele Amerikaner. Aber da war noch mehr. Sein Blick ruhte weiterhin erwartungsvoll auf ihr. Vielleicht hoffte er auf eine geistreiche Bemerkung. Aber Ann wusste nicht, was sie sagen sollte. Sie schwitzte aus allen Poren, nicht nur, weil es so heiß war. Ach was, wischte sie einen plötzlich aufkommenden Gedanken weg. Für so was hatte sie nun wirklich keine Zeit. »Also ... Danke noch mal.«

»Na dann. ... Nachdem ich meine gute Tat für heute getan habe, muss ich zurück. Ich bin Fahrer beim amerikanischen Hauptquartier, aber auch für unsere Delegierten auf der Konferenz. ... Corporal Jackson Powers.«

»Ann Miller. ... Also herzlichen Dank, Corporal Powers.« Ann lächelte verlegen. Was für ein sympathischer Kerl.

»Dann laufen wir uns ja vielleicht noch mal über den Weg, während der Konferenz.«

»Ganz bestimmt sogar.« Powers tippte an seine Stirn und lief rückwärts mit einem Grinsen zu seinem Auto zurück.

Nur einmal erlaubte Ann sich zurückzuschauen. Der Amerikaner sprang in seinen offenen Jeep und fuhr wieder in Richtung des zerbombten Wachturmes.

Die jungen Frauen bedachten ihre Rückkehr in die Gruppe mit Getuschel und leisen Pfiffen. Eine von ihnen fragte scherzhaft in Richtung Miss Bright: »Gilt das Fraternisierungsverbot auch für die alliierten Streitkräfte?«

»Nur für die allzu gut aussehenden Soldaten«, sagte ihre Vorgesetzte mit schelmischer Miene. Doch mit einem warnenden Unterton setzte sie nach: »Machen Sie mir bloß keine Schande. Sie wissen doch alle, was wir über die GIs sagen.«

Eine Frau neben Ann ergriff das Wort. »*Overpaid, oversexed, and over here!*«

Die ganze Gruppe brach in schallendes Gelächter aus.

»Dann gehe ich davon aus, dass Sie sich hier genauso gesittet benehmen wie in Ihrer Heimat.« Es klang nicht vorwurfsvoll. Miss Bright schien sehr umgänglich zu sein. Trotzdem fixierte sie Ann mit einem kritischen Blick. Etwas, was sie nicht beabsichtigt hatte. Aufmerksamkeit auf sich zu lenken, war das Letzte, das sie wollte.

***

Das Lachen verging ihnen auf der Fahrt. Es herrschte eine gespenstische Atmosphäre. Der Landstrich, den sie durchquerten, war fast menschenleer. Die wenigen Deutschen, die sie sahen, verschwanden eilig in Nebenstraßen oder ihren Häusern, sobald sie die Militärfahrzeuge erblickten.

Kurz darauf führte ihr Weg in einen lichten Wald hinein. Vögel zwitscherten friedlich. Durch die Bäume schimmerte die Havel. Man hätte meinen können, sie wären auf einem idyllischen Sommerausflug.

Bis auf ein paar Einschusslöcher in den Wänden der Häuser und eine angsterfüllte Atmosphäre deutete nichts auf den Krieg hin. Ann platzte fast vor Aufregung. Einerseits gab es da die schrecklichsten Befürchtungen, auf der anderen Seite eine fast greifbare Neugierde. Wie sah das Land jetzt nach den heftigen Gefechten und Bombardements aus? Wie all die anderen Frauen ließ sie ihren Blick begierig über die Landschaft schweifen.

Auf einer zerschossenen und halb ins Wasser gesunkenen Stahlbrücke stand ein einsamer deutscher Panzer. Ein ungewohnter Anblick für alle. Die deutschen Panzer hatten es nicht auf englischen Boden geschafft. Allerdings hatten die Bomber und die verhassten V1- und V2-Raketen mit ihren zerstörerischen Ladungen die britische Bevölkerung terrorisiert.

So viele Menschen hatten für diesen Wahnsinn mit ihrem Leben bezahlen müssen, dachte Ann. So viele Menschen, getötet von Deutschen. Sie wagte nicht, nach dem Zettel zu tasten, den sie sich unter den Büstenhalter geschoben hatte. Niemand durfte ihren so sorgfältig aufgezeichneten Straßenplan entdecken. Man würde sie sofort als Spionin verdächtigen. Gerade sie, mit ihrer Vergangenheit. Sie musste äußerst vorsichtig vorgehen.

Würde sie finden, wonach sie suchte? Potsdam lag so dicht bei Berlin. In ihrem Herzen trug Ann die Hoffnung, dass die Stadt nicht so zerstört war wie die Reichshauptstadt. Nein, keine Stadt konnte so zerstört sein wie Berlin. Die Vorstellung, dass alle, die sie suchte, tot sein könnten, ließ sie nicht zu.

Schon bald erreichten sie einen Kontrollpunkt. Drei bewaffnete russische Soldaten verlangten ihre Ausweise. Alle waren ausgewiesen höflich. Schließlich waren die Briten, die Amerikaner und die Russen nun eine verschworene Gemeinschaft.

Nach einer flüchtigen Kontrolle durften sie weiterfahren. Sie näherten sich ihrem Ziel. Alle Anzeichen von Zerstörung waren verschwunden. Potsdam lag südwestlich der Reichshauptstadt. Zufrieden stellte sie fest, dass die Randgebiete der Hauptstadt verschont geblieben waren. Links und rechts der Straße tauchten nun herrschaftliche Villen auf. Corporal Powers hatte sicher recht: Wer sonst sollte in solchen Häusern wohnen als Filmstars?

Der Wagen blieb vor einer großen, lindgrün gestrichenen Villa stehen, deren Fassade mit weißem Stuck verziert war. Ringstraße 40 – hier wurde das weibliche Dienstpersonal untergebracht. Voller Verwunderung über die luxuriöse Unterbringung stiegen die Frauen aus. Bevor sie die Villa betraten, reihten sie sich vorne auf dem Rasen auf. Ann stand hinter den anderen Uniformierten. Die zweite Reihe schien wie für sie gemacht, für ihr ganzes Leben.

»Wo sind die Bewohner der Villen? Wo sind die Deutschen?«, fragte eine ihrer Kameradinnen vorwitzig.

»Hier sind keine Deutschen mehr. Sind alle weg, geflohen oder ausquartiert. Hier haben viele Deutsche gewohnt, die in den nahe gelegenen UFA-Studios gearbeitet haben. Regisseure und Filmstars. Aber auch Bankiers und Nazigrößen«, erklärte Miss Bright und fuhr direkt fort: »Sie brauchen keine Angst zu haben. Die Häuser sind alle gründlich durchsucht worden nach Minen, Sprengfallen und Granaten mit Zeitzündern. Mehrere Male sogar. Also«, sie klatschte in die Hände, um die Aufmerksamkeit der Frauen von den Luxusvillen wieder auf sich zu lenken. »An den Zimmertüren finden Sie die Bettenverteilung. Legen Sie Ihr Gepäck auf die Betten, machen Sie sich kurz frisch und kommen Sie hierher zurück. In fünfzehn Minuten fahren wir zum Essen. Danach werde ich Sie einweisen, was Ihre Aufgaben angeht.«

Miss Bright schaute wieder in die Gesichter der jungen Frauen und war sichtlich zufrieden. Schließlich klatschte sie nochmals in die Hände. »Worauf warten Sie, meine Damen? Sie haben fünfzehn Minuten.«

* * *

Das Essen war nahrhaft und reichlich. Alle waren schon beim Apfelkompott, als Miss Bright aufstand. Sie setzte ein ernstes Gesicht auf.

»Noch ein paar Worte der Vernunft. Wie ich schon sagte, sind alle Häuser bereits überprüft worden. Die Räumlichkeiten sind sicher. Trotzdem, sollte Ihnen irgendetwas merkwürdig vorkommen, dann seien Sie lieber einmal zu viel als einmal zu wenig vorsichtig. Gehen Sie jederzeit vom Allerschlimmsten aus. Wir befinden uns hier im Land der Monster.« Sie schaute den jungen Frauen eindringlich ins Gesicht.

Ann schluckte. *Im Land der Monster!*

»Räumen Sie bitte in der Küche alles weg, was auch nur im Entferntesten an Essen erinnert. Und in diesem Punkt kann ich gar nicht deutlich genug sein. Wenn ich sage, alles, dann meine ich alles. Jeden Brühwürfel, jeden Essigrest, jede verschlossene Packung Backpulver. Der Essig könnte Säure sein, das Backpulver Zyankali. Andernorts gab es schon geschlossene Konservendosen, die mit Gift präpariert waren.« Joan Bright schaute prüfend in die Runde, ob auch alle zuhörten. Dann fuhr sie fort. »Ihre Aufgabe ist es, die Häuser für die Mitglieder der Delegation vorzubereiten und während der Konferenz für einen reibungslosen Ablauf zu sorgen. Alles Notwendige kommt mit einem der nächsten Flüge an. Sie sorgen für Getränke, mal einen Tee oder Kaffee. Bitte nutzen Sie dafür keinesfalls das Wasser aus der Leitung. Es ist nicht gereinigt und könnte verseucht sein. … Kochen gehört nicht zu Ihren Aufgaben. Es gibt ein Haus, das als Offiziersmesse betrieben wird. Die höheren Ränge speisen dort, die anderen essen hier mit uns. Räumen Sie in den Unterkünften alles weg, was Ihnen als nicht dienlich oder zu privat erscheint. Kleinkram, Vasen und so weiter. Einige Delegationsteilnehmer werden in Zimmer ziehen müssen, die zuvor von fünfzehnjährigen BDM-Mädchen oder achtjährigen Hitleranhängern bewohnt worden sind. Achten Sie darauf, dass sie sich wohlfühlen können. Sie wissen, was ich meine. Keine Puderdöschen, keine kitschigen Spieluhren. Und keine Hitlerbilder. Wobei anscheinend sowieso alle Deutschen ihre Führerbilder vor dem Endsieg verbuddelt oder verbrannt haben.«

Endsieg klang äußerst sarkastisch.

»Ich möchte alles so gut organisiert haben, dass die Männer nicht mal merken, dass es organisiert ist. Die Delegierten werden hier nach und nach eintreffen. Unsere Delegation zählt ungefähr zweihundertsechzig Personen. Sie verteilt sich auf fünfzig Häuser, hier und nahe dem britischen Hauptquartier. Je nach Anzahl der Schlafplätze werden eine oder zwei von Ihnen jeweils für ein Haus zuständig sein. Wenn alles vorbereitet ist, wird es nur noch darum gehen, die alltäglichen Dinge zu organisieren. Fehlende Seife beschaffen, Handtücher wechseln, aufräumen oder auch mal Tee kochen. Wenn die Konferenz läuft, werden wir vermutlich die wenigste Arbeit haben. … Sie könnten angewiesen werden, Botengänge zu machen. Bitte bedenken Sie immer, dass es hier um äußerst vertrauliche Dinge geht. Jeder Außenstehende, so nett er auch scheint, könnte ein Spion sein. Oder ein Deserteur.«

Spione … Deserteure. Ann schluckte. Sie sollte besser sehr umsichtig vorgehen, um bloß keinen Verdacht auf sich zu lenken. Sie hatte die Anfeindungen lange genug ertragen müssen.

»Wenn Sie nun alle so weit sind, können wir los«, rief Miss Bright.

Geordnet stiegen sie in die Mannschaftswagen. Ihnen wurde gezeigt, wo das Depot war. Dort würden sie demnächst alles bekommen, was sie für die Häuser brauchten. Sie fuhren an einem Haus vorbei, in dem ein *Military Store* eingerichtet war. Hier konnten die Armeeangehörigen zusätzliche Dinge für den persönlichen Gebrauch und Souvenirs erstehen. Weiter ging es zur NAAFI-Kantine, wo man sich abends in den freien Stunden treffen konnte. Dann wurden die jungen Frauen nacheinander an ihren Villen abgesetzt.

Ann und Karen bekamen ein großes Stadtpalais am Ende der Straße zugeteilt. Zwei Häuser weiter fing der Bereich für die amerikanische Delegation an. Miss Bright ging mit ihnen zum Haus, schloss auf und reichte Ann den Schlüssel.

»Solange die Delegierten noch nicht da sind, sind Sie beide Hausherrinnen. Schließen Sie das Haus immer ab, wenn Sie es verlassen. Es gab schon Deutsche, die sich in ihre Villen geschlichen haben, um noch Persönliches abzuholen.«

»Hat man sie erwischt? Und was ist mit ihnen geschehen?«, fragte Karen.

Miss Bright zog die Schultern hoch. »Keine Ahnung, was die Russen mit denen gemacht haben. Allerdings habe ich letzte Woche hinterm Haus noch eine Leiche treiben sehen.«

Leichen im Griebnitzsee? Ann wechselte einen unsicheren Blick mit ihrer Kameradin.

»Keine Angst, wir sehen uns jeden Tag. Bis die Delegierten eintreffen, werden Sie alles im Griff haben«, beruhigte ihre Vorgesetzte sie.

Die beiden nickten. So würde es vermutlich sein. Die *ATS Girls* waren geschult in Selbstständigkeit und Nervenstärke.

»Na dann, machen Sie es sich bequem in Ihrem Domizil.«

Miss Bright stieß die massive Haustür auf. »Solange, bis es richtig losgeht, gehört alles Ihnen.« Sie lächelte verschmitzt.

Ann machte große Augen. Was für eine Eingangshalle! Als wäre sie im Buckingham-Palast. Nun, ganz so groß war es nicht, aber sehr nobel eingerichtet. Sie traten ein und drehten sich bewundernd im Kreis. Karen schoss eilig hinaus, wo Miss Bright gerade wieder zu den Mannschaftswagen zurücklief.

»Miss Bright!«, hörte Ann sie rufen. Sie schaute zur Haustür hinaus.

Joan Bright drehte sich um. »Ja?«

»Wissen Sie, wer hier gewohnt hat?«

»Nicht aus dem Kopf, aber sagen Sie mir heute Abend den Namen, der an der Haustür steht. Vielleicht kriege ich es raus.« Sie sprang in den Wagen und fuhr mit den anderen davon.

Karen kam zurück. Sie sah aufgeregt aus, so als würde man ein Kind in einen Spielzeugladen schicken. Ihre blauen Augen strahlten. »Ich kann es noch immer nicht glauben. Wir sind hier. Nach alledem ...«

Alledem. Karen war wie durch ein Wunder kaum verletzt worden. Karen Dean kam ursprünglich aus Coventry, einer kleinen Stadt, die von deutschen Bomben in Schutt und Asche gelegt worden war. Jede Britin und jeder Brite kannte das Schicksal Coventrys. Und dass Churchill nach diesem barbarischen Überfall Befehl gegeben hatte, ebenfalls deutsche Städte zu bombardieren, ohne Rücksicht auf die Zivilbevölkerung. Die Logik des Krieges.

Natürlich hatte Karen sich so schnell wie möglich zum ATS gemeldet. Nachdem sie verschüttet worden waren, hatte Karen, anders als Ann, weiter an der Flakartillerie gearbeitet. Bei ihr mussten nur ein paar Schrammen versorgt werden. Ann aber trug einen Beinbruch davon. Was allerdings entsetzlich qualvoll gewesen war, war die Ewigkeit, bis man sie ausgebuddelt hatte. Danach konnte Ann nicht mehr zurück in dieses Stahlgewitter.

»Immerhin. Unser Einsatz hat sich gelohnt. Wir haben die Ungeheuer besiegt«, sagte Karen bittersüß.

Ann konnte ihr den Hass nicht verdenken. Da war es wieder, dieses ungute Gefühl, dieser Klumpen im Magen. Was würde ihre Kameradin von ihr denken, wenn sie wüsste, wer sie wirklich war? Karen glaubte, dass Ann aus dem East End stammte. Einem Stadtteil Londons, der ebenfalls schlimm von *The Blitz,* den deutschen Bombenangriffen, verwüstet worden war. Viele der *ATS Girls* waren Ausgebombte, die es ihren Feinden mit gleicher Münze heimzahlen wollten. Anns Geschichte war wohldurchdacht.

»Sollen wir einen Rundgang durch das Haus machen?«, schlug Ann eilig vor.

»Gute Idee. Überlegen wir, was wir als Erstes erledigen.«

* * *

Gemeinsam mit Karen hatte sie alle Räume ihres Stadtpalais überprüft, eine Liste gemacht, wo überall etwas umzuräumen beziehungsweise wegzuräumen war. Karen hatte sich nicht getraut, auf dem Bechsteinflügel im großen Salon etwas zu spielen. Sie hatte davon gehört, dass in manchen Klavieren Sprengfallen versteckt waren. Und wenn man die falsche Taste anschlug, ging alles hoch. Ann hielt es ebenfalls für keine gute Idee, auch wenn das Klavier vermutlich schon untersucht worden war. An den Wänden gab es kahle Stellen. Bilder waren abgehängt worden. Man brauchte nicht lange zu rätseln, wen sie abgebildet hatten.

Die beiden beschäftigten sich zuerst mit der luxuriös ausgestatteten Küche und trugen wie angewiesen vorsichtig alles zusammen, was nur im Entferntesten essbar war. Für die anderen Zimmer hatten sie noch ein paar Tage Zeit. Es gab zwei Kinderzimmer, in denen sie viel würden wegräumen müssen. Die meiste Zeit aber schauten sie sich einfach um. Alles war durchwühlt, die Möbel verschoben. Einige Dinge willentlich oder unwillentlich kaputt gemacht. Überall klafften Lücken, wobei sie sich nicht sicher sein konnten, ob die ehemaligen Bewohner die Dinge in aller Eile eingepackt oder die russischen Soldaten sich die luxuriösen Güter angeeignet hatten – Schuhe, Mäntel, Anzüge. Schmuck, Uhren, Porzellan.

Andere Ecken des herrschaftlichen Hauses sahen aus, als hätten die Bewohner es gerade erst verlassen. In den Schränken hingen Kleidungsstücke. Auf einem Nachttisch lag ein Roman mit Lesezeichen in der Mitte. Im Keller standen Schuhe neben der Schuhputzcreme aufgereiht. Niemand war mehr dazu gekommen, die Arbeit zu erledigen. Ein Leben, aufgeschlagen wie ein offenes Buch.

Oben im Dachgeschoss gab es drei Dienstbotenzimmer. Diese waren tatsächlich komplett geräumt worden. Karen hatte einen kaputten Kamm unter einer Kommode gefunden. Sonst lag hier nichts mehr herum.

In allen Schlafräumen waren die Betten noch bezogen, aber komplett zerwühlt. Das hatte wohl mit den gründlichen Durchsuchungen der Russen zu tun. Jede Ecke schien akribisch nach unangenehmen Überraschungen durchforstet worden zu sein. Trotzdem war den beiden Frauen nach ihrem ersten Rundgang mulmig zumute. Sie blieben in der Küche und arbeiteten dort, bis es Zeit war zu gehen.

Wie befohlen schloss Karen das Stadtpalais ab. Ann schaute kurz die Straße runter, Richtung amerikanische Delegation. Würde sie diesen charmanten Corporal wiedersehen? *Ganz sicher sogar,* hatte er gesagt. Er wusste wohl schon, wie es hier lief. Bestimmt würde er hilfreich für Ann sein können.

Am Abend herrschte in der lindgrünen Villa der ATS-Frauen reges Treiben. Ann jedoch ließ sich auf ihr Bett fallen, scheinbar müde. Jeweils zu viert schliefen sie in einem der unzähligen Zimmer, die meisten von ihnen auf Feldbetten, die man kurzerhand herbeigeschafft hatte. Nach dem Essen hatten sich die anderen Frauen zurechtgemacht. Das geräumige Wohnzimmer unten war zu einem Gemeinschaftsraum umfunktioniert worden, in dem sich nun alle sammelten und sich über die einzelnen Villen und ihre ehemaligen Bewohner austauschten. Als die anderen zur NAAFI-Kantine aufbrachen, um dort einen lustigen Abend zu verbringen, blieb Ann zurück. Normalerweise achtete sie immer penibel darauf, bei der Horde zu bleiben. Das zu machen, was alle taten. Immer mit dem Strom schwimmen, nicht auffallen, nicht herausstechen. Doch heute redete sie sich raus. Sie sei früh aufgestanden für die Anreise und müde.

Endlich war sie ganz alleine in der Villa. Sie holte ihren Rucksack hervor und ließ sich auf dem Bett nieder. Als könnte sie so die Vergangenheit beschwören, kramte Ann den Perlmuttknopf aus ihrer Tasche hervor. Sie ließ ihn durch die Finger gleiten, wie schon tausende Male zuvor. Der so schön schimmernde Knopf war das Symbol ihres großen Verrates, und ihres gebrochenen Herzens. Etwas, was sie sich nie verzeihen würde. Etwas, was sie unbedingt wiedergutmachen musste. Damals hatte es sich angefühlt, als hätte jemand ihr Leben angehalten. Doch jetzt war sie hoffnungsfroh und bangen Mutes. Mit etwas Glück würde sie schon ganz bald den abgeschnittenen Lebensfaden wieder zusammenknüpfen können ... nach so vielen Jahren.

Als sie nun den Zettel aus ihrem Büstenhalter herauszog, war er verschwitzt und knitterig, aber die Schrift noch gut lesbar. Die Straßenzüge Potsdams – aufgezeichnet aus der Erinnerung. Zwei Stellen waren mit einem großen X gekennzeichnet. Ann hoffte, sich zurechtzufinden, sobald sie einige Gebäude wiedererkennen würde. Sicher konnte sie sich am Rathaus und dem Bahnhof orientieren.

Der Abend war lau. Sie brauchte nichts überzuziehen. Nur für den Fall setzte sie ihr Barett auf und nahm ihre olivfarbene Uniformjacke mit. Die Abzeichen darauf wiesen sie als britisches Besatzungsmitglied aus, mehr als ihr Rock und ihre Bluse es konnten.

Der nächste britische Kontrollposten war nicht weit entfernt. Ann ging zu einem Jeep, in dem zwei ältere Soldaten Karten spielten. Sie blieb neben der Beifahrertür stehen.

»Kann man hier ein wenig spazieren gehen?«

»Etwa alleine?«, fragte einer mit einem väterlichen Unterton, der eher warnend klang.

Ann nickte freundlich.

»Lass sie. Sie wird nicht weit kommen ...« Der andere Mann schaute von seinen Karten hoch. Er sprach nicht einmal mit ihr, sondern nur mit seinem Kameraden. Ann kannte diesen speziellen Tonfall noch von ihren Einsätzen an der Flak. Nicht alle Männer waren begeistert von Frauen in Uniform. Von Frauen, die mit einer Waffe umgehen konnten. Oder Frauen an schweren Geschützen.

Der väterliche Typ sprach sie an. »Er hat recht. Ein paar hundert Meter weiter ist eine russische Kontrolle. Es gibt drei Schutzgürtel der Russen um das Konferenzgebiet. Der da gehört zum ersten, zum inneren Schutzgürtel. Da hört Ihr Spaziergang dann auf.«

»Ich schau mal«, sagte Ann unbestimmt und verabschiedete sich. Sie lief über die breiten, von Ahorn, Platanen oder Linden gesäumten Wege der Villenkolonie. Die Vögel zwitscherten. Der Natur wurde eine ungewohnt idyllische Pause gegönnt. Trotzdem war Ann äußerst nervös. Das lag nicht nur an den verlassenen Häusern und den gespenstisch leeren

Straßen. Die Bewohner waren vielleicht geflüchtet, aber die Villen verströmten weiterhin den Reichtum und die Macht derer, die hier gelebt hatten.

Als sie um eine Ecke kam, stand sie unvermittelt vor drei russischen Soldaten, die ebenfalls in einem Jeep saßen. Ein großer Stern prangte auf der Seite. Da das Verdeck des Wagens geschlossen war, bemerkten sie Ann nicht sofort.

Ann rückte ihre Kopfbedeckung zurecht und setzte ein Lächeln auf. Nach langen Jahren Krieg war sie an den Anblick von Bewaffneten gewöhnt. Trotzdem waren ihre Hände schweißnass, als sie stehen blieb.

»Hallo!«

Einer griff erschrocken nach seinem Maschinengewehr. Ihre Aufmerksamkeit galt der Richtung, aus der die Leute kamen, die hineinwollten, nicht denen, die hinauswollten.

»Guten Abend. ... Ich möchte in die Stadt.«

Keiner sagte etwas. Die Soldaten schauten so skeptisch wie erwartungsvoll. Sie versprachen sich vermutlich etwas Abwechslung von ihrer öden Wache. Unauffällig taxierten sie einander.

»*City of Potsdam?*«, hakte Ann nach und wies in die Richtung, die sie vermutete.

»*Njet. No. ... No Potsdam.*« Einer der Männer wies in die andere Richtung. »*Potsdam ... there.*«

Okay, also da lang. »*Okay? Potsdam?*« Ann zeigte auf sich und dann in die anscheinend richtige Richtung.

»*Passport ... Order.*«

Miss Bright hatte allen Frauen Delegationsausweise besorgt. Ann zeigte ihren Ausweis vor. Zusätzlich hob sie ihre Jacke und deutete auf ihre Abzeichen.

»ATS ... Auxiliary Territorial Service.«

Die Männer nickten, aber es reichte offensichtlich nicht.

»*Order ... Paper!*«, sagte einer der Soldaten und zog selbst etwas aus der Brusttasche. Er faltete einen Zettel auseinander. Ein Vordruck in kyrillischer Schrift, auf dem etwas handschriftlich eingetragen war. Ann vermochte es nicht zu entziffern. Aber sie konnte sich denken, was es war: ein Passierschein.

Der Mann bedeutete ihr, dass sie so etwas auch brauchte. Sie zuckte mit den Schultern, zeigte wieder den Ausweis, der bewies, dass sie zur britischen Delegation gehörte.

Die anderen zwei Soldaten schauten auf den dritten, doch der versuchte ein bedauerndes Lächeln und schüttelte seinen Kopf. Er sagte etwas auf Russisch, was nett klang, aber was sie wiederum nicht verstand.

Er wiederholte: »Potsdam«, hielt den Zettel hoch und wies in die richtige Richtung. Nun faltete er den Zettel zusammen und versteckte ihn unter der anderen Hand. »*Potsdam ... njet.*«

Die Botschaft war klar. Ohne Passierschein käme sie hier nicht weiter.

Ann musste sich um ein unbefangenes Lächeln bemühen. »Okay.«

Einer der anderen ergriff das Wort. »Frau ... Potsdam ... *dangerous.*«

Dangerous – es war falsch betont, aber Ann wusste, was der Soldat ihr zu sagen versuchte. Es sei gefährlich, als Frau alleine dort hinzugehen.

Sie nickte zustimmend. »*Okay. Bye-bye.*« Sie legte ihre Jacke über den Arm und ging.

»*Miss ... NAAFI Canteen?*«, rief einer ihr hinterher.

Na klar, das konnten sie tadellos aussprechen. »Ja, morgen. NAAFI-Kantine.«

No Potsdam. ... Potsdam njet. ... Dangerous. Ann lief zurück, Tränen in den Augen. Offensichtlich war es ziemlich naiv von ihr gewesen zu glauben, sie könne so einfach bei dem Haus vorbeispazieren, das sie in ihrem früheren Leben Tausende Male betreten hatte. Selbst ihr Delegationsausweis reichte nicht aus. Sie brauchte einen Passierschein! Und für einen Passierschein brauchte sie sicherlich einen Grund. Es würde wohl noch etwas dauern, bis sich die klaffende Wunde in ihrem Herzen schließen ließ. Aber auch nur, wenn Charlie überlebt hatte!

Mittwoch, 4. Juli 1945

Karen schaute Ann begeistert an. Ihre ganze Truppe würde jetzt zum Schloss Cecilienhof fahren. Beim Frühstück hatte Miss Bright sie damit überrascht. Wenn die Konferenz erst einmal angefangen hatte, durften Normalsterbliche wie sie dort nicht mehr hin. Deswegen durften sie sich heute das Gelände und das herrschaftliche Gebäude anschauen.

Das Schloss gehörte dem Erben des verstorbenen letzten deutschen Kaisers. Wilhelm II. hatte nach seiner Flucht ins niederländische Exil 1918 keinen deutschen Boden mehr betreten. Aber sein ältester Sohn, der Kronprinz, hatte mit der Kronprinzessin auf Schloss Cecilienhof gelebt, bis die Front zu nahe herangerückt war.

»Es ist fast so, als würde man Windsor Castle besuchen«, wisperte Karen aufgeregt. Schon stiegen sie gemeinsam in den bereitstehenden Militärtransporter.

Gestern Abend, als die jungen Frauen zurückgekommen waren, hatte Ann in ihrem Bett gelegen und so getan, als würde sie schlafen. Die anderen plapperten und kicherten leise. Offensichtlich hatten sie ein paar vergnügliche Stunden erlebt. Britische, aber auch amerikanische Soldaten waren dort gewesen.

Karen, die in ihrem Vier-Bett-Zimmer untergekommen

war, hatte ihr heute Morgen erzählt, dass einer der Amerikaner nach Ann gefragt habe. Ihre Kameradin war sich sicher, dass es der Soldat vom Flughafen gewesen war.

»Du musst heute Abend mitkommen. Bestimmt ist er wieder da.« Karen war so aufgeregt, als hätte sie selbst eine Verabredung.

Ann sagte zu. Sie würde auf jeden Fall mitgehen. Jackson Powers war sehr sympathisch. Aber das sollte ihr egal sein. Herumkokettieren, flirten, sich verlieben – das hatte keinen Platz in ihrem Leben. Liebesglück war für die anderen gemacht, nicht für sie. Aber Powers war trotzdem wichtig. Er war Fahrer der amerikanischen Delegation und schon länger hier. Bestimmt wusste er, wie man nach Potsdam hineinkam. Oder wie man an einen Passierschein kam. Mit seiner Hilfe würde sie sicherlich einiges in Erfahrung bringen können.

Zu ihrem Bedauern fuhr der Militärwagen nicht etwa durch die Stadt, sondern nahm den Weg, den sie am Vortag gekommen waren. Sie überquerten eine hölzerne Notbrücke, neben der die gesprengte Eisenbrücke mit dem Panzer halb ins Wasser ragte. Ann saß gleich hinter dem Fahrer und tippte ihm auf die Schulter.

»Fahren wir durch Potsdam zurück?«

»Nein, da sind noch nicht überall die Trümmer weggeräumt. Und das hier ist ohnehin der kürzeste Weg.«

Die Trümmer. Ein eiskaltes Kribbeln lief Ann den Rücken runter. Mach dich nicht verrückt, versuchte sie, sich zu beruhigen. Allerdings hatte sie in der britischen Wochenschau erschreckende Bilder gesehen. Städte, die eher Steinbrüchen als Lebensraum für Menschen glichen. Berlin war ganz besonders betroffen. Das Ruhrgebiet, auch Hamburg und Dresden. Aber Potsdam? Ziemlich sicher hatte es auch hier einzelne Bombentreffer gegeben. Kaum eine Stadt war ganz verschont geblieben.

Schon steuerte der Fahrer den Wagen durch ein großes Tor in den Neuen Garten. Langsam fuhren sie über die schmalen Wege. Schloss Cecilienhof lag in einem riesigen Park, zu einer Seite begrenzt vom Heiligen See, wie Ann wusste. Im Park standen überall russische Soldaten. Sie rauchten, schwatzten, und ihr neugieriger Blick folgte den Wagen mit den Frauen.

Auf einmal kam das Schloss in Sicht. Sie sah die spitzen Giebel mit den Fachwerkmosaiken und die mit roten Schindeln gedeckten Dächer. Das Gebäude war unversehrt. Wenn das Schloss keinen Treffer abbekommen hatte, dann galt das bestimmt auch für angrenzende Stadtteile. Ann atmete unhörbar auf.

Die jungen Frauen hatten wohl alle etwas anderes erwartet, wie Ann aus ihren überraschten oder abfälligen Bemerkungen heraushörte. Schloss Cecilienhof war weitläufig, aber wie ein Schloss wirkte diese Anlage mit angedeuteten Wehrtürmen und Butzenscheiben nicht.

Der Wagen blieb vor dem Haupteingang stehen. Die ATS-Frauen sammelten sich vor den Fahrzeugen. Auch hier standen wieder überall bewaffnete Männer. Ein russischer Offizier wartete schon auf sie. Er begrüßte Miss Bright höflich, die alle zusammensammelte.

Die riesige Anlage bestand aus mehreren Vierkanthöfen. Es gab drei Innenhöfe, erklärte ihnen der russische Offizier. Dass die einzelnen Gebäudeteile alle nicht besonders hoch oder massiv waren, sahen die Frauen selbst.

Karen lehnte sich zu Ann rüber: »Ein kaiserliches Schloss hatte ich mir etwas herrschaftlicher vorgestellt.«

»Hier hat nur der Sohn des Kaisers gewohnt.«

»So? Ach so? ... Woher weißt du das?«, fragte Karen verwundert.

»Das hat der Fahrer mir vorhin gesagt«, antwortete Ann

ausweichend. Verdammt, sie sollte besser aufpassen, was sie sagte.

»Bleiben Sie bitte immer dicht beisammen«, rief Miss Bright ihnen zu. Dann ging es los.

In Zweierreihen schritten sie durch den großen Torbogen zum Haupteingang. In der Mitte des Innenhofes war ein flammend rotes Geranienfeld in Form eines russischen Sternes gepflanzt worden. Sinnbild dafür, wer hier jetzt Hausherr war. Potsdam war russisch besetzte Zone und Stalin somit der Gastgeber der Konferenz. Obwohl es hieß, es sei Churchill gewesen, der auf die Konferenz gedrängt habe.

»Generalissimus Stalin heißt Sie herzlich willkommen«, sagte der russische Offizier, der vorne mit Miss Bright die Spitze bildete, in gestelztem Englisch.

Überall sah man nur russische Uniformen. Soldaten, die geschäftig herumliefen. Andere, die einfach nur die Umgebung im Auge behielten, als rechneten sie jederzeit mit einem Angriff. Selbst die Geranien wurden bewacht.

Miss Bright lobte die gelungene Gartenkunst. Der Offizier machte ein stolzes Gesicht. Dann betraten sie das Gebäude. Beeindruckt liefen sie durch holzvertäfelte Gänge. Alles war luxuriös eingerichtet. In einem Flur waren mehrere Gemälde, vermutlich die kaiserliche Ahnengalerie, abgehangen worden und warteten an die Wand gelehnt darauf, abgeholt zu werden. Die Frauen gingen ehrfurchtgebietend daran vorbei. Eine ließ ihre Hand über einen Rahmen laufen.

»Jetzt hab ich was berührt, was dem deutschen Kaiser gehörte«, witzelte sie.

Ein paar Meter weiter bog ein russischer Soldat um eine Ecke und lief fast in ihre Gruppe hinein. Er stockte, überrascht und etwas hilflos. Entschuldigte sich stammelnd auf Russisch. Dann presste er sich aufrecht an die Wand und ließ sie vorbei.

Einige der Frauen kicherten. Miss Bright klatschte mahnend in ihre Hände. Sie wollte sich wohl nicht vor dem Offizier blamieren. Sie liefen weiter. Die Ausmaße, die dieses Gebäude hatte, waren imposant. Stumm und andächtig gingen sie voran, bis sie in einen großen und sehr hohen Raum kamen.

Joan Bright wartete, bis alle eingetreten waren. »Das war die Wohnhalle des Kronprinzen. Das Herzstück des Schlosses.«

Ann schaute sich neugierig um. Die Wandvertäfelung aus dunklem Holz reichte bis über ihre Köpfe. Oben an der hohen Decke verliefen Dutzende Balken. Drei Türen führten hinaus. An einem Ende des länglichen Raumes befand sich ein Treppenaufgang aus kunstvoll geschnitztem Eichenholz. Er führte hoch zu einer Galerie. An der gegenüberliegenden Seite war ein Erker in die Wand eingelassen, der aus bestimmt sechzig oder siebzig kleinen Fensterscheiben bestand. Die riesige Fensterfront gab den Blick auf den Heiligen See frei. Links neben dem Erker war eine Kaminecke, die sehr gemütlich wirkte.

»Hier wird die Konferenz stattfinden. In den nächsten Tagen wird noch ein großer runder Tisch aufgestellt, eine Spezialanfertigung. ... Prägen Sie sich den Anblick gut ein. Die Berliner Konferenz – obwohl sie in Potsdam stattfindet, heißt das Treffen offiziell so – wird Weltgeschichte schreiben ... vermute ich zumindest.« Miss Bright wedelte mit den Händen in Richtung Tür. »Lassen Sie uns weitergehen.«

Sie lief voran, zu einer der drei Türen hinaus. Es ging eine Treppe hoch, dann kamen sie in einen Raum, der die Bibliothek des Hauses beherbergte.

»In der Zeit der Konferenz wird unsere Delegation hier residieren. Hier werden unser Premierminister und seine Begleiter arbeiten oder sich zurückziehen können. Insgesamt hat jede Delegation zwölf Räume zur Verfügung. Falls Sie jemals angewiesen werden, Unterlagen zu bringen, dann am besten hierher. Sie können sich vorstellen, dass Sie nicht einfach unten am Konferenzraum klopfen dürfen.«

Alle lachten. Nein, das würde sich keine der Frauen trauen.

»Allerdings glaube ich das kaum. Eher werden Sie nur bis zum Haupteingang kommen, wenn überhaupt.« Sie senkte ihre Stimme. »Aber eins möchte ich noch erwähnen: Sollten Sie doch jemals mit einem solchen Auftrag losgeschickt werden, geben Sie die Unterlagen nie jemand Fremdem. Kein russischer Bote, und sei er noch so freundlich, bekommt etwas in die Hände. Niemals! Nur Mitglieder unserer Delegation. Aber das versteht sich ja von selbst.«

Miss Bright verließ die Bibliothek, und die anderen folgten ihr. Sie schauten sich noch das ehemalige Arbeitszimmer des Kronprinzen an, in dem Präsident Truman mit seinen Beratern untergebracht sein würde. Zum Schluss ging es in den Weißen Salon des Schlosses, der Stalin vorbehalten war. Hier standen in allen Ecken Wachen.

»Warum stehen die hier?«, flüsterte Karen.

»Ich vermute, sie wollen verhindern, dass wir hier ruckzuck eine Abhöranlage einbauen«, witzelte Ann leise.

Ihre Kameradin kicherte. Es ging wieder hinaus in einen der Innenhöfe.

»Natürlich ist das Schloss von Kopf bis Fuß auf Minen überprüft worden. Hier kann man bedenkenlos überall hingehen.« Miss Bright führte die Gruppe noch durch die anderen zwei Innenhöfe, dann liefen sie zurück, wieder Richtung Haupteingang.

Eine brünette Frau, die sich gestern als Gillian Smith vorgestellt hatte, kam zu ihnen herüber. »Du meine Güte. Wenn wir hier die Betten beziehen müssten, wären wir ja einen ganzen Tag beschäftigt.«

Ann und Karen lachten auf, als Penny, die dritte Zimmergenossin, sie anstupste. »Sieh mal, da.«

Draußen war ein amerikanischer Jeep vorgefahren.

»Ist das nicht dein Freund vom Flughafen?«

»Er ist wohl kaum mein Freund.« Trotz ihrer Worte spürte Ann, wie ihr das Rot in die Wangen schoss.

»Aber er ist der, der gestern nach dir gefragt hat.«

Doch der GI brachte nur schnell etwas hinein und nahm keine Notiz von der Gruppe. Heute Abend werde ich dich hoffentlich wiedersehen, Corporal Jackson Powers, dachte Ann. Sie würde ihm schöne Augen machen, auch wenn sie darin nicht besonders geübt war.

***

Die jungen Frauen waren aufgekratzt. Nach dem Abendessen waren alle auf ihre Zimmer gegangen, um sich frisch zu machen. In kleinen Gruppen machten sie sich nun auf den Weg zur NAAFI-Kantine.

Sie waren so aufgeregt, als würden sie in einen der exklusiven Londoner Clubs gehen, die Ann noch nie betreten hatte. Sie waren teuer, und ein solches Vorhaben wäre schon daran gescheitert, dass Ann nicht einmal ein Kleid besaß, das elegant genug für einen solchen Ausflug gewesen wäre. Aber hier war die Kleiderordnung egal. In Uniform sah man nicht, wer arm und wer reich geboren worden war.

Ann war eine der Letzten vor dem Spiegel gewesen. Karen hatte ihre langen Haare vorne in einer Ponyrolle hochgesteckt. Ann trug Seitenscheitel. Auch waren ihre Haare nur schulterlang. Mit einem geliehenen Lockenstab hatte sie die Seiten in Wellen gelegt und sah nun ein bisschen aus wie die junge Rita Hayworth. Ihre grasgrünen Augen funkelten vor Aufregung.

Zu Anns Gruppe gehörten die Mädchen aus ihrem Zimmer – Karen, Lavinia und Penny. Auch Gillian Smith und noch eine Rothaarige waren dabei. Ann trat hinter den anderen in die NAAFI-Kantine. Zwei Dutzend britischer Soldaten saßen an Tischen oder standen an der Ausgabetheke. Dazwischen konnte Ann einige amerikanische Uniformen erkennen. Vier Russen hielten sich etwas abseits. An einigen Tischen wurde Karten gespielt. Im Raum hing der Duft von Zigarettenrauch. Ein Grammophon spielte Jazzmusik.

Die Frauen wurden mit großem Hallo begrüßt. Als hätten die Männer nur auf ihr Eintreffen gewartet. Ann ließ ihren Blick unbemerkt über die Gesichter gleiten. Jackson Powers war nicht unter ihnen.

Karen hakte sich bei ihr unter. »Komm, wir holen uns was zu trinken.« Sie traute sich wohl nicht alleine nach vorne.

Ann ging mit zur Theke, und die Soldaten machten ihnen Platz.

»Willkommen. Wir warten schon die ganze Zeit auf die *Ack Ack Girls*«, sagte einer der Amerikaner. Es war freundlich gemeint.

Ack Ack Girls – das waren sie, die Flakkämpferinnen. Benannt nach den Geräuschen ihrer Gefechtsstellung.

Auf ihre Arbeit war Ann besonders stolz gewesen, am Anfang. Es war ihre Möglichkeit, Patriotismus zu beweisen. Dann kamen die ersten Nächte mit Angriffen. Gebäude, die nur wenige Meter weiter mit lautem Getöse zusammenstürzten. Mauersplitter, die einem um die Ohren flogen. Aufgerissene Erde, die einem ins Gesicht regnete. Vom Stolz blieb nur noch Schrecken. Der Schrecken legte sich mit der Zeit, ging über in Angst, dann in Sorge und schließlich in Routine. Manche Nacht hatte sie nicht mehr gelebt, nur funktioniert. Dann der Abend, an dem sie verschüttet worden war.

Ann würde ihn nie vergessen. Er war in ihre Eingeweide eingebrannt. Um dieses Erlebnis zu überdecken, würde sie verdammt viel Glück zusammenkratzen müssen.

Die Männer stellten sich kurz vor. Ein Amerikaner, Daniel Davids, bestand darauf, ihnen einen Drink zu spendieren. Ann ließ sich zu einer Limonade überreden. Karen entschied sich direkt für ein Bier.

»Was treibt ihr so den ganzen Tag?«, fragte Davids. Seine dunklen Haare glänzten von der Pomade, mit der er sie nach hinten gekämmt hatte.

Wollten sie wirklich erzählen, dass aus den tapferen *Ack Ack Girls* nun bessere Haushälterinnen geworden waren? Nein. Und genauso sah es wohl auch Karen.

»Wir haben heute den Konferenzraum besichtigt. Und das Schloss«, sagte Karen stolz.

»Ah, die Konferenz. Mal sehen, was euer Premierminister unserem Präsidenten erklärt. Churchill soll recht weitschweifig sein in seinen Reden.«

Alle lachten auf.

»Ja, dafür ist er bekannt. Wenn er militärisch unterliegt, dann kann er einen immer noch totquatschen«, entgegnete einer der Briten. Er hatte sich als Alan Foster vorgestellt und holte nun eine Packung Zigaretten hervor, um den Frauen eine anzubieten. Karen lehnte ab, genau wie Ann.

»Euer Churchill wird verdammt lange reden müssen, um Truman zu überzeugen. Er hat nur ein Ziel: Unsere Kameraden aus dem Pazifik abzuziehen. Der Krieg in Asien dauert schon zu lang. Und zusammen mit dem Krieg in Europa sind viel zu viele Söhne Amerikas gefallen. Er würde alles tun, um das Sterben amerikanischer Soldaten zu beenden.«

»Wird es darum gehen auf der Konferenz? Ich dachte, es geht darum, die Besatzung Deutschlands zu regeln«, fragte Ann nach.

»Das ist doch im Wesentlichen schon in Teheran und Jalta geregelt worden. Deutschland und Berlin werden in vier Besatzungszonen aufgeteilt«, erklärte Davids weiter.

»Wieso vier Besatzungszonen?«, fragte Karen nach.

»Das wurde so in Jalta beschlossen«, erklärte Davids. »Frankreich wird vierte Besatzungsmacht und am Alliierten Kontrollrat beteiligt.«

»Wieso sind die Franzosen dann nicht hier?«, wollte Karen wissen.

Der Amerikaner zuckte mit den Schultern. »Das würde die Verhandlungen sicher verkomplizieren.«

»Und die Deutschen? Was wollen die?«, fragte Ann nach.

»Die haben nichts mehr zu wollen.« Entschlossen stieß Foster Rauch aus seinem Mund.

Ann schluckte heftig. »Aber ich dachte ... Gemäß der Atlantik-Charta von 1941 muss die betroffene Bevölkerung wenigstens angehört werden. Hat Churchill das nicht so mit Roosevelt vereinbart?«

Davids lachte dröhnend, als hätte sie etwas Dummes gesagt. »Na, bei diesen Barbaren machen wir aber mal eine Ausnahme. Was die wollen, haben wir doch in den letzten sechs Jahren gesehen.«

»Blut und Boden ... das haben sie jetzt davon«, sagte ein dritter Soldat verächtlich.

»Genau. Darüber sind sich die Großen Drei sicher einig: Deutschland muss geächtet werden. Jeder bekommt sein Territorium. Das Land wird entmilitarisiert, die Nazis bestraft.«

Karen schaltete sich wieder ein. »Ich hab gelesen, dass sie sich über nichts einig sind. Churchill soll gesagt haben, dass Stalin die britische Freundschaft mehr fürchte als die Feindschaft. Hört sich für mich nicht so an, als würden sie schnell übereinkommen.«

»Stalin hat große Angst, dass der westliche Lebensstil auf seine Leute abfärbt. All die Armbanduhren und die Idee von Freiheit.« Davids Blick lief zu den Russen, die in einer Ecke standen. Sie wirkten etwas verloren, als wäre ihnen diese Welt nicht ganz geheuer. Ihr Anblick schien dem Amerikaner recht zu geben.

»Sein schöner Kommunismus wäre bald dahin. Da liegen Sie richtig. Onkel Joe will eher keine Gemeinsamkeiten.« Davids griente breit bei seinen Worten.

»Onkel Joe?«, fragte Ann nach.

»Stalins Spitzname«, erklärte Foster und sprach direkt weiter. »Über die wesentlichen Punkte herrscht Einigung: Die Beute ist erlegt. Der Kadaver wird verteilt.«

Ann griff sich erschrocken an den Hals. »Was soll das bedeuten? Deutschland wird auf die verschiedenen Siegermächte aufgeteilt?«

»Vielleicht. Die Sowjets haben auf der Konferenz von Teheran ja schon Königsberg und Teile von Ostpreußen geschenkt bekommen und einen großen Teil des Staatsgebietes von Polen. Polens Grenzen rücken weiter nach Westen, damit die Russen ihre eigenen Grenzen ausdehnen können. Und wenn die so viel kriegen, wollen wir auch unseren Anteil.« Foster unterstrich seine Worte mit heftigen Bewegungen der Bierflasche.

»Genau, ihr Briten bekommt die Rheinprovinzen. Und wir nehmen uns dann Süddeutschland als die neuen Südstaaten von Amerika. Dienstbare und gehorsame Sklaven. Ich werde es Truman gelegentlich vorschlagen.« Davids lachte dröhnend.

Ann war schockiert. »Truman ... Redet der nicht von Völkerverständigung, Menschenwürde und Demokratie?«

Der GI zuckte mit den Achseln. »Die Hunnen haben es sich redlich verdient, versklavt zu werden. Ich freu mich schon darauf, denen mal richtig eins aufs Maul zu geben. Damit sind sie noch gut bedient. Eigentlich müsste man sie alle erschießen – jeden einzelnen dieser verdammten Barbaren!« Plötzlich war da ein dunkler Schatten auf seinem Gesicht, der nur mit einem großen Schluck Bier wegzuspülen war.

Ein anderer Amerikaner schaltete sich ein. »Mal sehen, was Truman darüber denkt. Bisher weiß man noch nicht, was man von dem neuen Präsidenten halten soll. Er ist ein unbeschriebenes Blatt.«

»Und Churchill muss erst noch die Unterhauswahlen gewinnen.« Foster machte ein zerknirschtes Gesicht. »Morgen geht es los. Aber auch wenn Churchill vielen Leuten zu überheblich ist: In Zeiten wie diesen kann ich mir nicht vorstellen, dass die Mehrheit für dieses Fliegengewicht Attlee stimmen wird. Die Bulldogge Churchill hat schließlich für uns den Krieg gewonnen.«

Anns Blick lief von einem zum anderen. So hatte sie sich die Konferenz nicht vorgestellt. Klar war, dass die Staatsmänner zusammentrafen, um ihren Sieg über Hitler-Deutschland zu feiern und die Regeln und Umstände der Besatzung des Landes zu regeln. Und wie man mit den Schuldigen weiter verfuhr. Aber tatsächlich hatte sie sich noch keine weitergehenden Gedanken darüber gemacht, was genau auf der Konferenz besprochen werden sollte. Natürlich würde es um das Schicksal des besiegten Deutschen Reiches gehen. Natürlich würden die Verantwortlichen in der Bevölkerung zur Rechenschaft gezogen werden. Aber die Mutmaßungen der Soldaten gingen weit darüber hinaus. Es klang fast so, als wollte man Deutschland zerschlagen. Als wäre jeder einzelne Deutsche für alles gleichermaßen verantwortlich. Und als wäre das Land nur ein Spielball auf einem sehr viel größeren Spielplatz.

Ihr Schicksal lag in den Händen der drei mächtigen Staatsmänner, wurde Ann plötzlich siedend heiß klar. Der Ausgang der Konferenz würde ihre persönliche Zukunft maßgeblich bestimmen, und auch die ihrer Eltern und ihrer Verwandten.

Vielleicht war es ihr irritierter Blick, der Foster plötzlich umschwenken ließ. »Genug der hohen Politik.« Er hob sein Glas. »Also sind wir uns einig, dass wir ein spannendes Pokerspiel vor uns haben. Die Drei Großen entscheiden ja doch jedes Mal, wenn sie sich treffen, anders über eine Grenzziehung. Niemand weiß, wie es dieses Mal ausgehen wird.«

Alle hoben ihre Gläser. Ann zögerte, tat es dann aber den anderen nach. Nur nicht auffallen.

Die Tür der Kantine ging auf, und plötzlich sah sie ihn, neben drei anderen GIs. Endlich, er war gekommen.

Powers strebte Richtung Theke, da entdeckte er sie. Er änderte sofort seinen Kurs und kam direkt auf sie zu. Sie lächelte ihn erleichtert an.

»Ann Miller!«, begrüßte er sie freudig. »Ich habe Sie gestern Abend vermisst.«

»Ich war ... müde. Ich hatte eine weite Anreise und bin sehr früh aufgestanden.«

»Umso glücklicher bin ich, Sie heute hier zu sehen.« Er machte dem Soldaten hinter der Theke ein Zeichen. Man kannte ihn hier wohl schon.

Das schien ja leichter zu laufen, als Ann gedacht hatte. »Seit wann sind Sie hier?«, fragte sie interessiert.

»In Berlin?«, fragte er zurück und nahm gleichzeitig ein Bier in Empfang. »Seit Ende Mai.«

»Gehören Sie auch zur Delegation der Konferenz?«

»Nein, ich bin beim amerikanischen Hauptquartier angesiedelt, in Berlin-Dahlem. Ich bin Fahrer. Ich muss ständig von hier nach dort fahren. Leute bringen, Unterlagen, Verpflegung. Nach Berlin rein, und jetzt auch zur Konferenz.

Oder eben zum Flughafen. Ich habe Wasser geholt für die Konferenzteilnehmer.«

Ihr Puls wurde schneller. Er war genau der Richtige, um ihr zu helfen. Allerdings sollte sie nicht zu offensichtlich zeigen, worum es ihr wirklich ging. »Wasser?«

»Ja, Unmengen von Wasser. Bekommen Sie denn kein Frischwasser?«

»Vermutlich. Darum muss ich mich nicht kümmern.« Das klang doch zu unbedarft. »Danke noch mal für die Rettung meines Baretts.«

»Gern geschehen.« Er lächelte spitzbübisch. »Haben Sie sich schon eingelebt?«

»Ein wenig. Wir haben heute herausgefunden, dass wir eine der Gästevillen der UFA-Studios betreuen. Gut möglich, dass dort auch Marlene Dietrich gewohnt hat. Also früher mal, bevor sie nach Amerika gegangen ist.«

»Marlene Dietrich? Wow. Das ehemalige Anwesen von Zarah Leander liegt in Berlin-Dahlem, nicht weit von unserem Hauptquartier. Wenn Sie Lust haben, können wir dort mal vorbeifahren.«

Powers fackelte wohl nicht lang. Normalerweise ließ Ann sich nicht so schnell von forschen Amerikanern einwickeln. Aber jetzt kam ihr das gerade sehr gelegen. »Gerne. Ich weiß aber noch nicht, wie ich Zeit haben werde.«

»Oh, da machen Sie sich mal keine Gedanken. Das geht ziemlich schnell, dass man plötzlich etwas zu tun hat oder sich den ganzen Tag langweilt. Das trifft uns hier alle. Noch ist es ziemlich chaotisch. Irgendwann wird es schon klappen.«

»Können Sie hier herumfahren, wie Sie wollen?«

»Ja, schon.«

»Auch nach Potsdam rein?«

Sie setzten sich auf zwei Hocker, die gerade frei wurden. »Klar, wenn ich dort etwas zu erledigen habe. Normalerweise machen die Russen kaum Schwierigkeiten. Aber es ist nicht so wie bei uns. Zwischen den Briten und uns Amerikanern gibt es keine wirklichen Kontrollpunkte.«

»Ich würde gerne mal nach Potsdam reinfahren.«

»Da ist ziemlich viel kaputt. Was wollen Sie sich ansehen? Sanssouci? Schloss Babelsberg?«

Ziemlich viel kaputt – wie viel genau, musste Ann dringend in Erfahrung bringen. Sie nickte unbestimmt und trank ihre Limonade aus. Sofort winkte Powers den Kellner heran.

»Was wollen Sie trinken? Ein Bier?«

»Lieber noch eine Limonade.«

»Eine Coke?«

»Ja, wieso nicht.« Ann lächelte ihn an. Jackson Powers wirkte wie ein typischer Amerikaner. Er hatte ein breites, gewinnendes Lächeln mit einem geradezu naiven Sonnyboy-Charme. Blaugraue Augen, die zu seinem aschblonden Haar passten und abenteuerlustig lächelten. Und er war an ihr interessiert. Wenn sie es geschickt anstellte, ließe sich das Angenehme mit dem Nützlichen verbinden.

»Kann man auch so nach Potsdam rein?«

»Was meinen Sie mit *auch so*?«

»Zu Fuß.«

Powers erstarrte für einen Moment. Seine Augenbrauen zogen sich merkwürdig drohend zusammen. »Allein? ... Besser nicht. Das sollten Sie nicht tun.«

»Ist es etwa verboten?«

»Bitte, versprechen Sie mir, dass Sie nicht alleine in die Stadt gehen. ... Wirklich!« Er hatte sie fest am Oberarm gepackt. Als er es merkte, ließ er sofort los und murmelte eine Entschuldigung.

»Was gibt es dort, was so gefährlich ist?«

Er schien sich um eine klare Antwort drücken zu wollen. »Ich bringe Sie gerne. Ich zeige Ihnen, was Sie wollen. Aber bitte gehen Sie nicht allein. Das müssen Sie mir versprechen!«

Dann war es kein Gerücht: Es gab sie also wirklich, die versprengten Werwolf-Truppen, die umherzogen? Männer und Jungs des Volkssturmes, die Hitlers letzten Befehl befolgten? Lieber sterben als verlieren. »Sind sie denn immer noch ...«

Plötzlich stand Karen hinter ihr und legte verschwörerisch den Arm um sie. »Ann, kommst du mit schwimmen? Davids kennt einen tollen Havelstrand. Wenn das Wetter gut ist, könnten wir zusammen dort hinfahren.«

»Schwimmen?« Wie passte das zusammen? Der eine Soldat erzählte ihr, dass es zu gefährlich sei, alleine nach Potsdam zu gehen. Und der andere wollte dort schwimmen gehen?

Als Ann nicht sofort antwortete, setzte Karen nach. »Komm doch mit. Allein möchte ich nicht ... Du weißt schon.«

»Ich habe doch gar keinen Badeanzug dabei.«

Powers rutschte ein paar Zentimeter auf dem Hocker nach vorne. »Das lassen Sie mal meine Sorge sein. Fragen Sie, ob Sie morgen freibekommen. Dann fahren wir nach Berlin rein, und ich finde ein Geschäft, in dem Sie ein Badekostüm kaufen können.«

Berlin, das wäre sicherlich spannend. Aber sie war nicht hier zum Sightseeing. Ann musste Charlie finden. Und Charlie lebte in Potsdam, oder hatte zumindest dort gelebt. *Lass dir schnell etwas einfallen.* »Berlin, dauert das nicht zu lange?«

»Schon. Wir könnten auch schauen, ob wir hier etwas finden. Ich lass mir einen Grund einfallen, warum wir in die Stadt reinmüssen.«

»Wo hier so viele UFA-Stars gewohnt haben, wird man in Potsdam doch sicher ein paar schöne Geschäfte finden.«

»Oder zumindest die Ruinen der Geschäfte«, schaltete sich ein weiterer Amerikaner ein.

Potsdam in Ruinen? Ann hoffte inständig, dass sie ihn falsch verstanden hatte. Oder dass er übertrieb. »Ist denn so viel kaputt? Ich dachte, nur Berlin sei so zerstört.«

»Große Teile von Berlin. Auch in den Außenbezirken, wo in den letzten Kriegstagen der Häuserkampf getobt hat. Dann wieder gibt es Fleckchen, da sieht man nicht ein einziges Einschussloch an den Mauern.«

»Und wie ist es hier? Ich meine, die Villenkolonie hat ja überhaupt nichts abbekommen«, hakte Ann nach.

Powers stand auf, vielleicht einfach nur, weil er den anderen Amerikaner um einige Zentimeter überragte. Anscheinend wollte er nicht im letzten Moment einen Ausflug mit ihr an seinen Kameraden verlieren.

»Ich sag Ihnen was: Ich hole Sie und Ihre Freundin morgen Nachmittag ab, und wir fahren nach Potsdam rein. Mal sehen, ob wir ein paar Badeanzüge finden, die Zarah Leander und Marlene Dietrich den hiesigen Damen übrig gelassen haben.« Mit einem Mal war seine Miene wieder durch und durch strahlend.

Ann erwiderte sein Lächeln aufrichtig. Sie würde nach Potsdam reinfahren, in die Innenstadt. Schon morgen. Das war großartig. Plötzlich überwältigte sie die Sehnsucht nach Charlie, die das grausame Schicksal ihr so schmerzhaft entrissen hatte.

»Abgemacht. Morgen.« Sie bekam ihre Coke und trank genüsslich einen Schluck.

»Und, Ann, bitte nennen Sie mich Jackson.« Pures Gewinnerlächeln.

Donnerstag, 5. Juli 1945

Karen schloss das Stadtpalais ab. Heute Morgen beim Frühstück hatten sie Miss Bright gefragt, ob Ann und sie mit dem Amerikaner nach Potsdam reinfahren dürften. Ihre Vorgesetzte hatte nichts dagegen, hatte sie aber nochmals ermahnt zusammenzubleiben.

Jackson Powers holte sie direkt vor ihrem großen Haus ab. Er hielt ihnen die Türen des Jeeps auf, sprang lässig auf den Fahrersitz und brauste los. Sie fuhren parallel zu den Eisenbahnschienen, bis sie zu dem Kontrollpunkt kamen, an dem Ann bereits gescheitert war.

Powers holte einen Ausweis und einen Zettel aus seiner Brusttasche. Beides gab er den drei russischen Soldaten, die dort standen. Ann fragte sich für einen Moment, ob diese das überhaupt lesen konnten. So wenig wie Ann oder Jackson Powers kyrillisch lesen konnten, so wenig konnten die Russen doch vermutlich ihre Schrift lesen. Ob sie nun einfach auf die Schrift starrten oder sie wirklich entziffern konnten – zufrieden reichten sie die Papiere an Powers zurück und machten den Weg frei.

Jackson fuhr ohne große Eile. Sein langsames Tempo war wohl eher möglichen Gefahren geschuldet, als dass er sie alles in Ruhe anschauen lassen wollte. Ann betrachtete stumm die Umgebung. Linker Hand waren die Bahngleise, rechts wurden die Villen kleiner. Die Häuser standen immer enger, und bald waren die ersten zerbombten Gebäude zu sehen. Der Hauptbahnhof selbst war stark getroffen.

Zum ersten Mal erblickte sie wirklich deutsche Bevölkerung auf der Straße. Einige Kinder winkten verschämt. Sie wirkten verwahrlost in ihren schmutzigen, abgerissenen Klamotten. Etliche trugen nicht mal Schuhe.

Die Erwachsenen sahen nicht besser aus. Kaum, dass sie

aufschauten, wenn ein Wagen an ihnen vorbeifuhr. Bleiche, magere Gesichter, aus denen sich jede Hoffnung gestohlen hatte. Verlorene Gestalten, die umherzogen, scheinbar ohne jedwedes Ziel. Kleine Kinder auf dem Arm, deren Faust so tief im Mund steckte, als wollten sie sie aufessen. Alte, gramgebeugte Frauen mit riesigen Stoffpaketen auf dem Rücken. Besaßen sie keine Koffer oder konnten sie ihre Habseligkeiten leichter in einem Bettlaken tragen?

Einigen stand noch immer die ungläubige Überraschung im Gesicht. Man hatte den Krieg tatsächlich verloren. Der Führer hatte sich umgebracht. Sie waren unsanft in einer Wirklichkeit gelandet, die es für sie eigentlich niemals hätte geben dürfen. Es war ein zutiefst verstörender, ja, fast gruseliger Anblick.

Ihr Wagen überquerte die Havel, und sie kamen in die Innenstadt. Die Straßen waren vom Schutt freigeräumt, ansonsten war hier beinahe alles zerstört. Kaum ein Stein stand noch auf dem anderen. Wie verfaulte Zähne ragten Mauerreste aus den Ruinen empor. Anns Magen krampfte sich zusammen. Hier waren viele Bomben gefallen. Wie es hier aussah! Beinahe jedes zweite Haus war unbewohnbar. Damit hatte sie nicht gerechnet. Charlie! Konnte sie dieses Inferno überlebt haben?

Karen wischte sich verstohlen Tränen aus den Augenwinkeln. »Sie haben bekommen, was sie verdienen«, sagte sie trotzig.

An den Fassaden der Häuserruinen hingen kleine und große Zettel. Gelegentlich war etwas mit Kreide oder Holzkohle an die Mauerreste geschrieben. Ann konnte nicht erkennen, was dort stand.

Der Palast Barberini und das Alte Rathaus waren getroffen. War das hier nicht in der Nähe der Lindenstraße? Ann konnte das Haus, in dem Charlie und ihre Eltern gewohnt hatten, nicht ausmachen. Die ganze Gegend schien mehr oder weniger in Trümmern zu liegen. Bekannte Bezugspunkte fehlten, waren zerstört. Zerbombt sah alles fremd aus. Sie konnte sich kaum orientieren. Das Atmen fiel ihr schwer. Schwer lasteten all die Trümmer auf ihrem Herzen.

Von der Vorstellung, sie könnte einfach an der Tür klopfen, musste Ann Abschied nehmen. Plötzlich erschien ihr der Gedanke an ein überraschendes und freudiges Wiedersehen derartig naiv, dass sie sich über sich selbst wunderte. Ihr Mund wurde trocken, und sie musste sich sehr zusammenreißen, um nicht zu weinen.

Jackson Powers saß neben ihr. Als könnte er spüren, was sie fühlte, nahm er plötzlich ihre Hand und drückte sie sanft. »Es ist schrecklich, ich weiß. All dieses Leiden. Du musst dir vorstellen, was diese Menschen mit den Juden gemacht haben. Das unermessliche Leid, das sie ihnen zugefügt haben. Alle, die du hier siehst – alles nur Schlächter.«

Charlie, Onkel Friedel und Tante Hilde – in Powers Augen waren sie Schlächter. Ohne Ausnahme. Was würde er wohl denken, wenn er wüsste, wessen Hand er gerade hielt?

Powers steuerte den Wagen weiter durch die Innenstadt. Ganze Straßenzüge waren komplett zerstört. Frauen und Jugendliche waren damit beschäftigt, den alten Markt und das Gelände vor dem schwer beschädigten Rathaus von Trümmern freizuräumen. Mechanisch und leidenschaftslos. Als ginge sie das alles nichts an.

Vier russische Soldaten führten einen Mann ab. Sie schimpften laut, stießen ihn vor sich her. Einer schlug ihn auf den rasierten Schädel. Wer war er? Ein hochrangiger Nazi, den sie geschnappt hatten? Die Gruppe verschwand um eine Straßenecke. In dieser gespenstischen Stille hörten sie plötzlich laute russische Stimmen rufen. Schreie, dann ein Schuss, und noch einer.

Ann schluckte heftig. Jackson fuhr weiter, als wäre das nichts Besonderes. Karen wurde wachsbleich. Was hatte ihre Kameradin erwartet? Dass sie bei einem Geschäft vorfahren, sich beide einen Badeanzug kaufen und zurückfahren würden, als hätte nicht der schrecklichste Krieg der Menschheit in diesem Land gewütet? Doch Ann musste sich eingestehen, dass sie selbst nicht annähernd auf derartiges Elend vorbereitet gewesen war. Und darauf, dass das Töten noch anhielt. Der Mann ... vermutlich gerade erschossen ... Sie konnte nur hoffen, dass es nicht einer ihrer Onkel war.

Sie fuhren weiter, vorbei am Nauener Tor und in Richtung Berliner Vorstadt, einem Stadtteil gegenüber dem Heiligen See. Hier wurden die Verwüstungen weniger. Mitten in einer Ruine hockte eine Gruppe – zwei Frauen und drei kleinere Kinder. Sie hatten sich aus Ziegelsteinen eine Feuerstelle gebaut, darüber eine Konservendose, in der sie etwas kochten.

Ein Stück weiter die Straße herunter kamen sie an einer langen Menschenschlange vorbei. Schon früh konnte man sehen, für was hier angestanden wurde. Alle trugen Eimer, alte Töpfe, Stahlhelme oder sonst irgendwelche Behältnisse bei sich. An einer Straßenpumpe wurde Wasser geholt. Das Wasserwerk, wie Ann gestern erfahren hatte, war von einer Bombe getroffen worden.

Jede Alltäglichkeit, die Gebäude, die Menschen, das bisschen Leben, das ihnen geblieben war – ein Leben aus den Fugen. Anns Herz schlug so heftig, dass sie ihr Blut in den Schläfen pochen hörte. Schweiß lief ihr vom Hals herunter. Ihre Hoffnung war mit jeder Straßenecke, die sie abgebogen waren, geschrumpft. Es war geradezu lächerlich zu glauben, all ihre Lieben könnten überlebt haben. Ihr Herz würde nie wieder zusammenwachsen. Unvermittelt lachte sie hysterisch auf. Jackson sah verwundert zu ihr herüber.

Ann wollte sich erklären. »Wir können doch hier keine

Badeanzüge kaufen. Das ist ein einziges Katastrophengebiet. Die Leute haben nichts zu essen, kein sauberes Wasser. Hier gibt es doch keine Geschäfte mehr.«

Statt einer Antwort bog Powers um die nächste Straßenecke und ließ den Wagen ausrollen. Sie hielten vor einem Laden. Die großen Fensterfronten neben der gläsernen Eingangstür waren mit dem Staub zerbombter Mauersteine überzogen. Goldene Ornamente, mit denen die Schaufenster verziert waren, schimmerten schwach hindurch.

»Hier?«

»Hier!« Schon war er aufgestanden und lief um den Wagen. Er öffnete Ann galant die Tür.

Andächtig blieb sie auf dem Bürgersteig stehen. Da war sie also wieder, über elf Jahre später, auf den altbekannten Straßen. Schauer liefen ihr heiß und kalt den Rücken runter.

Jackson klopfte an die Glastür, während Karen sich vor ein Fenster stellte, eine kleine Lücke in den Staub wischte und in die Auslagen schaute.

Ann blickte sich um. Drei Häuser weiter war eine Bombe ins Dach gefallen und hatte einen Teil der Häuserfassade mit sich gerissen. Sie ging zur Haustüre, die offen stand. Über den Klingeln stand mit Kreide geschrieben: *Therese bei Omi Heidi.* Darunter klebte ein dreckiger Zettel.

Die Hausmanns suchen die Wüllners. Bitte hier notieren.

Das war es, was auf den Zetteln stand, die sie überall an den Ruinen gesehen hatte! Die ausgebombten Bewohner teilten anderen mit, wo sie nun zu finden waren. Die, die überlebt hatten.

Ann ging zurück. Drinnen tat sich etwas. Jackson klopfte noch einmal, und tatsächlich wurde die Ladentür einen Spalt geöffnet.

»Amärikän?« Das klang erfreut. Die Tür schwang weit auf.
»Ladys, nun seid ihr dran. Ihr dürft der Hunnin gerne erklären, wonach ihr sucht.«

Hunnin – ein Wort, das zum Sinnbild der Abscheu geworden war, die die Welt gegen die hiesige Bevölkerung hegte.

Ann folgte Karen in den Laden hinein. Als wären sie durch ein verwunschenes Tor gegangen. Nachtwäsche und Pyjamas für Männer, ein dunkelroter Morgenmantel für den kultivierten Herrn. Hochwertige Stoffe, elegante Schnitte. Nur ab und an ein leeres Regal. Welch ein Wunder, dass die Russen diesen Laden nicht komplett geplündert hatten. Aber vielleicht hatten sie keine Verwendung für vornehme Nachtwäsche. In einer Ecke stand ein mit Brokat bezogener Polstersessel mit goldenen Lehnen. Powers setzte sich, als wäre er hier zu Hause.

»*Pour les femmes?*«, fragte die grauhaarige Frau. Sie hatte viele Falten und war ungeschminkt. Die Haare hingen ihr ungepflegt über die Schultern. Obwohl es warm war, trug sie mehrere Lagen Kleidung. Darüber eine schmierige Schürze, die sie nun eilig auszog und zusammenknüllte.

Ann bezweifelte, dass die Frau normalerweise so herumlief. Irgendetwas war äußerst merkwürdig an dieser Aufmachung. Anscheinend fiel ihr selbst auf, wie verlottert sie aussah. Vergebens versuchte sie, ihre Haare in Ordnung zu bringen.

»*Madame* ... Frau hinten«, sagte sie auf Deutsch und zeigte auf einen kleinen Durchgang. Englisch konnte sie wohl nicht.

Karen machte ein so skeptisches wie ängstliches Gesicht.

»Haben Sie Badeanzüge?«, fragte Ann auf Deutsch.

Alle starrten sie an, als wäre sie gerade vom Himmel gefallen.

»Du kannst Deutsch?«, fragte Karen verwundert.

»Ein wenig. Ich habe es auf der Schule gelernt«, erklärte Ann sich auf Englisch. Diese Lüge war leicht. Sie war ihr in Fleisch und Blut übergegangen.

Die Frau fing sofort an, auf sie einzureden. Wie froh sie sei, sie zu sehen. Die Russen, die Russen seien schlimm. Grausam, Bestien. Ob nun die Amerikaner nach Potsdam kämen?

Ann erklärte, dass sie Britinnen seien. Zwischendurch übersetzte sie für Karen und Powers alles, was die Frau fragte.

Briten oder Amerikaner, das war der Dame egal. Hauptsache, die Russen würden verschwinden. Als Ann fragte, wieso, sah die Deutsche sie aus rot geäderten Augen an. Für einen Moment sagte sie nichts, dann drehte sie sich um und ging durch den Durchgang. »Badeanzüge, Badekostüme, alles hier hinten.« Es klang hohl.

»Wir müssen nach hinten.«

Jackson knüpfte das Holster auf. Mit der Hand an seiner Waffe warf er einen prüfenden Blick in den hinteren Raum. Erst dann machte er ihnen Platz.

»Ich passe hier auf. Aber falls ihr außer Rufweite geht, sagt Bescheid«, gab er ihnen noch mit auf den Weg.

Ann nickte und ging voran. Karen folgte ihr.

»Oh, wie wunderbar.« Ihre Zimmernachbarin war entzückt.

Elegante Nachthemden aus Seide oder Satin. Spitzenbesetzte Miederwaren und Strumpfhalter in verschiedenen Farben. Dazwischen viele leere Regale.

Die grauhaarige Frau öffnete einen Schrank, in dem bestimmt an die dreißig Badeanzüge und Badekostüme auf Kleiderbügeln hingen. Sie trat zurück und lud ihre unerwartete Kundschaft mit einer freundlichen Geste ein, selbst zu schauen. Karen suchte kurz und zog bald ein leuchtend blaues Badekostüm hervor. Sie hielt es vor ihren Oberkörper, trat vor einen Spiegel und begutachtete sich.

»Wenn der passt, habe ich schon alles gefunden, was ich brauche. Was für ein wunderschöner Stoff!« Das Kaiserblau glänzte intensiv. Es würde gut zu Karens fast schwarzen Haaren und ihren blauen Augen passen.

»Ann, frag sie, wo ich ihn anprobieren kann.«

Doch die Frau wusste schon, was Karen wollte. In einer Ecke zog sie einen dicken dunkelroten Samtstoff beiseite und machte eine einladende Bewegung. Karen verschwand hinter dem Samt.

Das war Anns Gelegenheit. Sie trat an die Frau heran, die nun vor der Kleiderstange mit den Badeanzügen stand. Anscheinend suchte sie etwas.

»Kennen Sie zufällig die Familie Müller aus der Lindenstraße? Friedel und Hilde Müller?«, fragte Ann leise.

Sofort unterbrach die Deutsche ihre Suche. Ohnehin schon reichlich nervös, schien sie nun fast steif vor Angst. Sie zog ihren Kopf ein. Ihre Hände, die auf dem Kleiderbügel lagen, zitterten.

Ann fragte unbarmherzig nach: »Oder ihre Tochter – Charlotte Müller? Sie ist in meinem Alter. Sie haben in der Lindenstraße gewohnt.«

Die Frau wagte nicht, sie anzuschauen, und schüttelte nur ihr graues Haar.

»Bitte, ich suche sie. Ich muss wissen, wie es ihnen geht.«

Plötzlich zog die Geschäftsfrau einen in verschiedenen Grüntönen gemusterten Badeanzug hervor. »Der hier wird Ihnen gut stehen. Er passt zu Ihrem kastanienbraunen Haar und Ihren grünen Augen. ... Ich habe immer gut verkauft. Ich habe ein gutes Auge dafür, was den Damen steht.«

Doch Ann ließ sich nicht ablenken. »Was ist mit Bruno und Berta Buchner? Sie haben nicht weit von hier gewohnt, in der Markgrafenstraße. Kennen Sie sie?« Onkel Bruno, Mamas jüngerer Bruder – lebte seine Familie noch?

Äußerst unwillig hielt die Frau den Badeanzug vor sich wie einen Schild. »Probieren Sie den an.«

Ann nahm den Kleiderbügel, aber fixierte ihr Gegenüber mit einem intensiven Blick. »Markgrafenstraße, die ist hier ganz in der Nähe. Wissen Sie, ob dort etwas zerbombt worden ist?«

»Überall sind Bomben gefallen. Überall.«

»Kennen Sie die Buchners?«

Die Deutsche schaute sie für einen Moment an, als würde sie überlegen. Doch dann schien sie entschlossen, nichts zu verraten. »Nein, ich kenne niemanden mehr.« Das klang endgültig.

Ich kenne niemanden mehr. – was für ein merkwürdiger Satz. Aber für diese Frau war es bestimmt besser so. Besser keine Juden kennen, die abgeholt worden waren. Besser keine Nazis kennen, um nicht selbst in Verdacht zu geraten. Wenn man niemanden kannte, hatte man auch mit keinem Schicksal etwas zu tun. Man konnte nur für seine eigenen Vergehen beschuldigt werden.

Der Vorhang der Umkleidekabine wurde beiseitegeschoben, und Karen lugte vorsichtig heraus. Sie hatte vermutlich Angst, dass Jackson sie in dem Badeanzug sehen könnte. Was lächerlich war, wenn man bedachte, dass sie ohnehin zusammen mit ihm und anderen Soldaten schwimmen gehen wollte. Karen war immer ein wenig schüchtern.

»Und, was meinst du?« Sie strich sich glücklich über ihre Taille.

»Er steht dir fantastisch. Er ist wirklich umwerfend schön.« Was stimmte. Der glänzende blaue Stoff war sehr gut verarbeitet. Das Oberteil war mit einigen Litzen abgesetzt und die Beinausschnitte elegant angeschnitten.

»Du solltest ihn auf jeden Fall nehmen. So was Schönes kriegt man zurzeit in England nicht«, riet Ann ihr.

Karen zog den Vorhang wieder zu. »Das ging ja schneller als gedacht«, rief sie heraus. »Frag die Frau, was sie dafür haben will. Ich hoffe, sie nimmt Pfund. Ich hab nichts anderes.«

»Und sie will vermutlich auch nichts anderes als britisches Geld. Ich kann mir nicht vorstellen, dass das deutsche noch sonderlich viel wert ist.« Ann wandte sich an die Grauhaarige. »Sie nehmen doch britische Pfund, oder?« Und als diese nickte, setzte sie nach: »Was kostet der blaue Badeanzug?«

Erleichtert darüber, dass sie ihr eine Frage stellte, die sie beantworten konnte, antwortete die Deutsche. »Der Badeanzug ist wirklich sehr gut verarbeitet. So eine Qualität bekommen Sie heutzutage kaum noch. Eigentlich kostet er über zweihundert Reichsmark. Geben Sie mir einfach zwanzig Pfund. Aber möglichst in kleinen Scheinen.«

»Zwanzig Pfund«, rief Ann zu Karen rüber.

»Nur zwanzig Pfund? ... Hm, meinst du, man könnte noch handeln?«, fragte Karen nach einer kurzen Pause.

»Karen, die Menschen hungern hier. Und du willst ...«

»Ja, schon gut.« Karen trat mit einem glücklichen Gesicht hinter dem Samtvorhang hervor. Sie hatte sich schnell wieder angezogen.

»Und du? Hast du auch was gefunden?«

Zwanzig Pfund, das war für sie zu teuer. Papa hatte ihr viel Geld mitgegeben, praktisch alles, was sie hatten entbehren können – fast hundertachtzig Pfund. Aber das Geld war für etwas anderes vorgesehen. Mama und Papa würden sich die Haare raufen, wenn sie wüssten, dass Ann es für einen Luxusbadeanzug ausgab.

»Gefällt Ihnen der Badeanzug nicht?«, fragte die Geschäftsfrau bekümmert. »Er passt bestimmt. Ich kann das sehen.«

Ann zögerte. Es würde merkwürdig wirken, wenn sie sich jetzt keinen Badeanzug kaufte. Schließlich war sie nur deswegen mitgefahren. Gut, dass Karen nicht verstehen konnte, was Ann nun fragte. »Haben Sie auch etwas Preiswerteres?

Einen Badeanzug für ... vielleicht ... sagen wir ... fünf Pfund?«

Die Frau wirkte enttäuscht. Sie überlegte und schüttelte den Kopf. »Ich habe keine billige Ware. Aber wenn Sie den grünen nehmen, bekommen Sie ihn für fünf Pfund.«

Ann atmete tief ein. Fünf Pfund war wirklich sehr preiswert für einen so schönen Badeanzug. Er war ganz anders geschnitten als Karens. Oben war er höher geschlossen, was ihr gefiel. Unten war er geschnitten wie ein kurzes Kleid, hatte aber ein Innenhöschen. Aber das Schönste war das Paisleymuster. Dadurch wirkte er sehr elegant.

Ann trat in die Umkleidekabine, zog sich eilig aus und schlüpfte in den Badeanzug. Die Frau hatte recht. Er passte wie angegossen. Sie machte ihre Arbeit hervorragend, und die Ware war wirklich ausgezeichnet. Vermutlich war das mal eins der besten Geschäfte am Platz gewesen. Mit ein wenig Glück würde es auch wieder eins werden.

»Und ... Passt er?«, fragte Karen neugierig und linste durch den Samtvorhang.

»Perfekt.«

Eilig zog Ann sich wieder an. Als sie heraustrat, zählte Karen der Deutschen mehrere Pfundscheine in die Hand. Sogleich bekam sie einen flachen Karton ausgehändigt.

Wie sollte Ann erklären, dass Karens Badeanzug zwanzig, ihrer aber nur fünf Pfund kostete? »Sag Jackson doch schon mal Bescheid, dass wir fertig sind. Ich komme sofort. Ich zahle nur noch schnell.«

»Alles klar.« Beschwingt verließ Karen das Hinterzimmer. Ann griff nach ihren Scheinen. Zwar hatte sie dreißig Pfund dabei, aber suchte in der Brusttasche der Uniformjacke fünf einzelne Pfundnoten heraus. Sie hielt der Frau die Scheine hin, ließ aber nicht los, als diese danach griff.

»Was ist hier passiert?«

Die Grauhaarige presste ihre faltigen Lippen aufeinander. Kein Wort würde ihrem Mund entkommen, das war klar. Aber ihr Kinn bebte. Etwas Unsagbares lauerte hinter diesem Beben.

Ann hatte doch selbst so viel Unsagbares erlebt. Der Krieg hatte Unaussprechliches in die Welt gebracht. Worte reichten nicht aus, um die Hölle auf Erden zu beschreiben.

Die Frau senkte ihren Blick und starrte auf die Geldscheine. »Kommen Sie gerne wieder. Bringen Sie Ihre Kameradinnen mit.«

Erst jetzt ließ Ann los. Die graue Frau ließ die Scheine schnell in der Tasche ihres Kleides verschwinden. Mit zittrigen Händen schlug sie den grünen Badeanzug in Seidenpapier ein und legte ihn in eine flache Schachtel, die sie Ann überreichte. Dann floh sie eilig nach vorne. Bloß keine Fragen mehr, wurde Ann klar.

Jackson stand schon an der Ladentüre. Erst jetzt öffnete er sie. Er verabschiedete sich nicht, so wenig wie Karen es tat. Ann nickte der Frau noch höflich zu und verschwand. Mit dem Karton in der Hand nahm sie auf dem Beifahrersitz Platz.

Jackson startete den Motor, und der Jeep fuhr los. »Und, habt ihr was Schönes bekommen?«

»Unglaublich. Ich habe noch nie einen so wunderschönen, so eleganten Badeanzug gehabt. Und so preiswert! Ich ...« Karen verstummte.

Ein kleines Mädchen schlurfte in viel zu großen Schuhen auf dem Bürgersteig vorbei. Hohle Wangen, riesige Augen in dem vom Hunger ausgezehrten Gesicht. Ihre Mutter riss sie zur Seite, als fürchtete sie, dass der Jeep sie überfahren könnte. Jackson stoppte abrupt.

»*Wait ... chocolate.* Ann, sag es ihr. Die Kleine bekommt Schokolade.«

Ann rief der Frau etwas hinterher, die sich verwundert umdrehte. Schon hatte Jackson einen Riegel Hershey-Schokolade aus dem Handschuhfach gekramt. Er beugte sich über Ann und hielt der Kleinen die Schokolade hin.

Ängstlich, als würde sie jeden Moment eingefangen wie ein streunender Hund, setzte sie einen Fuß vor den anderen, kam näher und schnappte nach der Schokolade. Sofort sprang sie zurück und presste sich an die abgewetzte Herrenhose, die ihre Mutter trug. Die schaute Ann sprachlos an.

In diesem Moment schoss es ihr durch den Kopf, dass die Mutter auch Charlie sein könnte. Charlotte, ihre Cousine, mit der sie aufgewachsen war wie mit einer Zwillingsschwester. Charlie hatte die gleichen kastanienbraunen Haare wie Ann, und die grünen Augen der Müllers. Das Haar dieser Frau war so braun, wie Charlies Haare gewesen waren. Allerdings waren diese hier stumpf und ungepflegt. Die Frau war noch jung. Schwer zu sagen, wie jung. Ihr Gesicht war schmutzig, ihre Kleidung abgerissen. Der Zustand der übrigen Kleidung passte zu der abgewetzten Männerhose.

Würde Ann Charlie überhaupt wiedererkennen? Nach so vielen Jahren? Von der Zwölfjährigen zur Frau, das war eine große Veränderung. Ihr Herz stockte für einen Moment. Natürlich konnte Charlie schon Mutter sein. Sie war zwei Monate älter als Ann. Nächsten Monat wurde sie vierundzwanzig. Mit vierundzwanzig waren andere schon Mutter von zwei oder drei Kindern. Was für eine verrückte Vorstellung. Alles hing sowieso davon ab, ob Charlie am Leben geblieben war. Ob sie die Bombenangriffe überlebt hatte. Ob man sie deportiert hatte. Vielleicht war sie auch einfach verhungert. So viele grausame Möglichkeiten türmten sich in Anns Kopf auf.

»Shänkjuh«, sagte die Frau nun und drehte sich weg.

Erst jetzt war Ann sich sicher, dass es nicht ihre Cousine gewesen war. Die Stimme, Charlies Stimme, hätte sie erkannt.

Jackson fuhr wieder an. Ann war wie benommen. Im letzten Moment nahm sie wahr, dass sie an der Nikolaikirche vorbeifuhren, die überraschend verschont geblieben war von den Bomben. Und die Markgrafenstraße war in der Nähe der Nikolaikirche. Ann biss sich auf die Lippen, um nicht in Tränen auszubrechen. Was sollte sie Mama und Papa schreiben? Durfte sie ihnen Hoffnung machen, angesichts solcher Zerstörung? Erst jetzt wurde ihr bewusst, dass sie sich bei der Suche nach ihren Verwandten beeilen sollte. Jeden Tag starben Menschen, oder litten weiter Hunger.

Karen riss sie aus ihren düsteren Gedanken, als sie sich vorbeugte. »In der Ringstraße 1 gibt es einen Swimmingpool. Und es gibt einen Plan, wer wann dort schwimmen darf. Gillian hat mir gestern davon erzählt. Heute Abend können wir dort unsere Badeanzüge ausprobieren.«

»Dann seid mal vorsichtig, dass ihr keine ungebetenen Beobachter habt. Die Russen haben gute Ferngläser«, sagte Jackson, lachte laut auf und setzte nach: »Und wir GIs übrigens auch.«

Sein verschmitztes Lächeln unterbrach Anns düstere Überlegungen. Jackson war sympathisch, überaus sympathisch sogar. Keine Ahnung, ob er sich hier nur vergnügen wollte oder ob er sich mehr von der Begegnung mit Ann versprach. Letztendlich sollte es ihr doch egal sein. Sie musste ihn nur so lange bei Laune halten, bis sie Charlie gefunden hatte.

Freitag, 6. Juli 1945

Sie hatten wirklich Glück mit Miss Bright. Joan Bright war Mitte dreißig, schien aber die Interessen der jüngeren Frauen genau zu kennen. Vielleicht wollte sie ihnen auch nur etwas von dem vergnügten, unbeschwerten Leben zurückgeben, das der Krieg den ATS-Frauen die letzten Jahre geraubt hatte. Heute Morgen beim Frühstück hatte sie angekündigt, dass sie am Nachmittag gemeinsam zu den UFA-Filmstudios fahren würden, die nur wenige Kilometer entfernt lagen. Eine Ankündigung, die heftiges Getuschel bei den jungen Frauen ausgelöst hatte.

Auch Ann war neugierig und aufgeregt. Schon als Mädchen hatte sie viele Geschichten gehört über Filmstars wie Marika Rökk, Willy Fritsch, Brigitte Horney oder Lilian Harvey, die so nahebei gewohnt hatten und die man trotzdem nie zu Gesicht bekommen hatte, außer auf der Leinwand der Filmtheater.

Bevor sie Potsdam verlassen hatte, war Ann nur ein einziges Mal im Kino gewesen. Sie hatte mit ihren Eltern *Emil und die Detektive* gesehen. Damals hatte ihre Leidenschaft für Filme angefangen. Früher waren Mama und Papa oft ins Kino gegangen. Mama hatte ihr dann am nächsten Tag die Geschichte nacherzählt. Vielleicht war es diese Nähe zur UFA gewesen, die ihre und Mamas Leidenschaft erweckt hatte. Babelsberg war nicht weit weg gewesen. Und in Potsdam hatte man immer viel früher als im übrigen Reich von neuen Filmen gewusst, die gerade produziert wurden.

Kurz nach Kriegsbeginn waren das die letzten Glücksmomente für Mama gewesen. Da wohnten sie schon in London. Doch auf die Dauer waren Laurence Olivier statt Hans Albers und Rita Hayworth statt Marika Rökk für Mama wohl doch nicht genug. Sie sehnte sich zurück nach Deutschland.

Vielleicht ging Mama deswegen so gerne ins Kino, weil sie sich dann ihrer Heimat näher fühlte. Damals, in den ersten Kriegsjahren, als sie noch die Kraft aufbrachte. Bevor jegliche Hoffnung zunichtegemacht worden und sie in ihre düstere Gedankenwelt abgetaucht war. Aber nachdem Churchill nach dem Polenüberfall Deutschland den Krieg erklärt hatte, schwand zusehends ihre Hoffnung, in ihre Heimat zurückkehren zu können. Mama wurde schwermütig. Ann musste sich um sie kümmern.

Über ihre Heimat wurde zu Hause schon lange nicht mehr offen gesprochen. Wenig in den zwei Jahren ihrer Flucht von einer Unterkunft in die andere. Und kaum mehr, seit sie in England angekommen waren. Als wäre ihre Kindheit ausradiert.

Ein seltenes Lebenszeichen ihrer Verwandten hatten sie Ende 1941 erhalten. Einen aus dem Land geschmuggelten Bettelbrief mit Schweizer Briefmarken darauf. Irgendjemand hatte den Brief mitgenommen, im Ausland frankiert und eingeworfen. Papa hatte nichts erzählt, aber Ann wusste, es gab verborgene Kanäle, die ihr Vater zur Kontaktaufnahme nutzte. Nur wenige Wochen später berichtete er am Abendbrottisch über ein Telefonat. Onkel Friedel hatte ihn angerufen. Doch die panischen Worte des Bruders wurden plötzlich abgeschnitten – wie mit einer Guillotine. Ann und ihre Eltern blieben zurück mit wilden Spekulationen darüber, was passiert war. Ein technischer Fehler? Eine überlastete Leitung? War er abgehört worden? Und hatte jemand Onkel Friedels Telefonat absichtlich unterbrochen? Spätestens jetzt war es zu gefährlich, noch mal Kontakt aufzunehmen. Die Sorgen über das Schicksal ihrer Verwandten nisteten sich in ihrem Leben ein wie unliebsame Untermieter.

Die Nachrichten in der sonntäglichen Wochenschau, die sie sich im Kino anschauten, wurden danach bemessen, was sie für einzelne Familienmitglieder bedeuten konnten. Anns Eltern hatten darüber spekuliert, ob ihre Neffen den Kriegsdienst überlebt hatten. Und ob eventuell eins der Häuser von Bomben getroffen worden war. Doch erst hier vor Ort wurde ihr klar: Das wahre Grauen lag jenseits der Kriegsgeschehnisse. Etwas Monströses lag über dem Land. Etwas, das nicht in Worte zu fassen war.

Gestern Abend, nachdem sie mit einigen Frauen tatsächlich schwimmen gewesen war, hatte sie noch einen Antwortbrief an Mama und Papa angefangen. Kaum hier angekommen, hatten ihre Eltern schon nach Neuigkeiten gefragt. Doch Ann fiel es schwer, von den Zuständen hier zu erzählen. Besser, sie fand Charlie oder wenigstens irgendjemanden aus der Familie und konnte hoffnungsvollere Nachrichten überbringen als nur bittere Befürchtungen.

In den letzten Jahren war es ihr zugekommen, Mamas Tage zu erhellen. Sie mochte sich gar nicht vorstellen, wie Mama reagieren würde, wenn sie nun schlechte Nachrichten überbrachte. Mit dem Kriegsende hatte ihre Mutter endlich wieder ein wenig Lebensmut geschöpft. Ann durfte nicht zulassen, dass sie jetzt wieder abtauchte in das finstere Versteck ihrer Seele. Vielleicht würde sie dieses Mal nie wieder hervorkommen.

Von der Besichtigung der Studios allerdings würde Ann frohen Herzens schreiben können. Vielleicht konnte sie so die alte Leidenschaft ihrer Mutter wieder entfachen. Ann wollte so gerne wieder mit Mama zusammen ins Kino gehen, wie früher, wo sie keinen Film ausgelassen hatten, in dem Cary Grant und Katharine Hepburn mitspielten.

Doch noch hatten Karen und sie einiges an Arbeit zu erledigen. Heute würden sie die Schlafzimmer der Delegierten vorbereiten. Gestern war die Bettwäsche eingetroffen und verteilt worden. Sie hatten bereits alle Betten frisch bezogen, die sie in den letzten zwei Tagen schon gelüftet hatten. Jetzt würden sie störende Dinge aus den Räumen wegschaffen. Während Karen im einstigen Elternschlafzimmer zu Gange war, nahm Ann sich die beiden Kinderzimmer vor. Anscheinend hatten hier zuletzt doch keine Gäste der UFA mehr übernachtet. Kinderzimmer waren etwas, was Ann nicht mit Filmstars in Verbindung brachte. Andererseits konnte das Stadtpalais genauso gut Produzenten oder Regisseuren mit ihren Familien zur Verfügung gestanden haben.

Das hier war eindeutig ein Jungenzimmer. In den Schränken lagen noch die kleinen Hemden, die der Uniform der Hitlerjugend glichen. In einer Ecke stand ein Spielzeughaus. *SA Heim Hitler Jugend* stand in Großbuchstaben auf dem Haus aus Pappe, einer Burg ähnlich und mit einer Hakenkreuz-Fahne oben auf dem Turm. Mit solchen Dingen hatten die deutschen Jungs spielerisch für den Krieg geübt, in den der Führer und die Seinen sie später geschickt hatten. Als Ann das Spielzeughaus in den Flur stellen wollte, um es später in den Keller zu bringen, purzelte etwas auf den Boden. Kleine Spielzeugfiguren – Hitler mit Führergruß und in verschiedenen Uniformen, eine Göring- und eine Mussolini-Figur. Sammelfiguren schon für die Kleinsten. Angeekelt schmiss Ann alles zurück ins Papphaus und stellte es vor die Tür.

Ein Mädchenzimmer lag direkt daneben. Hier gab es eine Puppenstube mit einem winzig kleinen Hitler-Bild im Wohnzimmer. Auch ein Kaufladen stand in einer Ecke. Versonnen schaute Ann sich die kleinen Packungen mit Brandt-Zwieback und Pfanni-Knödeln an. Es erinnerte sie an ihren Puppenladen, den sie in ihrer Wohnung zurückgelassen hatte, damals.

So wie sie alles zurückgelassen hatten, bis auf ein wenig Kleidung. Vier große, schwere Koffer. Mama und Papa trugen je zwei. Sie selbst trug einen Rucksack, der bleiern auf ihren Schultern lastete. Erst unterwegs erzählten die Eltern ihr, was sie vorhatten. Ann hatte sich von niemandem verabschieden können. Ihr Herz war schwerer gewesen als jedes Gepäckstück.

Als Ann nun eine Schublade im Puppenladen öffnete, fiel ein Bilderbuch heraus. *Trau keinem Fuchs ...* hieß es. Vorne drauf waren ein Fuchs und die Karikatur eines schwarzhaarigen Juden mit Hakennase abgebildet. Ann blätterte in dem Buch und las:

>*»Den deutschen Führer lieben sie.*
>*Den Gott im Himmel fürchten sie.*
>*Die Juden, die verachten sie.*
>*Die sind nicht ihresgleichen;*
>*drum müssen sie auch weichen!«*

Wie abscheulich. Dieser Hass hatte nicht einmal vor den Kleinsten Halt gemacht. Sie schleuderte das Buch in eine Ecke, als hätte sie sich verbrannt. Das war genau die Ideologie, die das Land hierhergebracht hatte, an den Punkt der verheerenden Niederlage. Zu seinem eigenen Untergang. Diese Verblendung, diese Verachtung. Hatte Miss Bright recht, wenn sie von Monstern sprach? Und Jackson, wenn er alle Deutschen Schlächter nannte?

Aber was konnten Sechsjährige, Zehnjährige oder Vierzehnjährige dafür? Sie kannten nichts anderes. Es gab keine Ausweichmöglichkeiten. Die Bücher, die Filme, die Zeitungen, die Schule, selbst das Spielzeug – alles war im Gleichschritt marschiert. Das Deutsche Reich war größer geworden, aber ihre Welt so viel kleiner.

Die Nazis hatten nicht nur Juden, ihre politischen Feinde und die Bevölkerung der Nachbarländer niedergemetzelt. Noch lange davor hatten sie ihre eigenen Leute unterjocht. Ihre Gedanken erstürmt, überrannt, jeden Zweifel ausgebrannt – manchmal im wahrsten Sinne des Wortes. Ein Leben hier unter Wölfen musste der blanke Horror gewesen sein.

Ann fragte sich, ob sie selbst ihren kleinen Cousins solche Bücher vorgelesen hätte, wenn sie geblieben wäre. Und hätte sie die Geschichten unterhaltsam gefunden, oder furchtbar? Hätte sie solche Bücher dann immer noch in die Ecke gepfeffert, nach Jahren und Jahren, in denen es keine andere geistige Nahrung gegeben hatte? Oder wäre es ihr nicht vielmehr vollkommen normal vorgekommen, so zu denken?

Sie packte den Kaufladen und stellte ihn ebenfalls vor die Tür. Besser, sie beeilte sich, denn sie wollte mit ihren Aufgaben fertig sein, bevor sie zur großen Filmstudio-Tour abgeholt würden.

***

Miss Bright war ein echtes Organisations-Genie. Sie überließ wirklich nie etwas dem Zufall. Kein Wunder, dass sie schon seit Jahren alle Konferenzen für Winston Churchill vorbereitete.

Wieder fuhren die großen Militärwagen vor, und die Frauen stiegen ein. Sie fuhren durch den Bereich, wo die Villen der Amerikaner standen, überquerten die Eisenbahnschienen, auf denen kein Zug mehr fuhr, und waren innerhalb von wenigen Minuten an dem Portal, über dem *Studio Babelsberg* in großen Lettern prangte.

Das UFA-Gelände war weitläufig. In der Nähe stand eine einsame Fassade aus bemalten Holzplatten. Ein Stück weiter noch eine hohle Häuserecke, von hinten mit dicken Balken in der Waagerechten gehalten. Mauersteine und Fenster, die verblüffend echt aufgemalt waren. Mit aufgerissenen Augen sogen die Frauen den Anblick ein. Hier waren Welterfolge gedreht worden. Es war historischer Boden.

Schließlich hielten die Wagen vor einer großen Halle. Miss Bright war kaum abgesprungen, da trat jemand aus der Eingangstür der Riesenhalle. Ein kleiner, zierlicher Mann mit runder Drahtbrille reichte ihr die Hand, und sie besprachen kurz etwas. Dann stellte sie sich vor die Frauen, die sich versammelt hatten. Wie üblich klatschte sie in die Hände.

»So, es wird einen kleinen Rundgang geben, durch die Hallen, in denen gedreht wurde, und noch andere Bereiche. Mr. ... ähm ... Heur Pool«, sie sprach es falsch aus.

»Herr Pohl«, berichtigte der Mann sie leise.

»Also, Herr ... Poohl spricht einigermaßen Englisch. Er wird Ihnen ein paar interessante Geschichten erzählen.« Sie machte den Weg frei.

Herr Pohl begrüßte sie mit monotoner Stimme. Er bemühte sich, laut zu sprechen. »Meine Damen. Willkommen in Europas größtem Filmstudio. Einstmals größtem, muss ich wohl sagen ... Die UFA wurde 1917 gegründet, und wie der Film sich weiterentwickelt hat, so hat es auch die UFA getan. Es ist ständig etwas angebaut, umgebaut, neu gebaut worden.« Er zeigte unbestimmt in die Gegend.

Tatsächlich sah man überall riesige Hallen und hohe Aufbauten. Dazu auch noch Gebäude, in denen Ann Büroräume vermutete. Auf eins zeigte er nun.

»Hier haben wir zum Beispiel die Tonstudios für die Nachsynchronisation. Alle modernen Entwicklungen wurden von der UFA schnell aufgegriffen und weiterentwickelt. Wie der Tonfilm.«

Ann hörte interessiert zu. Tonfilm, das bedeutete auch Tanzfilm. Sie liebte besonders die Filme mit Fred Astaire und Ginger Rogers. Aber die waren hier natürlich nicht gedreht worden. Swing und andere amerikanische Musik war hier im Land verpönt.

Pohl sprach weiter. »Natürlich war die UFA auch eine der ersten Produktionsstätten, die in Farbe gedreht haben. Wenn Sie mir folgen mögen. Wir gehen jetzt in eine Halle, die 1926 gebaut worden ist. Damals war sie die größte Atelierhalle Europas«, klang es stolz von vorne.

»Die Deutschen hatten wohl schon immer diesen Größenwahn. Die Größten, die Ersten und sicher überall die Besten«, wisperte Karen ihr zu, als sie eine riesige Halle betraten.

Karen hasste die Deutschen abgrundtief. Da gab es keine Graustufen, nur Schwarz. Ann senkte den Kopf. Es traf sie nach all den Jahren immer noch. Damals, als sie in England angekommen waren, hatte Ann gedacht, sie wären endlich in Sicherheit. In der Schule war sie allerdings gemieden worden. Keins der Mädchen wollte mit ihr sprechen. Man schnitt sie – bestenfalls. Damals hatte sie gelernt, sich perfekt anzupassen. Sie hatte hart daran gearbeitet, Oxford-Englisch ohne jeden Akzent zu sprechen. Karen gegenüber nicht offen sein zu können, fiel ihr trotzdem schwer.

Herr Pohl sprach weiter, erzählte von finanziellen und organisatorischen Krisen in den Zwanzigern und von der Blütezeit des Filmstudios in den Dreißigern. So begeistert, wie er sprach, hätte man meinen können, er hätte das alles selbst zu verantworten gehabt.

Es dauerte, bis er endlich zu dem Teil seines Vortrages kam, der die Frauen am meisten interessierte. Sie bombardierten ihn mit Fragen. Emil Jannings, Pola Negri, Conrad Veidt – wann hatten sie hier gedreht? Was hatten sie gedreht? Wo lagerten die Kostüme, die Requisiten, die Filme?

»In dieser Halle sind viele Szenen von *Der blaue Engel* gedreht worden«, führte Pohl weiter aus.

Die Fragen blieben nicht aus. Hier in der Ecke? Der weltweite Erfolgsfilm? Schon 1930? War es wirklich schon fünfzehn Jahre her? Liefen sie gerade über den Boden, über den schon Marlene Dietrich gelaufen war? Aber ja, genau hier hatte das Bierfass gestanden, auf dem sie mit ihrem glänzenden Zylinder in *Der blaue Engel* gesungen hat.

Aber auch: Wurde hier die Deutsche Wochenschau gedreht? Nein, die wurde vor allem in den UFA-Studios in Berlin-Tempelhof produziert. Und wo man schon mal in der dunklen Zeit angelangt war: Hans Albers, der hoch bezahlte Star der Nationalsozialisten, und vor allem Zarah Leander hatten in dieser Halle gedreht.

»Wo wurde Zarah Leander geschminkt?«, fragte Gillian, die vor Ann stand.

»In den Starlogen«, antwortete der kleine Mann. »Zarah Leander hatte eine eigene. Goebbels hatte das angeordnet. Als Propagandaminister hat er hier das Sagen gehabt. Die UFA war mehr und mehr verstaatlicht worden und wurde zu Goebbels Lieblingsspielzeug. Die Filme, die hier gedreht wurden, unterlagen natürlich alle der Zensur. So war das eben.«

Lieblingsspielzeug. ... So war das eben. Ann ärgerte sich. Pohl sagte das, als wäre es schon Jahrzehnte her. Als hätte dieser Wahnsinn nicht erst vor wenigen Wochen geendet.

»Im April kam dann die russische Armee. Seitdem läuft hier nichts mehr«, führte der Deutsche weiter aus.

»Aber es sind doch noch überall Leute zu sehen«, sagte Penny.

Pohl zuckte lakonisch mit den Schultern. »Wo sollen sie auch sonst hin? In Potsdam sind die Hälfte der Gebäude zerbombt. Sie haben keinen anderen Platz, wo sie unterkommen können.«

Sie durchquerten die Halle, während Pohl weitererzählte. Es ging wieder raus und rüber zum Fundusschuppen, einem Gebäude, das nicht besonders hoch war, aber groß wie ein Fußballfeld. Innen allerdings war es eng. Tausende Möbelstücke aller Art standen herum. Pohl zeigte ihnen Regale, auf denen Hunderte von Perücken lagerten. Etwas weiter standen Sperrholzplatten und bemalte Bühnenwände. Säcke mit Gips verstellten die Wege. Man musste genau schauen, wohin man trat.

»Es gibt noch einige alte Kulissen vom Welterfolg *Metropolis*. Fritz Lang drehte ihn hier und auf freiem Gelände im Jahr 1926.«

»Gibt es noch das Kostüm von Maria, der Roboterfrau?«, kam es aus der Gruppe.

»Ich weiß wirklich nicht, wo das abgeblieben ist. Aber wenn Sie wollen, kann ich Ihnen ein paar Original-Kulissen zeigen. Kommen Sie bitte.«

Alle folgten ihm, und sie gingen um ein paar Ecken. Ann, die ganz hinten war, nahm eine Kurve zu eng. Sie streifte einen fragilen Aufbau von meterhohen Leinwänden und Holzplatten. Eine ganze Batterie schräg stehender Kulissen kippte auf sie. Ann duckte sich. Es krachte und wurde dunkel um sie herum.

Im Bruchteil einer Sekunde wurde sie in der Zeit zurückkatapultiert. Sie war verschüttet, bekam keine Luft. Lebendig begraben. Ann atmete hektisch. Sie versuchte, sich aufzurichten. Atmen, alles andere war sowieso nicht wichtig. Nur atmen. Weiterleben. Anders als damals bekam sie aber gut Luft. Irgendwas rutschte über ihren Rücken.

Erlöst hörte sie die aufgeregten Stimmen der anderen Frauen. Sie war nicht unter der Erde. War nicht begraben. Musste nicht fürchten zu sterben. Einige der überdimensionierten Leinwände wurden weggezogen. Es wurde heller.

»Ann ... alles okay?« Das war Karen.

»Ich ... ja. Alles okay.« Alle Augen schauten auf sie, was ihr höchst unangenehm war. Mit zitternden Händen strich sie sich ihren Rock glatt. »Nichts passiert. Es ... es tut mir leid. Wie ungeschickt von mir.« Sie versuchte ein Lächeln und packte eine der Stellwände.

Mit Karens Hilfe schob sie eine bemalte Sperrholzplatte zurück in die Aufrechte. Andere halfen, und im Nu war alles wieder aufgeräumt.

Miss Bright, die dem Treiben stumm zugesehen hatte, klatschte in die Hände. »Na dann, meine Damen. Es geht weiter.«

Die Gruppe setzte sich wieder in Bewegung. Karen warf ihr noch einen besorgten Blick zu. Ann schüttelte ihren Kopf. Alles in Ordnung, wollte sie damit sagen.

Sie gingen weiter, hörten noch etliche Erklärungen des Deutschen, als vorne plötzlich einige Frauen kicherten. Ann stellte sich auf Zehenspitzen, um zu sehen, was los war.

Herr Pohl räusperte sich. »Also, das ist Herr Bankow, einer unserer Kulissenbauer. Er ...« Pohl wusste wohl nicht recht, was er sagen sollte.

Der alte Mann lag auf einem Stapel Holz, nur eine verschlissene Decke unter sich. Durch die Ankunft der Frauen war er wahrscheinlich gerade aufgewacht, was ihm offensichtlich äußerst unangenehm war. Schnell setzte er sich hin und strich sich die dünnen Haare glatt.

»Wir können auch andersherum gehen. Kommen Sie bitte. Zurück. ... Sie müssen zurückgehen«, herrschte Pohl die Gruppe an.

Es staute sich, bis die ersten Frauen zurückliefen. Ann stellte sich etwas abseits und ließ alle vorbei. Sie wartete, bis sie die Letzte war.

Hatte sie doch richtig gesehen. Hinter dem Holzstapel hatte sich jemand versteckt. Ann hatte es Jackson abgeschaut und eine Rolle Kekse und ein paar kleine Riegel Schokolade eingesteckt. Eilig trat sie vor.

»Hallo«, sagte sie auf Deutsch. »Wohnen Sie in Potsdam?«

Der alte Mann, der nun von Nahem gar nicht mehr so alt aussah, schaute überrascht hoch. Doch er blieb stumm.

»Ähm ...« Ann kramte in ihrer Tasche nach der Keksrolle und holte sie hervor. Jetzt kam auch endlich der kleine Mensch, der sich versteckt hatte, neugierig nach vorn.

Es war gar kein kleines Kind. Es war ein mageres Mädchen. Doch aus ihren Augen blickte sie wie eine Erwachsene. Weizenblonde Haare, die geflochten waren. Unordentlich hingen Strähnen heraus. Ihr hungriger Blick fixierte die Kekse. Aber sie sagte nichts. Wortlos setzte sie sich neben ihren Vater. Zumindest vermutete Ann, dass es ihr Vater war. Er hatte ebenso helle und dünne Haare, auch wenn ihm schon viele davon fehlten.

»Sind Sie Britin?«, fragte der Mann auf Deutsch.

»Ich suche hier Bekannte, deutsche Bekannte. Kennen Sie die Müllers aus der Lindenstraße? Oder die Buchners aus der Markgrafenstraße?«

Die fahlen Augen des Mannes huschten zur Seite.

»Bitte ... kennen Sie sie?«

Er sagte nichts. Ann reichte dem Mädchen die Kekse, das sich schmallippig bedankte. Gierig riss es die Packung auf, nahm sich einen und gab die Packung ihrem Vater. Er schaute andächtig auf die Kekse, während seine Tochter schon an ihrem knabberte.

Ann wollte es anders versuchen. »Sie waren hier Kulissenbauer?«

»Ja, ich bin gelernter Zimmermann, aber ich habe schon Anfang der Dreißiger hier angefangen.«

»Dann haben Sie für die vielen bekannten Filme die Kulissen gebaut?«

Er nickte. »Ich bin ihnen allen begegnet: Heinrich George und Heinz Rühmann – und all den anderen großen Stars.«

»Und auch den Regisseuren, nehme ich an. Hat Leni Riefenstahl hier gearbeitet?«

»Nein, sie hat ja vor allem vor Ort gedreht, im Olympiastadion und in Nürnberg. Aber ich habe sie ein paar Mal gesehen, vor dem Krieg, hier auf dem Gelände. Sie hat hier ihre Filme geschnitten.«

»Also sind Sie schon sehr lange dabei.« Ann zögerte. »Vermutlich wohnen Sie in der Nähe, oder?«

»Unser Haus ... Es ist ...«

»Ausgebombt?«

Wieder nickte er.

»Und wo leben Sie jetzt?«

»Immer noch in dem Haus. Wir schlafen im Keller, aber tagsüber ... Hier ist es ... besser.«

Ann hatte so eine Ahnung, was er eigentlich hatte sagen wollen: sicherer.

»Ich kenne mich hier ein wenig aus. Wo steht Ihr Haus?«

Er schaute kurz skeptisch hoch. »Auguste-Viktoria-Straße.«

Die kannte Ann doch. War das nicht eine kleine Straße in der Nähe der Kronprinzenstraße? Luftlinie kaum vier- oder fünfhundert Meter zur Lindenstraße.

»Ist in der Ecke viel zerstört?«

»Allerdings.« Jetzt kramte er doch ungeduldig einen Keks hervor.

»In welche Schule ist Ihre Tochter gegangen?«

Er schaute kurz zu dem blonden Mädchen rüber, das sein Gebäckstück schon gegessen hatte. Bisher hatte es keinen Ton gesagt. »Volksschule Mitte«, erklärte der Mann für sie.

Das Blut schoss Ann ins Gesicht. Dorthin war sie auch gegangen. Sie und natürlich Charlie, bis sie beide auf eine weiterführende Mädchenschule gekommen waren. »Wie heißt Ihre Tochter?«

»Liesel ... also Lieselotte eigentlich.«

»Und wie alt ist sie?«

Der Mann rutschte auf seiner Wolldecke herum. Ihm war das wohl unangenehm, diese Fragerei. Wie bei einem Verhör. Aber er antwortete gehorsam. »Sie ist achtzehn.«

Achtzehn? Sie sah aus wie fünfzehn, höchstens sechzehn.
»Liesel, kennst du eine Charlotte Müller? Aus der Lindenstraße? Sie ist heute in meinem Alter – dreiundzwanzig.«

Die dürre junge Frau schaute nur kurz hoch und griff erneut zur Kekspackung.

»Oder Manfred und Marianne Müller, die Zwillinge? Sie können höchstens ein Jahr älter sein als du. Du musst sie doch kennen!« Ann klang eindringlich.

Für einen kurzen Moment dachte Ann, Lieselotte würde etwas sagen. Doch dann schüttelte sie vehement den Kopf.

»Oder vielleicht die Buchners aus der Markgrafenstraße? Sie hatten auch Kinder. Guste, Walter und Hermann Buchner?«

Der Keks in der Hand des Mannes zitterte, aber er biss nicht hinein. Und Liesel versteckte sich fast hinter dem Gebäckstück. Wieder sah Ann etwas, das in ihren Augen aufblitzte. Wieder schüttelte die junge Deutsche nur den Kopf.

»Ich muss sie finden, unbedingt«, setzte Ann nachdrücklich hinterher. Liesel drehte sich ängstlich weg.

»Sie müssen meiner Tochter verzeihen. Sie ist im Moment …«

»Kann sie nicht sprechen?«

»Doch … aber … es sind schwirige Zeiten für uns.«

Ja, das wusste Ann wohl. Schwierige Zeiten. »Falls Sie …« Sie wurde unterbrochen.

»Himmel, hier sind Sie. Ich hab Sie schon gesucht. Jetzt aber schnell. Die Gruppe ist schon fast aus dem Gebäude wieder raus.« Miss Bright schaute sie so vorwurfsvoll wie interessiert an. Mit in die Taille gestemmten Armen stand sie mitten im Gang. »Kommen Sie.«

»Natürlich«, stammelte Ann verlegen. »Auf Wiedersehen.« Sie schloss zu Miss Bright auf.

»Was haben Sie hier gemacht?«

»Ich hatte eine Packung Kekse dabei und dachte, sie würden sich darüber freuen.«

»Freuen?«

»Die Kekse waren schon alt«, sagte Ann entschuldigend. Als würde es das besser machen.

»Haben Sie da gerade Deutsch gesprochen?«

Ann schoss das Blut ins Gesicht. Sie hatte gegen das Fraternisierungsverbot verstoßen. Verschämt nickte sie.

»Dann können Sie Deutsch?«

»Einigermaßen. ... Im letzten Jahr, in dem es kaum noch Luftangriffe gab, habe ich dem Kriegsministerium geholfen, abgefangene deutsche Feldpost zu übersetzen.«

Statt dass ihre Deutschkenntnisse sie verdächtig machten, schien Miss Bright entzückt. »Aber das ist ja fantastisch. Dann weiß ich, an wen ich mich wenden muss, wenn wir mal sprachliche Unterstützung brauchen. Und jetzt schnell, sonst verpassen wir noch Marlene Dietrichs Bierfass und den glänzenden Zylinder.«

Ann lief ihr hinterher. Das war gerade noch mal gut gegangen. Aber sie wollte verdammt sein, wenn diese Lieselotte nicht etwas wusste. Wenn sie nur ein paar Minuten mehr Zeit gehabt hätte, vielleicht mit der Schokolade, vielleicht hätte sie sie zum Sprechen gebracht.

Samstag, 7. Juli 1945

Liesel schaute in die leere Kekspackung und pickte mit einem Finger die letzten Krümel heraus. Vater hatte ihr die Packung weggenommen. Sie sollten sie sich einteilen, hatte er gesagt. Doch auf dem Weg nach Hause hatte ihr Magen so laut geknurrt, dass er ihr schließlich die letzten Kekse überlassen hatte. Außerdem, wer wusste schon, was die nächsten Stunden, was die nächste Nacht brachte? Vielleicht waren sie schon morgen beide tot. Eine Schande, die Kekse dann nicht gegessen zu haben.

Die Russen gaben seit Mitte Mai Lebensmittelrationen aus. Sie waren in der untersten der fünf Gruppen. Schwerstarbeiter, Arbeiter, Angestellte, Kinder. Dann erst kamen sie, die Kategorie V – die sonstige Bevölkerung. Sie arbeiteten nicht. Sie bekamen am wenigsten. 300 Gramm Brot, 400 Gramm Kartoffeln. Wenn man nicht aufpasste, bekam man die alten, die schon matschig waren. 20 Gramm Fleisch, 7 Gramm Fett, 30 Gramm Grieß oder Graupen, 15 Gramm Zucker. Alles pro Tag. 25 Gramm Bohnenkaffee – im Monat. Keine Milch, keine Wurst, kein Käse. Gemüse oder Obst gab es nur auf dem Schwarzmarkt.

Wenn Vater nur wieder arbeiten könnte, dann würde er wenigstens in die Kategorie II fallen. Dann gäbe es etwas mehr. Mehr von allem. Aber sie durften sich nicht beschweren. Unter dem Führer hatte es zuletzt noch weniger gegeben. Sicher würde es dauern, bis es in den Filmstudios weitergehen würde. Wenn es hier überhaupt weiterginge.

Aber Vater war überzeugt, dass er als Zimmermann bald Arbeit finden würde. Andererseits, vielleicht durfte er auch nie wieder arbeiten. Heute ging das Gerücht im Studio um, dass die Amis allen, die vor 1937 in die Partei eingetreten waren, verboten zu arbeiten. Wenn die Russen das genauso handhaben würden, dann gute Nacht.

Und sie? Was sollte sie schon arbeiten? In den letzten Jahren hatten junge Frauen wie sie nur noch selten einen Beruf erlernen können. Viel wichtiger war es gewesen, ihr Leben in den Dienst des Vaterlandes zu stellen. So stolz war sie gewesen, an dem ersten Abend, an dem sie mit ihren Scheinwerfern die gegnerischen Flugzeuge gejagt hatte. Doch dieses Gefühl hatte nicht lange angehalten. Vielleicht war das damals der letzte Moment gewesen, der nicht durch und durch getränkt gewesen war von purer Angst. Die Angst, die sie in den letzten Jahren kaum eine Minute verlassen hatte. Die Angst, die kein Stück unbegründet gewesen war. Vater behauptete jetzt immer, es würde besser werden. Sie müssten nur lange genug überleben. *Überleben ...*

Nachts hockten sie im Kellergewölbe. Vater hatte gebrochene Latten und Geröll unten am Kellereingang verteilt. Es sollte so aussehen, als wäre der Keller unbegehbar. Ein Holzgatter, das er im Gang vor ihrem Raum aufgestellt hatte, würde sie wenigstens warnen, wenn jemand kam. Obwohl ihnen dann ja doch niemand helfen würde. Ab und an kletterten sie nach oben in ihre alte Wohnung. Sie hatten schon allerlei Nützliches geholt. Matratzen und die Bettwäsche. Ein wenig Essgeschirr. Nicht das Gute natürlich. Hier unten kochten sie ohnehin nicht. Sie hatten es mit offenem Feuer versucht, aber der Rauch zog nicht ab.

Obwohl in den Studios noch bis Mitte April gearbeitet worden war, hatte Vater schon Wochen vorher aufhören müssen. Er war zum Volkssturm abkommandiert worden. Niemand wusste, was die eigentlich machen sollten. Aber etliche der alten Männer hatten im Großen Krieg von Kaiser Wilhelm gedient und waren willens gewesen, ihre Heimat bis zur letzten Patrone zu verteidigen. Bis zur letzten Patrone hatten sie es dann nicht mehr geschafft. Die Iwans brachen von mehreren Seiten gleichzeitig in die Stadt ein. Da gab es nichts mehr zu verteidigen.

Den Männern des Volkssturmes blieb nur, sich zu verstecken. Die Russen brachten alle waffenfähigen Männer um, denen sie begegneten. Ihr Blockwart hatte recht behalten, wobei – der hatte sich rechtzeitig davongemacht, wie all die anderen Nazis, die was zu sagen hatten. Urplötzlich war Potsdam zu einer Stadt der Frauen geworden.

Liesel hatte ihren Vater das letzte Mal am 25. April gesehen, zwei Tage, bevor die Russen Potsdam gestürmt hatten. Lange war sie überzeugt, er sei tot. So wie all die anderen. Ihr Bruder Fritz hatte recht behalten. Auf seinem letzten Heimatbesuch – da war der Totale Krieg schon ausgerufen – hatte er gesagt: »Wir müssen den Krieg unbedingt gewinnen. Wenn die Russen gewinnen, dann kann uns kein Gott mehr helfen. Dann werden wir ein Inferno der Rache erleben. Vom ältesten Mann bis hin zum jüngsten Kind.«

Fritz war vermutlich tot – gefallen oder an der Front verschollen, genau wie ihre anderen Brüder. Und so war es gekommen. Ein Inferno war über sie hineingebrochen. Liesel konnte sich nicht vorstellen, wofür das die Rache sein sollte. Niemand konnte so etwas Schlimmes anstellen wie die Russen. Wie die Berserker hatten sie hier gehaust.

Erst Tage später wurden die Leichen in den Straßen abgehangen und auf Pferdekarren fortgebracht. Wohin, wusste niemand. Ende Mai, nachdem das Schlimmste Alltag geworden war und es schon wieder besser wurde, kam Vater zurück. Plötzlich hatte er bei der Witwe Seidel in der Tür gestanden, die genau wusste, was Liesel gerade vorhatte. Ach, wäre er doch nur eine Stunde später gekommen.

Jetzt waren sie wieder beide zu Hause. Zu Hause, das klang, als ob sie noch ein Heim hätten. Eine Ruine da oben. Die Wand der Fassade war halb heruntergekommen. Alle paar Tage bröckelte sie ein wenig nach. Vielleicht würde einfach in der Nacht das Haus über ihnen zusammenstürzen. Das passierte alle paar Tage irgendwo. Dann hatte man eben Pech gehabt. Ihr wäre es recht. Der Hunger machte sie verrückt. Sie hatte schon Gras gefressen, Brennnesseln und Weidenrinde.

Die Kekse heute, pures Glück. Sie schmeckten nach Frieden, nach 1938. Eine Zeit, die für immer untergegangen war.

Trotzdem, diese Britin sollte sich nicht einbilden, sie könne sie mit ein paar Keksen bestechen. Die Iwans waren ihre Todfeinde, aber die Tommys und Yankees waren nicht besser. Die holten sich jetzt die Deutschen und machten vermutlich genau das Gleiche mit ihnen, was die Russen gemacht hatten. Sie waren einfach nur etwas später dran und wollten nachholen, was sie verpasst hatten. Liesel wusste das. Ihre Lehrerin hatte ihnen das erzählt.

Ja, sie war in die Volksschule Mitte gegangen. Und sie kannte die Zwillinge, Manfred und Marianne Müller. Natürlich kannte sie sie. Jeder kannte die Geschichte von ihrem Vater. Und alle hatten die Zwillinge dafür leiden lassen.

Warum wohl konnte diese Britin so gut Deutsch? War sie eine geflohene Jüdin? Oder war sie eine von diesen Volksverrätern, von denen sie immer wieder gehört hatte? Eine übergelaufene Spionin?

Und waren die Müllers ihre Spitzel, die im Land geblieben waren? Passen würde es ja. Man hatte den Vater sicher nicht ohne Grund ins Lager nach Sachsenhausen gebracht. Trotzdem, den Tommys würde sie nichts verraten. Sollten sie sie doch weiter mit Keksen füttern.

Sonntag, 8. Juli 1945

Gillian saß ihr gegenüber und schlang geradezu das Mittagessen hinunter. Nach der Frühmesse hatten die jungen Frauen in ihren Häusern die Wäsche verteilt und sie durchgesehen. Bettwäsche und Handtücher wurden aus dem militärischen Fundus gestellt. Alles andere, wie zum Beispiel Tischdecken oder Gardinen und Ähnliches, sollte aber natürlich auch sauber sein, und jederzeit einsatzbereit. Es sollte alles erledigt sein, bevor die höheren Ränge anreisten und Berge von schmutzigen Socken und Unterhosen waschen lassen wollten. Karen und Ann hatten einige Teile beschriftet und in einen Wäschesack gepackt. Doch nach dem Essen hatten sie heute den ganzen Nachmittag zur freien Verfügung. Das hatte Miss Bright gestern schon verkündet.

Sie hätten sich kein schöneres Wetter aussuchen können, um an den Havelstrand zu fahren. Einige Frauen würden sich gegenseitig in ihren zu betreuenden Villen besuchen oder ihren Eltern nach Hause schreiben. Ann konnte es gar nicht erwarten, endlich aus dem britischen Bereich herauszukommen. Wenn sie zu einem der Havelstrände fahren würden, mussten sie doch durch Potsdam durch. Zumindest war das ihre Hoffnung.

Die Arbeit der ersten Tage war nicht besonders anstrengend gewesen. Die Villen waren nun auf Vordermann gebracht. Alle Räume, die bewohnt würden, waren geputzt und aufgeräumt. Ab nächster Woche würden die ersten Delegierten anreisen und die Häuser nach und nach beziehen. In den Villen belegte man alle Betten, die vorhanden waren. Aber jetzt schon war klar, dass das nicht ausreichen würde. Die Zahl der Konferenzteilnehmer wuchs von Tag zu Tag. Etliche der Anreisenden würden im britischen Sektor von Berlin untergebracht.

Sobald die Politiker, Offiziere und zivilen Berater vor Ort waren, würde vermutlich nur noch wenig Zeit bleiben für Vergnügungen wie schwimmen gehen. Aber während die anderen Frauen das hier alles als großes Abenteuer empfanden, ging Ann beständig durch den Kopf, dass sie unbedingt nach Potsdam hinein musste. Die Zeit rannte ihr davon. Was, wenn ihre Familie auch in Kellern hauste, so wie die Bankows. Eine schreckliche Vorstellung.

»Für diejenigen, die gestern gefragt haben, habe ich mich erkundigt.« Miss Bright stand wieder vor ihnen. Keine Ahnung, wann diese Frau aß oder wie schnell sie es tat. Sie stand fast jede Essenspause bereits nach der Hälfte am Tischende und erzählte oder erklärte ihnen wichtige Dinge. Jetzt wedelte sie mit einem Stück Papier.

»Ich kann Ihnen Entwarnung geben. Die Mücken hier sind keine Malariaträger. Sie können also ruhig bei offenen Fenstern schlafen. Und sollten Sie gestochen werden, machen Sie es wie zu Hause. Etwas Seife auf die Stelle, dann juckt es nicht mehr so schlimm.«

Der halbe Saal lachte. Seit Tagen herrschte warmes Wetter, doch einige der Frauen trauten sich nicht, die kühle Nachtluft hineinzulassen. Nicht, nachdem man wusste, dass Leichen im angrenzenden See getrieben hatten. Einige fürchteten Krankheiten.

Ihre Vorgesetzte war sehr umgänglich, auch wenn es Gerüchte gab, dass sie ziemlich bärbeißig werden konnte, wenn man ihr querkam. Anscheinend hatte sich Miss Bright mit der Feldzeugmeisterei angelegt. Es war wohl ein Kampf darüber entbrannt, wer wann die Wäscherei für die VIPs benutzen durfte. Es hieß, sie habe sich durchgesetzt.

»Ann ...?«

»Ja bitte?« Offenbar hatte sie eine Frage überhört.

»Woran denkst du nur immer?«, beschwerte Karen sich.

»Bestimmt an Jackson Powers. An wen sonst?«, antwortete Gillian grinsend. »Also?«

»Ob du weißt, wann Churchill anreisen wird?«, hakte Penny nochmals nach.

»Ich, nein. ... Wieso sollte ich das wissen?«

»Hast du nicht gesagt, du und Karen hättet unter Mary Churchill gedient?«

Ann nickte. »Aber es ist nicht gerade so, als würden wir deshalb Brieffreundschaft mit der Tochter des Premierministers pflegen. ... Ist es denn sicher, dass sie mitkommen wird?«

Gillian schüttelte den Kopf und kratzte die Reste ihres Eintopfes auf dem Suppenteller zusammen. »Keine Ahnung. Ich hab nur gehört, der PM soll vermutlich am nächsten Wochenende anreisen. Aber niemand sagt etwas Genaues, aus Sicherheitsgründen.«

Natürlich! Was für eine Katastrophe, wenn der britische Premierminister Wochen nach Ende des Krieges doch noch Opfer eines Anschlages würde – auf deutschem Boden.

»Wir haben hoffentlich noch ein paar entspannte Tage, bevor die große Show startet.« Karen war fleißig, aber doch ebenso eifrig bemüht, das Beste aus ihrer Freizeit zu machen. Sie hatte schon alles für ihren kleinen Ausflug gepackt und auch Ann genötigt, sofort startklar zu sein. Sie wollte nicht eine Minute vertrödeln. Wenn es nach Karen ginge, würden sie sicher die kürzeste Strecke durch Potsdam nehmen.

Endlich wurde der Nachtisch verteilt. Karen und Gillian aßen ihren Grießbrei so schnell, als hätten sie eine Wette am Laufen. Als endlich alle an ihrem Tisch fertig schienen, stand Karen auf.

»Wohin so eilig?« Miss Bright mit ihren Adleraugen stand plötzlich neben ihnen.

»Wir sind eingeladen zum Schwimmen. Sie hatten es uns schon erlaubt.«

»Ach ja. ... Mit diesen gut aussehenden GIs. Aber passen Sie auf sich auf. Und immer zusammen bleiben. Das ist ein Befehl, verstanden?« Joan Bright machte ein ernstes Gesicht.

Ann nickte widerstrebend und stand auf. Nur allzu gerne hätte sie gegen diesen Befehl verstoßen. Aber sie machte sich ohnehin nicht allzu viel Hoffnung, sich kurzzeitig von der Gruppe absetzen zu können. Hauptsache, sie würden wenigstens durch die Stadt fahren. Gillian holte ihre Rucksäcke, die sie in der Ecke abgestellt hatten.

Als sie nun vor die Tür gingen, waren sie nicht die Einzigen, die abgeholt wurden. Ein paar andere Frauen hatten sich mit britischen Soldaten verabredet, um nach Berlin hineinzufahren. Sightseeing in Ruinen. Ein solcher Ausflug hätte Ann auch interessiert, doch sie hatte Dringlicheres zu erledigen.

Ungeduldig knetete sie ihre Hände. Jackson kam nur wenige Minuten später, gefolgt von einem zweiten Jeep. Ann und Karen stiegen bei Jackson und noch einem Amerikaner ein. Gillian und Penny nahmen den zweiten Jeep.

Doch bevor es losging, holte Jackson etwas aus dem Ablagefach. »Eure Passierscheine. Ihr seid nun in einer unabdingbar wichtigen Mission unterwegs. Verliert sie nicht. Die Russen verstehen nicht viel Spaß.« Er lächelte Ann gewinnend an.

Freudestrahlend griff sie nach dem Zettel. Ein kyrillisches Formblatt mit einigen darauf eingetragenen handschriftlichen Ergänzungen. Und ganz wichtig: einem deutlichen Stempel und einer Unterschrift. Vorsichtig faltete sie das Papier zusammen und steckte es in die Tasche ihrer Uniformbluse. Sie hatte nun einen Passierschein! Darauf hatte sie so sehr gehofft. Der Tag hatte sich jetzt schon gelohnt.

Der andere Soldat stellte sich als Nick Smith vor. »So, meine Damen. Auch nichts vergessen?«

»Auf zur internationalen, total wichtigen Geheimmission«, rief Gillian ihnen zu, als der hintere Jeep sie überholte.

Jackson ließ sich nicht lange bitten und schoss ihnen hinterher. Mit den Passierscheinen war es überhaupt kein Problem am russischen Kontrollpunkt. Was immer darauf notiert war, es führte dazu, dass sie anstandslos durchgewunken wurden.

Es waren mehr russische Uniformen auf der Straße zu sehen als bei Anns letztem Ausflug. Je näher Stalins Ankunft rückte, desto mehr Soldaten waren unterwegs. Während die Männer an den Kontrollpunkten saßen, waren die russischen Soldatinnen dafür zuständig, den Verkehr zu kontrollieren. Ihre Uniformen waren noch weniger vorteilhaft als die britischen, stellte Karen uncharmant fest.

Erst auf der Höhe des zerstörten Hauptbahnhofes waren überhaupt Zivilisten auf der Straße zu sehen. Ann prüfte jedes einzelne Gesicht. Sie glühte vor Aufregung, zumindest bis sie sich der Innenstadt näherten. Denn dann überquerten sie gar nicht die Havel mit ihrer mittendrin liegenden Freundschaftsinsel, sondern bogen kurz vorher ab.

»Wohin fahren wir?« Sie versuchte, nicht allzu enttäuscht zu klingen.

»Templiner See.«

Wie Jackson es aussprach, hörte es sich eher an wie *Tämleener Säh*. Ann war als Kind mit ihren Eltern, Charlie und anderen Verwandten in der Havel schwimmen gewesen. Allerdings konnte sie sich nicht mehr daran erinnern, wo das gewesen war. Sie hatte nur vage Erinnerungen an den Stadtrand von Potsdam.

Irgendwann bog der vordere Jeep von der Straße ab, und Jackson folgte ihm. Sie fuhren direkt bis zum grasbewachsenen Ufer. Das nächste Haus war Hunderte Meter entfernt. Die beiden Soldaten aus dem ersten Jeep begutachteten die Stelle und befanden sie wohl für ausreichend sicher. Gillian und Penny legten ihre Sachen im Gras ab. Auch Ann stieg aus.

Jackson holte ein großes Handtuch und eine Wolldecke hervor. »Die Damen können sich dort umziehen.«

Er zeigte auf einen mannshohen Busch. Offensichtlich hatte er sich die Stellen genau ausgeguckt. Oder er war hier öfter baden.

»Wir sind schon umgezogen«, sagte Karen. Trotzdem

drückte sie verschämt ihren Rucksack an sich. Natürlich wartete sie darauf, dass jemand anderes den ersten Schritt tat.

Ann streifte sich ihre Schuhe ab und trat an die Wasserkante heran. Das Wasser hatte eine angenehme Temperatur. Während Jackson und Nick, der andere Amerikaner, die Decke ausbreiteten, zog sie sich schnell den Rock und die Uniformbluse aus. Sie ließ alles auf einem kleinen Haufen direkt auf dem Rasen liegen. Im Nu stand sie bis zu den Knien im Wasser.

»So warte doch auf mich«, wisperte Karen leise.

Ann drehte sich um und sah, wie ihre Zimmergenossin verschämt ihre Kleidung ablegte. Sie breitete ihr Handtuch über ihre Sachen und beeilte sich, ins Wasser zu kommen.

Ann ließ sich langsam in das kühle Nass gleiten. Sie schwamm ein paar Züge, bis ihr bewusst wurde, wie lange sie schon nicht mehr schwimmen gewesen war. Das letzte Mal war sie noch eine Teenagerin gewesen, vielleicht sechzehn oder siebzehn Jahre alt. Da war sie mit ihren Eltern für ein paar Tage von Oxford aus ins Grüne gefahren. Sie hatten in einer Pension gewohnt, die eigentlich ein Bauernhof gewesen war. Hinten raus hatte es einen kleinen Teich gegeben. Ein Vergnügen, an das in den letzten Kriegsjahren nicht zu denken gewesen war.

Als sie sich jetzt dabei ertappte, wie wohl sie sich fühlte, brach sofort ihr schlechtes Gewissen hervor. Vergiss nicht, wer du eigentlich bist und weshalb du hier bist, ermahnte sie sich.

Mama, die nur noch heulend im Haus saß. Oder schlimmer noch, sie saß da und brütete stumm vor sich hin. Schaffte gerade noch so den Haushalt. Aber nach Kochen, Putzen und Spülen war da keine Energie mehr übrig. Anns schlechtes Gewissen, wenn sie ins Kino ging. Ihrer Mutter erzählte sie nichts mehr davon. Es machte Mama nur noch trauriger.

Wenn Ann es sich leisten konnte, was ohnehin nicht oft vorkam, kaufte sie sich eine Brause. Eigentlich tranken nur Kinder Brause. Aber als Teenagerin hatte sie sich Kinobesuche nicht leisten können. Als junge Frau holte sie alles nach und trank die Brause, die ihr damals entgangen war. Dann schaute sie ihre Tanzfilme und mied die Liebesfilme. Romantik, das war eine Welt, die nicht für sie gemacht war. Flirterei verkomplizierte ihr Leben nur. Das hatte sie früh eingesehen. Würde sich das jetzt endlich ändern? Noch nicht, dachte Ann. Noch war es nicht so weit. Aber vielleicht schon ganz bald.

Sie bemerkte jemanden neben sich im Wasser. Es war Jackson, der sich ebenfalls beeilt hatte, ihr zu folgen. Auch er schien das kühle Nass zu genießen.

»Ist das nicht herrlich? Als Kind bin ich jeden Sommer geschwommen. Ich habe das Gefühl, ich war damals wochenlang nur im Wasser.« Er schwamm auf dem Rücken, sodass er sie beobachten konnte.

»Wirklich herrlich! Danke, dass du mich überredet hast.«

Sie trieben nebeneinander, bis Ann anfing, richtig zu schwimmen. Jackson folgte ihr, schwamm an ihr vorbei und dann rückwärts vor ihr her. Sie lachten, bespritzten sich mit Wasser, jauchzten vergnügt.

Der Amerikaner hatte ein merkwürdiges Talent, ihre schwere Welt leicht werden zu lassen. Wenn sie mit ihm zusammen war, schien immer alles einfach zu sein. Sogar die Schatten ihrer Vergangenheit verloren an Gewicht. Jackson schien sich strikt zu weigern, das Unangenehme zu sehen. Obwohl er doch ein Soldat war. Oder vielleicht gerade deswegen.

Als sie schließlich zurück an Land gingen, setzte Ann sich auf die ausgebreitete Decke. Zu ihrer großen Überraschung holte er aus einem Tornister mehrere Flaschen Bier, abgepackten Kuchen, Kekse und eine Thermoskanne hervor. Als er sie öffnete, konnte Ann den verführerischen Duft von Bohnenkaffee riechen.

»Bier oder Kaffee?«, fragte er.

»Kaffee!« Sie trocknete sich ihre braunen Haare und hielt dabei Ausschau nach Karen, die mit Nick und den anderen weiter rausgeschwommen war.

Verträumt hielt sie ihr Gesicht mit geschlossenen Augen nach oben. Die Sonne kitzelte in ihrer Nase. Paradiesisch, nur dass wenige hundert Meter weiter das Paradies abgebrannt war. Was für eine merkwürdige Atmosphäre. Glück und Freiheit in einem Land voller Unglück und Unfreiheit.

Jackson schnitt ein Stück vom Kuchen ab, gab es ihr und setzte sich mit einem weiteren Stück vor sie hin. Sein Oberkörper war gebräunt bis zum Hosenbund. Sie entdeckte ein paar Narben auf der rechten Seite und seiner Schulter. Und sie sah eine schlecht vernähte Operationsnarbe, die unter seiner Badehose hervorkroch und am Oberschenkel endete.

»Wo hast du gekämpft?«

Er schaute sie überrascht an, aber dann lief sein Blick düster über das Wasser. »D-Day ... Normandie.«

»Welcher Strandabschnitt?«, fragte sie leise.

Er presste die Lippen aufeinander, als wollte er nicht darüber sprechen. Zu ihrer großen Überraschung sagte er dann: »Utah Beach.«

Sie atmete tief durch. Alle wussten von der großen Katastrophe an Omaha Beach. Die deutschen Abwehrstellungen sollten eigentlich vorher von den Bomben der Flieger ausgeschaltet worden sein. Doch etwas war schiefgelaufen. Bei der Ankunft der amerikanischen Einheit am Strand erwartete diese ein wahres Gemetzel. Nicht einmal fünf Prozent der an Omaha Beach angelandeten Soldaten hatten überlebt.

Beinahe war Ann versucht, Jacksons Narbe mit ihrem Finger nachzuzeichnen. Zu ihrer eigenen Verwirrung fühlte sie sich Jackson merkwürdig verbunden. Was dachte sie sich nur? Solche Gedanken erlaubte sie sich doch sonst nicht. Und ausgerechnet hier. Als hätte sie nichts Besseres zu tun! Letztendlich hatten sie alle Narben. ... Alle, die sie hier waren. Auf der Haut, auf der Seele, die meisten auf beidem. Was sie hier alle miteinander verband, war die Tatsache, dass ihr aller Leben durch den Krieg auf ein vollkommen anderes Gleis gesetzt worden war.

Doch trotz der Sympathien für Jackson konnte und durfte Ann nichts tun, was ihre kleine, geheime Mission gefährdete. Jackson würde ihr helfen, selbst wenn er nichts davon wusste. Er hatte ihr sogar schon geholfen. Der Passierschein steckte ordentlich gefaltet in ihrer Uniform. Allerdings wollte sie die Anzahl ihrer Lügen möglichst begrenzen. Ihm unter Vorspiegelung falscher Tatsachen näherzukommen, erschien ihr nicht redlich. Nicht, wenn es nicht unbedingt sein musste. Sie durfte ihr Ziel nicht aus den Augen verlieren.

»Woher kommst du?«, fragte sie stattdessen.

»Aus Oklahoma, ursprünglich.«

»Was haben deine Eltern gemacht?«

»Eigentlich waren meine Eltern Farmer. Aber in der *Great Depression* haben sie ihre Farm verloren. Wir wanderten aus nach Kalifornien, wie Tausende andere. Mein Vater wurde arbeitslos. Ich musste früh in einer Fabrik arbeiten.« Er biss ein großes Stück vom Kuchen ab. »Und du, woher stammst du?«

Himmel, war sie dumm. Sie wusste doch, dass auf eine solche Frage immer die Gegenfrage kam. »Ich wohne mit meinen Eltern in London.«

»Dann hast du bestimmt eine deutlich spannendere Kindheit gehabt als ich.«

»Vermutlich, auch wenn man das als Kind nicht so sieht.« Spannend, ja. Aber auf eine Art, auf die sie gut hätte verzichten können.

»Und was machen deine Eltern? Was arbeitet dein Vater?«
Jetzt saß sie wirklich in der Patsche. Etwas nicht zu sagen, war eine Sache. Aber ganz offensiv zu lügen, war eine vollkommen andere Geschichte. Sie trank einen Schluck Kaffee. »Meine Mutter ist Hausfrau, und mein Vater arbeitet in einem Büro«, antwortete Ann. Ganz geheime Sachen. So geheim, dass nicht einmal sie wusste, was genau er tat.

Karen, Nick und die anderen kamen aus dem Wasser. Karen schnappte sich ihr Handtuch und wickelte sich schnell darin ein. Dann setzte sie sich neben die Decke ins Gras. »Ist das etwa echter Bohnenkaffee?«

Jackson reichte Nick die Thermoskanne, damit er Karen etwas einschenken konnte. Die trank genüsslich ein paar Schlucke, dann stutzte sie und schaute ein Stück das Ufer hoch: »Dürfen die das?«

Ann und Jackson folgten ihrem Blick. Keine hundert Meter weiter ließ sich eine kleine Gruppe Einheimischer nieder – eine ältere Frau, zwei jüngere Frauen und mehrere Kinder. Sie prüften verängstigt ihre Umgebung, bevor die zwei jüngeren Frauen mit einem großen Zinkbottich an die Wasserkante gingen und sich knietief ins Wasser stellten. Die Kinder setzten sich in einem engen Kreis um die ältere Frau herum.

Ann versuchte, ein bekanntes Gesicht zu entdecken. Natürlich wäre das keine gute Gelegenheit, wenn ausgerechnet jetzt eine Deutsche sie wiedererkennen würde. Andererseits bestand keine große Gefahr. Sie war als älteres Kind weggegangen und jetzt eine erwachsene Frau. Und dennoch wäre es eine große Erleichterung gewesen, endlich jemanden aus ihrer Familie zu entdecken.

»Sie wollen vermutlich nur ihre Wäsche waschen.« Jetzt erst bemerkte Ann, dass an mehreren Stellen Deutsche standen, die nicht etwa schwimmen gingen, sondern ihr Geschirr oder ihre Wäsche wuschen.

»Hier?«, fragte Karen aufgebracht.

»Wieso nicht? Vermutlich ist noch nicht überall die Wasserversorgung wiederhergestellt. Und einige haben ja gar kein richtiges Zuhause mehr.« Ann musste an die Bankows denken, die jetzt in einem Keller wohnten.

Eins der Kinder schaute zu ihnen rüber. Anscheinend waren die amerikanischen Soldaten sehr gut versorgt mit Schokolade, Kaugummis und anderen Süßigkeiten. Nick hielt eine ganze Tafel Schokolade ausgestreckt in ihre Richtung. Während alle anderen Kinder sich ängstlich an die ältere Frau drängten, stand ein Junge auf. Nervös ging der vielleicht acht- oder neunjährige Knabe dem amerikanischen Soldaten entgegen. Kurz vor ihnen blieb er stehen, die Schultern ängstlich hochgezogen. Dann streckte er die Hand aus, schnappte sich die Schokolade und rannte wie der Blitz zurück. In seiner Hektik lief er ein wenig in die falsche Richtung, fast ins Wasser hinein.

»Süße kleine Bastarde«, lachte Nick.

»Was muss man diesen armen Kindern wohl erzählt haben, dass sie eine so große Angst vor uns haben?«, sagte Jackson bedauernd.

»Immerhin haben wir ihre Heimat in Schutt und Asche gelegt. Das sollte reichen, damit sie große Angst vor uns haben«, gab Ann zu bedenken.

»Aber *sie* sind doch die Barbaren!«, empörte sich Karen. »Sie haben unsere Städte zuerst in Schutt und Asche gelegt.«

»Das können diese Kleinen ja nicht wissen. Ihnen hat man erzählt, dass ihre Väter und Brüder und Nachbarn für eine gerechte Sache gestorben sind. Und dass ihre Gegner großes Unheil über sie gebracht haben. … Überhaupt, wie willst du einem Kind den Krieg erklären?«

Sie blickten alle zu dem Jungen, der plötzlich am Ufer stehen geblieben war. Er beugte sich vor, als hätte er etwas entdeckt. Dann sprang er plötzlich zurück und flitzte heulend zu seiner Mutter.

»Was hat er denn?«

»Irgendwas liegt dort im Wasser.«

Die Mutter nahm den Jungen in den Arm und tröstete ihn. Eilig griff sie zu der Tafel Schokolade, öffnete sie und schob ihm ein Stück in den Mund. All die anderen Kinder wollten auch etwas. Und auch die Frauen aßen begierig. Erst als die Tafel Schokolade verteilt war, ging eine der jüngeren Frauen ein paar Meter vor. Sie näherte sich der Stelle, wo der Junge etwas entdeckt hatte. Auch sie riss plötzlich ihren Kopf zurück und lief wieder zu den anderen. Sie sagte etwas, und zu zweit schnappten sie sich den Wäschekorb und die nasse Wäsche. Die Gruppe eilte in die andere Richtung davon.

»Ich geh besser mal nachschauen«, sagte Jackson.

Neugierig geworden stand Ann auf und folgte ihm. Nick war plötzlich an ihrer Seite, eine Pistole in der Hand. Jackson blieb stehen und starrte auf die Wasseroberfläche oder das, was darunter war. Auch Ann entdeckte nun, was dort im Wasser trieb.

Als Erstes sah sie das rotschwarze Hakenkreuz auf der Armbinde. Ein Mensch in Uniform. Das Gesicht war nicht mehr zu erkennen, so aufgedunsen war der Leichnam. Aber der Körper war klein. Viel zu klein für einen Soldaten. Als ihr klar wurde, was sie da sah, schlug sie entsetzt die Hände vor den Mund. Heißes Blut schoss ihr in den Kopf. Hermann! Für einen Moment war sie sich sicher, dass es nur ihr jüngster Cousin sein konnte. Sie schnappte laut nach Luft. Der Vierjährige hatte damals ein kleines rotes Holzauto besessen, das er immer mit sich herumgetragen hatte. Das Rot so rot wie die Farbe auf der Hakenkreuzbinde. Wenn er bis Kriegsende überlebt hatte, war er jetzt schon fünfzehn Jahre alt.

»Volkssturm«, sagte Nick mit dem typisch amerikanischen Akzent.

»Noch ein Kind!« Die Abscheu war Jacksons Stimme zu entnehmen.

Ja, die Nazis hatten ihre Kinder verheizt, im wahrsten Sinne des Wortes. Selbst Elf- und Zwölfjährige waren in das letzte Aufgebot dieser Henker geschickt worden. Sie hatten doch alle recht, wenn sie sagten, die Deutschen seien Barbaren, schoss es Ann durch den Kopf. Wer schickte denn freiwillig seine Kinder in den mörderischsten Krieg, den die Welt je gesehen hatte?

Siedend heiß wurde ihr klar, dass sie sich nicht verraten durfte. Außerdem konnte das nicht Hermann sein. Dieser Leichnam war zu klein. Der Junge im Wasser war jünger. Aber irgendjemandes Cousin, irgendjemandes Sohn war dieses kleine Menschlein gewesen. Tränen strömten über ihre Wangen.

Jackson fasste sie am Arm und zog sie weg. Benommen ging Ann zur Wolldecke zurück. Jackson und Nick unterhielten sich leise.

»Was liegt da?«, fragte Karen neugierig und ging näher.

Nick machte ein Stoppzeichen mit der Hand. Er schüttelte unwillig den Kopf. Jackson gab die Antwort. »Ein toter Soldat.«

»Ein ...« Erschrocken sprang Karen zurück, als befürchtete sie, der Tote wolle sie anfallen.

Ann wusste, dass Karen noch immer das Trauma von Coventry mit sich herumschleppte. Jeder Tote erinnerte sie an diese schreckliche Nacht.

»Ein Kind noch. Mehr kann man nicht mehr erkennen. Der Körper muss schon ein paar Tage im Wasser liegen.«

Ein paar Tage, dachte Ann. Vor wie vielen Wochen war die offizielle Kapitulation unterschrieben worden? Gute zwei

Monate waren seitdem ins Land gegangen, aber dieser Junge hier war erst seit wenigen Tagen tot. Der Krieg hatte vielleicht geendet, aber das Sterben ging weiter. Niemand von ihrer Familie war in Sicherheit, niemand! Nicht, bevor Ann sich um sie kümmerte.

»Was machen wir denn jetzt?«, fragte Karen ängstlich.

»Nicht unser Problem. Darum sollen sich die Russen kümmern. Die haben ihn vermutlich auch ins Wasser geworfen«, spie Nick bitter aus.

Jackson atmete tief durch. »Kommt. Setzt euch in den Jeep, wir fahren einfach ein paar hundert Meter weiter.«

Er wollte es einfach dabei belassen? Nichts unternehmen? Den Leichnam einfach weiter treiben lassen? Anns Gesichtsausdruck sprach wohl Bände.

»Wir sagen später den Russen Bescheid. Das hier ist russisches Territorium. Wir dürfen uns gar nicht darum kümmern.«

»Ja. ... Aber ... Da liegt ein toter Mensch. Ein Kind! Wir können doch jetzt nicht einfach woanders schwimmen gehen.«

»Ich gehe ganz sicher nicht zurück ins Wasser!«, sagte Penny mit spitzer Stimme. Und Gillian pflichtete ihr nickend bei. Ann schaute sich um. Auch ihr war die Lust darauf vergangen.

Jackson und Nick wechselten einen merkwürdigen Blick. Sie mussten viele Tote gesehen haben. Und vermutlich war es auch nicht ihre erste Wasserleiche. Plötzlich wusste Ann, was dieser Blick zwischen den beiden Männern zu bedeuten hatte. Genau das war doch ihr Beruf: Leichname zu sehen, und trotzdem weiterzumachen. Weiterzuleben. Über tote Kameraden zu trauern, und am Abend mit den noch Lebenden das Überleben zu feiern.

Diese Welt war so bizarr. Sie bestand aus chaotischen Regeln und war vollkommen aus den Fugen geraten. Wie konnte sie hier in ihrem neuen Badeanzug stehen und schwimmen gehen, während Kinderleichen im Wasser trieben? Während vielleicht nur Hunderte Meter weiter die Mitglieder ihrer Familie hungerten?

Ann schwankte. Es zerriss sie innerlich. Hatte sie nicht auch ein Recht darauf, ihre Jugend zu genießen? Eine Jugend, die bisher kaum stattgefunden hatte. Auch sie hatte Hunger – Hunger auf ein freies Leben. Hunger darauf, sich endlich nicht mehr verstecken zu müssen. Sehnsucht danach, endlich wieder irgendwo zu Hause sein zu können. Irgendwo ihr Glück zu finden. Nein! Bevor sie glücklich werden durfte, hatte sie etwas zu erledigen. Sie musste ihren Verrat wiedergutmachen.

Mittwoch, 11. Juli 1945

Miss Bright hatte nach dem Essen die Post verteilen lassen. Ann saß draußen vor der Kantine in der Sonne und las den Brief ihrer Eltern. Es war schon der dritte seit ihrer Ankunft vor acht Tagen.

Auch auf den Schultern ihrer Eltern lasteten die Sorgen schwer. Beide hatten ihre Brüder zurückgelassen.

> *… Unser PM ist ein vernünftiger Mann. Er wird dafür sorgen, dass das Chaos in Deutschland und in Europa geregelt wird. Er wird Deutschland nicht schlecht behandeln. Präsident Truman sicher auch nicht. Er wird Deutschland eine angemessene Zukunft sichern. Nicht umsonst ist sein Finanzminister Morgenthau zurückgetreten, weil er mit seinen blödsinnigen Vorstellungen, Deutschland zu einem reinen Agrarstaat zu machen, nicht durchgedrungen ist.*
> *Bekommt ihr auch genug zu essen? Warst du schon erfolgreich? Seid ihr sicher untergebracht? Hast du jemand Nettes*

getroffen? Wie sieht es in der Stadt aus? Wir warten sehnsüchtig auf eine Nachricht von dir. Bitte schreib uns ganz bald, auch wenn es nur kurz ist.
Lass es dir gut gehen, sei vorsichtig und melde dich schnell.
In Liebe
Mum und Dad

Warst du schon erfolgreich? Hast du jemand Nettes getroffen? Brisante Sätze versteckt zwischen den typischen Sorgen von Eltern. Damit meinten Anns Eltern natürlich ihre Suche nach den Verwandten – Onkel Friedel, Papas Bruder, und Onkel Bruno, Mamas Bruder. Die Sorgen um ihre Familien begleiteten sie, seit sie geflohen waren. Sie waren größer geworden, als Deutschland Polen überfallen hatte. Noch größer, als Hitler sich all der kleineren Nachbarländer bemächtigt hatte – Dänemark, Norwegen, die Niederlande und Belgien.

Bei jeder neuen Annektierung wurde das Alter eines jeden Neffen durchgerechnet. Waren sie schon alt genug, um zum Militär zu müssen? Dann der Frankreich-Überfall. Würden die Brüder ihrer Eltern noch eingezogen? Waren sie nicht schon längst aus dem Soldatenalter raus? Schließlich die Katastrophe – Deutschland griff Russland an. Wie konnte man nur so dumm sein! Papa lief wochenlang wie Falschgeld herum. Mama weinte so viel, bis ihr die Tränen schließlich versiegten. Ihre gemeinsamen Essen verliefen immer stummer.

Und dann kam der Tag im Februar 1942. Ann erinnerte sich genau an das fahle Gesicht ihres Vaters. Er war so bleich, dass er in diesem engen, düsteren Flur fast leuchtete. Offiziell hieß es, er sei Kontorbeamter. Ann hatte nur eine vage Vorstellung von dem, was ihr Vater tat. Er war in einem kleinen Bürogebäude beschäftigt, an dem eine nichtssagende Plakette neben der Eingangstür klebte. Es war kein Ministerium und keine Behörde. Mehr wusste Ann auch nicht. Nur dass sie nie darüber sprechen durfte. So wie sie nicht sagen durfte, dass sie eigentlich Deutsche war. Und dass sie erst seit ein paar Jahren in England lebte.

Mama sprach Englisch mit deutlichem Akzent. Allerdings ging sie selten in die Öffentlichkeit. Sie hockte immer in diesem düsteren, kalten und feuchten Häuschen, das man ihnen zugewiesen hatte. Ihre Tage waren immer gleich.

Aber an diesen einen speziellen Tag erinnerte Ann sich sehr genau. Sie hatte gerade eine Woche Heimaturlaub von ihrer ATS-Ausbildung in Park Hall. Papa kam ungewöhnlich früh nach Hause. Sie wollte ihn begrüßen. Doch statt eines flüchtigen Wangenkusses nahm er sie ganz fest in den Arm. Dann setzte er sich wortlos an den Tisch.

Ann konnte noch heute das Schleifen der Teetasse auf dem Untertellerchen hören. Auch das hatten sie sich strikt abgewöhnt: Kaffeetrinken. In England trank man Tee. Also tranken auch sie Tee. Kaffee zu trinken, wäre ihnen fast wie Verrat vorgekommen.

Merkwürdig stumm saß Papa am Abendbrottisch, als würde er auf etwas warten. Nur seine Hände zitterten. Erst auf Mamas Drängen hin fing er an zu erzählen.

Onkel Friedel, Papas Bruder, hatte an diesem Tag in seinem Büro angerufen. Wie er an die Telefonnummer gekommen war, war eins von Papas Geheimnissen. Doch wie Friedel es geschafft hatte, eine Verbindung nach London herzustellen, wusste nicht mal Papa.

Friedel hatte ihn angefleht, seine Familie rauszuholen. Ob Papa einen Weg sehe, eine Möglichkeit? Einen Vorschlag habe? Sie wollten dringend weg. Sie würden es nicht mehr aushalten.

Rainer, ihr Ältester, war in Stalingrad. Sie hatten seit Wochen nichts mehr von ihm gehört. Manfred und Marianne, die Zwillinge, waren damals fünfzehn Jahre alt. Manfred musste schon an den Flakgeschützen helfen. Nicht mehr lange, und er würde zur Front eingezogen. Überhaupt würden alle dafür büßen müssen, dass Papa, Onkel Friedels Bruder, zu den Alliierten geflohen war. Papa müsse etwas unternehmen.

Was war mit Charlotte, mit ihrer Charlie, hatte Ann nachgefragt. Über Rainers und Manfreds Schwestern zu sprechen, hatten sie keine Zeit gehabt, war Papas Antwort gewesen. Überhaupt, das Gespräch war denkbar kurz gewesen. Nur ein paar hektische Minuten. Dann war Onkel Friedels Stimme plötzlich weg. Die Leitung war tot, noch bevor Papa überhaupt hatte antworten können.

Wer hatte das Gespräch unterbrochen? War es nur eine Fehlschaltung in der Leitung gewesen? Hatte jemand mitgehört? Was war passiert, nachdem es unterbrochen worden war? Niemand sprach die beiden Worte aus – Gestapo und Konzentrationslager.

Was konnten sie jetzt machen? Ihm seien die Hände gebunden, sagte Papa. Er habe bereits seinen Vorgesetzten gefragt, ob sich jemand nach dem Schicksal von Onkel Friedels Familie erkundigen könne. Doch das war nicht möglich. Man wolle keinen der in Deutschland stationierten Spione unnötig in Gefahr bringen, nur um zu überprüfen, wie es der Familie Müller gehe.

Sie hörten nichts mehr, hatten bis heute nichts mehr gehört.

Ihre seltenen Kinobesuche waren damals kurze Momente des Glückes gewesen. Aber nun bekam Ann ihre Mutter gar nicht mehr aus dem Haus. Nicht einmal mehr für *Vom Winde verweht*. Das war Mamas Lieblingsfilm. Sie hatten ihn schon dreimal zusammen gesehen. Mit Scarlett O'Hara konnte Mama für ein paar Stunden die Welt um sich herum vergessen. Clark Gable sollte angeblich Papa ähnlich sehen, nur hatte Papa keinen Schnäuzer, grüne Augen und sehr viel tiefere Sorgenfalten im Gesicht. Und so hatte Ann von da an immer allein ins Kino gemusst.

Natürlich konnten ihre Eltern es nun kaum abwarten, von ihr Nachrichten aus Potsdam zu erhalten. Auch sie sehnten sich nach einem Wort der Hoffnung. Doch was sollte sie ihnen zurückschreiben? Dass sie das Land nicht wiedererkennen würden? Dass ihr einst so wunderschönes Potsdam verbrannt und zerstört war? Wie schlecht es den Menschen hier ging? Wie sie alle ihre Hoffnung verloren hatten? Dass hier niemand an eine bessere Zukunft glauben konnte, nicht an den guten Willen Churchills? Und dass Truman sich sowieso nicht für das Schicksal ihres Landes interessierte?

Mama und Papa träumten davon, in ihre Heimat zurückzukehren. Die Nazis verurteilen, die toten Soldaten betrauern, die zerbombten Städte wieder aufbauen. Als wäre das schon alles. Naivität, die aus purer Hoffnung und Verzweiflung genährt wurde, erkannte Ann jetzt. Was das Ende dieser Konferenz den Menschen bringen würde, stand noch in den Sternen.

»Sie sind das doch, die ein bisschen Deutsch kann, oder?« Miss Joan Bright war gerade auf dem Weg zum Jeep, als sie vor ihr stehen blieb.

»Jawohl, Miss Bright.« Ann stand schnell auf und steckte den Brief weg.

»Dann begleiten Sie mich zum Schloss Cecilienhof. Ich hab noch einige Dinge zu erledigen. Ich dachte, Sie könnten die Bibliothek nach ein paar passenden Büchern durchsuchen. Vielleicht ist da ja die eine oder andere interessante Lektüre für den PM in der Sammlung des Kronprinzen.«

»Jawohl, sehr gerne«, antwortete Ann erfreut. »Ich sag nur schnell meiner Zimmergenossin Bescheid.«

***

»Ich habe ein Buch über Schiffstechnik gefunden. Es enthält eine Widmung des Zaren. Der letzte deutsche Kaiser und der letzte russische Zar waren ja Cousins.« Ann war stolz auf den Bücherfund.

»Die waren verwandt? Ach was? Und dann noch mit einer Widmung des Zaren? Das wird unser PM sicher unterhaltsam finden. Die Seefahrt ist seine Leidenschaft.« Miss Bright blätterte kurz in dem Buch, das Ann ihr gegeben hatte, und legte es auf einen Beistelltisch. »Ich hab noch einiges zu erledigen, aber Sie können sich gerne zurückbringen lassen.«

Ihre Vorgesetzte schien mit ihren Gedanken schon wieder woanders zu sein. Als sie gerade die Bibliothek betreten hatte, war sie sogar kurz überrascht gewesen, dass Ann hier war. Sie hatte sie wohl vollkommen vergessen.

»Jawohl, Miss Bright.« Ann stand stramm, wie sie es gelernt hatte. Auch wenn jetzt alles etwas lockerer gehandhabt wurde, waren sie doch weiterhin Angehörige des Militärs.

Die Engländerin war schon wieder halb zur Tür raus. Ann packte ihre Uniformjacke und ihr Barett. Mehr hatte sie nicht dabei. Langsam verließ sie die Bibliothek, in der Churchill und die anderen britischen Delegationsmitglieder sich in den Konferenzpausen aufhalten würden.

Wie immer herrschte hektische Betriebsamkeit. Viele der sechsunddreißig Räume von Schloss Cecilienhof und natürlich die große Halle wurden vorbereitet. In der Halle waren russische Soldaten damit beschäftigt, einen riesigen runden Tisch zusammenzubauen. Ann verließ das Schloss über einen der Nebeneingänge. Niemand beachtete sie. Es stand sowieso kein britischer Fahrer für sie bereit. Sie hätte auf den nächsten Wagen warten müssen. Es war eine Gelegenheit, die sich so schnell nicht wieder ergeben würde. Alleine, ohne Aufsicht. Den Passierschein, den Jackson ihr organisiert hatte, hatte sie immer dabei.

Jackson hatte zu tun. Heute trafen sich zum ersten Mal die Kommandanten der drei Sektoren in Berlin. Deshalb würde sie ihn heute Abend vermutlich nicht sehen. Das erste inoffizielle Treffen konnte länger dauern.

Die Interalliierte Militärkommandantur würde das umsetzen, was am Ende auf der Konferenz beschlossen wurde, was immer das auch war. Ann konnte nur hoffen, dass die drei Staatsmänner, die über das weitere Schicksal Deutschlands und der ganzen Nation entschieden, weise wählen würden.

Gestern hatten die Polen erklärt, dass alle Deutschen östlich von Oder und Neiße ausgewiesen werden würden. Das bedeutete Millionen Heimatlose, die zu den Obdachlosen vor Ort noch hinzukamen. Es war das nächste große Hindernis für eine einvernehmliche Einigung der Großen Drei. In Jalta hatte man beschlossen, die in London gebildete Exil-Regierung Polens mit der im befreiten Polen gebildeten Regierung zusammenzulegen. Sofort wurde es schwierig. Wer bekam welche Ministerposten? Es gab Streit. Streit, über den die Drei Großen jetzt auch noch zu entscheiden hatten. Natürlich war Stalin seine polnische Marionettenregierung lieber. Aber Churchill wollte nicht klein beigeben. Das würde nur einen weiteren Satellitenstaat Russlands innerhalb Europas bedeuten.

Ann lief durch den großen Torbogen hinaus auf die Straße. Es war ein schöner Sommertag. Aber jede Leichtigkeit verschwand, sobald sie den Park, der Schloss Cecilienhof umgab, hinter sich ließ. Je näher sie der Innenstadt kam, desto unwohler fühlte sie sich. Von Straße zu Straße wurden die zerstörerischen Spuren der Bomben sichtbarer. Jede einzelne zerbröckelte Fassade machte sie ein Stück nervöser.

Alle Menschen, denen sie auf den Straßen begegnete, trugen die Hoffnungslosigkeit wie eine schwere Reisetasche mit sich herum. Sie schlurften durch die Gegend. Niemand lächelte, niemand grüßte, ja, man schaute nicht einmal auf. Um zu überleben, musste man sich ganz auf sich selbst konzentrieren.

In dieser menschlichen Ödnis kam Ann sich vor wie ein exotisches Insekt – ausreichend genährt, sauber gekleidet und so lebendig. Vor ihr lief eine Frau, ein Bündel im Arm. Die Kleidung schlotterte ihr um den Körper, so dünn war sie. Noch während Ann überlegte, ob das Charlie sein konnte, lehnte sich die Frau mit der Schulter an eine Häuserwand. Ihr Körper rutschte an der schmutzigen Wand entlang, bis sie halb auf dem Bürgersteig lag. Ganz leise, als ginge dieses Elend niemanden etwas an.

Ann eilte zu ihr, ging in die Knie und packte sie am Arm.
»Hallo, hören Sie mich?«
Die Frau drehte ihren Kopf. Spröde, aufgerissene Lippen, ein hohlwangiges Gesicht. Leere Augen suchten nach der freundlichen Stimme. Sie versuchte, sich aufzusetzen.

Ann stellte erleichtert fest, dass sie ihr nicht bekannt vorkam. Doch dann riss sie erschrocken ihre Augen auf. Das Bündel in ihrem Arm ... war ein Baby. Bleich, außer etwas Schmutz keinerlei Farbe im Gesicht. Es gab keinen Mucks von sich. ... Es war tot. Der Atem versagte ihr.

Die Frau starrte auf Anns Uniform. Als würde ihr ganz plötzlich etwas klar, rappelte sie sich hektisch auf und wollte weg. Im letzten Moment riss Ann zwei Schokoriegel aus ihrer Uniformjacke und hielt sie ihr hin. »Bitte. Etwas zu essen.«

Die junge Frau schaute ungläubig. Ohne ein Wort schnappte sie sich die Riegel und schlich in die Richtung davon, aus der sie gekommen war.

Ann starrte ihr nach. War das ein schlechtes Omen? Ihr Körper krampfte sich zusammen. Die Hände zu Fäusten geballt ging sie die letzten hundert Meter, bevor sie in die Markgrafenstraße einbog.

Mit gesenktem Kopf ging sie weiter. Sie schickte leise Gebete gen Himmel. Flehte das Schicksal an. Noch ein paar Schritte, noch einen. Dann blieb sie stehen.

Angsterfüllt hob sich ihr Blick zu den Häuserfassaden auf der anderen Straßenseite. Hier musste es irgendwo sein. Sie suchte nach dem bekannten Haus. Alle Gebäude waren mehr oder weniger beschädigt. Teils waren die Fassaden erhalten geblieben, teils heruntergebrochen. Dann entdeckte Ann die staubüberzogene Hausnummer.

Nein, bitte nicht. Was das tote Baby nicht geschafft hatte, schaffte nun der Anblick des ehemals vierstöckigen Hauses. Tränen schossen ihr in die Augen. Ein großer Teil des Daches war verschwunden, genauso wie die vordere Fassade bis in den ersten Stock hinunter. Man konnte sogar in freigelegte Räume hineinsehen. Eingerissene Mauern, an denen noch die Tapete klebte. Ein Landschaftsporträt hing tapfer an der Wand, über einem mit Trümmern bedeckten Sofa, das sich schief nach vorne neigte. Es wirkte surreal.

Ihr ganzer Körper wurde von einem Zittern erfasst. Onkel Bruno, der jüngere Bruder von Mama, hatte mit Tante Berta und ihren drei Kindern im zweiten Stock gewohnt. Auf diesem Sofa hatte sie selbst gesessen. Guste, ihre zwei Jahre jüngere Cousine, hatte ihr dort hingebungsvoll die Haare gekämmt und frisiert. Als wäre Ann ihre Puppe. Hermann, in seinem selbst gestrickten sonnengelben Pullover, spielte mit seinem roten Holzauto zu ihren Füßen. Ihr letzter Besuch bei den Buchners. Eine Erinnerung, die Ann hütete wie einen geheimen Schatz.

Regungslos stand sie auf der anderen Straßenseite. Sie wollte rübergehen, die Treppe hochlaufen, nachsehen, ob noch jemand dort war. Vielleicht in den hinteren Räumen. Aber sie konnte nicht. Gefesselt von diesem schrecklichen Anblick stand sie einfach nur da und starrte nach oben.

Das musste alles noch nichts heißen, sagte sie sich. Ihre Familie konnte rechtzeitig aufs Land geflüchtet sein. Oder hatte in einem Luftschutzbunker überlebt. Ja ... vielleicht. Genauso gut konnte es aber das Schlimmste bedeuten.

Als sie sich endlich von dem Anblick löste und die Straße überquerte, waren ihre Knie weich. Kein Zettel hing unten an der Haustür. Niemand, der mit Kreide oder Kohle eine Nachricht auf dem Holz hinterlassen hatte. Sie rüttelte an der Tür, versuchte es sogar mit der Klingel. Nichts war zu hören. Durch die Fenster, die im Erdgeschoss nach vorne gingen, sah sie, dass ein Teil der Etagendecke vom zweiten Stock in die Räumlichkeiten des Erdgeschosses hineinragte. Obwohl die Fassade im ersten Stock intakt war, wohnte auch hier vermutlich niemand mehr.

Ann griff in ihre Uniformjacke und holte zwei Zettel heraus. Sie hatte sie in der Bibliothek des Schlosses geschrieben, als sie alleine gewesen war. Den Zettel für das Haus der Müllers steckte sie wieder weg. Von einem der fleißigen russischen Handwerker hatte sie sich im Schloss kleine Nägel geben lassen. Auf dem Boden suchte sie jetzt nach einem Stein. Der größte Teil des Schuttes war bereits weggeräumt worden, aber ein paar Meter weiter fand sie einen faustgroßen zerbrochenen Ziegelstein. Mit den Nägeln hämmerte sie den Zettel an die Holztür.

Annegret ist hier. Liebe Buchners, bitte notiert, wo ihr untergekommen seid. Ich melde mich wieder.

Lange hatte sie überlegt, was sie schreiben sollte. Sie durfte ihre Verwandten nicht in Schwierigkeiten bringen. Es wäre vermutlich nicht besonders clever gewesen, auf dem Zettel zu notieren, dass sie unter den Konferenz-Teilnehmern war. Sicherlich konnten die Buchners sich das selbst denken. Sie wussten ja, wo Ann und ihre Eltern jetzt lebten. Wenn Annegret also hier war, dann konnte es nur mit der britischen Delegation sein.

In zwei, drei Tagen oder eben, sobald sie eine Gelegenheit hatte, würde sie hier wieder vorbeischauen. Vielleicht stand dann dort eine Adresse, unter der sie die Familie ihrer Mutter finden würde.

Als sie den letzten Nagel eingeschlagen hatte und zurücktrat, bemerkte sie den alten Mann, der auf der Straße stehen geblieben war.

Sie setzte ein freundliches Lächeln auf. »Guten Tag.«

Der Mann starrte sie verwundert an. Auf ihrer Uniformjacke, die sie auf den Stufen abgelegt hatte, konnte man die Rangzeichen sehen, die sie als Angehörige der britischen Streitkräfte auswiesen. Doch sie hatte gerade einen Zettel mit einer deutschen Nachricht aufgehängt und grüßte ihn in akzentfreiem Deutsch.

»Kennen Sie zufällig jemanden, der hier im Haus gewohnt hat?«

Der Mann starrte weiter ungläubig, dann nickte er ganz leicht. Anns Herz machte einen Hüpfer.

»Kennen Sie zufällig die Buchners? Wissen Sie, wo sie jetzt untergekommen sind?«

»Nein.« Seine Stimme war sehr leise, und sofort schaute er sich warnend um. »Ich weiß nicht, wo die Buchners untergekommen sind.«

»Aber Sie kennen sie?«

Er nickte misstrauisch.

»Wissen Sie, was mit ihnen geschehen ist? Wissen Sie zufällig, ob die Familie noch hier gewohnt hat, bevor ... bevor die Bombe eingeschlagen hat?«

Einen Moment schien er in seine Gedanken versunken. Dann drehte er sich um und zeigte auf die andere Straßenseite. »Ich wohne dort drüben. Wir sind alle in den Luftschutzkeller, als es losging. Da haben sie auf jeden Fall noch gelebt.«

Ann verschlug es die Sprache. Sie musste tief einatmen, bevor sie ihre nächste Frage stellen konnte. »Wer denn alles?«

»Frau Buchner und, ich glaube, der jüngste Sohn.«

»Und die anderen? Ihr Mann? Sie haben eine Tochter, die einundzwanzig ist, und noch einen Sohn.«

Er zuckte lakonisch mit den Schultern. »Keine Ahnung. Ich erinnere mich nicht mehr besonders gut. Es war ja immer so eine Hektik.«

»Und dann? Am nächsten Morgen?«

Jetzt sah er so aus, als hätte es ihm die Sprache verschlagen. »Die ganze Stadt hat gebrannt. ... Ein wahres Inferno.«

»Wann war das?«

Er schaute sie mit erstaunten Augen an, als könnte er gar nicht glauben, dass sie nicht wusste, wann das passiert war. »Im April natürlich. Am 14. April!« Mit eindringlicher Stimme setzte er hinzu: »Die Nacht des Infernos!« Bei der letzten Silbe kippte seine Stimme.

Welches Inferno?, fragte Ann sich. Und wieso hatte sie nichts davon mitbekommen? April 1945? Im April waren eigentlich nur noch Meldungen wichtig gewesen, die das Vorrücken der alliierten Streitkräfte beschrieben: Wie weit hatten sie es noch bis Berlin? Wann würden die Deutschen sich ergeben? Würden die Deutschen sich überhaupt ergeben? Dann fiel Ann etwas ein. Im April waren auch etliche Konzentrationslager befreit worden. Meldungen über die unglaublichsten Schrecken, jenseits menschlicher Vorstellung, überfluteten die Zeitungen. Die Bombardierung einer mittelgroßen deutschen Stadt war damals bestimmt keine Meldung mehr wert gewesen. Und doch, der 14. April, das war gerade mal drei Monate her. »Und die Buchners?«

Er räusperte sich, fand seine Stimme wieder. »Ich glaube nicht, dass ich sie seitdem wiedergesehen habe.«

Ann wollte ihn nicht bedrängen, aber sie musste es wissen. »Bitte denken Sie nach. Es ist sehr wichtig für mich.«

»Ich weiß nicht genau. Ich glaube, nachdem die Brände gelöscht waren, sind noch Leute ins Haus rein- und wieder rausgegangen. Unter Umständen haben sogar noch einige ein paar Tage im Keller gewohnt. Gut möglich, dass es die Buchners waren. ... Vielleicht auch nicht. ... Aber seit die Russen eingefallen sind, habe ich dort niemanden mehr gesehen.«

Ann schluckte. Waren das jetzt gute oder schlechte Nachrichten? Nein, entschied sie: Das mussten gute Nachrichten sein. Vermutlich war Tante Berta mit Hermann, dem Jüngsten, im Luftschutzkeller gewesen. Das bedeutete, sie lebten. Was war mit Onkel Bruno? Walter, das mittlere der Kinder, war mit seinen neunzehn Jahren bestimmt an der Front. Auguste, ihre kleine Guste, war das älteste Kind der Buchners und jetzt schon eine Frau. War sie vielleicht schon verheiratet und hatte deswegen nicht mehr hier gelebt?

»Ich danke Ihnen sehr. ... Und wenn Sie hier jemanden sehen, bitte richten Sie aus, dass Annegret da ist. ... Annegret, von Herbert und Adele. Und dass ich wiederkomme. Und mich um sie kümmere.«

Der Mann setzte eine sehnsuchtsvolle Miene auf. *Sich kümmern.* Ganz offensichtlich hätte er auch gerne jemanden gehabt, der sich um ihn kümmerte. »Das kann ich gerne machen. ... Wenn jemand kommt.« Er blieb starr stehen, als würde er auf etwas warten.

Verdammt, die beiden Schokoriegel hatte sie schon verschenkt. Sie hatte sich einen großen Vorrat an Schokoriegeln und Kekspackungen im *Military Store* gekauft, doch das lag alles in ihrem Fach in der lindgrünen Villa. Nur allzu gerne hätte sie ihm etwas zu essen gegeben.

»Ich danke Ihnen wirklich sehr.«

Mit einem letzten Blick auf die Holztür drehte sie sich weg und ging. 14. April – vor drei Monaten hatten zwei der Buchners noch gelebt. Das war doch eine gute Nachricht. Andererseits waren natürlich vor und mit dem Einfall der Russen die vermutlich schlimmsten Tage erst angebrochen. Aber hatte der Mann nicht gesagt, dass sie vorher weggegangen waren? Wenn sie es denn überhaupt waren! Schon wieder diese unsägliche Ungewissheit!

Ann ging die Straße hinunter und bog ab zum Nauener Tor. Es war zerstört, dennoch konnte sie sich daran orientieren. Von dort lief sie Richtung Jäger Tor, um dann in die Lindenstraße abzubiegen. Hier war mittlerweile so viel zerstört, dass sie sich an diesen großen Denkmälern orientieren musste.

Aber bis zum Jäger Tor kam sie erst gar nicht. Plötzlich hielt ein russischer Jeep neben ihr. Sofort sprang ein Soldat heraus und öffnete einem höherrangigen Militär die Beifahrertür. Der blieb vor ihr stehen. Ein Mann, schwarze Haare und dunkle Augen, die glänzten wie ein polierter Obsidian. Sein Blick war scharf. Er sagte etwas auf Russisch, das fordernd klang.

Ann, die ihre Uniformjacke wegen der Hitze über dem Arm trug, holte schnell den Passierschein aus der Brusttasche heraus und überreichte ihn dem Mann. Dann zog sie ihre Jacke über. Vorsichtshalber. Damit man auch erkennen konnte, dass sie zu den Briten gehörte. Möglicherweise hatten die beiden das schon an ihrem Barett erkannt. Vermutlich war das der Grund, warum sie überhaupt gehalten hatten.

Wieder sagte er etwas auf Russisch, zeigte auf den Zettel.

Ann versuchte es mit einem freundlichen Lächeln. Sie schaute auf die Stelle, auf die er zeigte, wusste aber nicht, was er meinte. »*Do you speak English?*«

»*Tam, tam.*« Wieder deutete er auf den Zettel, dieses Mal fiel es Ann auf, dass diese kyrillischen Schriftzeichen vermutlich das gültige Datum waren. Siedend heiß wurde ihr klar, dass der Passierschein wahrscheinlich nur für den einen Tag gegolten hatte. Sie lächelte scheu und schüttelte unverständig ihren Kopf.

Der Soldat schnaubte auf. Er sagte etwas zu seinem Untergebenen, der beiseitetrat. Dann machte er eine Geste, dass sie in den Jeep einsteigen sollte.

O nein, sie wollte doch unbedingt noch zum Haus der Müllers. Was sollte sie jetzt tun? Während sie sagte: »Ich kann auch nach Hause gehen. Es ist so ein schöner Tag«, zeigte sie auf sich und machte dann mit dem Zeigefinger und dem Mittelfinger eine Geste, dass sie zurücklaufen wollte.

Das fand der Soldat wohl witzig, denn jetzt lachte er breit. Es hörte sich abschätzig an.

»*Njet. ... Njet.*« Wieder deutete er auf den Beifahrersitz.

Es blieb Ann wohl nichts anderes übrig, als einzusteigen. Sie zeigte noch mal fragend auf den Passierschein und ob sie ihn haben könne. Doch der Schwarzhaarige schüttelte nur seinen Kopf und steckte den Zettel weg. Er schien langsam ungeduldig zu werden.

Ann nickte freundlich und stieg ein. Ihre Beine fühlten sich an wie Pudding. Was würde jetzt passieren? Würde man sie als Spionin verhören? Jackson hatte gesagt, dass die Russen hier keinen Spaß verstanden. Und umso weniger, je näher Stalins Anreise rückte.

Der Offizier quetschte sich mit einem anderen Soldaten auf den Rücksitz, und der Jeep fuhr los. Das Blut hämmerte gegen Anns Schläfen. Sie musste heftig schlucken. Sie würden ihr doch nichts tun, oder? Nein, das konnten sie sich nicht leisten. Niemand wollte im Moment diplomatische Verwicklungen riskieren.

Die nächste Sorge flammte auf. Was, wenn sie Ann einem hochrangigen britischen Offizier übergeben würden? Oder schlimmer noch – Miss Bright! Wie sollte sie ihren Alleingang erklären? Beklommen saß Ann im Wagen, der ein paar Minuten später über die Havelbrücke fuhr. Die Gegend kam ihr bekannt vor. Sie war überaus erleichtert, als sie tatsächlich am innersten russischen Kontrollpunkt hielten. Alle stiegen aus, und für einen Moment wusste Ann nicht, was sie tun sollte.

»*Dawaj! Dawaj!*« Es hörte sich fast wie ein Schimpfen an. Der Offizier deutete wiederholt in eine Richtung. Die Geste, die er dazu machte, war nicht misszuverstehen. Sie sollte machen, dass sie in den Bereich der britischen Delegation kam.

Noch einmal verabschiedete sie sich lächelnd und lief Richtung Allee davon. Sie brauchte lange, bis ihr Atem wieder regelmäßig ging. Das war noch mal gut gegangen. Glück im Unglück.

Donnerstag, 12. Juli 1945

Diese unglaubliche Stille. Das Schweigen, das beinahe dröhnend war. Nur ab und an hörte man ein Kind quengeln oder ein Baby weinen. Ansonsten waren alle stumm, als hätte man ihnen die Zungen herausgeschnitten. Sicher hundert Menschen oder mehr standen vor Liesel in der Schlange, alle bewaffnet mit Eimern, Krügen, Töpfen und anderen Behältnissen, in die man Wasser füllen konnte.

Vater versuchte sein Glück mit ihren Lebensmittelkarten beim Metzger. Sie wusste nicht, wann er sie hier abholen würde. Er ließ sie fast nie allein, aber hier, in der Schlange vor der Pumpe, war sie nicht allein. In der Masse ging sie unter, war einigermaßen sicher. Ohnehin musste er zurückkommen und ihr tragen helfen. Zwei große Zinkeimer hatte sie dabei, ein wahrer Luxus in diesen Zeiten. Einer gehörte ihnen. Früher hatten sie darin Kohlen aus dem Keller geholt. Der andere Eimer hatte den Ludwigs gehört, einem alten Ehepaar, das sich in den letzten Kriegstagen weggemacht hatte. Die brauchten ihn nicht mehr.

Vor ihr wartete ein älteres Ehepaar. Ein Mann, der ein Bein vermutlich noch im großen Krieg des Kaisers verloren hatte, und seine weißhaarige Frau. Der Mann hatte eine improvisierte Krücke aus Holzlatten. Es musste ihm sehr schwerfallen, seine Frau zu begleiten. Aber sie war vermutlich zu ängstlich, um allein zu gehen. Die Frau schaute mit gesenktem Blick um sich, als würde sie jederzeit einen Angriff erwarten.

Der Alte trug eine Jacke, trotz des heißen Wetters. Liesel starrte die ganze Zeit auf den verräterischen, länglichen dunklen Fleck, dort, wo mal ein Abzeichen aufgenäht gewesen war. Sie konnte es ihm nicht verübeln. Auch die Jacke ihres Vaters hatte eine solche dunkle Stelle, oben am Ärmel, wo das bronzene Potsdam-Abzeichen mit dem Hakenkreuz aufgenäht gewesen war. Verliehen an die Zuschauer des ersten Reichsjugendtages, der 1932 in Potsdam stattgefunden hatte. Vor wenigen Monaten war man noch stolz darauf gewesen, heute aber konnte es den Tod bedeuten. Ein Wunder, dass der Alte sich überhaupt mit der Jacke auf die Straße traute. Bestimmt gehörte auch er zu den Ausgebombten und trug sein letztes Hab und Gut am Körper.

Sie selbst war auch nicht gerade dünn angezogen. Liesel schwitzte so sehr, dass sie ihren eigenen Schweiß riechen konnte. Ihre blonden Haare verschwanden unter einem Kopftuch, sobald sie aus dem Haus ging. Die Russen waren sehr angetan von ihren weißblonden Zöpfen. Deshalb hatte sie sich vorsichtshalber noch Dreck ins Gesicht geschmiert und sich ein weites, langärmeliges Kleid und darunter eine Herrenhose angezogen. Sie sah verlottert aus, und das war gut so.

Die Schlange vor ihr bewegte sich im Schneckentempo. Noch einen Meter weiter nach vorne, und sie würde endlich aus dem direkten Sonnenlicht treten können.

Wenn nur der Hunger nicht so nagend wäre! Liesel könnte noch immer als Bauhilfsarbeiterin weiter Trümmer wegräumen. Immerhin gab es dafür die zweithöchste Kategorie bei der Lebensmittelzuteilung. Sie hatte es schließlich schon getan, als die Iwans sie dazu gezwungen hatten. Alle hatten sie Angst gehabt, als man die Frauen aus ihrer Straße wie in einer Sträflingskolonne durch die Innenstadt getrieben hatte. Die Russen konnten nichts Gutes vorhaben.

Doch dann hatten sie ihnen Lebensmittel versprochen, und alle hatten mit angepackt. Unwillig. Diese Arbeit war beschämend. In den letzten Jahren waren auch schon immer Trümmer weggeräumt worden, aber dafür hatte man die Zwangsarbeiter und alliierten Kriegsgefangenen gehabt. Und dann musste sie selbst dort stehen, mitten in einer Kette von Frauen, die Eimer voll mit kaputten Steinen und Schutt aller Art durchreichten. Als wären auch sie eine Art minderwertiges Leben.

Zehn Tage schuftete sie dort. Schon am ersten Tag hatte sie Blasen und blutige Schrunden an ihren Händen. Aber die demütigende Arbeit lohnte sich. Nach einer Woche bekam sie die begehrte Lebensmittelkarte der Kategorie II. Sofort zog sie mit ihrem Vater los. Beim Fleisch vertröstete man sie, und Zucker gab es schon lange nicht mehr. Immerhin Brot, Kartoffeln, Grieß und sogar ölige Margarine bekamen sie. Doch in der Mitte der zweiten Woche passierte es dann: Unter den Mauerbruchstücken, auf denen sie stand, brach eine Zimmerdecke weg. Zusammen mit einer anderen Frau wurde sie verschüttet. Als sie aus ihrer Bewusstlosigkeit aufwachte, war alles dunkel. So dunkel und so eng wie in einem Grab. Ihr Herz raste. Ihr Atem ging schneller, aber da war kaum Luft. Und die Luft, die sie einatmen konnte, war voller Staub. Das machte alles nur noch schlimmer. Sie versuchte noch heftiger einzuatmen und musste husten. Aber sie war eingeklemmt und konnte sich nicht bewegen. Ihr Kopf, ihr Körper – wie in einer Schraubzwinge. Panik überkam sie, aber sie hatte nicht einen Millimeter Platz. Sterben wäre eine Erlösung gewesen, schon wieder.

Keine Ahnung, wie lange es dauerte, bis sie Stimmen hörte. Sie konnte nicht einmal rufen, so wenig Luft hatte sie. Erst als ein Hoffnung gebender Lichtschein zu ihr durchbrach, gab sie einen Laut von sich.

Eine Kopfverletzung, ein Fuß verstaucht und der ganze Körper voller Schrammen. Ihr Kleid war kaputt, aber das Schlimmste war, dass einer ihrer Schuhe fehlte. Drei Tage hatte ihr Vater gebraucht, bis er irgendwo ein passendes Paar organisiert hatte. Liesel hatte nicht gefragt, woher. Vermutlich war er in eine der leer stehenden Wohnungen eingebrochen und hatte sich dort bedient. Denn er hatte auch direkt zwei Kleider und einen Wintermantel mitgebracht.

Seitdem war sie nicht mehr in der Lage, in den Trümmern zu arbeiten. Sie wollte gehen, aber ihr Magen streikte. Sie übergab sich, obwohl sie so gut wie nichts gegessen hatte. Ihr Körper schlotterte so stark, dass sie kaum laufen konnte. Nein, sie konnte sich nicht wieder auf eins der maroden Gebäude stellen. So sehr sie es jetzt auch wollte. Sie hatte keine Angst vor dem Sterben, nur davor, wieder verschüttet zu werden.

Der Hunger grub ein pochendes Loch in ihrem Magen. Essen! Sie wünschte sich so sehr, endlich wieder genug Essen zu haben. Alle anderen Wünsche kamen später. Selbst der Wunsch, ihre Schwester Helene wiederzufinden, kam erst danach. Sie hatte wenig Hoffnung, ihre Brüder wiederzusehen. Vermutlich waren sie gefallen. Selbst der Wunsch nach einem Ort, an dem man sicher und unbehelligt schlafen konnte, kam erst nach dem Essen. Leben, Familie, Heimat. Jeder Aspekt ihres Daseins war schwer und düster.

Vor ein paar Tagen hatte sie diese Britin gesehen, an der Havel. Sie war schwimmen gegangen mit ihren Kameradinnen und einigen Soldaten. Wie leicht ihr Leben wirkte. Als gäbe es überhaupt keine Sorgen. Auch sie suchte ihre Bekannten. Doch so wichtig konnte es nicht sein. Sie hatte im Wasser geplanscht, gelacht und es sich auf einer Picknickdecke gut gehen lassen mit reichlich zu essen.

Schwimmen gehen, was für ein Luxus. Wenn Liesel jetzt schwimmen gehen könnte, statt hier warten zu müssen. Auf einer Picknickdecke zu liegen und die Sonne zu genießen. Wie gerne würde sie auch ein solches Leben haben. Leicht und locker. Die letzten Jahre hatten praktisch alle Erinnerungen an ein solches Leben getilgt. Das letzte Mal, dass sie in einem Sommer Zeit gehabt hatte, schwimmen zu gehen, war vier Jahre her.

Sie ging einen kleinen Schritt nach vorne, zog die Eimer mit sich. Noch immer stand sie im direkten Sonnenschein. Schönstes Sommerwetter, und alle waren unglücklich. Niemand sprach. Alle schauten nur stumm vor sich hin. Wie ein Heer aus Toten.

Ob sie alle ähnliche Gedanken hatten? Konnte das sein? Konnte es sein, dass die Briten und die Amerikaner einen gerechten Sieg errungen hatten? Die Sowjets sicher nicht. Was konnte daran gerecht sein, an dem, was sie taten? Trotzdem, war ihr gesamtes Leben auf Lug und Trug aufgebaut? Vielleicht hatte man sie tatsächlich jahrelang belogen. Konnte es sein, dass sie sich so sehr hatte in die Irre führen lassen?

Ihre früheste Erinnerung war ewiger Hunger in einer Zweizimmerwohnung im düsteren Hinterhof-Souterrain. Ihre drei Brüder teilten sich ein Bett und sie sich eine schmale Pritsche mit ihrer Schwester Helene. Im Winter wärmten sie nur die Körper ihrer Geschwister. Ihre erste wirklich glückliche Erinnerung war am Tag von Potsdam.

Der Führer hatte nach dem Reichstagsbrand in Berlin das Parlament nach Potsdam verlegt. Was für ein Freudentag! Alle hatten gejubelt. Tausende säumten die Straßen und winkten den Abgeordneten zu auf ihrem Weg in die Garnisonkirche. Papa hatte sie hochgehalten, sie, die Sechsjährige, damit sie Hitler und Hindenburg sehen konnte. Es war etwas ganz Besonderes gewesen, diese wichtigen Männer nur wenige Meter entfernt leibhaftig zu sehen.

Da habe sich das alte Kaiserreich mit der neuen bürgerlichen Regierung versöhnt, hatte Vater immer wieder gesagt. Das sei der Tag gewesen, an dem aus den Deutschen wieder eine Nation geworden sei, wie früher. Dabei hatte er Tränen in den Augen gehabt.

Wie stolz sie gewesen war, als sie im September 1936 endlich beim Jungmädelbund mitmachen durfte. Die Uniform, brandneu und sauber, kein Stück abgewetzt. Der dunkelblaue Rock, die weiße Bluse und ihr schwarzes Halstuch mit Lederknoten. Sie trug alles hocherhobenen Hauptes. Zum ersten Mal war sie stolz auf ihre Kleidung. Ihre eigene war abgetragen und zog Fäden.

1937 fuhr sie zum ersten Mal in ihrem Leben in den Urlaub, in ein Zeltlager im Bayerischen Wald. Bis dahin hatte sie nicht einmal gewusst, wie groß ihr großes Deutschland tatsächlich war.

Zum ersten Mal fühlte sie sich in einer Gemeinschaft wirklich angenommen. Die Heimatabende wuchsen ihr ans Herz. Dort wurde sie mit offenen Armen empfangen. Und kam endlich mal raus aus dem Mief ihrer schäbigen Wohnung.

Wie schade, dass diese Einigkeit später zerbrochen war. In den letzten Jahren hatte ja nur noch jeder auf jeden gelauert, weil man niemandem mehr trauen konnte. Es gab so viele Dinge, die man falsch machen konnte, dass man sich nie sicher sein durfte, ob man nicht auch in Ungnade fiel.

Trotzdem hatte es für sie bis kurz vor dem bitteren Schluss nie etwas anderes gegeben, als im Dienst des deutschen Vaterlandes zu stehen. Ihr Vater war schon 1931 der NSDAP beigetreten. Er war nie besonders politisch gewesen, aber es gab zwei Dinge, die er wirklich hasste: den Versailler Vertrag und die Republik. Beides brachte nur Elend, Hunger und Schmach über das deutsche Volk. Die unstillbaren Hass- und Rachegefühle seiner Parteigenossen erschreckten ihn manchmal. Dennoch war es die richtige Entscheidung beizutreten. Vater bekam immer wieder Arbeit, dann 1932 endlich eine feste Anstellung bei der UFA. Das waren die besten Jahre gewesen. Nach der Weltwirtschaftskrise brachte ihr Führer die Wirtschaft wieder auf Erfolgskurs und gab den Menschen damit wieder Arbeit und Lohn.

1935 kam das Saarland zurück zum Deutschen Reich. Der Einmarsch ins entmilitarisierte Rheinland im folgenden Jahr war triumphal. 1937 waren die Lebensmittel wieder knapp, aber die Steuererleichterung, die sie als Familie mit mehreren Kindern erhielten, machte das wett. 1938 folgte der Anschluss Österreichs, und dann, im September, holte Hitler mit viel Geschick das Sudetenland wieder zurück ins Heimatreich.

Mit seinen geschickten Schachzügen hatte er viele Anhänger hinter sich versammelt. Er hat Deutschland wieder groß gemacht. Er hat den Deutschen das zurückgegeben, was sie seit 1918 verloren hatten – Stolz und Einheit. Er hatte ihnen ihre Würde zurückgegeben. Und immer, immer hatte es genug zu essen gegeben.

Ihr zweitältester Bruder Hans hatte vorletztes Weihnachten gesagt, dass Hitler, wäre er im Herbst 1940 gestorben, der größte deutsche Staatsmann und Erlöser für die nächsten tausend Jahre in der Geschichtsschreibung geworden wäre. Da hatten sie sich ihre verloren gegangenen Ostprovinzen von den Polen schon zurückgeholt und auch ihren Erzfeind Frankreich in die Schranken verwiesen. Ihre drei Brüder hatten oft mit Vater darüber gesprochen, ob der Ostfeldzug gegen die Russen wirklich nötig gewesen war. So oder so war es ab 1941 deutlich bergab gegangen.

Ein Motorengeräusch unterbrach ihre Gedanken. Die Menschen vor ihr duckten sich. Liesel blickte vorsichtig an der Schlange vorbei. Ein sowjetischer Jeep fuhr ihr entgegen. Schnell zog sie den Kopf ein und schaute in die andere Richtung. Der Schatten des Wagens glitt an ihr vorbei. Liesel atmete wieder auf. Als sie dem Wagen einen bösen Blick hinterherschickte, entdeckte sie Mathilde. Ihre ehemalige Klassenkameradin stand drei Reihen hinter ihr. Ihr Bruder war zusammen mit Fritz eingezogen worden. 1942 mussten die beiden nach Russland marschieren.

Liesel konnte sich noch sehr genau daran erinnern, wie Mutter und Vater gestritten hatten. An jenem Morgen, als sie Fritz verabschiedet hatten. Die Abschiede waren schon lange nicht mehr so umjubelt wie 1939. Mutter jammerte schon seit Wochen, dass man ihr doch wenigstens den letzten Sohn lassen solle. Vater mahnte sie immer wieder zur Ruhe, aber Mutter konnte nicht anders. Sie weinte und kochte. Weinte, putzte. Weinte, räumte auf.

Schließlich fuhr Vater aus der Haut. Was denn die Leute denken sollten, wenn sie Mutter so hörten? Ob sie an die Konsequenzen denke, für sich selbst, für ihn, für die Mädchen? Wie man dastehe, fast schon als Volksverräter, wenn die Nachbarn mitbekämen, dass Mutter ihren Sohn nicht an die Front lassen wolle! Eins der wenigen Male, die Vater laut wurde. So kannte Liesel ihn gar nicht.

Aber Mutter sollte recht behalten. Otto, der Älteste, war im Kessel von Stalingrad gefallen. Liesel konnte sich nicht vorstellen, dass er in russische Gefangenschaft geraten war. Vermutlich hätte er sich lieber selbst umgebracht. Hans war in Afrika verschollen. Und Fritz, der nur vier Jahre älter war als sie ... Von ihm hatten sie auch schon Ewigkeiten nichts mehr gehört. Mutter selbst war vor über einem Jahr im Bombenhagel der Briten gestorben, als sie gerade die Großeltern in Berlin besucht hatte. Liesel hatte es sich versagt zu weinen – aus schmerzhafter Nibelungentreue.

Die letzten Jahre waren von Furcht, Verdunkelung und Hunger überschattet gewesen. Ihre Wohnung war vor drei Monaten in der Nacht von Potsdam zerbombt worden. Helene, ihre ältere Schwester, war verschwunden, vermutlich verschleppt. Das letzte Mal, dass Liesel sie gesehen hatte, war an dem Tag gewesen, als die Russen in Potsdam eingefallen waren. Da war ihr Vater schon seit zwei Tagen untergetaucht. Ihre Familie hatte viele Opfer gebracht. So viele Opfer, aber es ging ja allen so. Keine Familie, die verschont geblieben war. Kein Opfer, das zu groß sein konnte. Nicht fürs Vaterland.

Und jetzt hieß es, dass sie alles falsch gemacht hätten. Und alle schuldig waren. Ihr Führer hatte einige Fehlentscheidungen getroffen. Natürlich, er hatte der SS und der Gestapo zu viel freie Hand gelassen. Wie oft hatte sie in den letzten Jahren gehört: *Wenn das der Führer wüsste!* Und doch hatte er den Krieg verloren, obwohl doch bis vor Kurzem noch alles so siegreich ausgesehen hatte. Aber auch das war gelogen gewesen, wie sie erst später erfahren hatten.

Tatsächlich hatten Vater und die Schwestern Ende März angefangen, bei ihrer Nachbarin im Untergeschoss Feindsender zu hören. Obwohl es drakonische Bestrafung nach sich ziehen konnte, taten sie es. Sie mussten sich doch informieren. Nur die BBC sagte ihnen, welche Städte die Briten und Amerikaner im Westen schon eingenommen hatten. Und viel wichtiger für sie: Nur die BBC sagte ihnen, wo die Russen schon standen. Also warteten sie angespannt auf das TaTaTa-Taa der 5. Sinfonie von Beethoven, dem Erkennungszeichen der BBC, dass nun Nachrichten in deutscher Sprache gesendet wurden.

Immer mehr Lügen traten zutage. Immer offensichtlicher wurde, dass der Endsieg mit jedem Tage weiter weg rückte, statt näher zu kommen. Frontberichte wurden spärlicher. Die Offensive der Alliierten in der Normandie … Es gab so viele unterschiedliche Berichte. Doch ihr Glaube an den Sieg wurde allmählich so dünn wie ihr Eintopf.

Zu Weihnachten zog das Gerücht durch die Stadt, dass Aachen gefallen sei. Die Front aus dem Westen rückte näher. Ein weiteres Gerücht wurde immer direkt hinterhergeschickt: Bald wäre Hitlers Wunderwaffe einsatzbereit. Dann wäre dieser böse Spuk mit einem Mal beendet.

Wirklich nervös machte die Menschen in Berlin und Potsdam die gnadenlos näher rückende Ostfront. Offizielle Berichte bekam man kaum, aber die Flüchtlinge aus den Ostprovinzen brachten alles andere als Hoffnung mit in ihren Karren. Alle hatten sie Angst vor den Russen. Todesangst.

Mehr noch als vor ihren eigenen Schergen. Und das hieß schon einiges. Vor den Braunhemden in ihren glänzend gewichsten schwarzen Stiefeln hatten am Ende alle Angst. Alle, manchmal sogar die Gestiefelten selbst. Die letzten Jahre waren nicht nur des Krieges wegen schrecklich. Nein, in den letzten Jahren belauerte jeder jeden. Eine Atmosphäre der Angst, der Unsicherheit, der Unwägbarkeiten legte sich über das Land. Immer öfter gab es Dinge, die sich falsch anfühlten. Dinge, die Liesel nicht verstand, nicht verstehen konnte.

Obwohl sie sich erfolgreich jahrelang gegen zweifelnde Gedanken gewehrt hatte, verlor Liesel allmählich den Glauben. Blindes Vertrauen hatte man von ihr gefordert. Sie hatte lange durchgehalten. Selbst als das Leben eins wurde, an dem man nur noch zweifeln konnte. Besser, man zweifelte am eigenen Verstand. Schließlich glaubten auch alle anderen an das, was vorgegeben wurde. Bis zuletzt.

Jeden Tag gab es mehr Durchhalteparolen. Die Nazifunktionäre hatten sie zum Kampf bis zur letzten Minute angestachelt. Aber vor der letzten Minute waren sie dann alle schnell verschwunden. Die Goldfasane hatten sich aus dem Staub gemacht und lieferten sie den Besatzermächten hilflos aus. Alles Lügner.

Wie auch Ricarda. Ihr trauerte sie trotz allem lange nach. Die Familie ihrer Freundin hatte unter ihnen gewohnt. Sehr lange hatten sie nicht einmal gewusst, dass es Juden waren. Geschickt hatten sie sich über Jahre bedeckt gehalten. Vater kam gut mit Ricardas Vater aus. Der hatte, genau wie Vater selbst, im Krieg des Kaisers gekämpft und ganz vernünftige Ansichten. Erst als Ricarda 1941 plötzlich den gelben Stern auf ihrer Kleidung trug, kam es heraus.

Papa hatte mit Liesel geschimpft, als in derselben Nacht Männer unten in die Wohnung eindrangen und Ricardas Eltern verprügelten. *Du kannst dieser Schickse nicht helfen.* Er sperrte Liesel in ihrem Zimmer ein. Was natürlich das Beste war, was er tun konnte, wie sie später eingesehen hatte. Wenn man Juden half, konnte man dafür selbst ins Gefängnis gehen. Und so hatte Liesel wieder eine lehrreiche Lektion erhalten: Man konnte niemandem trauen. Nicht einmal einem schüchternen Mädchen mit rotblonden Zöpfen, mit dem man fast jeden Tag im Hof gespielt hatte.

Und so schlichen die Zweifel, das gegenseitige Belauern, sich langsam über die Jahre ein. Selbst innerhalb der Familie durfte man sich nicht mehr sicher sein, ob man etwas ungestraft sagen konnte. Sich zu lautstark über die schlechte Lebensmittellage aufzuregen, konnte schon als Landesverrat gedeutet werden. Seit Anfang dieses Jahres waren Menschen schon für weit weniger erschossen worden.

Liesel musste wieder an diese Britin denken. Auch in ihrer Familie war es zu Streit gekommen. Einer der Buchner-Jungens hatte sich mit dem Müller-Zwilling gekloppt, 1942, kurz nach den Osterferien, mitten auf dem Schulhof. Die beiden Sechzehnjährigen – Walter Buchner und Manfred Müller – waren zusammen in einer Einheit der Luftwaffenhelfer. Tagsüber Schule und nachts an den Geschützen. Bei vielen lagen die Nerven blank. Manche Jungs kloppten sich schon, weil der eine dem anderen vorwarf, nicht stramm genug zu marschieren. Aber letztendlich wusste niemand, worum es ging.

Ein Lehrer griff ein und beorderte sie direkt zum Direktor. Seit dem Tag war Manfred Müller nicht mehr in der Schule aufgetaucht. Und Walter Buchner schwieg beharrlich. Natürlich waren beide Familien verdächtig. Nahe Verwandte hatten Jahre zuvor das Land verlassen. Niemand, der ein aufrechter Deutscher war, verließ das Land. Nur Juden und politisches Gesindel waren abgehauen, das wusste jeder. Beide Familien hatten Verräter in den eigenen Reihen.

Worüber sich die Jungs auch immer gestritten hatten, es musste etwas Gravierendes gewesen sein. Denn nur zwei Wochen später hörte Liesel davon, dass man Manfred Müllers Vater abgeholt hatte. Schutzhaft, das bedeutete, dass die Gestapo ihn in ein KZ gebracht hatte.

So war es eben. Deshalb hielt man sich besser aus allem raus. Genau deswegen würde sie dieser deutschsprechenden Britin auch nicht helfen. Man wusste nie, wie das endete. Man konnte doch sehen, wer jetzt alles für etwas verantwortlich gemacht wurde, obwohl er sich nichts hatte zu Schulden kommen lassen. Sie selbst galt als schuldig. Aber wofür eigentlich? Für Vaterlandsliebe? Die Briten und die Amerikaner und die Sowjets liebten ihr Vaterland doch auch. Was also sollte daran falsch sein?

Sie rückte wieder einen Schritt vor. Endlich war sie aus der Sonne. Und endlich sah sie ihren Vater, der um die Häuserecke bog. Sie schaute an ihm hinunter. Keine Beule in der Jackentasche, kein kleines Paket in der Hand. Dann hatte es also wieder nichts gegeben. Was nutzten ihnen die Lebensmittelkarten, wenn es nichts zu verteilen gab? Zwei Kartoffeln hatten sie noch. Und ein paar Kräuter, die sie gestern gesammelt hatten. Das würde wieder eine dünne Suppe werden. Das Loch im Magen war größer als der Riss in ihrer Seele.

TEIL 2

Anfang Mai 1934

»Ich will das nicht«, sagte Charlie ängstlich. »Sollen wir nicht doch einfach drinbleiben?« Sie zog ihren Schulranzen auf den Schultern höher.

Gerade war der Unterricht zu Ende gegangen, und Annegret wollte es schnell hinter sich bringen. Sie hatten den Weg zum HJ-Heim eingeschlagen. »Ich hab aber keine Lust mehr. Und auch Papa sagt, dass es nicht rechtens ist, dass man uns Pfadfinderinnen zwangsweise einfach in den Jungmädelbund eingegliedert hat.«

Annegret schaute runter auf ihre blauen Riemchenschuhe. Sie waren zu klein geworden, und die Füße taten ihr weh. Mama hatte letzten Monat schon gesagt, dass sie wohl in ein paar Wochen neue Schuhe besorgen mussten. Sie würde zu Hause aber nicht sagen, dass die Schuhe jetzt schon zu sehr drückten. Früher war es nie ein Problem gewesen, neue Anziehsachen zu kaufen. Doch seit ein paar Monaten sparte Mama, wo es nur ging.

»Vati sagt aber, dass es besser wäre, nicht aufzufallen.« Charlie kaute auf den Enden ihrer braunen Zöpfe. Das tat sie immer, wenn sie nervös war, wie Annegret nur zu gut wusste. Sie fasste ihre Hand, um sie zu beruhigen.

»Hat er dir denn verboten, dich abzumelden?«

Charlie schüttelte ihren Kopf.

»Na also. … Jetzt sind ja noch ganz viele Mädchen nicht im BDM. Wenn wir erst einmal ausgetreten sind, dann sind wir genau wie die anderen.«

»Aber wird das nicht gemeldet?«

Annegret zuckte mit den Schultern. »Was können sie uns schon? ... Sie können uns schließlich nicht zwingen, zu den Abenden zu gehen.«

»Ich weiß nicht.«

»Charlie, ich geh auf jeden Fall raus. Ich hasse Nadelarbeiten. Willst du allein zu diesen langweiligen Heimatabenden gehen?«

»Nein«, kam es langgezogen von ihrer Cousine.

»Ich fand das auch blöd, dass Sieglinde ausgeschimpft wurde. Sie hat doch nur gesagt, dass es früher bei den Pfadfinderinnen viel lustiger war. Und das stimmt ja auch«, schob Annegret hinterher.

»Schon, aber wenn sie uns doch bald in Ferienlager schicken? Ihr könnt euch das leisten, in den Urlaub zu fahren. Aber meine Eltern haben kein Geld dafür. ... Ich würde gerne mal wieder in ein Zeltlager fahren. Oder in eine Jugendherberge! Das wäre großartig. Können wir nicht wenigstens noch bis nach dem Sommer drinbleiben? Ja? ... Bitte!«

Ob sie sich jetzt wirklich noch Urlaub leisten konnten, bezweifelte Annegret. »Nein, es ist besser, wir treten jetzt aus. Wenn wir noch warten, wird es nur schlimmer, hat Papa gesagt. Je mehr eintreten, desto auffälliger wird es, wenn wir austreten.«

Sie bogen um eine Ecke. Ein Stück die Straße runter war das HJ-Heim. Charlie blieb stehen.

»Ich war noch nie in einer Jugendherberge. ... Und außerdem: Wir machen da doch auch nur, was wir bei den Pfadfinderinnen gemacht haben. Zelten, Lagerfeuer, wandern, singen.« Charlie klang schon richtig trotzig.

»Dann soll ich mir von dieser Ursula sagen lassen, was ich lustig finde? Und welche Lieder wir unbedingt singen sollen? Nein, danke. Nur weil Ursula Mädelschaftsführerin ist, kann sie nicht einfach alles bestimmen. Sie sagt immer, dass wir eine Gemeinschaft wären. Aber dann entscheidet doch wieder nur sie, was wir wann tun müssen.«

Charlie schnaufte durch. »Noch sind wir ja nur Jungmädel. Wir könnten vielleicht einfach nicht in den BDM wechseln. ... Wir könnten sagen, wir hätten zu viele Schulaufgaben.«

Annegret schaute ihre Cousine an. »Du musst dich da nicht extra anmelden. Du wirst einfach von den Jungmädeln übernommen. Die fragen dich gar nicht.«

»Trotzdem ... Ich ...«

Jetzt reichte es ihr aber. Annegret war schon immer die Mutigere von beiden gewesen. Aber normalerweise war auch Charlie kein Schisshase. Ihre Stimme wurde weicher. »Na gut. Du musst ja nicht mitgehen, wenn du zu viel Angst hast. ... Dann melde ich mich eben alleine ab.« Sie ließ Charlies Hand los und begann zu laufen.

»Annegret ... warte.« Schon waren die Schritte neben ihr. »Ich ... ich komm doch mit.«

Freitag, 13. Juli 1945

Ann folgte Miss Bright durch die Eingangstür von Haus Seefried. Das rosa Herrenhaus, das dem Premierminister und seinem engsten Gefolge zugeteilt war, war natürlich deutlich größer als ihr Stadtpalais und noch luxuriöser. Es lag ebenfalls an der Ringstraße, aber auf der anderen Straßenseite, und grenzte direkt an den Griebnitzsee.

Joan Bright eilte ihr mit energischen Schritten voraus. »Natürlich werden Churchill und seine Tochter hier nicht so beengt wohnen wie all die anderen. Thompson, sein Bodyguard, sein Diener Sawyers und Lord Moran, Churchills Leibarzt, werden auch hier untergebracht. Das sind aber schon alle. Ich selbst habe bereits alles vorbereitet. Aber gehen Sie nachher noch mal alle Zimmer durch, ob Ihnen noch etwas auffällt.«

Ann sah sich um. Wie merkwürdig es doch war. In den letzten Tagen hatte sie etliche hochherrschaftliche Villen betreten, die puren Luxus verströmten. Ausgerechnet hier in Babelsberg, quasi einem Kriegsgebiet.

»Vor zehn Jahren ist hier drin sogar mal ein Film gedreht worden, zumindest einige Szenen. *Frischer Wind aus Kalkutta*. Kennen Sie ihn zufällig?«

»Ich glaube nicht«, antwortete Ann wahrheitsgemäß.

»Na ja. Frischer Wind kann ja nie schaden.« Schon lief sie einen Flur entlang. »Kommen Sie. Hier geht es zur Küche.«

Ann konnte noch so gerade einen Blick auf den See und das gegenüberliegende waldgesäumte Ufer erhaschen, dann folgte sie ihr.

Es war nicht einmal eine halbe Stunde her, dass Miss Bright wie üblich nach dem Essen aufgestanden war und einige Instruktionen erteilt hatte. Dann hatte sie gefragt, ob jemand Mary Churchill persönlich kennen würde. Ann hatte sich gemeldet. Für ein paar wenige Wochen in ihrer Ausbildung in Arborfield hatte sie sich im selben Camp wie Mary Churchill befunden. Und sie hatten zur selben Zeit im Hyde Park an der Flak gestanden. Sie kannten sich persönlich, aber nicht besonders gut. Das war Miss Bright egal. Sofort war Ann abkommandiert worden, um in dem großen Herrenhaus zur Verfügung zu stehen. Im Wesentlichen sollte sie die normalen Aufgaben wahrnehmen, die auch alle anderen in den ihnen zugeteilten Villen erfüllen sollten. Aber was war schon normal, wenn man dem Haus von Winston Churchill zugeteilt war?

Sie gingen in die Küche.

»Das ist Obermaat Pinfield. Er wird sich um das Essen des

Premierministers kümmern. ... Und das hier ist Miss Miller«, stellte Joan Bright sie dem Koch vor. »Sie wird das Haus tagsüber betreuen. Sie kann übrigens ganz gut Deutsch.«

Pinfield begrüßte sie knapp.

»Haben Sie alles, was Sie brauchen?«, fragte Miss Bright nach.

Pinfield wandte sich ihr zu. »Ich habe fast alles, was ich benötige. Das meiste bekomme ich sowieso von der Feldmeisterei. Die anderen Dinge werde ich noch anfordern.«

»Was fehlt denn noch?«

Pinfield drehte einen kleinen Zettel in ihre Richtung, auf dem mehrere Dinge notiert waren.

»Gezuckerte Dosenmilch? Für den PM?«

»Ehrlich gesagt ist die für mich.« Es war dem Koch wohl etwas unangenehm.

Ann sah ihre Chance gekommen. »Ich könnte sie besorgen, in der Stadt.«

Für einen Moment dachte Miss Bright nach. Dann sagte sie: »Ich wüsste wirklich nicht, was dagegen spräche. Der Premierminister kommt erst in zwei Tagen. Ich habe so weit schon alle Zimmer vorbereitet. Sie sollten also Zeit für kleine Extratouren haben. Zeit für Extratouren ist überhaupt immer wichtig in der Nähe von Churchill.« Sie lächelte und winkte, dass Ann ihr folgen sollte.

Die verabschiedete sich höflich von dem Koch und lief ihr hinterher. An der Eingangstür blieb ihre Vorgesetzte stehen.

»Ich schicke Ihnen gleich einen Fahrer vorbei. Es wäre wirklich prima, wenn Sie diese gezuckerte Dosenmilch bekommen könnten.« Miss Bright beugte sich mit einem verschwörerischen Blick zu ihr. »Die guten Leute muss man immer bei Laune halten. Churchill schwört auf Pinfield, seit der ihn auf der Teheran-Konferenz bekocht hat.« Sie öffnete die Tür und wollte schon hinaus, drehte sich aber noch mal um.

»Bevor ich es vergesse: Von dem Herrenhaus bekommen Sie natürlich keinen Schlüssel, aber es wird auf jeden Fall immer jemand hier sein. ... Und machen Sie sich keine Sorgen. Wie bei allen anderen werde ich immer wieder auftauchen, um zu checken, ob alles okay ist. Hier sicherlich öfter als in den anderen Villen.« Mit diesen Worten verabschiedete sie sich und ließ Ann stehen.

Was für eine fantastische Gelegenheit. Jetzt gleich hätte sie einen persönlichen Fahrer, der sie durch Potsdam kutschieren würde. Sie würde ihn einfach durch die Lindenstraße dirigieren, die sowieso mehr oder weniger auf dem Weg lag, wenn man in die Innenstadt zu den Geschäften wollte. Endlich bot sich ihr die Gelegenheit, wenigstens an dem Haus vorbeizufahren. Und wer weiß – vielleicht traf man jemanden auf der Straße, oder sah zufällig ein bekanntes Gesicht am Fenster. Nur zu wissen, dass die Wohnung der Müllers unbeschädigt war, würde sie schon enorm beruhigen.

Voller Vorfreude lief sie durch die Räume im Untergeschoss. Wie Miss Bright gesagt hatte, hatte sie sich bereits um das Haus gekümmert. Alles war aufgeräumt und sauber. Ganz bestimmt hatte sie oben schon alle Betten gelüftet. Das würde sie nachher checken, wenn sie zurückkam. Jetzt konnte sie sich sowieso auf nichts anderes konzentrieren, als dass sie gleich endlich an Charlies Haus vorbeifahren würde. Ihre Nerven vibrierten vor Seligkeit, aber auch vor Anspannung, als es an der Tür klingelte.

Ein britischer Soldat stand draußen. »Sind Sie Miss Miller?«

»Jawohl.«

»Zu Diensten.« Er nickte freundlich und ging schon wieder zu seinem Militärwagen zurück. Ann schloss hinter sich die Tür. Sie würde auf jeden Fall wieder hineinkommen, denn Obermaat Pinfield war ja da.

Sie nahm auf dem Beifahrersitz Platz und drehte sich zu dem Fahrer. »Ich muss etwas in Potsdam kaufen.« Würde er nicht misstrauisch werden, dass sie sich in der Stadt auskannte? »Ich kann Ihnen die Strecke beschreiben. Ich war dort schon mal etwas besorgen.«

»Tut mir leid, ich kann Sie nur in den britischen Sektor von Berlin fahren.«

»Was? ... Nein!«

»Potsdam ist im Moment schwierig. Dazu müssten wir uns einen extra Passierschein ausstellen lassen. Die Russen fangen jetzt schon an, das gesamte Territorium um den Bahnhof abzuriegeln. Stalin kommt wohl mit dem Zug.«

»Aber ich muss nach Potsdam rein.«

»Was müssen Sie denn besorgen?«

Sie konnte ja jetzt schlecht lügen. Vermutlich würde er sie ins Geschäft eskortieren. Schließlich stand sie unter seinem Schutz. »Ich brauche gezuckerte Dosenmilch.«

Er überlegte kurz und startete den Motor. »Ich weiß, wo wir das bekommen.«

»Aber nach Potsdam ist es doch viel kürzer!« Ein letzter Versuch, ihn umzustimmen.

Während er anfuhr, sagte er: »Um derzeit reinzukommen, bräuchten wir dennoch länger.«

Resigniert ließ Ann sich in den Sitz fallen. Sie konnte den Soldaten ja nun schlecht drängen, unbedingt in die Potsdamer Innenstadt zu fahren. Ohne einen triftigen Grund. Den sie natürlich hatte, ihm aber nicht nennen konnte. Von wegen: *Zu Diensten.*

Ihre Gedanken wanderten zu Charlie. Ihre einstmals beste Freundin, Cousine, fast Schwester, beinahe wie Zwillinge im Herzen miteinander verbunden. Dem von ihrem Verrat gebrochenen Herzen. Er lastete schwer auf ihrer Seele. Wie sollte sie nur alles wiedergutmachen können, wenn sie es verdammt noch mal nicht einmal schaffte, in die Stadt hineinzukommen?

Ihr Wagen überquerte mehrere Brücken. Ann wusste, dass sie in den Westen von Berlin fuhren. Sie war maßlos enttäuscht. Niemals hätte sie sich vorgestellt, dass das so schwer werden würde. Auch hatte sie gehofft, sie könne schnell ihren Zettel bei den Buchners kontrollieren. Vielleicht hatte sich dort jemand gemeldet. Vielleicht wusste wenigstens ein Nachbar, wo sie waren.

Nachdem sie den Zettel aufgehängt hatte, hatte sie ihren Eltern endlich den heiß ersehnten Antwortbrief schreiben können. Auch wenn sie noch keinen Erfolg bei ihrer Suche hatte, war es doch eine gute Nachricht, dass die Buchners in der Bombennacht zumindest im Luftschutzkeller gewesen waren.

Bisher war diese Information ihr einziger Fortschritt, aber auch der war jetzt schon wieder etliche Tage her. So ging das nicht weiter. Plötzlich hatte sie einen Einfall: Sie sollte jemanden für sich gewinnen, der sich in Potsdam frei bewegen konnte. Die Frau aus dem Geschäft vielleicht? Obwohl, die schien ihr viel zu ängstlich zu sein. Dann vielleicht dieser Kulissenbauer, der mit der blonden Tochter.

***

Am Abend präsentierte sich der Himmel in einem strahlenden Kaiserblau. Hier, fernab der Ruinen, in einem wunderschönen Park, zeigten nur noch ihre Uniformen, dass sie sich in einem ehemaligen Kriegsgebiet befanden. Ann war nervös. Sie wusste, ihr stand eine Gratwanderung bevor. Sie musste Jackson bei Laune halten. Ihn gerade so nah kommen lassen, wie es nötig war, damit er sich weiter um sie bemühte.

Jackson parkte den Wagen am Pförtnerhaus. Sie stiegen

aus und liefen in den Park des Babelsberger Schlosses hinein. Die Russen hatten anscheinend beim Angriff auf die Stadt Order bekommen, die Schlösser nicht zu beschädigen.

Ann erzählte ihm von ihrem Tag in dem rosafarbenen Herrenhaus und wie aufgeregt sie war, dass sie Churchill demnächst persönlich begegnen sollte.

»Wo warst du überall stationiert?«, fragte Jackson nach.

Ihre Unterhaltung verlief etwas unbeholfen. Beiden war deutlich bewusst, dass sie zum ersten Mal wirklich alleine waren.

»Bis auf meine Ausbildung in Park Hall und Arborfield, in der Nähe von Reading, war ich eigentlich nur in London. Das hatte den Vorzug, dass ich jeden Tag zu Hause schlafen konnte. So sparte man sich separate Unterkunft und Verpflegung.«

Sie liefen nebeneinander am Ufer der Havel entlang, die im Abendglanz golden schimmerte.

Jackson blieb stehen und schaute zum gegenüberliegenden Ufer. Direkt neben der zerstörten Glienicker Brücke hatte man eine hölzerne Behelfsbrücke errichtet. Aber hier, nur ein paar Meter weiter am Ufer, an der Babelsberger Enge, hatten die Russen eine Pontonbrücke rüber zum Glienicker Horn gebaut. So konnten die Konferenzteilnehmer den Tiefen See auf kürzestem Weg zwischen dem Park Babelsberg und der Berliner Vorstadt überqueren. Selbst im Anblick der Zerstörung und der improvisierten Maßnahmen lag eine geradezu romantische Stimmung über dem Park.

»Schon verrückt, was der Krieg mit einem macht.«

»Was meinst du?«

Jackson schüttelte leicht den Kopf. »Ohne den Krieg hätte ich vermutlich niemals mein Land verlassen. Jetzt war ich schon in England, Frankreich und nun in Deutschland.«

»Nicht wirklich das, was man sich von Reisen in ferne Länder erhofft, oder?«, erwiderte Ann schelmisch.

Er drehte sich zu ihr. »Immerhin habe ich dich kennengelernt.«

Sein Blick lag auf ihr. Jackson war ein netter Kerl, und er sah gut aus. Er hatte ein einnehmendes Lächeln, aber im Moment wirkte er sehr ernst. Ann wurde etwas mulmig. Ihr wurde bewusst, dass er tatsächlich etwas von ihr wollte. Das erfreute sie und verunsicherte sie zu gleichen Teilen.

Als wollte die Natur ihre Zustimmung geben, stimmte im Baum über ihnen eine Amsel ihren Gesang an. In Jacksons Gesicht stahl sich ein zärtliches Lächeln.

In dieser Idylle donnerte ohne Vorwarnung ein Schuss durch die Luft. Er kam aus Richtung Wannsee. Dann folgten noch zwei weitere. Ann blieb starr stehen und schaute über das Wasser.

Eine Frage stand ihr im Gesicht. War das wieder ein Deutscher, der von russischen Soldaten erschossen worden war?

Jackson schien es nicht weiter zu interessieren. Er zuckte mit den Schultern. »Vermutlich die Russen.« Als wäre das so normal, dass man es nicht weiter kommentieren musste.

»Die Russen scheinen noch nicht begriffen zu haben, dass der Krieg zu Ende ist.«

»Na ja, der Krieg ist zu Ende. Aber die Jagdsaison auf die Nazis ist eröffnet«, gab Jackson zur Antwort.

Für einen Moment entgleiste ihr der Gesichtsausdruck.

Mit einer beschwichtigenden Geste hob er seine Hände. »Es könnten genauso gut auch Deutsche sein, die sich nun für erlittenes Unrecht rächen. In Braunschweig habe ich erlebt, wie ein Mann vom Mob gelyncht wurde.«

»Ihr habt nicht eingegriffen?«

»Jemand hatte unserem Kommandanten gesagt, dass der Kerl Feldgendarm der Wehrmacht sei. Die haben zum Ende hin Tausende Fahnenflüchtige standrechtlich exekutiert. Sollten wir wirklich auf Väter und Mütter schießen, deren

Kinder sich geweigert haben, im Volkssturm der letzten Kriegstage ihr Leben zu lassen? Und dafür erhängt wurden?«

»Nein, natürlich nicht. ... Aber wenn es gar nicht so war? Wenn es vielleicht jemand war, der euren Kommandanten die Namen der schlimmsten Nazischergen aus der Gegend hätte verraten können? Wenn man ihn nur schnell mundtot machen wollte?« Ein Kribbeln zog durch ihren Schädel. Was, wenn jemand ihre Onkel und ihre Tanten mundtot machen wollte? Vielleicht sogar in diesem Moment.

Jackson bedachte sie mit einem merkwürdigen Ausdruck. Eher widerwillig antwortete er: »Das gab es bestimmt auch.« Er merkte, dass dieses Thema sie entzweite. Im selben Moment setzte er sich wieder in Bewegung. »Dann hast du also mit Mary Churchill zusammen am Geschütz gestanden?«

»Das trifft es wohl nicht ganz. Sie hat ein halbes Jahr vor mir beim ATS angefangen. Sie ist ein Jahr jünger als ich. Aber natürlich hat sie jetzt einen viel höheren Rang. Sie ist rasend schnell befördert worden.«

»Klar. Schließlich ist sie die Tochter des Premierministers. Da muss man sie ja mit Orden überhäufen. Vermutlich war sie nie in ein echtes Gefecht verwickelt.«

»Da tust du ihr Unrecht. Wie ich hat sie in den Londoner Nächten im Hyde Park Dienst gehabt. Das war wirklich kein Vergnügen, das kann ich dir sagen.«

»Hattest du mal einen ... kritischen Einsatz?«, fragte er vorsichtig.

Sie nickte leicht und schaute kurz in seine Richtung. In seinem Blick lag die Frage nach mehr Informationen. Heutzutage gehörte das wohl zu einem romantischen Treffen dazu: Man tauschte sich über seine Kriegserfahrungen aus.

»Karen und ich ... Wir wurden getroffen von einer deutschen Bombe. Sie hat uns nur knapp verfehlt. ... Unsere Munitionshelfer hat es allerdings erwischt. Der eine war sofort tot, der andere musste sich noch drei Tage quälen. ... Karen hatte nur ein paar Schrammen, und ich ...« Ann schluckte. »Ein gebrochenes Bein, eine Kopfwunde, allerdings nicht so schlimm. Am schlimmsten war wohl, dass ich verschüttet worden bin. ... Es kann nicht lange gedauert haben, so sagte man mir jedenfalls danach. Durch die Kopfwunde war ich kurz bewusstlos, aber als ich wieder wach geworden bin, war ich unter der Erde begraben.«

Bei der Erinnerung daran musste sie tief Luft holen. Da war er wieder: der Moment, in dem ihr klar geworden war, dass sie nicht atmen konnte.

»Ich wollte schreien, aber sofort rieselte mir Erde in den Mund. Ich konnte mich praktisch gar nicht bewegen. Es war wie ... Es war wie lebendig beerdigt zu werden.« Sie schüttelte den Kopf.

Er war stehen geblieben und griff schützend nach ihrer Hand. »Ich weiß ... Manche Dinge kann man gar nicht beschreiben.«

Für einen Moment dachte Ann, er wolle sie küssen. Sie bekam Angst. Angst, dass sie eine Grenze überschreiten musste, die sie nicht überschreiten wollte. Jackson hatte es nicht verdient, so tief getäuscht zu werden.

Doch er drehte sich zur Seite und ging weiter. Ihre Hand ließ er allerdings nicht los. Sie gingen weiter am Ufer entlang, bis Schloss Babelsberg hinter ihnen aus dem Blick verschwand.

»Und du?« Natürlich musste diese Frage kommen. Doch Ann wollte wissen, was mit ihm war.

Er schaute kurz hoch und ließ ihre Hand los. »Hab ich dir das nicht schon erzählt?«

Allein schon die Heftigkeit, mit der er plötzlich seine Hände knetete, machte Ann bewusst, dass da noch sehr viel mehr war, von dem sie nichts wusste. Da sie ihm keine Antwort gab, fühlte er sich wohl gemüßigt weiterzureden.

»Nach Pearl Harbor haben wir uns sofort gemeldet. ... Eigentlich wollten wir ja in den Pazifik.«

»Wir?«

Er stutzte. »Wir ... Also alle Männer eigentlich. Alle wollten wir Pearl Harbor rächen.« Sein Versuch, ein Lächeln zustande zu bringen, scheiterte.

Ann nickte. Das konnte sie sehr gut verstehen. »Und dann bist du ins kalte, regnerische England gekommen.«

»Allerdings. Zuerst kamen noch ein paar Monate Ausbildung, und dann erst sind wir rüber nach England. Dann folgten noch etliche Monate Training.«

»Warst du in *Slapton Sands*?«

»Du kennst es?«, fragte Jackson erstaunt.

»Ich war noch nie dort, wenn du das meinst. Aber man hat immer wieder Leute getroffen, die von dort evakuiert worden sind«, erklärte Ann.

»Ja, anscheinend wurde die gesamte Bevölkerung des Landstriches woandershin geschafft. Anders war es wohl nicht möglich. Sonst wäre den Deutschen mit ihren Luftaufklärern aufgefallen, dass dort plötzlich Tausende Soldaten stationiert waren.« Für einen Moment schwieg er.

»Und dann kam *Operation Overlord*?« Es war keine Feststellung von Ann, sondern eher die Aufforderung, mehr zu erzählen.

Er schüttelte den Kopf, als wollte er nicht darüber sprechen. Doch nach einem tiefen Seufzer fing er an: »Dieser verfluchte Küstennebel, und wir in diesen stählernen Wannen. *Higgins Funnys* haben wir die Boote genannt. Alles Spezialanfertigungen. Aber Spaß haben wir darin wirklich nicht gehabt. Wir wurden abgetrieben und landeten einen halben Kilometer südlicher als geplant. Utah Beach. Trotzdem ging bei uns alles glatt. Wir hatten Glück. ... Viel Glück.«

Ann nickte. Ja, alle außer die Soldaten an Omaha Beach

hatten mehr oder weniger Glück gehabt. Aber die hatten ausgesprochenes Pech gehabt. Mehr als das.

»Die Fallschirmjäger waren schon vorausgeflogen. Wir haben uns am Strand nach Plan versammelt und sind vorgestoßen. Eigentlich hat alles ganz gut geklappt. Vielleicht zu gut, denn ich habe nicht aufgepasst. Im Hinterland hatte ich plötzlich ein Messer in der Leiste. Ich hatte unfassbar viel Glück. Der Junge ist gerade so an meiner Hauptschlagader vorbeigeschrammt. Sonst wär ich jetzt vermutlich tot.«

Ann musste an die hässliche Narbe an seinem linken Bein denken. »Der Junge?«

»Er war bestimmt nicht älter als vierzehn oder fünfzehn. Lag im Gebüsch, schlotternd vor Angst. Völlig verheult.«

»Hitlerjugend?!«

»Keine Ahnung. ... Mein Kumpel hat ihn überwältigt. Er hat sich vor Schiss in die Hose gemacht. Und das meine ich nicht bildlich.«

»Dann ist er jetzt Kriegsgefangener?«

Jackson nickte. »Als er abgeführt wurde, hat er die ganze Zeit nach seiner Mutter gerufen.«

»Allein das ist doch schon kriminell: Kinder in den Krieg zu schicken.«

»Ja, die Deutschen sind echte Monster ...«

Echte Monster. Ann erwiderte nichts darauf. Sie war die Wut und den Hass auf die Deutschen seit sechs Jahren gewohnt. Wäre sie wirklich an ihm interessiert gewesen, wäre ihre Herkunft natürlich ein Problem. Aber so war es ja egal.

»Weil ich eine Zeit lang danach gehumpelt bin, habe ich den Job als Versorgungsfahrer bekommen. Ein guter Job!«, führte Jackson nun weiter aus.

»Und nun? Willst du nicht zurück zu deiner Familie, jetzt, da der Krieg aus ist?«

Es war fast, als würde ein feuchtes Schimmern in seinen

Augen aufblitzen. Seine Stimme klang wie Sandpapier. »Nein, noch nicht. Ein bisschen bleibe ich noch hier. Ich hab keine Eile zurückzugehen.«

Ein Mann, der Frau und Kinder zu Hause hatte, hätte schon längst seine Siebensachen gepackt. Überrascht stellte Ann fest, wie sehr diese Information sie freute.

Jackson räusperte sich, als wollte er seine Erinnerungen abschütteln. »Nach den Kämpfen in der Normandie habe ich mir geschworen: Sobald der Krieg aus ist, werde ich das Leben genießen. Ich werde mich nur noch um die schönen Dinge des Lebens kümmern.« Jetzt griff er wieder nach ihrer Hand, küsste sie und wartete auf ihre Reaktion.

Ann musste heftig schlucken. Sie konnte nur hoffen, dass sie für Jackson nicht mehr als ein belangloser Flirt, ein Zeitvertreib war. Sie wollte ihn nicht verletzen müssen. Aber selbst wenn er es ernst meinte: Sicher wollte er nichts mit einer Deutschen anfangen.

Als er sie nun an ihrer Hand näherziehen wollte, blieb sie stehen. Es wäre eine Lüge. Zumindest würde er es sicherlich als Lüge auffassen, sollte er je herausbekommen, wer sie wirklich war: eine Deutsche, ein Monster. Und keinesfalls konnte sie es ihm jetzt sagen. Schließlich konnte er sehr hilfreich sein, als Fahrer. Aber tatsächlich spürte sie etwas, was sie sehr überraschte. Für wenigstens ein paar Momente wollte sie sich dem Anschein hingeben, dass sie ein ebenso leichtes und glückliches Leben verdient hatte wie andere. Sie befand sich in einer Zwickmühle.

Jackson bemerkte ihr Zögern. Enttäuschung stand in seinem Gesicht, aber nur kurz. Sofort gewann sein Frohsinn wieder die Oberhand. Mit seinem Lebensmut schien er immer wieder alles andere überdecken zu können. Eine Eigenschaft, die Ann sehr bewunderte.

Sie hatte sich eingeredet, dass sie sich mit Jackson Powers

traf, um seine Kontakte und seine Möglichkeiten zu nutzen. Aber da war noch etwas anderes. Die Zeit mit ihm war ihre Flucht in eine Welt jenseits von Ängsten und Sorgen und Leerstellen in ihrer Seele. Ann gestattete sich keine romantischen Gefühle, nicht, solange ihr Verrat nicht gesühnt war. Für sie hatte das Ende des Krieges kaum etwas geändert. Sie war noch immer auf der Suche – nach Heimat, nach der Familie, nach Frieden. Aber gefunden hatte sie ihn. Jackson war genauso hungrig nach Leben wie sie. Sofort drängte sich ihr schlechtes Gewissen vor, ihr schlechtes Gewissen gegenüber ihren Eltern und ihrer Familie.

Sonntag, 15. Juli 1945

Es war wirklich großzügig von Miss Bright, sie zum Flugplatz mitzunehmen. Ann stand in einer der hinteren Reihen, die sich auf dem Flugfeld postiert hatten. Man würde Winston Churchill einen großen Empfang bereiten. Der britische Premierminister betrat deutschen Boden. Auf diesen Moment wartete doch die ganze Welt. Es symbolisierte nichts weniger als den endgültigen Sieg über Hitlers Deutschland.

Endlich hätte sie etwas, das sie ihren Eltern frohen Mutes schreiben konnte. Vor zwei Tagen hatte sie einen weiteren Brief von ihnen erhalten. Immer dringlicher fragten sie nach Neuigkeiten.

Ann schwitzte in ihrer Uniform. Die größte Mittagshitze war vorbei, aber sie warteten schon länger. Und hier auf dem Flugfeld gab es keinen Schatten. Der Flughafen lag im britischen Sektor, aber auch die amerikanischen Flugzeuge landeten hier. Mehrere hundert Meter weiter säumten Wälder die große Freifläche. Vermutlich patrouillierten weiter hinten, wo schon wieder russisches Territorium begann, Dutzende russische Soldaten durch die Büsche. Keine Blamage wäre größer, als wenn man die wichtigsten Staatsmänner der Welt nicht vor den bösartigen Hunnen schützen könnte.

Es war kurz vor fünf Uhr nachmittags, als die Maschine endlich in Sicht kam. Schon als sie anflog, stellten sich alle in Formation. Das Flugzeug landete in einiger Entfernung und rollte dann in ihre Richtung. Als es vor ihnen stoppte, schoben zwei Soldaten eilig die Gangway an die Tür, die sich sogleich öffnete.

Dann trat er heraus – Winston Churchill persönlich. Eine Zigarre im Mund, machte er das unvermeidliche Victory-Zeichen. Die Blitzlichter der anwesenden Reporter spiegelten sich grell im silbernen Rumpf der Maschine. Die Soldaten salutierten. Eine Militärkapelle spielte auf. Churchills Blick lief über die Anwesenden, und dann weiter über die Landschaft. Der Moment, den auch er lange herbeigesehnt haben musste. Er genoss den Augenblick, grinste grimmig und trat auf die erste Stufe. Das Spiel begann.

Ann schaute hoch zu dem Staatsoberhaupt. Noch immer wusste sie nicht, was sie von Churchill zu halten hatte. Er schien so unberechenbar. Allerdings kannte sie ihn natürlich nur aus Zeitungsberichten und den Wochenschauen im Kino.

Immerhin wusste sie, dass die größte Hoffnung des deutschen Volkes auf ihm lag. Er wollte Deutschland nicht wie ein gegrilltes Spanferkel in Einzelteile zerschneiden. Nicht, weil er die Deutschen so liebte. Sondern weil ihm ein geordnetes und funktionierendes Europa am Herzen lag. Ein Europa unter britischer Führung. Der erste Schritt, das einstmals so große Commonwealth wieder erstarken zu lassen. Und das bolschewistische Russland mit seinen Krakenarmen kleinzuhalten.

Er trat auf deutschen Boden, verharrte einen Moment und schritt dann erhobenen Hauptes die Parade ab. Noch nie war

Ann dem PM so nahe gewesen. Er war schon siebzig, und man sah ihm an, dass die Hitze auch ihm zu schaffen machte. Mit Joan Bright, die ihn anstrahlte, wechselte er ein paar Worte.

Weitere Delegationsmitglieder kamen die Gangway herunter, unter ihnen Mary Churchill in ihrer Uniform eines Junior Commander der Royal Air Force. Als auch sie an ihnen vorbeischritt, fiel ihr Blick auf Ann. Für einen kurzen Moment flackerte ein Wiedererkennen auf. Ann wusste nicht, ob sie etwas sagen sollte, und nickte lächelnd.

Miss Bright nutzte den Moment. Sie trat etwas zur Seite, was den Blick auf Ann freigab. »Miss Churchill, ich glaube, Sie kennen Miss Miller?«

Ein fragender Blick der jungen Frau lag auf Ann. Doch dann fiel es ihr ein. »Aber natürlich. Arborfield, nicht wahr? Und waren Sie nicht auch im Hyde Park stationiert?«

Ann nickte. »Jawohl«, antwortete sie im Befehlsempfängerton.

»Wir haben Miss Miller Ihrem Haus zugeteilt. Ich dachte, es sei Ihnen bestimmt recht, ein bekanntes Gesicht um sich zu haben«, erklärte Joan Bright.

Mary Churchill strahlte glücklich. »Miss Bright, wie immer allen einen Schritt voraus. Danke.« Sie bedachte Ann mit einem letzten Lächeln und schritt weiter.

Die Delegierten verteilten sich auf die Militärwagen. Ann fuhr mit Miss Bright, die den Fahrer antrieb, noch vor Churchill am Haus Seefried zu sein.

Vor dem Herrenhaus reihten sie sich wieder auf – Miss Bright, Obermaat Pinfield, Ann und noch einige andere. Schon seit Tagen wurde das Haus ohne Unterlass bewacht von Soldaten, die sich dezent im Hintergrund hielten.

Als Churchills Wagen am Straßenrand anhielt, wurde Ann richtig nervös. Hier war sie jetzt nicht mehr eine von

Hunderten. Hier stand sie mit nur noch acht Leuten und wartete darauf, dass der Premierminister ihr persönlich die Hände schüttelte. Der begrüßte Mr. Pinfield erfreut. Wieder eine gelungene Überraschung von Miss Bright. Noch zwei Männer, und dann reichte er Ann tatsächlich die Hand.

»*Private* Miller, Sie haben unserem Land einen großen Dienst erwiesen. Sie alle, die Frauen vom ATS. Tüchtig und tapfer. Wir können stolz auf Sie sein!«

Miss Bright erklärte noch mal, dass Ann und Mary sich kannten.

Churchill schaute Ann an, dann Joan Bright und drehte sich schließlich lachend zu seiner Tochter. »Dann hat mein persönlicher Attaché nun also einen persönlichen Attaché bekommen? Wirklich fabelhaft.« Er lachte noch mal laut auf und ging ins Haus.

Ohne weitere Begrüßungsfloskeln auszutauschen, löste sich die Versammlung auf und folgte ihm.

Ann blieb hinter Mary Churchill. Etliche Soldaten trugen das Gepäck, das in einem dritten Wagen gekommen war, hinein.

Die Tochter des Premierministers sah sich um. Sie schien nicht sonderlich beeindruckt von der luxuriösen Umgebung. Natürlich, sie war so etwas gewohnt. Ann fragte sich für einen kurzen Moment, ob sie wohl schon mal der königlichen Familie begegnet war.

Mary folgte ihrem Vater in den großen Salon. Doch als er hinaus auf die Terrasse ging und sich in einen Gartenstuhl setzte, blieb sie drinnen und sah ihm hinterher. Sie schien sich Sorgen zu machen um ihren Vater. Der Politiker sah müde aus. Er rief nach seinem Diener Sawyers, der noch nicht angekommen war. Zwei Männer standen mit ihm auf der Terrasse. Der eine war Lord Moran, der Leibarzt von Churchill, der andere musste Thompson sein, der Bodyguard des Premierministers, der ihn kaum jemals aus den Augen ließ. Aber jetzt kam er herein.

»Er will einen Whisky.«

Natürlich war auch das gut vorbereitet. Miss Bright, die gerade mit dem Koch in der Küche verschwunden war, hatte bereits für alles gesorgt. Ann zeigte ihm, wo der eigens aus Schottland eingeflogene Whisky stand. Als er wieder hinausging, drehte Ann sich zu Mary Churchill um.

»Soll ich Ihnen das Haus zeigen?«

»Ja, danke.« Auch sie schien etwas müde zu sein. »Ich würde mich gerne etwas frisch machen.«

Ann führte sie die Treppe hoch zu ihrem Zimmer, in dem schon ihr Gepäck vor dem Bett stand.

»Wo ist Papas Schlafzimmer?«

»Direkt nebenan.«

»Sehr gut.« Mary Churchill öffnete ihre Reisetasche und holte ein Etui hervor. »Und wo ist das Bad?«

Ann zeigte es ihr. »Soll ich solange schon mal Ihre Koffer auspacken?«

Mary schaute sie an. »Ja, eine gute Idee. Ann, es wäre schön, wenn wir uns duzen würden. Der Krieg ist zu Ende. Ich werde all dieses Militärische langsam leid. Je eher wir unser normales Leben wieder aufnehmen können, desto besser.«

»Aber natürlich, gerne … Mary.«

Ann drehte sich um. Ihr normales Leben. Als wenn sie in ihrem normalen Leben Mary Churchill geduzt hätte.

* * *

Sie hatten alle zusammen im Esszimmer gegessen, außer Churchill, der mit Außenminister Eden auf der Terrasse diniert hatte. Danach war Ann mit Mary hochgegangen in ihr Zimmer. Sie war müde von der Reise.

Ann schaute durchs Fenster raus auf den See. Das britische Gelände endete am Wasser. Ab und an konnte man zwischen den Bäumen einen der russischen Soldaten sehen, die auf der anderen Seite des Ufers patrouillierten. Das geschah nicht nur aus Sicherheitsgründen. Im Grunde vertrauten sich die Siegermächte nicht.

»Geh nicht ins Wasser. Miss Bright hat uns gesagt, dass die Russen dort Leichen von Deutschen hineingeworfen haben.« Sie erzählte nichts von dem Vorfall mit der Wasserleiche. Kein schönes Thema, so kurz vor dem Zubettgehen.

Vor dem Schminktisch bürstete sich die Tochter des Premierministers hingebungsvoll die Haare. Es war beeindruckend, wie schnell sie sich diesen Raum zu eigen gemacht hatte. Am Schrank hing ihre Uniform, vor ihr standen allerlei Utensilien. Auf dem Sekretär hatte sie ein Grammophon aufgestellt, daneben stapelten sich Unterlagen. Ein Fotoapparat hing über dem Stuhl, und die Pantoffeln hatte sie gerade erst keck von sich geschleudert.

Leise schwebten Glenn Millers streichelnde Trompetenklänge von *Rhapsody in Blue* durch den Raum. Die Tochter des Premierministers war es gewohnt, zu reisen und überall ihre Zelte aufzuschlagen. In einer Familie, deren Vater ständig durch Europa und sogar auf andere Kontinente reiste, lag es ihr vermutlich im Blut. Wirklich bewundernswert.

»Wie ist es hier so?«, fragte sie nun.

Ann wusste nicht, was sie antworten sollte. Was meinte Mary damit? »Die Innenstadt von Potsdam ist ziemlich zerstört. Und die Menschen ... Ich glaube, sie haben alle Hoffnung auf ein glückliches Leben verloren. Sie sehen aus ... wie ... ich weiß nicht. Es ist schwer zu beschreiben.«

Mary nickte. »Ja, vermutlich ist es so wie in Hamburg. Vor unserem Urlaub in Frankreich war ich dort in der Nähe stationiert. Wenzendorf, ein kleines Dorf mit einem Flugplatz.

Die Menschen laufen herum, als wären sie tot. Alles ist zerstört. Die Leute haben kein Essen, keine Wohnung, kein Ziel. Mir war nicht klar, *wie* zerstört die Städte sind. ... Man könnte sie fast bedauern, wüsste man nicht, was sie getan haben.«

Fast bedauern. Ann schaute Mary fragend an. Die ließ für einen Moment ihre Bürste ruhen.

»Ich habe das KZ Bergen-Belsen besucht. Wenn du das gesehen hättest ...« Die junge Frau schluckte. Von einem Augenblick zum anderen schien sie um Jahre gealtert. Die Erinnerung daran musste schlimm sein. »Es ist etwas anderes, wenn man es auf Fotos sieht. ... Als ich dort war ...« Sie schüttelte ihren Kopf, als könnte sie so die schrecklichen Erinnerungen abschütteln.

»Babys ... so klein ... halb verhungert. Ein Wunder, dass sie überhaupt zur Welt kommen konnten. Du hättest ihre Körper sehen sollen. Ihre Haut so faltig, weil die Mütter selbst so abgemagert waren, dass sie keine Milch hatten. Es zerreißt einem das Herz.«

Ann schluckte ihre Verzweiflung hinunter. Sie räusperte sich. »Ja. ... Es ist nicht zu fassen, was Menschen Menschen antun können.« Ihr Blick lief über die Tapete mit den blauen Kornblumen. Wie hübsch es hier war. Was für ein krasser Unterschied zu dem, über das sie gerade sprachen.

»Ob man solche Tiere noch Menschen nennen darf? Ich weiß nicht.« Mary fing wieder an, sich ihr Haar zu bürsten. Wütend, als könnte sie damit etwas bewirken.

Für einen Moment waren sie beide sprachlos. Mary war nun fertig mit ihren Haaren und drehte sich zu Ann um. Sie hatte wohl beschlossen, sich von den finsteren Gedanken abzuwenden. »Wo warst du zuletzt stationiert? Das letzte Mal haben wir uns doch im Hyde Park gesehen, oder?«

Ann nickte. »Ja.«

Mary hatte man als *Plotting Officer* an einem anderen Geschütz stationiert. Karen war Anns *Plotting Officer* gewesen. Sie hatte die feindlichen Ziele markieren müssen. Soweit Ann sich erinnern konnte, hatte Mary Churchill an dem Abend, an dem sie verschüttet worden war, keinen Dienst gehabt.

»Bist du versetzt worden? Ich hab dich lange nicht mehr gesehen.«

»Ich ... bin verschüttet worden. Im Februar 44.«

»Im *Baby Blitz*? ... Oh. ... Was ist passiert? ... Aber dir geht es wieder gut?«

»Schon, aber danach konnte ich nicht mehr an die Flaks. ... Ich habe dann abgefangene deutsche Feldpost übersetzt.«

Mary nickte, als wüsste sie davon. »Miss Bright hat erwähnt, dass du gut Deutsch kannst. ... Papa will morgen zum Reichstag fahren. Ich habe ihn bekniet, dass ich mitkommen darf. Er macht sich immer viel zu viele Sorgen um meine Sicherheit. ... Komm doch mit! Bestimmt gibt es einiges, dass du uns übersetzen kannst.«

»Nach Berlin hinein?« Anns Stimme klang heiser.

»Bist du nicht auch gespannt auf die Trümmer des Tausendjährigen Reiches?« Jetzt tupfte sie sich Creme ins Gesicht und verteilte sie.

Von nebenan waren Stimmen zu hören. Vermutlich Marys Vater, der mit Thompson sprach.

Thompson, *Detective Inspector* beim Scotland Yard, wich Churchill nicht von der Seite. Er durchbohrte jeden, der sich im selben Raum aufhielt, mit seinen durchdringenden Augen. Beim ersten Mal hatte Ann geglaubt, dass der Leibwächter ihr ansah, dass sie eigentlich eine Deutsche war. Es war ihr eiskalt den Rücken runtergelaufen. Aber dann hatte sie bemerkt, dass sein bohrender Blick allen galt.

Thompson hatte vorhin für alle, die in den nächsten Tagen hier im rosafarbenen Herrenhaus am See wohnen und arbeiten würden, eine kleine Rede gehalten. Eine Rede zur Sicherheit und den entsprechenden Vorkehrungen. Thompson hatte ihnen erklärt, was sie durften und was sie nicht durften. Zum Beispiel niemanden von den anderen Streitkräften unangekündigt mit ins Haus bringen. Oder Wasser aus den Leitungen trinken. Oder ... Im Grunde ging es in seiner Rede vor allem darum, was verboten war. Eindringlich hatte er vor allerlei Gefahren gewarnt. Dass die Deutschen an den Siegern Rache nehmen wollten, war nur verständlich.

Nebenan hörte man, wie sich eine Tür schloss. Unter der Verbindungstür, die zwischen den Zimmern ihres Vaters und Marys lag, wurde es dunkel. Sie wollten alle früh schlafen gehen. Der morgige Tag würde anstrengend werden.

Die junge Britin stand auf und lief im Zimmer umher. »Du hättest mal den Himmel über London sehen sollen: nur noch Wolken. Endlich sind diese vermaledeiten Sperrballons weg. Es war ein bisschen, als wäre das Leben wieder ganz normal. Alltag.«

Ann wusste gar nicht mehr, was normaler Alltag war. Ihr normaler Alltag hatte vor fast einem Dutzend Jahren aufgehört.

Marys Hände glitten über die Decke, als wollte sie jemanden streicheln. »Ich war wieder mal im Kino. Draußen war die Leuchtreklame an. Die Stadt bekommt allmählich ihr altes, strahlendes Gesicht wieder.«

Die kleinen Fluchten des Krieges – Schwärmereien, ins Kino gehen, oder auch nur ein Abend mit Freunden hinter dicken Verdunklungsgardinen. Selbst das hatte Ann nicht erlebt.

»Weißt du noch, in Arborfield, in der Kantine, wie wir früher ...«

Ein lautes Krachen aus dem Nebenzimmer riss sie aus ihren Schwärmereien. Wie ein Donner rollte ein lautes Beben durchs Haus. Ann spürte, wie der Boden unter ihren Füßen vibrierte.

»Papa!« Mary sprang panisch auf. Schon war sie an der Tür zum Nachbarraum und riss sie auf. Die Tür knallte laut gegen den Schrank und fiel wieder zu. Mary war verschwunden.

Ann stand wie gelähmt im Raum. Was war passiert? Ein Anschlag? Hatte jemand dem Premierminister eine Granate durchs Fenster geworfen? Oder war im Raum unter ihm etwas explodiert? War eine Fliegerbombe in unmittelbarer Nähe verspätet hochgegangen? Alles schien möglich. Sie ging zur Tür zum Flur, die offen stand. Nebenan hörte sie Marys aufgeregte Stimme.

Thompson stürmte nur in Hose und mit offenem Hemd durch den Flur. Die Hosenträger hingen an den Seiten herunter. In der Hand trug er eine Waffe.

»Zurück ins Zimmer!«, schnauzte er Ann an.

Sie verschwand sofort hinter dem Türrahmen, blieb aber dort stehen. Andere Soldaten folgten. Laut hörte sie Dutzende von Stiefeln, die die Treppe hochtrampelten. Immer mehr folgten. Sie verteilten sich strategisch in allen Räumen. Ann wurde nach hinten geschoben. Zwei Soldaten überprüften Marys Schlafzimmer.

Am Ende des Flures auf der anderen Seite tauchte Lord Moran im Schlafrock auf. Der Leibarzt sah aus, als hätte er bereits geschlafen. Sein Blick lief unruhig über die Türen. Die Situation schien unter Kontrolle zu sein, denn nun ging er in Churchills Schlafzimmer.

»Papa ... wie ist das nur passiert?« Ann hörte Marys Stimme. Sie konnte nicht verstehen, was ihr Vater antwortete. Es ging noch ein paar Mal hin und her, dann kamen die ersten Soldaten aus dem Nachbarzimmer.

Endlich trat auch Mary wieder ins Schlafzimmer. Sie war blass vor Schreck, und doch erschien ein erleichtertes Grinsen auf ihrem Gesicht. Sie legte den Zeigefinger an die Lippen. Ein Geheimnis.

»Papas Bett ist eingekracht. Die sogenannte deutsche Wertarbeit ist wohl doch nicht so gut, wie die Deutschen es uns weismachen wollten. Papa wird heute Nacht hier schlafen. Für eine Nacht muss ich mir etwas anderes suchen.«

»Oh ... aber natürlich.« Eine große Erleichterung durchströmte Ann. Nur ein zusammengekrachtes Bett. »Es gibt noch zwei Zimmer am Ende des Flures, die nicht belegt sind. Ich helfe dir, deine Sachen rüberzubringen.«

Draußen auf dem Flur hörten sie, wie Thompson seine Männer zurück auf ihre Posten befahl. Die Stiefel trampelten wieder die Treppe hinunter. Thompson sagte nicht, was passiert war, aber Ann war sich sicher, dass es morgen früh alle wissen würden: Churchills Bett war unter seinem Hintern zusammengebrochen. Der große Schreck würde zu einer Geschichte, die man hinter vorgehaltener Hand weitertratschte.

Von drüben hörte man die wütende Stimme des Premierministers. »Auf keinen Fall lasse ich hier russische Zimmerleute rein. Stalin würde sich ins Fäustchen lachen. Irgendjemand von unseren Jungs wird das wohl richten können.«

Mary grinste. Natürlich wollte ihr Vater sich nicht dem Spott der Russen stellen.

Doch Ann reagierte blitzschnell. »Ich hab einen richtigen Zimmermann kennengelernt. In den UFA-Studios. Der kann das sicher fachmännisch reparieren.«

»Ein Deutscher?«

»Ein älterer Deutscher, ruhig und zurückhaltend, mit einer halb verhungerten Tochter.«

Mary stand auf. »Ich kann es ja mal vorschlagen. Thompson muss darüber entscheiden. Aber vielleicht, morgen Nachmittag werden wir ja ohnehin nicht im Haus sein.« Sie ging rüber zu ihrem Vater.

Anns Herz klopfte vor Aufregung. Stumm schickte sie ein Stoßgebet zum Himmel. Wenn sie Bankow und seine Tochter wirklich hierherholen konnte, dann konnte sie um Hilfe bitten. Immerhin war gestern das Fraternisierungsverbot gelockert worden. Jetzt durfte man wieder mit Deutschen reden.

Montag, 16. Juli 1945

Ann quetschte sich mit Herrn Bankow und seiner Tochter auf die Rückbank des Wagens. Das Herz schlug ihr bis zum Hals. Vorne saßen zwei Soldaten. Der eine fuhr, der andere Bewaffnete ließ die Bankows keinen Moment aus dem Blick, seit sie die Babelsberger UFA-Studios verlassen hatten.

Der Deutsche selbst sah eingeschüchtert aus. Auf ihre Frage hin, ob er ein großes Himmelbett reparieren könne, hatte Bankow wahrheitsgemäß mit Ja geantwortet. Doch es schien ihm gar nicht so recht zu sein, nach Babelsberg gebracht zu werden. Natürlich hatte er darauf bestanden, dass seine Tochter mitkam. Jetzt musste Ann nur noch den rechten Moment abpassen.

Zurzeit war niemand Wichtiges im Herrenhaus. Darauf hatte Thompson bestanden: dass der Zimmermann erst ins Haus dürfe, wenn Churchill unterwegs sei. Der hatte schon einen interessanten Tag hinter sich. Der amerikanische Präsident Truman war ebenfalls gestern angereist. Churchill hatte länger geschlafen, dann aber als Erstes den Präsidenten im Kleinen Weißen Haus, wie man Trumans Villa passenderweise getauft hatte, am Ende der Straße besucht. Die kleine Gruppe, unter der auch Churchills Tochter gewesen war, war zu Fuß gelaufen.

Mary hatte ihr zuvor noch verraten, wie wichtig dieser Besuch sei. Präsident Roosevelt, der im April gestorben war, war quasi ein Freund ihres Vaters gewesen. Sie hatten sich gekannt und geschätzt. Mary hatte von ihrer wunderbaren Reise im Spätsommer 1943 erzählt, wo auch sie Roosevelt kennengelernt hatte. Gemeinsam mit ihren Eltern hatte sie die Präsidentenfamilie in Kanada getroffen. Es sei fast familiär gewesen, hatte Mary geschwärmt. Aber der neue Präsident, Harry S. Truman, war für ihren Vater ein Unbekannter. Und doch erhoffte er sich viel von ihm und von ihrer ersten Begegnung.

Weil niemand gewusst hatte, wie lange das Gespräch dauern würde, hatte man den Zimmermann erst am Nachmittag holen lassen. Jetzt gerade waren Churchill, Mary und etliche andere nach Berlin hineingefahren. Es würde Stunden dauern, bis sie wieder zurückkämen. Ann hatte also das Haus für sich, soweit man ein Dutzend scharf bewaffneter Soldaten nicht mitzählen wollte.

Sie führte die Bankows nach oben. Niemand sagte ihnen, dass Churchill hier wohnte. Liesel schien sehr eingeschüchtert durch das große Haus. Ihr Vater stellte seinen Werkzeugkoffer ab und besah sich den Schaden. Schon nach Kurzem kam er zu einem Entschluss.

»Die Verankerung des Lattenrosts ist rausgerissen. Das hat das Bett insgesamt instabil gemacht.«

»Können Sie es reparieren?«, fragte Ann auf Deutsch.

»Selbstverständlich. Aber es ist ein echtes Biedermeierstück. Ein antikes Möbelstück. Es sollte so restauriert werden, dass man möglichst wenig am eigentlichen Zustand ändern muss.« Bankow zählte ihr auf, was er an Material brauchte.

Ann nickte und übersetzte es einem der anwesenden Soldaten. Ein Soldat verließ das Zimmer, drei weitere blieben. Selbst Ann empfand die Aufpasser als unangenehm.

Bankow packte eine Säge, Hammer und Schraubenzieher aus und begann damit, die kaputten Holzbalken abzubauen.

Währenddessen warteten Ann und die anderen darauf, dass das geforderte Material geholt wurde. Zwanzig Minuten später brachte ein Soldat das gewünschte Holz.

So viele Leute. Zu viele Zuhörer, auch wenn Ann ziemlich sicher war, dass die Soldaten kein Deutsch konnten. Trotzdem, man wusste es nie.

»Ich könnte mit Ihrer Tochter in die Küche gehen und schauen, ob wir dort etwas zu essen finden.« Was untertrieben war. Die Küche war vollgestopft mit Essen und Naschereien aller Art.

Liesel schien verunsichert, ob sie mitgehen sollte. Sie schaute ihren Vater an, der ihr zunickte. Stumm schloss sie sich Ann an. Ein bewaffneter Soldat verfolgte sie wie ein Schatten.

Pinfield wirbelte in seiner Küche herum. Er hatte zwei Helfer.

»Mr. Pinfield, meinen Sie, Sie hätten etwas zu essen übrig für ein halb verhungertes Mädchen?«, fragte Ann freundlich.

Alle schauten auf. Pinfield drückte seinen Rücken durch. »Ist das etwa eine Deutsche?«

»Ja, ihr Vater repariert oben das Bett«, antwortete Ann wahrheitsgemäß.

»Sind Sie verrückt? Raus aus meiner Küche! Wenn sie nun etwas vergiftet!«

Ann war erschrocken über die Heftigkeit, die ihr da entgegenschlug. »Sie wissen ja noch nicht mal, wer hier wohnt.«

»Das ist denen doch egal.« Schon war Pinfield bei ihnen und packte Liesel am Arm.

Die zuckte wimmernd zusammen. Trotz der Hitze trug Liesel eine langärmelige Bluse und darüber einen übergroßen, ausgeleierten Wollpullover.

Pinfield wollte sie hinausdrängen, blieb aber plötzlich stehen. Er fühlte an mehreren Stellen ihren Arm, offenbar erschrocken darüber, wie dünn sie tatsächlich war. Er konnte es gar nicht glauben und schob den Ärmel hoch.

»Meine Güte, die ist ja nur noch Haut und Knochen. Sie ist ja wirklich fast verhungert.« Er schaute Ann entsetzt an. Dann ließ er Liesel los. »Gehen Sie mit ihr runter in die Kellerbar. Dort stehen Stühle. Ich lasse Ihnen etwas hinunterbringen. Hier kann sie nicht bleiben. Das müssen Sie verstehen.«

Ann nickte und schob Liesel aus dem Raum. »Komm. Komm mit runter.«

Sie liefen die Treppen hinab und machten es sich in der Bar bequem. Der Soldat blieb draußen vor der Tür mit der Hand am Holster stehen. Trotzdem, es war ein guter Ort, um mit der jungen Deutschen in Ruhe zu reden. Eigentlich noch besser, als wenn sie in der Küche gesessen hätten.

Kurz darauf kam einer der Küchenhelfer mit einem Teller mit vier belegten Broten. Schinken, Käse, verschiedene Würste. Zwei gekochte Eier, vermutlich noch übrig vom Frühstück, lagen daneben. Ein Salzstreuer. Eine volle Glaskaraffe mit Milch. Der Helfer stellte es ab und verschwand mit einem neugierigen Blick auf die junge Deutsche nach oben.

»Na, nimm schon.« Ann hielt ihr den Teller vor.

Liesel Bankow schlang ein Brot herunter, noch kauend, während Ann ihr ein Glas Milch einschenkte. Sie griff zur Milch und leerte das Glas in einem Zug. Schnell nahm sie sich ein nächstes Brot. Als hätte sie Angst, dass Ann ihr den Teller gleich vor der Nase wegschnappen würde.

»Ich bin mir sicher, es dauert nicht mehr lang, und die Lebensmittellage entspannt sich auch hier«, sagte Ann mit beruhigender Stimme.

Die junge Frau warf ihr stumm einen ungläubigen Blick zu. Als sie auch das zweite Brot runtergeschlungen hatte, wartete sie.

»Nimm ruhig. Es ist alles für dich.«

»Kann ich ... etwas für meinen Vater einpacken?«

Sie konnte also doch sprechen! »Er bekommt später bestimmt noch selber etwas.«

Jetzt griff Liesel zu einer mit Käse belegten Brotscheibe und biss hinein.

»Du warst also auf der Volksschule Mitte?«

Liesel nickte.

»Dann kennst du Marianne und Manfred Müller. Du musst sie kennen.«

Als Antwort zuckte sie nur mit den Schultern.

»Nun sag schon. Kennst du sie?«

Liesel zögerte. »Ja, sie waren eine Klasse über mir.«

»Weißt du, wo sie jetzt sind? Haben sie den Krieg überlebt?«

Wieder nur Schulterzucken.

Ann zog den Teller ein Stück von ihr fort. »Nun rede schon.«

Liesel schaute sie nicht einmal an. »Als ich abgegangen bin, haben sie noch gelebt. Danach weiß ich es nicht.«

»Wann war das?«

In Liesels Blick lag Angst. Als wollte Ann sie mit ihren Fragen in eine Falle locken. »Vor fast vier Jahren.«

»Und danach?«

Die Deutsche kaute stumm. Mit einer Hand rieb sie sich durchs Gesicht, als könnte sie so alle Erinnerungen verscheuchen.

Ann seufzte. »Und die Lindenstraße, ist sie schwer getroffen worden?«

Jetzt nickte Liesel wenigstens.

Das half ihr jedoch kein Stück weiter. So viel wusste oder ahnte Ann schon. »Kennst du Charlotte Müller? Charlie? Sie ist vier oder fünf Jahre älter als du. Sie ist die große Schwester der Müller-Zwillinge.«

»Nein. Die kenn ich nicht.« Die Antwort kam schleppend.

Ann seufzte auf. Liesel war wirklich ein harter Brocken. Vielleicht sollte sie sie erst einmal mit unverfänglicheren Themen zum Reden bringen. »Was hast du gemacht, seit du von der Schule abgegangen bist?«

Ein schneller Biss, dann war auch das Käsebrot verschwunden. Mit vollem Mund sagte Liesel: »Erst mein Pflichtjahr auf dem Land, im Reichsgau Wartheland. Danach hab ich in einem Lazarett gearbeitet. Mit siebzehn dann Kriegshilfsdienst. Ich war Flakhelferin.«

»Flakhelferin? ... Das war ich auch!«

Zum ersten Mal blickte Liesel ihr ins Gesicht. Sie schien überrascht. »Wirklich?«

Wieder ahnte die andere eine Falle. Oder wenigstens eine Lüge.

»Ja, ich bin beim ATS. Wir haben die Geschütze bedient.«

Liesel schluckte runter. Ganz leise sagte sie: »Wir mussten die Scheinwerfer bedienen. Frauen dürfen ja nicht an die Geschütze.«

Dürfen ja nicht ... Präsens. Für Liesel war der Krieg immer noch nicht zu Ende.

»Die Flak-Scheinwerfer waren bestimmt leichte Ziele für unsere Flieger«, sagte Ann bedauernd.

Wieder ein bestätigendes Nicken. »Sie haben uns ausradiert. Genau wie sie es versprochen hatten ... diese Monster.«

Die Worte brachen heftig aus ihr heraus. Liesels Hände zitterten bei der Erinnerung daran. Dann zuckte sie zusammen, als würde ihr erst gerade klar, dass Ann zu diesen Monstern gehörte.

»Ich meine ... nur ... die anderen ... Ich wollte das nicht sagen«, stammelte die Deutsche. »Ich wollte niemanden beschuldigen!« Sie weinte fast. Angst stand ihr ins Gesicht geschrieben.

Ann blickte sie ruhig an. »Schon gut.«

Sie hatte davon gehört, dass Tausende Deutsche in den letzten Monaten standrechtlich erschossen worden waren. Wegen Feigheit vor dem Feind. Weil Familien frühzeitig vor den anrückenden Russen hatten fliehen wollen. Oder schlicht, weil sie nicht mehr an den Endsieg geglaubt und das laut ausgesprochen hatten. Liesels Miene war ein Zeugnis dieser Angst, die die Deutschen vor dem eigenen Militär gehabt hatten. Und doch waren für die junge Deutsche die Briten die Monster.

Was für eine verschrobene Welt. *Monster* – hatte nicht Miss Bright genau das Gleiche über Liesels Landleute gesagt? *Hunnen, Barbaren, Tiere.* So nannte man die Verlierer. Und jede dieser Beschimpfungen traf Ann ins Herz. Und jetzt war sie wieder ein Monster, nur aus einem anderen Grund. Und doch dem gleichen: geschürter Hass. Ann wischte diese Gedanken beiseite. Schließlich hatte sie einen Plan.

Heute sollte Stalin ankommen, so hieß es. Niemand wusste etwas Genaues. Die Stadt war abgeriegelt. Aber auch ohne Stalin war ihr schon deutlich gemacht worden, dass sie sich in Potsdam kaum frei bewegen konnte. Und auch Jackson würde bedeutend weniger Zeit haben während der Konferenz. Sie musste etwas unternehmen.

»Ist schon gut. Ich will dir nichts Böses.«

Wieder ein ungläubiger Blick aus Liesels Gesicht.

Ann atmete tief durch. »Ganz im Gegenteil. Ich möchte dich um etwas bitten. Sag mir bitte, was du über … die Familie Müller weißt. Und über die Familie Buchner.« Natürlich durfte sie nicht einmal Liesel verraten, dass es ihre Verwandten waren.

Der Blick der anderen lag auf dem letzten Wurstbrot.

»Hier, nimm ruhig noch. Wir lassen für deinen Vater noch ein paar Schnitten machen.« Sie schob ihr den Teller wieder näher.

»Also, was kannst du mir über sie sagen?«

Liesel schüttelte den Kopf. »Ich weiß wirklich nichts.«

Plötzlich stand Liesels Vater in der Tür. Hinter ihm ein Soldat mit vorgehaltener Waffe.

Ann schoss von ihrem Platz auf. »Ist was passiert?«, fragte sie auf Englisch.

»Nein, der Koch sagte, ich soll den Mann zu Ihnen bringen. Und dann wieder hoch, wenn er fertig ist«, erklärte der Soldat.

Schon kam der Küchenhelfer von vorhin und brachte noch einmal einen Teller mit belegten Broten und ein zweites Glas. Er stellte das Tablett mit einer missbilligenden Miene ab. Ihm gefiel es wohl nicht, dass man hier Deutsche durchfütterte. Aber eine Sekunde später war er schon verschwunden. Sie hatten sicher reichlich zu tun, oben in der Küche. Das Abendessen sollte keine Enttäuschung für Churchill und die anderen werden.

Liesels Vater bedachte die Brote mit einem gierigen Blick.

»Bitte, setzen Sie sich und essen Sie etwas.« Ann füllte beide Gläser mit Milch.

Herr Bankow konnte kaum glauben, wie ihm geschah. Sofort hatte er ein Brot in der Hand.

Ann gab Liesel ein Glas und ihm das andere.

»Sie sind sehr gütig«, sagte er nun. Verlegen rieb er an einem Fleck auf seiner durchgewetzten Drillichhose.

»Dafür müssen Sie etwas tun.« Anns Blick wanderte verstohlen zu dem Soldaten nach draußen. Er starrte die Gruppe an, als wollten Bankow und Liesel ihn jeden Moment anfallen. Aber er sah nicht so aus, als würde er auch nur ein Wort verstehen. »Für mich persönlich«, schob Ann nun hinterher.

Anders als seine Tochter hatte Bankow kein Problem damit, Ann ins Gesicht zu schauen. »Was denn?«, fragte er skeptisch.

»Leider ist es für mich schwierig, mich frei in Potsdam zu bewegen. Sie wissen ja, ich suche nach ... alten Bekannten. Zwei Familien. Die Müllers aus der Lindenstraße und die Buchners aus der Markgrafenstraße. Kennen Sie sie?«

Er schüttelte seinen Kopf. »Waren das ... Spione für die Briten?«, fragte er mit vollem Mund.

Ann musste tatsächlich kurz lachen. »Nein, sie waren sicher keine Spione. Aber mein Vater kannte sie und muss wissen, was aus ihnen geworden ist. ... Es ist dringend«, setzte sie noch nach, weil es sich zu unwichtig anhörte. *Was aus ihnen geworden ist ...*

Bankow trank von der Milch, biss gierig ins Brot, bis es ganz in seinem Mund verschwunden war. War es der Hunger oder wollte er Zeit für eine Antwort schinden?

Egal, als er runtergeschluckt hatte, sagte er: »Ich kann mich umhören. ... Aber ...«

»Ja?«

»Es wird bestimmt einige Tage dauern, bis ich etwas herausfinde. Und wir hungern die ganze Zeit.« Es klang bittend.

Wie geschickt. Er forderte nichts, aber Ann wusste natürlich, was er wollte: mehr Lebensmittel gegen Informationen.

Sie sah sich kurz nach dem Soldaten um. Er schien sich mittlerweile etwas entspannt zu haben.

»Okay. Das ist schon eine Vorauszahlung.« Sie hielt ihm den Teller mit den Broten hin. Er griff zu.

»Und ich beschaffe Ihnen mehr zu essen. Das bekommen Sie, wenn Sie mir Informationen bringen. Die Buchners wohnten in der Markgrafenstraße 13. Dort ist anscheinend niemand mehr, aber ich habe einen Zettel an der Haustür hinterlassen. Vielleicht hat schon jemand geantwortet. Und die Müllers, sie wohnten in der Lindenstraße 24. Dorthin habe ich es noch nicht geschafft. ... Ich muss wissen, ob sie leben. Und wo sie untergekommen sind, falls ihr Haus zerbombt ist.

Und wie ich sie erreichen kann. Vor allem suche ich nach Charlotte Müller. Sie ist jetzt dreiundzwanzig. ... Ich schreibe Ihnen gleich noch die Adresse meiner Unterkunft auf. Sobald Sie etwas erfahren haben, können Sie mich schriftlich benachrichtigen. Geben Sie den Brief an einem der Kontrollpunkte ab.«

In einer Hand ein Käsebrot, in der anderen das Glas mit der Milch, sagte Bankow zuversichtlich: »Ich bin mir sicher, ich bekomme etwas heraus.«

Ann hoffte es von ganzem Herzen. Die Bankows konnten sich tagsüber in Potsdam frei bewegen. Ihnen würden die Nachbarn und andere Leute sicher sehr viel bereitwilliger Auskunft geben als einer britischen Soldatin in Uniform.

Dienstag, 17. Juli 1945

Die ganze Stadt war abgeriegelt. Stalin sollte heute eintreffen. Auch gestern war die Stadt schon abgeriegelt gewesen, aber erst ab dem Vormittag. Frühmorgens hatten sie es noch rausgeschafft und den halben Tag in den UFA-Studios verbracht. Am frühen Nachmittag dann war diese Britin aufgetaucht und hatte sie ins Herrenhaus geholt. Am Abend hatten sie Magenschmerzen gehabt, vom vielen Essen. Aber Liesel und ihr Vater waren das erste Mal seit Monaten wieder satt gewesen.

Natürlich, Leute, die in der Villenkolonie lebten, litten ganz sicher niemals Hunger und würden auch niemals Hunger leiden. Es war erst das zweite Mal, dass sie in der Siedlung mit all den Protzbauten gewesen war. Dort wohnten nur Reiche, Filmschauspieler und auch hohe NSDAP-Funktionäre. Einmal zuvor war sie dort gewesen, in der Reichsführerinnenschule. Zur Vereidigung als Mädelschaftsführerin. Die Schule lag nicht unweit des rosafarbenen Hauses, in dem sie gestern gewesen waren.

Doch heute hockten sie schon den ganzen Tag über im Keller ihres Hauses. Ein britischer Soldat hatte sie gestern Abend bis zu ihrem Haus gefahren, vorsichtshalber. Die Straßen waren wie leergefegt. Es herrschte Ausgangssperre. Auf der Rückfahrt hatten sie gesehen, dass rund um den Hauptbahnhof die Gebäude verbarrikadiert worden waren. In der Gegend drumherum war es den Menschen verboten, aus den Fenstern zu schauen. Einige Fenster waren sogar mit Brettern vernagelt worden.

Bevor sie abends in den Keller runtergegangen waren, hatten sie noch mit einigen Nachbarn gesprochen. Der russische Generalissimus Stalin sollte eintreffen. Anscheinend war er dann gestern doch nicht gekommen, denn noch immer galten alle Verbote und die Ausgangssperre.

Was für ein Glück, dass sie gestern so gut gegessen hatten. Doch jetzt machte sich wieder der Hunger breit.

Liesel konnte ihren Vater nicht verstehen, dass er der Britin Hilfe angeboten hatte. Doch als sie das gesagt hatte, hatte er mit ihr geschimpft. Essen war jetzt wichtiger als Patriotismus. Überhaupt, waren sie nicht von all denen, die von ihnen Patriotismus bis zum letzten Blutstropfen gefordert hatten, verlassen worden? Wer kümmerte sich denn jetzt noch um sie? Sie waren den Siegermächten schutzlos ausgeliefert. Wenn sie leben wollten, überleben wollten, mussten sie mit ihnen kooperieren.

Leben. Überleben ... Vermutlich hatte die Witwe Seidel Vater gesagt, was sie vorgehabt hatte. Abgehalten hatte sie Liesel aber nicht. Es war ja schon normal. Überall machten sich die Frauen weg. Besser tot, als immer weiter leiden zu müssen.

Hitler und Goebbels hatten den Untergang ihres eigenen Volkes beschworen. Wenn sie den Krieg nicht gewannen, dann sollten sie vernichtet werden. Lieber sterben, als in Gefangenschaft zu kommen. Überleben war Liesel in den letzten Tagen vor dem Einfall der Sieger schon wie ein Akt des Widerstandes vorgekommen. Aber elf Tage unter den Russen hatten sie eines Besseren belehrt.

Einem Toten, der auf der Straße gelegen hatte, hatte sie den Wintermantel abgenommen. Die Taschen waren tief und groß. Die Steine sammelte sie auf dem Weg zum Wasser. Immer einen nach dem anderen. Kaputte Backsteine aus den Trümmern. Bis sie sicher war, dass es genug waren. Dann kam sie beim Dampfmaschinenhaus an der Neustädter Havelbucht an.

Schon bevor die Russen eingefallen waren, brandete eine Selbstmordwelle durch das Land. Quadronox, Strychnin oder Zyankali gab es an jeder Häuserecke zu kaufen. Kleine Büchsen Strychnin oder Ampullen mit Zyankali, die man sich um den Hals hängen konnte, gegen eine Panzerfaust. Die, die nicht mehr leben wollten, tauschten mit denen, die ihre Hoffnung noch nicht ganz verloren hatten.

Liesel hatte nichts zum Tauschen. Überhaupt, Zyankali sollte eine sehr qualvolle Art sein, sich umzubringen. Das deutsche Volk war mittlerweile Experte in Suizidfragen. Geschichten über die angenehmsten Todesarten wurden erzählt wie Gutenachtgeschichten. Jeden Tag hörte man von Leuten, die sich weggemacht hatten. Gift gab es an jeder Ecke. Dann doch besser mit Gas aus dem Backofen, in den wenigen Stunden, wenn es noch Gas gab. Sonst musste man sich eben erhängen, auf dem Dachboden. Die Glücklichen, die den Mut dazu fanden.

Vor dem Einfall der Russen hatte Liesel noch ein letztes Fünkchen Hoffnung gehabt. Als ihre Hoffnung aufgebraucht war, blieb ihr nur noch das Wasser übrig.

In der Havel trieben die Leichen wie Enten an einem schönen Sommertag. Die Russen hatten viele Soldaten hineingeworfen, tot oder verwundet. Die Selbstmörderinnen kamen dazu. Manche gingen in ihrer Verzweiflung mit ihren kleinen Kindern ins Wasser, ersäuften erst die und dann sich selbst.

Es war der 9. Mai, ein Tag nach dem offiziellen Kriegsende. Das Marodieren der Besatzer hatte sich etwas beruhigt. Aber nach der Siegesfeier am 8. Mai hatten sie sich betrunken und waren wieder suchend durch die Häuser und Keller gezogen.

Liesel hielt es nicht mehr aus. Wofür auch? Ihre Brüder Otto, Hans und Fritz waren sicherlich tot. Ihre Mutter schon vor einem Jahr gestorben, getötet durch eine britische Fliegerbombe. Helene war verschwunden, als die Russen die Stadt eroberten. Liesel kannte keine einzige Erklärung, in der das Schicksal ihrer Schwester ein gutes Ende nahm. Und nun war auch noch ihr Vater fort. Sie hatte seine Leiche nirgends entdeckt, aber das hieß gar nichts.

Als die Russen in die Stadt eingefallen waren, am 27. April, waren sie von Haus zu Haus gegangen. Sie durchkämmten auch noch den letzten Winkel, die Kanalisation, die leeren Fabrikgebäude und wo man sich sonst noch verstecken konnte. Vielleicht fanden sie nicht jeden Mann und nicht jeden Jungen, aber sie fanden viele. Sehr viele.

Als Liesel später, viele Tage danach, das erste Mal wieder auf die Straße ging, sah sie sie dort baumeln. Nur eine Laterne weiter, wo vier Wochen zuvor noch zwei Milchgesichter von der HJ gehangen hatten. Zettel mit *Verräter* an der Brust, die die Feldjäger, die Kettenhunde, ihnen angeheftet hatten.

Nach dem Einfall der Russen hing dort Matthias, der Zwölfjährige von nebenan, der so begnadet Geige spielen konnte. Er baumelte direkt neben Leibnitz, einem Siebzigjährigen von gegenüber. Der Laternenmast bog sich unter ihren toten Körpern. Unmengen Leichen hingen an Laternenmästen, fast wie früher die Weihnachtsbeleuchtung. Schlaffe Körper schaukelten unter Brückenpfeilern, die Füße im Wasser. Zu Dutzenden trieben tote Körper in der Havel.

Liesel spürte nichts bei ihrem Anblick. Selbst als sie die Laternenmasten ihrer Straße nach ihrem Vater absuchte, spürte sie nichts. Sicher war er tot. So tot, wie sie sich fühlte.

Ihr wurde klar, wie alleine sie war. Jetzt hatte sie niemanden mehr. Sie hatte auch keine Wohnung mehr, keine Arbeit, keine Ausbildung. Alleine würde sie es nicht schaffen, wusste sie. Die Aussicht, dem ewigen Hunger entgehen zu können, stimmte sie beinahe froh. Außerdem war sie einfach ihres Lebens überdrüssig. Eines Lebens, in dem sich alles, an das man je geglaubt hatte, als Lüge und Fälschung herausstellte. Ständig hatte man ihnen eingetrichtert, für was sie sich zu opfern hatten. Für den Führer, fürs Vaterland, für ihre Ehre. Aber von denen, die das von ihnen forderten, hatte sich keiner geopfert. In den letzten Kriegstagen war so offensichtlich zu Tage getreten, dass sich niemand mehr um sie kümmerte – um das vom Führer so hochgelobte heilige deutsche Volk. Als Liesel sich nun aufmachte, war das kein Opfer. Es war nicht einmal Verzweiflung. Sie war schon jenseits aller Gefühle. Es war nur der Wunsch, der gähnenden Leere in ihrem Inneren ein Ende zu setzen.

Die Havel war nicht kalt. Der Wollstoff saugte sich voll, als wäre er genauso hungrig wie seine Trägerin. Die Steine im Mantel taten ihren Dienst. Liesel spürte, wie das Wasser gierig nach ihr griff. Sie watete hinein, bis sie bis zur Brust im Wasser stand. Sie stieß sich ab, schwamm zwei, drei Züge. Das reichte. Sie trieb kurz, dann wurde sie ganz langsam in die Tiefe gezogen. Bevor sie nachdenken konnte, bevor ihr eine körperliche Reaktion einen Strich durch die Rechnung machen konnte, atmete sie aus. Sie hielt den Mund geschlossen in der Erwartung des kommenden Todeskampfes. Sie hatte keine Angst mehr. Es war ein wunderbarer Moment.

Keine Angst mehr ... endlich ... nach Wochen, Monaten, ja, Jahren. Obwohl der schwere Mantel an ihr zog, fühlte sie sich plötzlich ganz leicht.

Dann setzte die Atemnot ein. Doch wieder Angst. Der Mantel zu schwer. Wasser strömte in ihren Mund, erreichte die Lungen. Ihr Körper versuchte mit aller Kraft, nach oben zu kommen. Doch dafür hatte Liesel die Steine. Die dienten dem Wunsch ihrer Seele, nicht dem Instinkt ihres Körpers. Sie krampfte und krümmte sich in einem letzten verzweifelten Überlebenskampf.

Plötzlich wurde sie hochgerissen. Ihr Kopf schoss über das Wasser. Luft kämpfte gegen das Wasser in ihren Lungen. Sie hustete, würgte. Der Mantel wurde ausgezogen und versank in der Tiefe. Jemand zerrte an ihr, weiter und weiter, bis sie am Ufer lag. Jemand drückte auf ihre Brust, immer wieder. Sie war viel zu benommen, um sich wehren zu können. Sie spuckte Wasser, sog verzweifelt Luft in ihre Lungen, hustete.

Als sie endlich wieder beisammen war, blickte sie in das Gesicht ihres Vaters. Er war noch dünner als an ihrem letzten gemeinsamen Abend. Aber er hatte überlebt. Sie sahen sich nur an, schweigend. In anderen Zeiten wäre man sich um den Hals gefallen, glücklich, dass man einander noch hatte. Aber diese Zeiten hatten alle glücklichen Gefühle mit Stumpf und Stiel ausgerottet.

Erschöpft, fast zu schwach zum Aufstehen, hatte er einfach nur gesagt: »Lass uns nach Hause gehen.«

Seitdem hatten sie kein Wort mehr darüber verloren. Nicht über den Grund, warum sie ins Wasser gewollt hatte, und auch nicht über ihre Rettung.

Vater ließ sie nicht mehr aus den Augen. Dabei war es doch beruhigend, dass ihr dieser Ausweg immer noch blieb. Natürlich nicht, solange Vater auf sie aufpasste. Aber immer öfter gab es kleinere Momente, in denen sie alleine blieb. Irgendwann würde er hoffentlich wieder Arbeit haben.

Manchmal wünschte Liesel sich, er wäre eine Stunde später gekommen. Eine Stunde hätte vollkommen gereicht, ja sogar eine halbe Stunde. Ach was. Fünf Minuten.

Es gab keine wirkliche Rettung. Und keine Hoffnung mehr. Deswegen war es auch völlig sinnlos, dieser Britin zu helfen.

Dienstag, 17. Juli 1945

Ann bereitete den Esstisch vor. Churchills Tochter beobachtete sie dabei. »Ich weiß nicht, ob Papa mit uns zusammen isst. Stalin ist vorhin angekommen und sitzt jetzt schon bei Truman in der Villa. Papa ist ziemlich verärgert, dass sie sich alleine treffen. … Also, warten wir's ab.«

Es klingelte an der Haustür, und Ann ging, um zu öffnen. Vor der von einem britischen Soldaten bewachten Tür stand ein Mann.

»Ich muss mit dem Premierminister sprechen!«, erklärte er mit amerikanischem Akzent.

»Außenminister Stimson, willkommen. Bitte treten Sie ein«, sagte Ann überrascht. »Hier entlang, bitte.« Sie brachte ihn in das große Wohnzimmer, wo Winston Churchill gerade saß und Unterlagen las.

Hinter ihm schloss sie die Tür. Der Besuch dauerte nicht lange, dann ging Stimson wieder. Churchill trat vor die Tür, ganz offensichtlich hocherfreut über etwas.

»Papa, gute Neuigkeiten?«, fragte Mary.

»Die besten. Die allerbesten!« Er sah sich ein wenig in der Eingangshalle um, dann sagte er: »Ich muss etwas unternehmen. Lass uns nach Schloss Sanssouci fahren.«

»Soll Miss Miller mitkommen? Falls es etwas zu übersetzen gibt?«

»Ja, ja«, sagte er gedankenlos und war schon vor der Tür.

Mary und Ann griffen sich ihre Uniformjacken und folgten ihm. Ann setzte sich in den Wagen hinter ihnen. Die beiden Churchills nahmen auf dem Beifahrersitz Platz, vorne stieg Thompson ein. Sogleich setzte sich eine Schlange aus Begleitfahrzeugen in Bewegung.

Immerhin ging es diesmal direkt quer durch die Innenstadt. Als sie die Freundschaftsinsel überquerten, fiel Anns Blick auf den Lustgarten. Von hier sah er eher aus wie ein umgepflügter Acker. Ann erinnerte sich daran, wie sie im Herbst 1933 mit Charlie hier Verstecken gespielt hatte. Beziehungsweise, eigentlich waren sie dort spazieren gewesen – ihre und Charlies Eltern, begleitet von Stirnrunzeln und Sorgenfalten. Aber es war ein sonniger Tag, und Ann und Charlie tollten ausgelassen durch den Park. Die beiden Zwölfjährigen versteckten sich dort in einem großen Abwasserrohr unter einem Brückenpfeiler.

Alle suchten sie. Die Rufe wurden immer lauter und panischer. Doch sie begriffen nicht, dass es für die Erwachsenen schon lange kein Spiel mehr war. Sie hockten in ihrem Versteck und kicherten die ganze Zeit. Es waren Herbstferien, zumindest für sie eine leichte und freie Zeit.

Es war das einzige Mal, dass Papa Ann eine Backpfeife gab. Es hatte Jahre gedauert, bis ihr klar geworden war, wieso: nur aus Sorge und Angst.

Auch Charlie bekam großen Ärger. Beide hatten Stubenarrest. Sie durften eine Woche lang nicht miteinander spielen. Das war wohl das Schlimmste, was man ihnen antun konnte.

Diese eine Woche kam ihnen wie ein ganzes Jahr vor. Ann glaubte damals, sie würde es nicht überleben. Ihre geliebte Charlie. Seit ihrer Geburt hatte es keinen Tag gegeben, an dem sie ihre Cousine nicht gesehen hatte. Was für ein Irrtum. Jetzt hatte sie schon elf Jahre ohne Charlie überlebt. Nicht mal ein Foto war ihr geblieben, nur der Perlmuttknopf.

Ann lebte nun schon fast so lange in der Fremde, wie sie hier gelebt hatte. Aber ein Teil ihrer Seele war immer hiergeblieben, bei ihrer geliebten Charlie. Und Ann wusste: Der Riss, der ihr durchs Herz ging, würde erst heilen, wenn sie wieder vereint waren. Daran zu denken, dass Charlie tot sein könnte, erlaubte sie sich nicht.

Die Wagenkolonne fuhr weiter durch die Stadt, durch die Straßen, die Ann und Charlie Hand in Hand oder nebeneinander hüpfend überquert hatten. Vielleicht, schoss es Ann durch den Kopf, vielleicht standen Liesel Bankow und ihr Vater gerade vor dem Haus der Müllers und sprachen mit ihnen. Vielleicht, mit ein wenig Glück, würde sie schon heute Abend eine Nachricht bekommen. Eine Nachricht, dass die Müllers alle noch lebten und auf sie warteten. Noch hatte Ann keine Zeit gehabt, in den kleinen *Military Store* zu gehen und Lebensmittel für die Bankows zu kaufen. Aber das würde sie heute nach ihrem Dienst nachholen.

Sie bogen ab, in den Park hinein. Wie auch Schloss Cecilienhof und das Babelsberger Schloss war Sanssouci unbeschadet geblieben. Leichten Schrittes stieg Churchill aus seinem Wagen und ging direkt Richtung Haupteingang. Niemand musste sich anmelden, und niemand musste sich ausweisen. Das Gesicht von Winston Churchill war wohl eins von wenigen, das wirklich jeder auf der Welt kannte.

Mary lief an der Seite ihres Vaters. Ann blieb immer zwei Meter hinter ihnen. Sie eilten stumm durch die Räume. Eigentlich sah es so aus, als würde der Premierminister sich gar nicht in den hochherrschaftlichen Räumen umschauen. Vielmehr schien diese Umgebung nur eine Kulisse für seine Gedanken zu sein, in die er vertieft war.

Obwohl sie mehr als eine halbe Stunde Fahrtzeit gebraucht hatten, stürmte der Premierminister nach einer Viertelstunde schon wieder hinaus. Ein denkbar kurzer Besuch.

Mary warf ihr einen amüsierten Blick zu, zuckte mit den Schultern und stieg wieder zu ihrem Vater in den Wagen. Ann war es egal. Für sie zählte nur, dass sie sich in Potsdam umschauen konnte.

Jetzt, da Stalin angekommen war, wimmelte es in der Stadt vor Soldaten. Ann hatte davon gehört, dass die Straßen um den Hauptbahnhof abgeriegelt worden waren. Die Leute, die überhaupt noch eine Behausung hatten, mussten diese nun auch verlassen. Stalin war ein Mann, der offensichtlich große Angst vor den Deutschen hatte. Welches Schicksal hatte sich Stalin wohl für die Verlierer ausgedacht?

***

Weltpolitik, und Ann stand nur wenige Meter daneben. Der Premierminister war vor Kurzem zum ersten gemeinsamen Treffen der Großen Drei gefahren. Davor stand noch ein Fototermin an, bei dem die drei vermutlich eine Harmonie zeigen würden, die zu Ende wäre, sobald sie am Tisch Platz genommen hatten. Das hatte Mary ihr noch prophezeit, bevor auch sie mitgefahren war.

Es war eine tumultige Abfahrt gewesen, die Ann durch ein Fenster beobachtet hatte. In der Eingangshalle war so viel los gewesen, da hätte sie nur gestört. Der britische Außenminister Eden und sein Stellvertreter Cadogan waren mit dabei, der Übersetzer und sogar Churchills größter Gegner, Clement Attlee, der Oppositionsführer der Labour Partei. Nun, angesichts der Anwesenheit Stalins war er jetzt sicher nicht mehr der größte Gegner des Premiers.

Der Nachmittag verging wie im Schneckentempo. Ann

wanderte durch die Zimmer und räumte ein wenig auf. Viel war nicht zu tun. Ihr zerrannen die Minuten und Stunden zwischen den Fingern. Sie wollte etwas Sinnvolles machen. Doch in ihrem Kopf drehte sich ein endloser Kreis an ruhelosen Gedanken, wie ein Karussell.

Churchill und Außenminister Eden kamen am Abend zurück. In ihren Gesichtern konnte man leider nicht ablesen, ob schon etwas Wichtiges beschlossen worden war. Vermutlich nicht schon beim ersten Zusammentreffen.

Auf dem Rasen des Gartens hatten sich die *Scots Gards* aufgereiht und spielten den Politikern auf, während diese zu Abend aßen. Dem Premierminister ging es anscheinend nicht gut. Sie hatten bereits einen kleinen Empfang auf Schloss Cecilienhof hinter sich. Er hatte bei Champagner und Kaviar wohl zu sehr zugelangt. Und jetzt hatte er eine Magenverstimmung, berichtete Mary und verdrehte dabei gespielt empört die Augen. Sie war ebenso neugierig wie alle anderen, musste aber auch warten. Vermutlich würde sie am Abend, wenn ihr Vater zu Bett ging, noch einige Neuigkeiten erfahren.

Jetzt stand Ann oben in Marys Zimmer, bei geöffnetem Fenster. Sie lauschten gemeinsam dem Konzert. Natürlich hatten alle anderen im Haus schon zu Abend gegessen.

»Ich kann es an seinem Gesicht ablesen, wie unruhig er ist. Der Ausgang der Konferenz hängt auch davon ab, ob Papa die Unterhauswahlen gewinnt.« Mary saß mit dem Stuhl vor dem Fenster und hatte ihre Arme auf dem Fensterbrett verschränkt.

Die Wahl zum Unterhaus, die über Churchills politische Zukunft entscheiden würde, lief noch bis nächste Woche. Am Tag der Bekanntgabe des Wahlausganges würden sie nach Hause fliegen. Und mit viel Glück zwei Tage später wiederkommen. Trotzdem, es war ein wirklich unglückliches Datum, mitten in der Konferenz. Und niemand konnte sicher vorhersagen, ob der alte Premierminister auch der neue Premierminister sein würde.

»Ich bin mir sicher, er wird gewinnen.« Mary schaute versonnen zum Fenster hinaus. »Mir vorzustellen, dass wir aus Downing Street 10 ausziehen müssen ...«

Ann wollte nicht nachfragen, was passieren würde, wenn Churchill verlor. Doch Mary hatte wohl ähnliche Gedanken.

»Dann würden wir wieder zurück in unser Landhaus in Chartwell ziehen. Ein merkwürdiger Gedanke, denn dann wäre Papa quasi arbeitslos. Nach alldem ... Nachdem er die Nation durch diesen Krieg geführt und ihn gewonnen hat. ... Nein, er kann gar nicht verlieren.«

Ann fragte sich, ob Churchill versuchen würde, die Konferenz bis zu seinem Rückflug zum Abschluss zu bringen. Dann würden auch die ATS-Frauen hier nicht mehr benötigt und kurz darauf nach England ausgeflogen. Wenn das so wäre, bliebe ihr noch eine gute Woche, mit etwas Glück zehn Tage. Nur zehn Tage ... Bisher hatte sie nicht mehr erreicht, als an einem zerstörten Haus einen Zettel aufzuhängen.

»Ich wünsche mir von ganzem Herzen, dass dein Vater gewinnt.« Ann meinte, was sie sagte. Vorhin noch hatte sie in der Eingangshalle jemanden darüber reden hören, dass Churchill die Frage der polnischen Grenzziehung neu aufgeworfen hatte. Das konnte nur etwas Gutes für die Deutschen bedeuten. Truman war dieses Thema egal. Und bei Stalin stand fest: Er würde alles daran setzen, das deutsche Territorium zugunsten des polnischen zu beschneiden.

Mary wollte wohl nicht mehr über die Wahl nachdenken, denn jetzt fragte sie Ann: »Und du? Wie sehen deine Pläne aus?«

Ann nestelte an ihrer Bluse herum. »Wenn ich das nur wüsste. So lange ist unser Leben vom Krieg bestimmt worden. Jetzt, da der Frieden endlich da ist ... Ich weiß es wirklich nicht. Ich werde mir eine Arbeit suchen, aber ich habe ja nicht einmal eine Ausbildung.«

So weit stimmte das alles. Aber was sie Mary nicht sagte, nicht sagen konnte, war die Tatsache, dass sie vermutlich mit ihren Eltern nach Deutschland zurückgehen würde. Mama und Papa hatten gesagt, sie wollten abwarten, wie es sich entwickelte. Aber dass sie irgendwann zurückgehen wollten, stand beinahe fest.

»Hast du einen Verehrer? Jemanden, der auf dich wartet? Oder auf den du wartest?«

Ann lächelte. »Nein, auf mich warten nur meine Eltern.« Obwohl sie Jackson sehr wohl als einen Verehrer bezeichnen würde. Aber was würde das wohl für einen Eindruck machen, wenn sie der Tochter des britischen Premierministers von einem amerikanischen Freund erzählte?

»Wie schade.« Wieder schaute Mary hinunter zur Terrasse, wo ihr Vater noch immer mit dem Außenminister speiste.

Jackson war ihr Verehrer, aber was war er für Ann wirklich? Was wollte er von ihr? Nur eine kurze Liaison? Sie wusste nicht einmal, welche Pläne er hatte. Und ob sie irgendeine Rolle in diesen Plänen spielte. Überrascht hatte sie gestern Abend im Bett festgestellt, dass sie ihn vermisste. In den letzten Tagen war einfach so viel los gewesen, dass sie sich nicht gesehen hatten. Sie fühlte sich hin- und hergerissen zwischen ihrer Sorge um Charlie und ihrer unerwartet aufkommenden Sehnsucht nach Jackson. Die verletzte und die heilende Welt. Würde sie je tiefe Gefühle empfinden können für einen Mann, solange ihr Herz wegen Charlie gebrochen war? Sie musste Charlie auch deshalb finden, um ihr Herz wirklich jemandem öffnen zu können, ging ihr plötzlich auf.

»Oh, ich glaube, sie sind fertig.«

Mary lief zur Tür. Ann folgte ihr. Als sie die Treppe hinuntergehen wollten, blieb Mary stehen und legte einen Finger an den Mund. Unten in der Halle unterhielten sich zwei Männer. Ann erkannte Außenminister Eden an seiner Stimme. Er schien erbost zu sein.

»Ich habe ihm die Leviten gelesen. Er soll den Russen nicht ständig nachgeben. Warum nur bietet er Teile der deutschen Flotte Stalin ohne eine Gegenleistung an? Ich verstehe ihn nicht. Die gesamte Flotte ist in unserer Hand. Wenn Stalin etwas davon haben will, dann soll er uns gefälligst etwas dafür geben.«

»Ich weiß es nicht.« Das war Cadogan, Edens Stellvertreter. »Ich weiß nur, dass ich jetzt zu den Amerikanern rübergehe, um mit meinen Kollegen in das Durcheinander, das die Großen Drei angerichtet haben, ein wenig Ordnung zu bringen.«

»Viel Glück.«

Die Haustüre fiel ins Schloss, und Schritte entfernten sich. Mary drehte sich zu ihr und flüsterte: »Das hat Papa bestimmt nur gemacht, um die Russen in der Polenfrage friedlicher zu stimmen.« Mit diesen Worten ließ sie Ann stehen und ging die Treppe hinunter.

Das fing ja gut an, dachte Ann. Aber eigentlich war es gar nicht anders zu erwarten gewesen: In den ersten Tagen wurden die Fronten geklärt. Dann erst würde gekämpft und geschachert und getauscht. Und am Ende stand ein Ergebnis, das heute noch niemand vorhersagen konnte.

Sie folgte Mary die Treppe hinunter, ging aber in die Küche. Sie würde sich bei Mr. Pinfield abmelden. Es wurde Zeit für sie, in ihre lindgrüne Villa zurückzugehen. Morgen würde noch ein anstrengender Tag. Und vielleicht, mit ein bisschen Glück, wartete in ihrer Unterkunft eine Nachricht der Bankows auf sie.

Auf dem Umweg zum *Military Store* fiel ihr ein, wie aberwitzig es im Grunde war: Ausgerechnet für das deutsche Volk, das Churchill fast sechs Jahre bekämpft hatte, war es nun viel wichtiger, dass er die Parlamentswahlen gewann, als für das englische Volk.

Mittwoch, 18. Juli 1945

Es herrschte ein hektisches Treiben in Churchills Herrenhaus. Ann erlebte einen aufregenden Tag. Mittags kam Präsident Truman ins Haus. Zuvor hatten Mary und Ann Stunden damit verbracht, mit Mr. Pinfield das Essen perfekt zu organisieren und mit dem Obergärtner letzte Hand im Garten anzulegen. Als der Präsident kam, formten die schottischen Guards ein Ehrenspalier. Dann gab es draußen im Sonnenschein geeiste Cocktails für die Gäste. Mary erzählte ihr später, dass Pinfield sich mal wieder selbst übertroffen hatte.

Ann hielt sich natürlich im Hintergrund. All die Blumen, Cocktails und das leckere Essen konnten nicht davon ablenken, dass hier gerade weltbewegende Politik gemacht wurde. Das ganze Drumherum war nur eine wohlmeinende Staffage.

Während am Vormittag schon die Außenministerkonferenz getagt hatte, fanden sich am Nachmittag die drei Delegationen zu einem weiteren Konferenztreffen zusammen.

Für abends planten alle verschiedene Feierlichkeiten. In der NAAFI-Kantine würde ein Tanzabend veranstaltet, bei dem sie Jackson hoffentlich wiedersehen würde. Auch Mary zog sich gerade um, weil sie zum Essen mit einigen amerikanischen Generälen eingeladen war. Danach würden sie sich eine Revue für die amerikanische Armee anschauen.

Ihr Vater bereitete sich ebenfalls auf ein Essen vor. Stalin hatte ihn eingeladen. Sie würden in einer kleinen, intimen Runde speisen. Ein überaus wichtiges Treffen, das viel entscheiden konnte.

Ann war mit allem fertig und lief noch mal hoch in Marys Zimmer, um sich zu verabschieden. Aber es war noch früh, und sie war neugierig.

»Gibt es von der Konferenz schon irgendwelche Ergebnisse?«

Mary schüttelte unwillig ihren Kopf. »Wenn England nicht gewesen wäre, wenn es wie Frankreich zusammengebrochen wäre, dann würden wir heute die Deutschen an der amerikanischen Küste bekämpfen. Das hat Papa allen laut und deutlich in Erinnerung gerufen. Nur deswegen haben wir heute doch diese riesigen Schulden.« Sie seufzte. »Aber ob das etwas genutzt hat? Wenn Roosevelt noch am Ruder wäre ... dann würde das hier ganz anders laufen. Aber jetzt ... Papa befürchtet einen Alleingang Stalins. Offiziell haben die Außenminister festgelegt, dass Deutschland als ein Land durch die alliierten Mächte verwaltet werden soll. Am leichtesten für alle wäre natürlich, jeder würde in seiner Zone machen, was er will. Aber das will Papa nicht. Heute Abend will er schön Wetter machen bei Onkel Joe. Ob es was bringt ...?« Mary zuckte ungläubig mit den Schultern. »Anscheinend hängen sie noch an ganz grundsätzlichen Dingen fest. Was bedeutet Deutschland heute? Darin sind sie sich vollkommen uneinig. Mein Vater besteht darauf, dass Deutschland das ist, was es in den Grenzen von 1937 gewesen ist. Für Stalin ist Deutschland das, was es jetzt gerade ist. Zerschlagen und schon zurechtgestutzt. Papa ist ziemlich wütend darüber. Denn da die Polen schon ein riesiges Stück von den Russen erhalten haben, würden die amerikanische, britische und die französische Zone dementsprechend kleiner ausfallen. Das will er Stalin nicht durchgehen lassen. Wir hätten verloren, bevor die eigentlichen Entscheidungen überhaupt getroffen würden.«

»Was sagt Truman dazu?«

»Ach, der!« Sie machte eine wegwerfende Handbewegung. »Der will das lieber auf einer zukünftigen Friedenskonferenz regeln, wie sein Vorgänger es in Jalta besprochen hat. Er scheint mit seinen Gedanken ganz im Pazifik zu sein. ... Für Papa ist es ein einziger Eiertanz. Er muss Stalin möglichst kleinhalten. Gleichzeitig will er ein amerikanisches Jahrhundert vermeiden. ... Papa vermutet, Truman will verhindern, dass das englische Empire wieder zu seiner einstigen Größe zurückkehrt. Anders als Roosevelt will er anscheinend keine so enge Verbindung mit England. Einig sind sie sich wohl nur in einem Punkt: dass Nazideutschland so nicht mehr weiterexistieren darf.«

»Das kann ja alles und nichts bedeuten«, gab Ann zu bedenken.

»Genau! Stalin besteht zudem auf den zwanzig Milliarden Dollar deutscher Reparationen, die Roosevelt ihm versprochen hat. Irgendwie kann man's auch verstehen. Die russische Zone besteht hauptsächlich aus Agrarland. Davon haben sie ja selber reichlich in Russland. Onkel Joe ist natürlich interessiert an den Industriegebieten, die fast alle im Westen liegen.«

Geteilt und ausgeschlachtet. Das Bild eines Kadavers war wirklich passend, dachte Ann.

»Molotow, der russische Außenminister, muss wohl ein echt harter Brocken sein. Die Amis haben ihm einen Namen gegeben: *Stone ass.*« Mary lachte.

Steinarsch. Wie passend.

»Ich hatte den Eindruck, dass sich dein Vater wenigstens mit Truman gut versteht. Er schien so vergnügt, als der Präsident nach ihrem Mittagessen gegangen ist.«

»Ja, er hat gute Nachrichten mitgebracht. Etwas ganz Großes kündigt sich an. Mehr hat Papa nicht verraten, nur dass es die Karten der Weltpolitik vollkommen neu mischen wird.

So hat er sich ausgedrückt. Es unterliegt größter Geheimhaltung. Ann ...« Mary drehte sich nun zu ihr um. »Apropos Geheimhaltung ... Ich bin jetzt selbst zum Essen verabredet mit einigen amerikanischen Offizieren. Du gehst sicher zum Tanzabend, oder?«

Ann nickte. Eigentlich wollte sie schon längst zurück in der Villa der ATS-Frauen sein und sich umziehen.

Mary schaute sie verschwörerisch an. »Hör dich doch ein wenig bei den GIs um. Wie ist die Stimmung? Was berichten sie über die Konferenz? Es wäre wirklich hilfreich, ein wenig mehr Informationen zu bekommen zu dem, was sich im Kleinen Weißen Haus abspielt.«

Ann sah sie überrascht an. Sie sollte für sie spionieren? »Ich kann mir nicht vorstellen, dass einfache GIs mehr wissen als dein Vater.«

Sie blinzelte wissend. »Man weiß nie, was ein amerikanischer Fahrer zufällig aufschnappt. Die einfachen Soldaten brüsten sich ja gerne mit irgendwelchen Informationen.«

Die einfachen Soldaten. Auch wenn Mary immer so tat, als wären sie gleichwertig – sie konnte nicht verhehlen, dass sie die hochwohlgeborene Tochter des adeligen Winston Churchill war.

»Ich kann es versuchen. Aber ich glaube nicht, dass ich etwas herausfinden werde.«

Manchmal war Mary Churchill doch recht naiv. Sie konnte nicht ernsthaft glauben, dass ein wildfremder amerikanischer Soldat etwas über die Strategie seines Präsidenten ausplapperte, selbst wenn er etwas wusste.

»Man weiß nie. Manchmal kommt einem ja auch der Zufall zu Hilfe.« Sie stand auf. »Und? Wie sehe ich aus?« Sie drehte sich vor Ann.

»Bezaubernd. So wunderschön, dass du die amerikanischen Offiziere um den Finger wickeln wirst.«

Wieso hatte Mary ausgerechnet einen amerikanischen Fahrer erwähnt? Wusste sie von Jackson? Beobachtete man sie? Hatte jemand mitbekommen, dass sie mit Jackson bei Schloss Babelsberg spazieren gewesen war? Denn ansonsten hatten sie sich noch nie alleine getroffen. Trotzdem – wollte Mary, dass sie Jackson aushorchte? Dann war sie in einem echten Dilemma. Einem weiteren. Schließlich brauchte sie Jackson schon für ihre eigenen Nachforschungen.

Noch immer gab es keine Nachricht von Liesels Vater. Hielt Bankow sein Versprechen nicht? Vielleicht hatte er schon etwas in Erfahrung gebracht, und seine Nachricht erreichte sie nur nicht. Trotzdem, mit jeder Stunde, die verstrich, setzte Ann weniger Hoffnung auf die Bankows. Mit jeder Stunde wuchs ihre Ungeduld. In zwei Tagen konnte jemand verhungern, oder erschossen werden.

Ihre Geduld wurde wirklich auf eine harte Probe gestellt. Sollte sie die Suche wieder selbst in die Hand nehmen? Wenn, dann aber sehr vorsichtig. Sie hoffte, dass Jackson heute Abend zum Tanzabend, zu dem die Briten eingeladen hatten, kommen würde. Er war immer noch ihre größte Hoffnung, um nach Potsdam hineinzukommen.

Fünf Tage waren vergangen, seit sie mit Jackson spazieren gewesen war. Aber was für fünf Tage. Sie öffnete Menschen die Tür, die man sonst allerhöchstens in der Wochenschau im Kino sah.

***

So gut wie keine der jungen Frauen trug ihre Uniform. Fast alle hatten daran gedacht, ein schönes Kleid einzupacken, genau für eine solche Gelegenheit. In den drei Badezimmern ihrer Villa ging es zu wie auf einer Pyjamaparty. Alle wollten zum Tanzabend, und alle machten sich hübsch. Karen hatte ein wunderschönes blaues Baumwollkleid an, das noch aus der Zeit vor dem Krieg stammte.

Auch Ann trug ein Kleid, dessen glänzend grüner Satin perfekt zu ihren Augen passte. Ärmellos, obenherum eng anliegend und auf Taille geschnitten, hatte es unten einen weiten Glockenrock. Mama hatte es ihr zum einundzwanzigsten Geburtstag geschenkt. Sie hatte das Kleid gebraucht gekauft. Eins der seltenen Male, dass Mama das Haus allein verlassen hatte. Jetzt saß es nicht mehr ganz so eng wie früher, denn wie alle anderen hatte auch Ann abgenommen. Nur ganz dezent legte sie etwas Rouge auf und ließ sich zu einem unauffälligen Lippenstift überreden.

Als alle fertig waren, liefen sie in kleinen Gruppen Richtung NAAFI-Kantine. Der Raum war schon gut gefüllt mit amerikanischen und britischen Uniformen. Nur ein paar wenige russische waren zu sehen. Ein Dunstschleier von Zigarettenqualm hing in der Luft, und die meisten Gespräche verstummten. Die Frauen verteilten sich im Raum, und sofort hingen kleine Trauben aus Soldaten bei den einzelnen Gruppen. Die Männer waren deutlich in der Überzahl.

Das Grammophon wurde auf eine Kiste vorne auf die Theke gestellt, damit die Musik besser zu hören war. Ein amerikanischer Soldat legte eine Schallplatte auf. Schon bei den ersten Takten der Andrews Sisters waren die ersten Paare auf der freien Fläche und tanzten ausgelassen zu *Rum and Coca Cola*.

Ann selbst wurde von einem rothaarigen Briten aufgefordert. Bereitwillig ging sie mit ihm auf die Tanzfläche. Nach dem ersten Lied wurde wild getauscht. Sie tanzte abwechselnd mit britischen und amerikanischen Soldaten.

Immer wieder ging ihr Blick durch den Raum und zur Tür. Ann konnte Jackson nicht entdecken. Wenn er doch nur endlich käme. Wenn er überhaupt käme. Nach einer halben

Stunde machte Ann eine Tanzpause und holte sich eine Zitronenlimonade. Damit trat sie vor die Tür. Glücklicherweise war der heutige Tag nicht so heiß gewesen. Drinnen war es auch so schon stickig genug.

Sie wurde von mindestens acht Soldaten zum Tanzen aufgefordert und musste mehr als fünf Getränke abwehren. Die Männer waren nett und bemüht, doch Ann wusste, von jedem Tanz und jedem spendierten Getränk versprachen sie sich etwas, das Ann nicht würde halten können. Also lehnte sie dankend ein Getränk nach dem anderen ab und schwatzte stattdessen ein wenig. Immer wieder lief ihr Blick die Straße entlang. Wann würde Jackson endlich kommen?

Ann wusste natürlich, dass auch er keinen geregelten Tagesablauf hatte. Niemand hier hatte das. Es war chaotisch. Jeden Tag war man mit Überraschungen aller Art konfrontiert. Dennoch wurde ihr bewusst, dass sie Jackson vermisste. Seit ihrem Spaziergang am Babelsberger Schloss hatten sie sich nicht mehr gesehen. Mit dem Eintreffen der Staatsmänner und dem Beginn der Konferenz waren alle mächtig beschäftigt.

Zweimal schon hatte er ihr kurze Nachrichten zukommen lassen, dass er zu eingespannt sei, um abends auf ein Bier vorbeizuschauen. Fünf Tage waren eine lange Zeit, zu lang, wie sie nun feststellte. Es ging ihr nicht mehr nur darum, dass er sie durch die Gegend kutschieren sollte. Nein, ihr fehlte seine Lebenslust. Wenn er den Raum betrat, brachte er immer mehr mit als nur gute Laune. Er strahlte einfach pure Daseinsfreude aus. Lebenshunger. An seiner Seite fühlte sie sich wirklich jenseits des Krieges. Auch deshalb hoffte sie sehr, dass Jackson sich heute freimachen konnte. Alle wussten schon seit Tagen Bescheid, dass heute Tanzabend war.

Ihr Glas war längst leer, und sie hatte Lust, weiterzutanzen. Ein amerikanischer Soldat sprach sie an, griff direkt nach ihrer Hand und wollte sie in den Raum zurückziehen. Aber Ann wehrte sich.

»Nein. ... Nein, danke.«

»Aber wieso nicht? Sie können gut tanzen. Ich hab's doch vorhin gesehen.« Der Soldat ließ nicht locker.

»Ich warte auf jemanden.«

Er schaute sie fordernd an. »Manche Männer kommen nie mehr zurück, das wissen Sie doch, oder?«

»Ja, das weiß ich«, gab sie patzig zurück. Ob das eine gute Masche war, um sich ein Fräulein aufzugabeln? Sie drehte sich weg, und da sah sie ihn, hinter einer Gruppe schwatzender Soldaten.

Mit seinen blaugrauen Augen hatte er sie beobachtet. Auf seinem Gesicht lag ein zufriedenes Lächeln. Ann drängte sich zwischen den Männern hindurch.

»Wie lange stehst du schon da?«

»Lange genug«, sagte Jackson verschmitzt.

»Und wolltest du dich heute Abend noch irgendwann zu erkennen geben?« Was für eine Erleichterung, dass er gekommen war.

»Aber ja, genau jetzt. ... Sie spielen gleich unser Lied.«

»Unser Lied?«

»Ja, es wird unser Lied werden, habe ich beschlossen.«

»Und welches wird das sein?«

Galant nahm er ihre Hand und führte sie hinein. Ihr Glas stellte er auf einem der Tische ab. Schließlich zog er sie mit sich, und als das Lied geendet hatte, hörte sie die ersten Takte von Al Bowllys *The Very Thought of You*. Schon waren sie auf der Tanzfläche.

»Das ist unser Lied?«, neckte sie ihn.

»Ja, das ist unser Lied.«

»Es hätte jetzt auch jedes andere nächste Lied sein können, oder?«

»Nein!« Seine Augen funkelten.

»O doch, bestimmt.«

»Bestimmt nicht. ... Ich hab vorhin jemandem ein Bier versprochen. Sobald ich mit der schönsten Frau des Abends reinkomme, soll er die Platte auflegen lassen. Der Text passt perfekt. ... Ich hab die letzten Tage nur an dich gedacht.«

Ann wurde fast rot. »Ja, mir geht es ebenso.« Das war nicht einmal gelogen.

Statt einer Antwort zog er sie näher an sich heran. Ann schmiegte sich in seine Arme. Es war, als würden sich ihre Körper etwas versprechen. Wieder ein Versprechen, das sie nicht halten konnte, dachte Ann bitter.

Sie tanzten, bis das Lied zu Ende war. Als sie sich voneinander lösten, ließ er ihre Hand nicht los. Stattdessen bugsierte er sie durch die Menschenmenge zur Theke. »Was möchtest du trinken?«

»Eine Limonade. ... Ach was, ich nehm einen Weißwein.« Sie würde heute mutig sein, und leichtsinnig. Hatte sie sich das nicht verdient?

Als einige Songs später die Andrews Sisters ihren *Boogie Woogie Bugle Boy* hören ließen, packte sie das Tanzfieber wieder. Viele strömten auf die Tanzfläche. Aber da der Song jeden Abend mehrfach gespielt wurde, war es nicht so schlimm. Dann noch mehr *Boogie Woogie* von Tommy Dorsey und von Glenn Miller den *Chattanooga Choo Choo* und *In The Mood*. Ann war selig. Noch nie hatte sie sich mit einem Mann so sehr vergnügt. Jackson war ein ausgesprochen guter Tänzer. Und ihm so nahe zu sein ... Es fühlte sich beinahe an, wie nach Hause zu kommen.

Später gingen sie wieder nach draußen vor die Tür, Luft schnappen. Ann überlegte gerade, wie sie es am geschicktesten anstellen würde, ihn zu einer kleinen Spazierfahrt nach

Potsdam hinein zu überreden. »Weißt du schon, was du in den nächsten Tagen zu tun hast?«

Er schaute sie mit einem bedauernden Blick an. »Die nächsten zwei Tage werde ich nicht in Berlin sein.«

Ihre Hoffnung war schlagartig zerstört. Wieder zwei Tage, an denen er sie nicht nach Potsdam bringen konnte. »Was machst du?«

Er überlegte wohl kurz, ob er das sagen durfte. »Ich fahr einige Offiziere nach Peenemünde. Das ist ein Ort auf einer Insel in der Ostsee.«

»Peenemünde? Was gibt es dort Interessantes?«

»Von dort sind viele der V1 und V2 gestartet. Dort ist das Entwicklungszentrum und die Raketenabschussbasis.«

Die V1 und später dann die V2 – die schrecklichsten Waffen der Deutschen. Unbemannte Flugkörper, die über den Ärmelkanal bis ins britische Herz geflogen waren und dort ihre zerstörerischen Aufgaben erfüllt hatten. *Vergeltungswaffen*, wie Goebbels sie genannt hatte. *Vernichtungswaffen* nannten die Briten sie. Mit Sprengköpfen bestückt waren Antwerpen und London ihre bevorzugten Ziele gewesen. Die V2 war so schnell, dass die Zeit nicht einmal mehr reichte, um Fliegeralarm auszulösen.

Natürlich waren die Amerikaner an dieser Waffengattung interessiert. Und die V2 war noch nicht einmal die Wunderwaffe, von der die Deutschen zuletzt gesprochen hatten. Die war niemals zum Einsatz gekommen. Offensichtlich waren die Ingenieure des Führers mit ihrer Entwicklung der Wunderwaffe noch nicht weit genug gewesen.

Die Enttäuschung stand Ann im Gesicht. Jackson war ihre größte Hoffnung gewesen, endlich wieder nach Potsdam zu kommen. Als er ihr nun ansah, dass sie sich eine andere Antwort erhofft hatte, nahm er sie bei der Hand und führte sie um die Ecke, wo sie ungestörter waren.

»Ich dachte, wenn ich wieder zurück bin, könnten wir einen Ausflug machen. Nur wir zwei.« Es klang wie eine Frage.

»Ja, gerne.«

»Du kannst dir aussuchen, wohin wir fahren.«

Ann nickte begeistert.

»Ich würde gerne ... Ich wollte ...« Plötzlich nahm er ihren Kopf in beide Hände. »Ann ... ich ...«

Sie schluckte. Es war klar, was gleich passieren würde. Was tat sie hier nur? Wollte sie das wirklich? Durfte sie das? Und wollte sie es nur, weil er ihr dann bereitwilliger helfen würde?

Sein Kuss schmeckte nach Bier. Etwas bitter, und gleichzeitig doch so süß. Eine heiße Welle rollte durch ihren Körper. Noch nie zuvor hatte ein Mann sie geküsst.

Atemlos ließen sie voneinander ab. Beide wussten wohl nicht, was sie jetzt sagen sollten. Ann kicherte wie ein Schulmädchen. Und auch Jackson grinste, als hätte er gerade eine Handvoll Kekse geklaut.

»Sollen wir wieder reingehen? Noch etwas tanzen?«

Ann nickte.

»Wir können das ja vielleicht nachher noch einmal wiederholen«, sagte er zärtlich.

Statt einer Antwort lächelte Ann. In einem anderen Leben, zu einer anderen Zeit, hätte das der süßeste Augenblick sein können. Aber zu wissen, wie hoffnungslos es war ... Als würde sie sich einfach verlieben können. Ein gebrochenes Herz konnte sich nicht verlieben. So einfach war es. Und so bitter.

Hand in Hand gingen sie zurück um die Ecke und liefen praktisch in Miss Bright hinein.

»Miss Miller?!«, sagte sie etwas überrascht, als sie die beiden so zusammen sah.

Ann wusste für einen Moment nicht, was sie sagen sollte. Natürlich war es nicht verboten, sich mit einem amerikanischen Soldaten einzulassen. Aber in den Augen ihrer Vorgesetzten war es vielleicht nicht unbedingt schicklich.

»Darf ich Sie einen Moment sprechen?« Schon ging Miss Bright zur Seite.

Jackson ließ ihre Hand los und sah ihr nach.

»Ich wollte Sie noch fragen, was Sie in Potsdam wollten? Mir ist zu Ohren gekommen, Sie wären dort mit einem amerikanischen Passierschein herumgelaufen.«

Ann stieg das Blut in den Kopf. »Gar nichts. ... Ich war auf dem Rückweg von Schloss Cecilienhof. Und ... ich wollte mich nur ein wenig umsehen.«

Der Blick von Joan Bright war skeptisch. Vermutete sie, dass Ann etwas Ungehöriges vorhatte? Ausgerechnet sie, die bei Churchill im Haus Dienst tat?

»Ich würde Sie bitten, solche Alleingänge in Zukunft zu unterlassen. Erstens haben Sie strikte Anweisungen, niemals allein unterwegs zu sein. Zu Ihrer eigenen Sicherheit. Und zweitens möchte ich nicht, dass es während der Konferenz zu irgendwelchen unangenehmen diplomatischen Verwicklungen kommt. ... Habe ich mich da deutlich ausgedrückt?«

»Ja, natürlich«, stammelte Ann.

»Gut, dann wünsche ich Ihnen noch einen fröhlichen Abend.« Ihr warnender Blick lief rüber zu Jackson. »Denken Sie daran, dass morgen wieder ein anstrengender Tag auf Sie wartet. Ich will keine Klagen hören!« Sie ließ Ann stehen und ging in die Kantine hinein.

»Was war los?«, fragte Jackson sie.

»Ach ... sie wollte mir nur in Erinnerung rufen, dass ich mir keine Flausen erlauben darf.«

Jackson nickte verständnisvoll. »Komm, lass uns tanzen.«

Donnerstag, 19. Juli 1945

Der Premierminister hatte wieder lange geschlafen und den Rest des Morgens im Bett gearbeitet. Am gestrigen Abend war es spät geworden, wie Pinfield Ann heute Morgen erzählt hatte. Es war fast zwei Uhr nachts gewesen, als Churchill von dem Essen beim russischen Staatschef zurückgekommen war. Er musste sich bei Stalin wohl gut amüsiert haben. Zu Mittag aß der Premierminister allein und schaute sich dabei die Konferenzunterlagen an. Zurzeit lief schon die Sitzung der Außenminister. Für Ann war heute im Herrenhaus des Premiers nicht viel zu tun. Ab und an kam ein Bote, brachte Nachrichten und nahm wieder welche mit. Das war auch schon alles.

Mary hatte ebenfalls lange geschlafen, denn auch sie hatte gestern einen langen und feuchtfröhlichen Abend erlebt. Nach dem Mittagessen war die Churchill-Tochter mit einigen Offizieren zum Schwimmen gefahren. Ann beneidete sie. Sie selbst musste im Herrenhaus bleiben. Vor Kurzem waren alle zur dritten Sitzung in Richtung Schloss Cecilienhof aufgebrochen. Es war geradezu einsam im Haus.

Ann kontrollierte zum dritten Mal alle Zimmer. Die Zeit wollte nicht vergehen. So vieles lag ihr auf der Seele. Was man aus der Konferenz hörte, hörte sich nicht besonders Erfolg versprechend an. Nicht, wenn man das Schicksal der Deutschen im Blick hatte. Andererseits, wenn die drei Staatsmänner sich nicht schnell einigten, blieb ihr mehr Zeit. Jeder Tag, den sie länger hierbleiben konnte, war voller Hoffnung. Jeder Tag konnte entscheidend sein. Noch immer hatte sie nichts von den Bankows gehört. Himmel, konnte das denn so schwierig sein herauszubekommen, wo ihre Verwandten sich jetzt aufhielten? Gelangweilt und trotzdem angespannt ging sie in die Küche. Vielleicht gab es dort eine Aufgabe für sie.

»Kann ich irgendwie helfen?«

Pinfield saß an einem großen Tisch und trank Kaffee. Vor ihm stand eine Dose mit gezuckerter Kondensmilch, die Ann ihm besorgt hatte.

»Nein, danke. Die Jungs sind gleich fertig.« Seine zwei Küchenhilfen hatten abgespült und trockneten gerade das Geschirr ab. »Heute Abend geht der PM ja zum Staatsbankett von Präsident Truman. Wir müssen also nur für eine kleine Runde kochen.«

Ann setzte sich zu ihm.

»Möchten Sie auch einen Kaffee?«

»Lieber etwas Kaltes. Es ist so heiß. Es sind fast dreißig Grad draußen.«

Der Chefkoch machte einem Gehilfen ein Zeichen. »Sie können doch Deutsch, oder?« Es war eher eine Feststellung denn eine Frage.

Wie immer, wenn jemand sie das fragte, wurde Ann nervös. Oft kam sofort die Frage nach dem Warum hinterher. Dann musste sie lügen. »Ja«, sagte sie deshalb vage.

Er griff neben sich auf den Stuhl und legte ihr einen Ausschnitt aus einer Zeitung vor. »Eine der Besteckschubladen war damit ausgelegt. ... Eine alte Zeitung, von 1936. Was steht dort?«

Ann zog das Stück Papier zu sich heran und las. Noch bevor sie etwas sagen konnte, sprach Pinfield.

»Es geht um die Wahl des Führers von 1936, nicht wahr? Stimmt es, dass er 98,8 Prozent Zustimmung bekommen hat?« Er tippte bei seinen Worten auf die Zahl, die er ohne eine Übersetzung lesen konnte.

Ann, die den Titel und den Anfang des Artikels überflogen hatte, nickte zustimmend. »Ja. Das sind die Ergebnisse der Reichstagswahl«, erklärte sie.

»Fast hundert Prozent Zustimmung«, spie Pinfield empört aus.

»Na ja, 1936 gab es ja schon keine anderen Parteien mehr.« Der Koch blies abschätzig Luft aus seinem Mund. »Als würde das was ändern. Das ganze deutsche Volk stand doch hinter Hitler, der SS und der Gestapo.«

»Aber das ganze Volk war 1936 ja schon nicht mehr das ganze Volk. Die Juden durften nicht mehr wählen. Die komplette Opposition war bereits geflohen oder in Konzentrationslagern interniert. Abertausende Kommunisten, Sozialdemokraten, alle politisch Andersdenkenden und Gewerkschaftler. Auch die Unpolitischen, die die Nazis einfach nur für ›asoziales Gesocks‹ hielten, kamen in die Lager. Ebenso wurden die allzu gottesfürchtigen Bibelforscher oder die unbequemen lauten Christen interniert. Und der Rest ... Schon sehr bald traute sich niemand mehr, den Mund aufzumachen. Man wurde ja sofort einkassiert.«

Am liebsten hätte Ann ihm erklärt, dass sie selbst geflohen war. Menschen wie sie hatten im Dritten Reich keine Stimme mehr gehabt. Vater hatte um ihr Leben gefürchtet, und er hatte recht behalten. Aber nein, niemand wollte mit einer Deutschen in der Küche zusammensitzen. Niemand sollte überhaupt wissen, dass sie Deutsche war.

»Ach was! Diese Hunnen haben es nicht anders verdient. Sie sollen jetzt so leiden, wie sie die Juden haben leiden lassen«, gab Pinfield zurück.

»Soweit ich weiß, gab es auf den Zetteln nur einen Kreis, um dort sein Kreuz zu machen. Ich nehme an, es war wie in jeder Diktatur: Die Wahlzettel, auf denen nichts angekreuzt wurde, wurden einfach als positive Stimme gewertet.«

»Diktatur. Pah! Wie sind denn die Nazis an die Macht gekommen? Das ganze Volk hat Hitler doch an die Macht gebracht. 1932 und 1933 haben sie ihren Führer doch gewählt!«

»Nicht einmal damals erreichte die NSDAP vierzig Prozent, und das auch nur von denen, die überhaupt wählen gingen. Und die Wahlen 1933 müssen wohl schon unter massivem Gewalteinfluss der Nazis gestanden haben. Wahlplakate wurden überklebt, Versammlungen von SPD und KPD verboten. Politische Gegner wurden einfach am Reden gehindert oder verprügelt. Und als die Nazis an der Macht waren, haben sie innerhalb von wenigen Monaten die Republik zu einer Diktatur umgebaut. Hitler war erst wenige Wochen an der Macht, als er nach dem Reichstagsbrand die Grundrechte der Menschen außer Kraft setzte.«

Pinfield blinzelte sie mit verkniffenen Augen an. »Wieso kennen Sie sich so gut aus?«

Ann schluckte. Sie wollte nicht lügen müssen. »Mein Vater ist Jurist. Er hat sich eingehend mit den Vorgängen im deutschen Innenministerium beschäftigt.« So konnte man es natürlich auch formulieren.

Der Koch schien einigermaßen beruhigt durch diese Antwort. »Aber 1936, nach drei Jahren Hitler und SS, müsste den Leuten doch aufgegangen sein, was für Dreckskerle das waren ... sind.«

»Und wenn schon? Wer ihren Lügen widersprochen hat, wurde brutal eingeschüchtert. Die Bevölkerung wurde mit Zuckerbrot und Peitsche gefügig gemacht. Entweder man war auf der Seite des Führers, oder man war seines Lebens nicht mehr sicher. Da gab es nur schwarz-weiß, kein grau mehr.«

Wieder sah Pinfield sie skeptisch an. »Sie haben verdammt viel Verständnis für diese Bluthunde.«

Ann schluckte. *Bluthunde.* Auch jenseits des Ärmelkanals fehlte es an Graustufen. »Viele der abgefangenen Feldpostbriefe, die ich übersetzen musste, sprachen von einer tiefgehenden Enttäuschung. Die deutschen Soldaten waren frustriert, ernüchtert, desillusioniert. Manche Männer waren so verbittert, dass es ihnen sogar egal war, ob ihre Post kontrolliert wurde. Sie hätten allein für ihre Worte erschossen werden können.«

Ihr Gegenüber gab ein undefinierbares Geräusch von sich. Nach Zustimmung klang es nicht.

»Hitler, Goebbels und ihre Schergen haben die Massen mehr als ein Jahrzehnt geschickt manipuliert. Selbst für die Anständigen gab es nicht mehr viel Spielraum.«

»Es gab sicher genug Spielraum, um nicht Hunderttausende oder Millionen in die Gaskammern zu schicken.«

Natürlich. Er hatte ja recht. Aber sie hatte auch recht. Man konnte doch nicht das ganze Volk dafür verantwortlich machen, was nur ein Teil von ihnen verbrochen hatte. Selbst wenn es ein großer Teil der Bevölkerung war.

»Ja, da haben Sie natürlich recht. Es waren auf jeden Fall zu viele auf der falschen Seite. Zu viele haben von den Nazis profitiert. Aber es gab eben auch die anderen.«

»Und die Deutschen, die Sie hier durchgefüttert haben, vorgestern? Waren die auf der falschen Seite oder waren das die anderen?« Pinfield klang provokant.

Ann starrte ihn entgeistert an. Daran hatte sie tatsächlich noch überhaupt nicht gedacht. Für sie waren die Bankows Mittel zum Zweck. Was, wenn sie überzeugte Nazis waren? Kurz vor Kriegsende hatten alle SS- und Parteimitglieder der NSDAP ihre Uniformen und Orden verbrannt oder verscharrt.

Hatte Bankow nicht erzählt, er habe die letzten Jahre bei der UFA gearbeitet? Aber selbst wenn: Er konnte seine jüdischen Nachbarn verraten haben. Oder er hatte Synagogen mit in Brand gesteckt. Vielleicht war er Blockwart in seiner Straße gewesen und hatte alle denunziert, die nicht auf Linie gewesen waren.

Plötzlich plagte Ann ein furchtbar schlechtes Gewissen. Im Grunde genommen hatte sie das Gleiche getan wie die

Millionen Mitläufer. Sie hatte ihren Vorteil gesucht, ungeachtet der politischen Überzeugung.

Beklommen wischte sie sich den Schweiß aus der Stirn. Himmel, war es heiß. Und es wurde immer heißer und drückender. Sie schaute Pinfield an, während sie ihre Hände knetete.

»Sie haben recht. Ich weiß es nicht. Ich habe sie nicht gefragt. Das hätte ich tun sollen!«

***

Pinfields Worte gingen ihr nicht aus dem Sinn. Was, wenn sie einen hochrangigen NS-Funktionär hier ins Haus geholt hatte? Liesel hatte gesagt, sie habe an den Flakscheinwerfern gestanden. Sie glaubte ihr, aber war das berechtigt? Strickte nicht gerade die Hälfte der Deutschen an einem neuen Lebenslauf? Nein, sie konnte sich nicht mehr auf die Bankows verlassen. Vermutlich lachten sie sich gerade ins Fäustchen, dass sie hier so gut durchgefüttert worden waren.

Dabei wartete Ann sehnsüchtig auf eine Antwort von ihnen. In den letzten Tagen war sie mehrere Male im *Military Store* gewesen und hatte sich mit Lebensmitteln verschiedener Art eingedeckt. Es brannte ihr unter den Nägeln, endlich etwas unternehmen zu können. Und Jackson würde ihr in den nächsten zwei Tagen auch nicht helfen können. Diese Untätigkeit machte sie schier verrückt.

Churchill, Außenminister Eden und sein Stellvertreter Cadogan waren vor knapp einer Stunde gefahren. Thompson begleitete den Premierminister auf Schritt und Tritt. In den letzten Tagen hatten sie immer ungefähr zwei Stunden konferiert. Mit An- und Abfahrt waren sie mindestens drei Stunden weg, eher länger. Ihr blieben also noch anderthalb Stunden, wenn sie rechtzeitig vor ihnen wieder zurück sein wollte. Mary war außerhalb von Potsdam schwimmen. Niemand brauchte sie im Moment. Kurz entschlossen verabschiedete sie sich und verließ das Haus.

Sollte sie erst ihren Rucksack packen und dann zum Kontrollpunkt gehen? Besser nicht. Sie wollte kein Aufsehen erregen. Und ihre Zeit war ohnehin schon knapp bemessen. Allerdings trug sie jetzt immer ein paar Schokoladenriegel und fast vierzig britische Pfund mit sich. Sollte sie Charlie oder sonst jemanden finden, wäre damit wenigstens ein Anfang gemacht.

Trotz der drückenden Hitze ließ sie ihre Uniformjacke an. Es war nun über vierzehn Tage her, dass sie zum ersten Mal versucht hatte, die Zone für die britischen Konferenzteilnehmer über einen der russischen Kontrollpunkte zu verlassen. Aber mittlerweile wusste sie besser Bescheid.

Außerdem musste sie einen Weg finden, bei dem niemand sie an Miss Bright verpfeifen würde. Eigentlich lag es doch auf der Hand, was sie tun musste. Zielstrebig lief sie Richtung Kontrollposten. Vor der letzten Straßenecke fing sie an zu schlendern, als würde sie nur einen kleinen Spaziergang machen. Im Jeep saßen zwei russische Soldaten. Ein dritter ging rauchend auf und ab. Der rauchende Mann war um die vierzig, hatte viele Falten und trug einen dicken Schnäuzer, so wie Stalin.

»*Can I have a cigarette?*«, fragte sie ihn.

Der Schnauzbärtige grinste überrascht und zog ein Päckchen Zigaretten aus seiner Brusttasche. Er reichte ihr eine und gab ihr Feuer mit einem goldenen Feuerzeug, auf dem ein Hakenkreuz graviert war. Ann tat einen Zug. Meine Güte, schmeckte das widerlich. Sie musste husten.

Der Soldat sagte etwas auf Russisch, und Ann konnte sich denken, was es war. Sie sah sicher nicht so aus wie jemand, der normalerweise rauchte.

Sie hielt ihre Zigarette hoch und verzog das Gesicht.
»*American cigarettes are better!*«
»*Yes. ... Lucky Strikes. ... Good. ... Much better!*«, antwortete der Russe lachend.
Oh, er konnte ja tatsächlich ein paar Worte Englisch. »*Do you speak English?*«
»*Little*«, antwortete der Russe und tippte dann auf seine Brust. »*Igor.*«
»*Ann*«, antwortete sie. Dann zeigte sie auf ihn. »*You drive me to Potsdam, Igor? I bring you Lucky Strikes.*« Ihre Hände machten eine Geste, dass sie eine ganze Stange Zigaretten meinte.
»*Big Lucky Strikes?*«
Sie nickte heftig. »*A whole carton of Lucky Strikes.*«
»*Yes? A big carton cigarettes?*«, fragte er noch einmal ungläubig nach.
»*Sure. ... You drive me to Potsdam?*«
Er schien darüber nachzudenken, ob das in seiner Kompetenz lag. Oder in seinen Möglichkeiten. Ann schwankte zwischen Hoffnung und Furcht. Jemand, der sie mit dem Wagen durch Potsdam fahren konnte. Es ging schnell, kein Russe würde sie aufhalten und Igor würde sie nicht verpfeifen, nicht nach einer ganzen Stange Lucky Strikes. Es war die perfekte Lösung.

Was sollte sie ihm sagen, wohin sie wollte? Und weshalb? Die schwierige Verständigung würde es ihr einfacher machen, ihm nichts erklären zu müssen. Sie würde ihn mit Zeichen durch die Straßen dirigieren. Es ging erst einmal nur darum, den Zettel bei den Buchners zu kontrollieren. Und vielleicht war bei den Müllers ja einfach jemand zu Hause. Igor erklären zu wollen, was oder wen sie suchte, dafür konnte er ohnehin nicht genug Englisch. Und selbst wenn es schiefgehen sollte: Es war nur eine Stange Zigaretten. Das sollte ihr der Versuch doch wert sein. Sie würde sich trotzdem beeilen müssen, denn sie wollte wieder da sein, bevor Churchill und die anderen ins Herrenhaus zurückkehrten.

Der Soldat sprach mit seinen russischen Kameraden. Es ging kurz hin und her. Als einer der beiden gelangweilt mit den Schultern zuckte, wusste Ann, sie hatte gewonnen.

»*Yes. I bring you to Potsdam.*« Igor lächelte breit und zeigte eine Zahnlücke unter seinem Schnäuzer.

»*Now?*«

Igor druckste herum. »*Äh ... Cigarettes!*«

Er wollte die Zigaretten also vorher. »*Okay. ...*« Sie machte mit ihren Fingern ein Zeichen, dass sie laufen würde. »*I come back.*« Dann tippte sie auf ihr Handgelenk, als wollte sie ihm eine Uhrzeit zeigen.

Er zog seinen Ärmel hoch und brachte stolz zwei goldene Armbanduhren zum Vorschein. Deutsche Fabrikate. Ann hatte schon davon gehört, dass die Russen alles an Uhren und Schmuck einsackten, was sie bekommen konnten.

Es war halb fünf nachmittags. Sie zeigte ihm, dass sie in einer Viertelstunde wieder da sein würde.

»*Good*«, lautete seine Antwort.

Bis zum *Military Store* brauchte sie keine fünf Minuten. Sie betrat den Shop und ging direkt an die Kasse. »Ich hätte gerne eine Stange Lucky Strikes.«

»Eine ganze Stange?« Der Soldat hinter dem Tresen schaute verwundert.

Ann nickte nur. Ohne weitere Fragen verschwand er in einem Hinterzimmer und holte die abgepackte Stange. Sie zahlte und lief eilig zurück in Richtung Kontrollposten. Als sie nun um die Ecke trat, standen die drei Russen in einer Reihe. Ein vierter Soldat stand vor ihnen, ranghöher, wie man an der Haltung der drei erkennen konnte. Ann wartete ab.

Die drei salutierten, der vierte stieg in den Wagen und wurde von einem der Soldaten weggefahren. Verdammter Mist. Selbst wenn der Wagen in zehn oder zwanzig Minuten zurückkäme, würde es verdammt knapp für sie. Als sie nun näher kam, erkannte sie, dass ausgerechnet Igor fort war. Sie trat an die beiden anderen heran.

Die warfen begehrliche Blicke auf die Lucky Strikes. Der eine schüttelte den Kopf. Der andere nickte in Richtung Zigaretten, sagte etwas auf Russisch, und beide lachten laut.

»*Igor?*«

»*Igor, njet!*« Einer der beiden machte ein Zeichen, dass Igor fort war. So weit hatte sie sich das auch schon denken können.

Sie gestikulierte wild, um ihre Frage auszudrücken. »*Igor comes back?*«

Der eine zuckte mit den Schultern, der zweite schüttelte den Kopf. Verdammt, was war das russische Wort für morgen?

»*Igor tomorrow?*«, fragte sie deshalb auf Englisch, in der Hoffnung, dass einer der beiden sie verstehen würde.

Wieder zuckte der eine mit den Schultern. Der andere wackelte dieses Mal mit dem Kopf. Ann deutete das als Zeichen dafür, dass er sich nicht sicher war oder es nicht wusste.

Resigniert ließ sie ihre Schultern hängen. Verdammt noch mal. Andererseits, es war jetzt schon so spät, dass es sich ohnehin kaum noch gelohnt hätte. Sie verabschiedete sich und lief zurück in Richtung des rosafarbenen Herrenhauses.

Bevor sie die Ringstraße betrat, wickelte sie die Stange Zigaretten in ihre Uniformjacke ein. Sie wollte schließlich niemanden auf dumme Gedanken bringen. Sie würde es einfach morgen wieder versuchen. Irgendwann musste es doch klappen. Plötzlich kam ihr der blutjunge Soldat, der im Wasser gelegen hatte, in den Sinn. Vielleicht war es Igor gewesen, der ihn erschossen hatte. Vielleicht war Igor gerade zu einer ähnlichen Mission aufgebrochen. War ihr kleiner Cousin Hermann Männern wie ihm ausgeliefert? Vielleicht sollte sie einfach mehr riskieren!

Donnerstag, 19. Juli 1945

Seit gestern durften sie sich wieder einigermaßen frei in der Stadt bewegen. Aber da hatten Liesel und ihr Vater den ganzen Tag damit vertrödelt, Schlange zu stehen – Wasser, neue Lebensmittelkarten, Brot, eine andere Schlange für Butter. Am späten Nachmittag hatte es sich wegen der Ausgangssperre nicht mehr gelohnt rauszugehen. Außerdem hatten sie einen Mordshunger, den sie nur mit ein paar Scheiben Brot mit dünn aufgestrichener ranziger Margarine, auf die sie Salz streuten, stillten.

Doch genau dieser Hunger war es, der Vater dazu brachte, sie heute wieder aus dem Keller zu scheuchen. Er wollte unbedingt ganz schnell die Bekannten dieser Britin finden. Es war die einfachste Möglichkeit, an Lebensmittel zu kommen, die es für Marken nicht gab. Außerdem hatte er die Suche nach seiner ältesten Tochter nicht aufgegeben.

Mitte Mai, nachdem Vater zurückgekommen war, hatten sie tagelang nach Helene gesucht. Doch Liesels ältere Schwester blieb wie vom Erdboden verschwunden. Unter eingestürzten Trümmern begraben, hieß es an der einen Ecke. Russenbordell, hieß es bei anderen hinter vorgehaltener Hand. Eine schrecklichere Vorstellung, als dass sie tot war.

Liesel hatte dem Tod ins Auge gesehen. Er war gnädig. Doch ihr Leben ging weiter, ungefragt, ungebeten. Seit Jahren kannte sie nichts anderes als Leid und Elend. Der Krieg mit all den Entbehrungen, die er mit sich gebracht hatte. Mit jedem Tag war ihr Leben ein Stück mehr zur Hölle geworden.

Jeder Atemzug bestand aus Angst. Mit ihrer Angst konnte sie jeden Zentimeter ihres Lebens vermessen: Es gab keinen Raum für Zweifel. Keine eigene Meinung. Keine selbstgewählten Freundschaften. Keine Angst vor dem Krieg, zuerst, aber schon bald die Angst um ihre Brüder an der Front. Stalingrad. Dann klopfte der Krieg höchstpersönlich an ihre Wohnungstür. Hunger und Bomben.

Ihre Angst vor denen, die sie an die Flakscheinwerfer gestellt hatten. Ihre Angst davor, ihre Angst zu verplappern. Und trotzdem musste sie immer weitermachen. Es gab keinen Ausweg. Kein Loch, in dem man sich verstecken konnte. Keinen Weg, auf dem man nicht kontrolliert wurde. Keine unbewachte Grenze. Stattdessen ihre Nächte an den Scheinwerfern. Doch bevor sie selbst den Himmel erleuchteten, warfen die Engländer weiße und rote Leuchtbomben. Oder glitzernde Christbäume, grüne Leuchtgeschosse, die von oben auf sie herabfielen, wie tödlicher Regen.

Wenig Schlaf, wenn man die Nacht überlebte. Und über Tag Munition putzen, Geschütze und die Baracken reinigen und für die Jungs dünne Suppe kochen. Luftwaffenhelfer, viele noch jünger als sie. Meistens wurden sie in Schulklassenverbänden an die Flaks gestellt. Mit ihren HJ-Armbinden, die sie gerne abnahmen, damit sie in ihren Uniformen auch aussahen wie echte Soldaten. Fachsimpelnd über Waffengattungen und Zigaretten rauchend wie Erwachsene. Kinder, die Soldaten spielten. Dieser Stolz in ihren Augen, der so schnell erlosch nach der ersten Nacht. Bald schon waren die Jungs nur noch müde: tagsüber Schule und nachts an der Flak. Manche schliefen in Erdkuhlen, bis der Himmel direkt über ihnen Feuer spuckte.

Ihr ging es nicht anders. Wie sehr sehnte sie sich nach

Schlaf! Nach einer Nacht im Bett. Oder wenigstens im Luftschutzbunker. Und immer dieses Rumsen und Donnern der Geschütze im Ohr. Das noch tagsüber in ihrem Kopf dröhnte, selbst wenn keine Flugzeuge am Himmel kreisten. Aber am Ende, in diesem Frühjahr, schoss immer jemand. Amerikanische Bomben statt Mittagessen, russische statt Abendbrot, und die Briten befeuerten ihre Nachtgebete.

Alle waren mit ihren Nerven am Ende. Jeden Tag machten die gleichen Gerüchte die Runde: Diese Woche noch sollte Hitlers Wunderwaffe zum Einsatz kommen. Ach was, morgen schon. Oder auch: Die Amerikaner und Briten hatten den Westen Deutschlands eingenommen. Erobert oder befreit, das hing davon ab, aus welchem Mund die Information kam.

Seine Worte musste man wohlüberlegt wählen. Zwei Sechzehnjährige waren vor ihren Augen standrechtlich erschossen worden. Sie hatten nur davon gesprochen, ob es klug wäre, sich zu den Amerikanern durchzuschlagen und sich zu ergeben. Jemand hatte sie an die Kettenhunde verraten. Wehrzersetzung. Die Feldjäger fackelten nicht lang. Danach machte keiner mehr den Mund auf.

Ihr Bruder Fritz hatte davon erzählt, wie man Manfred Müller, den Zwillingsjungen, vor ein Gericht der Hitlerjugend gestellt hatte. Jahre zuvor. Er hatte nicht mitmarschieren wollen. Verdrückte sich immer wieder bei den Appellen, arbeitete besonders langsam, wenn mal wieder Gruben ausgehoben wurden. Der Hitlergruß kam zu spät oder gar nicht. Redete sich heraus mit einem geprellten Armgelenk oder einem verstauchten Fuß. Dann hatten sie ihn schikaniert. Die ganze Einheit. Immer wieder. Bis er aufgegeben hatte. Wusste Vater eigentlich davon? Von ihr würde er es nicht erfahren. Sie schwieg.

War man nicht dafür, war man dagegen. Schwarz und

Weiß. Es gab kein Grau. Es gab kein Sich-Raushalten-Können. Für ein paar wenige Wochen träumte Liesel den Traum, unpolitisch zu sein. Nicht mitmachen zu müssen. Einfach ihre Jugend zu genießen, ohne sie irgendwem opfern zu müssen.

Sie war verschossen. Anselm, ein Junge aus ihrer Straße. Wieso ausgerechnet er ihr erster Schwarm war, konnte sie sich später nicht erklären. Sie war dreizehn, er zwei Jahre älter und ging aufs Gymnasium. Seine Eltern gutbürgerlich. In einer Zeit, in der schon nur noch das Rangabzeichen auf der Uniform wichtig war, trug er karierte Sakkos, wie man sie von den englischen Schuljungen kannte. Die Haare zu lang, der Hitlergruß zu lasch. Er strahlte ein Selbstbewusstsein aus, das ihr imponierte.

Oft ging sie nicht mit, mit Anselm, ins Tanzlokal. Sie genossen es, Swing-Musik zu hören statt immer nur Märsche und Volksmusik. Diese Musik war so viel leichter, fröhlicher, jenseits aller Parteivorgaben. Sie tanzte Boogie-Woogie, das erste Mal in ihrem Leben. Schnupperte ein bisschen Freiheit. Ein kleines bisschen aufbegehren. Sie freundete sich mit anderen Jugendlichen an. Martha schenkte ihr einen Lippenstift. Nur deshalb überhaupt kam es heraus. Weil ihre Mutter sie mit dem Lippenstift erwischte. Ein echtes deutsches Mädel hatte es nicht nötig, sich zu schminken.

Vater versetzte ihr eine Tracht Prügel, als sie ihre heimlichen Ausflüge eingestehen musste. *Hottentotten-Musik,* sagte ihr Vater und prügelte im Takt auf sie ein. Jazz und Swing-Musik zu spielen, war verboten.

Im Nachhinein war sie froh. Kurz darauf hob man das Tanzlokal aus, in dem Liesel noch zwei Wochen zuvor getanzt hatte. Tage später sah sie ihn, Anselm. Die Haare kurz geschoren, noch viel kürzer als die von der HJ. Eine Strafmaßnahme, und eine Warnung für andere.

Doch anscheinend hielt ihn das nicht ab. Später hörte sie wieder Gerüchte: Man traf sich nicht mehr öffentlich, sondern in privaten Wohnungen. Oder in leeren Lagerhallen. Er war nicht allein. Es gab Dutzende in Potsdam, die lieber Boogie-Woogie tanzten, als zu exerzieren. Irgendwann holte ihn die Gestapo. Mehrere Male.

Sie sah ihn immer seltener, dann gar nicht mehr. Er flog aus der Schule. Jetzt konnte man ihn zum Landjahr einziehen. Vielleicht aber war er auch in ein Arbeitserziehungslager gebracht worden. Liesel wagte nicht zu fragen. Längst war Unwissenheit die bevorzugte Art der Information, auch für sie.

Genau wie die Nachricht vom Tode Hitlers in diesem Mai. Erst hieß es, er habe sich selbst entleibt. Einen Tag später: Er sei gestorben wie ein wahrer Held. Wer war sie, dass sie weniger wagte? Noch einen Tag darauf: Der Führer lebt noch! Befehligt persönlich den Häuserkampf in Berlin. Gerüchte waren das einzig Nahrhafte in dieser Zeit. Der Volkssturm versprengt. Keine Einheiten mehr. Keine Wehrmacht, die ihnen noch zu Hilfe kam. Jeder kämpfte nur noch für sich selbst. Oder gab auf.

Und jetzt? Die Hölle hatte sich einfach einen neuen Kreis zugelegt. Keine Ahnung, wie es bei den Eroberungen der Briten und der Amerikaner zugegangen war. Aber die Russen hatten *sie* definitiv nicht befreit. Höchstens von ihrer letzten Hoffnung und dem letzten bisschen Selbstwertgefühl.

Liesel achtete nicht auf den Weg, sondern lief einfach ihrem Vater hinterher. Ihre Haare unter einem Kopftuch versteckt, Männerhosen, einen weiten Pullover und das Gesicht mit Asche verschmiert. Ihre neue Uniform. Ständig zuckte sie zusammen. Sie brauchte nur eine Silbe Russisch zu hören, dann kroch die Angst durch ihren Körper.

Irgendwann bogen sie von der großen Straße ab. Eine

Mutter mit einem Kleinkind lief ihnen entgegen, die Arme fest verschränkt vor der Brust, darin ein kleines Päckchen. Irgendwo gab es Brot.

»Vielleicht finden wir Lene ja irgendwo … doch noch.« Vater wollte ihr Mut machen. Sie hatte nicht mitkommen wollen. Aber auf gar keinen Fall wollte sie alleine im Keller bleiben.

Liesel musste sich beeilen, wenn sie mit ihrem Vater Schritt halten wollte. Endlich waren sie in der Lindenstraße angekommen. Vater blieb an der Ecke stehen. Liesel schaute auf. Die Straße war eine einzige Ruinenlandschaft. Bei manchen Häusern sah man noch einen zweiten oder gar dritten Stock. Andere waren ganz in sich zusammengefallen. Die Trümmer waren nur notdürftig zur Seite geräumt worden.

»Sehen wir mal, ob wir irgendwo eine Hausnummer finden.« Vater lief voran.

Liesel folgte ihm. Irgendwo sahen sie eine Hausnummer – eine blaue 18 war auf die Fassade gemalt.

»Dann muss es hier irgendwo sein.« Vater blickte zu den Nachbarhäusern. Alle waren mehr oder weniger zerstört.

Eine alte Frau öffnete gerade die Haustür. Sie schreckte zurück, als sie jemanden direkt vor der Tür sah. Dann linste sie durch den schmalen Spalt. Sie betrachtete Vater, und erst jetzt, ganz vorsichtig, kam sie heraus, bewaffnet mit einem leeren Eimer. Vermutlich wollte sie Wasser holen.

Vater sprach sie an. »Können Sie mir sagen, welches Haus die Nummer 24 war?«

Rot geäderte Augen blickten ihn an. Ein knochiger Finger zeigte drei Häuser weiter. »Das da. Das mit der gelben Fassade.«

Oder was vormals gelb gewesen war. Das Haus war zusammengestürzt bis auf den ersten Stock. Die Alte drehte sich weg und schlurfte davon.

»Entschuldigen Sie«, rief Vater ihr hinterher und ging ein paar Schritte in ihre Richtung. »Wissen Sie, ob die Bewohner überlebt haben?«

»Ja. Drei haben überlebt. Neunzehn sind gestorben.« Die Mathematik des Krieges.

»In der Nacht von Potsdam?« Die Nacht, die so viele Potsdamer zu Kellerasseln gemacht hatte.

Die Alte nickte.

Vater fragte erst gar nicht. Natürlich hatte es früh genug Bombenalarm gegeben. Aber oft genug hatten die Fliegerschwärme Potsdam nur überquert, um ihre Bomben auf Berlin regnen zu lassen. Alle waren es so leid, ihre Nächte für nichts und wieder nichts im Luftschutzbunker zu verbringen. Manche gingen mutig nach der ersten Angriffswelle wieder zurück, im guten Glauben, alle Flieger seien schon vorbei. Oder schlichen wenigstens zurück in die Keller ihres Hauses. Einige wenige waren direkt in ihren Wohnungen geblieben.

»Und kennen Sie vielleicht die Namen der Überlebenden?«

»Kleinschmidts. Die haben vorne parterre gewohnt. Sie waren die Einzigen, die es noch rausgeschafft haben.«

»Kleinschmidts? Und wissen Sie vielleicht auch, was mit den Müllers passiert ist?«

»Die Müllers?«, fragte die Frau spitz nach. »Nein!« Sie drehte sich um und ging schnell davon.

Vater blieb noch kurz vor dem Haus Nummer 24 stehen und besah sich die Trümmer. Hier war sicher keiner rausgekommen, der im ersten Stock oder höher gewohnt hatte.

»Komm, lass uns zur Markgrafenstraße gehen. Vielleicht haben wir dort mehr Glück.«

Freitag, 20. Juli 1945

Ann konnte die Nachmittagsstunden gar nicht erwarten. Zu Mittag empfing Churchill den amerikanischen Außenminister Byrnes. Danach gab es wieder ein stetiges Anklopfen der Boten an der Haustür. Endlich war es dann so weit. Am frühen Nachmittag machten sich Churchill und die anderen auf zur Konferenz. Der Premierminister verließ missmutig das Haus.

»Je näher die Wahlentscheidung rückt, desto mehr macht es ihm zu schaffen«, verriet Mary ihr.

Wieder klingelte es, und Ann öffnete die Tür. Beatrice Eden, die Frau des britischen Außenministers, und Mary fielen sich höflich in die Arme. Sogleich zogen sie sich zurück.

Die letzten paar Tage war Mary nachmittags immer fort gewesen. Sie hoffte, dass die beiden gleich gehen würden, denn sie traute sich nicht, das Haus zu verlassen, solange die Tochter des Premierministers noch hier war. Doch bald schon herrschte Aufbruchsstimmung. Endlich.

Heute würde Ann gleich zum Kontrollpunkt gehen. Die Stange Zigaretten hatte sie gestern Abend noch in Papier eingeschlagen. Zusammen mit anderen Lebensmitteln steckten sie im Rucksack, den Ann bei sich hatte. Wenn Igor dort war, würde sie heute außerdem reichlich Zeit für ihre Suche haben. Vielleicht konnte sie am Abend endlich ihren Brief an die Eltern beenden. Seit einer Woche schon schob sie es vor sich her, den Brief abzuschicken.

Beatrice Eden und Mary traten in die Halle. »Ann, du kommst natürlich mit. Wir brauchen eine Übersetzerin!«

»Ich? ... Was? ... Nein!«

»Wieso nicht? ... Warst du denn schon in Berlin?«

»Nein, bisher noch nicht.«

»Das ist eine einmalige Gelegenheit. Das musst du sehen,

die Ruinen der Reichskanzlei! Das kannst du dir nicht entgehen lassen. ... Also komm. Hol dir deine Uniformjacke.«

Ohne eine Antwort abzuwarten, rauschte Mary Churchill hinaus. Ann hatte keine Wahl. Ihre Laune sank schlagartig. Wieder ein vertaner Tag. Es war, als wollte das Schicksal selbst sie davon abhalten, ihre Verwandten zu suchen. Immer wieder schmiss es ihr Knüppel zwischen die Beine.

Draußen warteten ein britischer Jeep und ein russischer.

»Das ist Captain Kotikoff«, stellte Mary den Soldaten vor. »Er ist unser Reiseleiter.« Mary knipste ihr ein Auge.

Schon klar. Er war Reiseleiter, aber vermutlich auch ein Aufpasser. Mary und die Frau des Außenministers nahmen auf der Rückbank Platz, während Ann vorne auf den Beifahrersitz stieg. Die Russen fuhren ihnen vorweg.

»Wie geht es deinem Vater?«, fragte Beatrice Mary.

Ann konnte genau verstehen, was sie antwortete, auch wenn sie nach vorne blickte.

»Ach, wäre Roosevelt in Jalta doch nur nicht so spendabel gegenüber Stalin gewesen. Papa hatte die Hoffnung, mit Truman darüber noch Einigkeit erzielen zu können. Der amerikanische Außenminister Byrnes war heute Mittag zum Essen da. Aber Truman scheint nur an ...«, sie senkte die Stimme, »nur an seiner neuen Wunderwaffe interessiert zu sein. Ich bin sehr gespannt, was das sein wird. Anscheinend könnten sie damit den Krieg gegen Japan von einem Tag auf den anderen beenden. Wollen wir's hoffen.«

»Wir haben immer noch nichts von Simon gehört. Ich denke beständig an ihn.« Mrs. Eden hörte sich nervös an.

»Deinem Sohn geht es bestimmt gut. Du wirst sehen: Bald ist der Krieg überall zu Ende«, versuchte Mary, sie zu beruhigen.

Als würde die Wirklichkeit ihre gut gemeinten Worte verhöhnen wollen, kamen die ersten Ruinen in Sicht. Beide

Frauen verstummten. Auch Ann schaute sich das Schlachtfeld an, das die Fliegerbomben und die Russen hinterlassen hatten.

Die Mauern oder die Mauerreste, die noch standen, waren durchsiebt von Schüssen. Auch hier entdeckte Ann überall angenagelte oder angeklebte Zettel mit Suchanfragen. Sie kamen an einem Haus vorbei, dem die seitliche Fassade fehlte. Eine Frau stand vor einem Sofa und schüttelte Bettzeug aus. Sie wohnte dort oben noch! Auch die beiden Frauen hinter Ann hatten das gesehen und kommentierten es verwundert.

Je näher sie der Innenstadt kamen, desto stärker wurde der widerlich süße Gestank von Leichen und von menschlichen Exkrementen, über dem ein scharfer Brandgeruch lag. Die Zerstörung war noch viel weitergehend als in der Innenstadt von Potsdam. Bald gab es kein einziges Haus mehr, das nicht in Mitleidenschaft gezogen war.

Endlose Trecks zogen durch die Straßen. Menschen, die Bollerwagen, kleine Leiterwagen oder zur Not Kinderwagen meterhoch bepackt hatten mit ihren letzten Habseligkeiten.

Beim Tierpark sahen sie eine Mutter, deren Kleinkinder an einem kleinen Karren standen. Die Frau schmiss Holzstücke, die sie gesammelt hatte, in eine Kiste. Vermutlich würden sie damit eine provisorische Feuerstelle heizen, damit sie sich etwas kochen konnten. Sie war nicht die Einzige, die dort nach etwas Brennbarem suchte.

Die blonden Haare zu Zöpfen geflochten und hochgesteckt erinnerte diese Frau sie an Ursula. Ursula Uhlig, die stramme blonde Mädelschaftsführerin mit ihrem überheblichen Lächeln. Ann würde sie nie vergessen. Wie es ihr wohl jetzt ging? Es waren Menschen wie Ursula, die das Land zu diesem Trümmerhaufen gemacht hatten. Und doch, das Mädchen war noch ein Kind gewesen. Ann verscheuchte diesen Gedanken.

Kurz hinter der Siegesallee, wo die Statuen durch Schüsse beschädigt waren, stand eine von der Zerstörung verschonte Parkbank. Der russische Captain im Vorderwagen zeigte auf sie.

Nicht für Juden stand dort noch geschrieben. Ann übersetzte. Die beiden Frauen hinter ihr nickten bereits. Diese Worte bedurften keiner Übersetzung. Sie hatten es in der halben Welt zu zweifelhafter Berühmtheit gebracht.

Hier, im Zentrum von Berlin, stand wirklich kein Stein mehr auf dem anderen. Selbst die Überreste der Häuser waren zerschossen vom Sperrfeuer der russischen Artillerie. Dazwischen ragten verbrannte Bäume oder verbogene Laternen auf.

Sie fuhren weiter bis zum Brandenburger Tor und hielten dort an. Einige Menschen wanderten ziellos umher, mit dem vertrauten stumpfen Gesichtsausdruck. Andere schienen zielstrebig irgendwohin zu gehen. Einige Männer trugen Aktentaschen, als kämen sie gerade von der Arbeit. Ann entdeckte sogar einen Fahrradfahrer.

Hundert Meter weiter stand eine mobile NAAFI-Kantine. Hier konnten sich die Soldaten versorgen, die im britischen Sektor patrouillierten. Mary organisierte für alle gekühlte Getränke. Damit spülten sie sich den Staub der Ruinen herunter, der bitter auf ihren Zungen lag. Man konnte diesem Staub nicht entkommen. Er lag auf den Straßen, in der Luft und als grauer Schleier über den Gesichtern und Haaren der Menschen.

Sie liefen zum von Maschinengewehrpatronen durchlöcherten Brandenburger Tor. Ein großes Schild verkündete: *YOU ARE NOW LEAVING BRITISH SECTOR*. Hier verlief die Grenze zwischen dem britischen und dem russischen Sektor. Hundert Meter hinter dem Tor hatte man mitten auf dem Platz ein riesiges Standbild von Stalin aufgestellt.

Beim Anblick der unsichtbaren Grenze meinte Mary:

»Papa sagt, dass sie eigentlich hier sind als Architekten des Weltfriedens. Stattdessen muss er dabei zusehen, wie Truman und Stalin langsam und allmählich einen riesigen eisernen Vorhang mitten durch Europa ziehen. Er hat das Gefühl, er dürfe nur als Publikum dabeisitzen.«

Beatrice Eden nickte. »Vielleicht hätte man den geeigneten Offizieren der Wehrmacht frühzeitig bessere Angebote unterbreiten sollen. Vielleicht wäre es dann niemals *dazu* gekommen.« Ihr Blick glitt über das zerstörte Hotel Adlon.

»Ja, vielleicht. Ich weiß aus geheimer Quelle, dass es über dreißig Attentatspläne oder Attentatsversuche gegen Hitler gab. Nach Beginn des Krieges fast nur noch aus den Reihen der Wehrmacht. Es wäre wirklich allen gedient gewesen, wenn man den Führer früher beseitigt hätte.«

Für einen kurzen Moment sannen alle darüber nach, wie anders es hätte kommen können. Dann stiegen sie wieder zurück in den Wagen.

Captain Kotikoff wollte mit ihnen zum Reichstag fahren, aber sie nahmen noch einen kleinen Umweg, der sie an Hitlers neuer Reichskanzlei vorbeiführte. Auch sie war beschädigt, aber nur leicht. Ein Mann, der beide Arme verloren hatte, lehnte mit demoralisiertem Gesicht an der Mauer.

»Papa ist zu Thompsons Entsetzen in den Führerbunker gegangen«, erzählte Mary. »Und draußen haben ihm die Russen den Fleck gezeigt, wo man angeblich Hitlers und Eva Brauns Leichen hat brennen sehen.«

»Glaubst du das? Glaubst du, dass Hitler tot ist, oder haben ihn sich die Russen geholt und sagen nur nichts?«, flüsterte Beatrice Eden.

»Wer weiß schon, was in Stalins Kopf vorgeht?«, entgegnete Mary ebenso leise. Captain Kotikoff sollte wohl nichts mitbekommen.

»Cadogan war auch unten, hat er uns erzählt. Er hat ein

Eisernes Kreuz und ein Stück Marmor aus Hitlers zerbrochener Schreibtischplatte mitgenommen. Das will er jetzt als Briefbeschwerer nutzen«, schob Mrs. Eden in normaler Lautstärke hinterher.

»Ja, Lord Moran hat sogar zwei Eiserne Kreuze. Er hat sie mir gezeigt.« Mary wandte ihren Blick. »Vielleicht finden wir im Reichstagsgebäude auch ein paar Souvenirs.«

Sie fuhren wieder zurück, am Brandenburger Tor vorbei bis zum Reichstagsgebäude, und stiegen aus.

Captain Kotikoff erklärte ihnen in gebrochenem Englisch: »Der alte Reichstag ist seit dem Brand von 1933 nicht wieder instand gesetzt worden. Das Scheinparlament Hitlers war kurzzeitig nach Potsdam umgezogen und ist dann nach einigen Umbauarbeiten in die Krolloper eingezogen.«

Er deutete auf ein ziemlich zerstörtes Gebäude auf der gegenüberliegenden Seite der Grünfläche. Es sah so aus, als hätte jemand hier früher Kartoffeln und andere Dinge angepflanzt. Doch was immer dort gepflanzt worden war: Das Wurzelgemüse war längst abgeerntet.

Kotikoff fuhr fort. »Getagt hat der Reichstag dort aber auch nur bis zum April 1942. Danach durfte Hitler auch offiziell alles alleine entscheiden.«

Um das heftig beschädigte, aber nicht eingestürzte Reichstagsgebäude lungerten eine Menge Leute herum. Anscheinend betrieben sie Tauschhandel. Schon kam ein etwa elfjähriger Junge in kurzen Hosen.

»Kaufen? ... Souvenirs?« Er zeigte ihnen, was er bei sich trug. Eine ganze Handvoll militärischer Orden an Bändern. Zuletzt öffnete er ein kleines, eckiges Schmuckkästchen mit einem Eisernen Kreuz darin.

Mary und Beatrice Eden waren ganz begeistert. »Was will er dafür haben?«, fragte Mrs. Eden in Anns Richtung. Aber Ann brauchte gar nicht zu übersetzen.

»*Cigarettes. Päketsch oof cigarettes.*« So viel Englisch hatte der Junge schon mal gelernt. Ob in der Schule, bezweifelte Ann allerdings.

»Er will Zigaretten? Er ist doch noch viel zu jung zum Rauchen.« Mary winkte mit dem Zeigefinger ab. »*No cigarettes. ... British money?*«

»Nimmst du auch britisches Geld?«, fragte Ann auf Deutsch.

Der Junge blickte überrascht drein, als er auf Deutsch angesprochen wurde. Doch sogleich schüttelte er seinen Kopf. »Nö, lieber Zigaretten.«

Hauptmann Kotikoff holte eine Packung Zigaretten aus der Brusttasche. Es waren russische.

»Dann müssen es aber zwei Packungen sein, wenn es nur russische sind«, sagte der Junge stur.

Ann übersetzte. Mary, Mrs. Eden und auch der Hauptmann lachten.

»Na, ich glaub, so wird das nichts«, sagte Mary nun und ließ ihn stehen. Sie ging näher an das Gebäude heran. Alle anderen folgten ihr.

»Die Leute haben applaudiert und gejubelt, als sie Papa hier erkannt haben«, erklärte Mary stolz.

Die beiden Frauen stiegen hinter Kotikoff die Stufen hinauf. Ann blieb unten stehen. Sie wollte gar nicht mit hinein.

»Ich schau mal, ob ich hier etwas Interessantes erstehen kann«, erklärte Ann. Sie ging nach rechts und umrundete das Gebäude. Auch wenn es unwahrscheinlich war, vielleicht entdeckte sie ein bekanntes Gesicht. Weil es schon wieder so heiß war, hatte sie ihre Uniformjacke im Auto gelassen. Zwar waren ihr Rock und ihre Bluse deutlich sauberer als die Kleidung der anderen Menschen, aber jetzt erkannte man sie nicht sofort als Angehörige der Besatzungsmacht.

Die Menschen dort verkauften ihr letztes Hab und Gut.

Eine Frau stand hier, müde, Glühbirnen verschiedener Größe in ihrer Schürze. Vermutlich hatte sie diese aus verlassenen Wohnungen zusammengesammelt. An ihren Rockschoß klammerte sich ein ängstlicher Dreijähriger. Ann nahm sich vor, gleich zurückzugehen und einen süßen Riegel aus ihrer Jackentasche zu holen.

Sie lief weiter, hindurch zwischen abgemagerten Gestalten und hoffnungslosen Gesichtern, die merkwürdig bleich waren. Wahrscheinlich hatten sich die meisten in der letzten Phase des Krieges wochenlang in Kellern und Schutzbunkern versteckt. Dazu kam die Mangelernährung, die ihre gelbliche Gesichtsfärbung erklärte.

Unter den verwunderten Blicken einer Frau, die einen Pelzmantel feilbot, schlüpfte sie durch ein Loch in der Mauer in das Gebäude hinein. Neugierig ging sie um mehrere Ecken. Das hier schienen die Hinterzimmer des Reichstages gewesen zu sein. Kleine Büros, aber beinahe schon alles ausgeräumt, was es auszuräumen gab.

Plötzlich wurde sie zur Seite gerissen. Bevor sie es sich versah, hatte ihr jemand eine schwitzige Hand auf den Mund gelegt und drückte sie zu Boden. Eine Tür schlug zu.

Panik überfiel sie. Ihr Herz raste. Sie riss die Augen auf. Ein russischer Soldat kniete auf ihren Armen. Es tat höllisch weh. Aber was sie erwartete, würde noch viel schmerzhafter werden, schoss ihr blitzschnell durch den Kopf. Sie wollte schreien, aber dreckige Finger drückten auf ihren Mund. Mit der anderen Hand machte er sich an seiner Hose zu schaffen. Sie wandte ihren Kopf, rang um Atem, rang um Bewegungsfreiheit. Endlich schaffte sie es, den Mund freizubekommen.

»*Military! I am a soldier. ... I am from the ATS!*«, brachte sie hervor.

Der Mann starrte sie an. Für einen Moment war er wohl

unsicher, wie er reagieren sollte. Der Druck auf ihren Armen ließ nach, als er sein Gewicht nach hinten verlagerte.

Zitternd riss sie ihr Barett aus der Rocktasche, das sie während der Fahrt dort hineingestopft hatte, damit es nicht wegflog.

»*Military. You see! ... British ATS!*«

Als der Soldat das olivfarbene Stoffteil sah, gab er etwas von sich, das ohne Zweifel ein derbes russisches Fluchen war. Er stand auf, und schon war er wie der Blitz verschwunden. Die Tür fiel krachend hinter ihm zu.

Ann lag starr auf dem dreckigen Boden. Wie in Zeitlupe bewegte sie sich. Erst ihre Arme, auf denen sie noch den Druck der Beine spürte. Sie brauchte einen Moment, bis sie sich aufrecht hinsetzen konnte. Ihr Herz raste noch immer. Jetzt wurde ihr auch noch übel. Sie musste würgen, aber nichts kam heraus. Sie hatte kein Taschentuch dabei, dabei hätte sie sich so gerne den Mund abgewischt. Sie konnte noch den Schweiß der Hand riechen. Mit ihrem Barett wischte sie sich ein paar Mal über den Mund.

Sie sog heftig Luft ein, um ihren Atem wieder unter Kontrolle zu bringen. Benommen stand sie auf und klopfte sich den Staub von der Kleidung. Sie wartete, bis sich ihr Herzrasen verlangsamte. Auf wackligen Beinen machte sie sich auf den Weg nach draußen. Wie sehr sie das mitgenommen hatte, merkte sie daran, dass sie drei Anläufe brauchte, um den Weg zurück zu finden. Als sie aus der Ruine ins Licht trat, schaute die Frau mit dem Pelzmantel sie merkwürdig an.

Erst jetzt, erst hier draußen siegte die Wut über die Panik. Das war doch nicht rechtens! Sollte sie Captain Kotikoff Bescheid geben? Sie stolperte zurück in Richtung der beiden Jeeps.

»Wo warst du?« Mary und Beatrice stiegen gerade ein. »Wie siehst du denn aus?«, fragte Mary erschrocken.

Ann schaute an sich hinunter. Ihre Bluse war aus dem Rocksaum gerutscht und hatte etwas Dreck abbekommen. Genau wie der Rock. »Ich ... ich bin gestürzt.«

»Hast du dir wehgetan?«

»Nur ein wenig.«

Das schien Mary Churchill ausreichend zu beruhigen. »Schau mal, wir haben uns auch ein paar Souvenirs mitgenommen.«

Sie zeigten Ann ein paar Steinbrocken. Nur mühsam brachte sie ein Nicken zustande. Noch ganz benommen setzte sie sich vorne auf den Beifahrersitz. Wieso sagte sie nichts? Wieso schwieg sie? Es wäre doch das Beste, den russischen Kommandanten darauf aufmerksam zu machen. Der Soldat gehörte bestraft!

Aber natürlich wäre das ein Affront gegenüber den Russen, besonders wenn die Tochter des Premierministers dabei war. Miss Brights Stimme lag ihr noch im Ohr: *Wir wollen hier keine diplomatischen Verwicklungen!* Außerdem, war das nicht wieder ein Alleingang gewesen, den Miss Bright ihr so eindringlich verboten hatte? Am Ende würde sie noch sagen, dass Ann selbst schuld war. Der Kerl war ohnehin längst auf und davon. Sie hatte ja noch nicht einmal richtig sein Gesicht gesehen. In ihren Schläfen pochte es heftig, als sie zurückfuhren.

Zu all dem Schrecklichen, das ihrer Familie passieren konnte, den Bombardierungen, dem Hunger, der Obdachlosigkeit und jetzt der Willkür der Besatzer, musste Ann nun noch eine weitere Gefahr zählen. Marianne war neunzehn, Guste einundzwanzig und Charlie dreiundzwanzig. War ihnen Ähnliches widerfahren? Waren auch sie Opfer von solchen Überfällen geworden? Ein einsamer Soldat, der sich auf der Suche nach einem unerlaubten Vergnügen von der Truppe entfernt hatte – kam das öfter vor?

Ann blieb die ganze Rückfahrt über stumm. Wieder lag ihr der brandige Staub der Ruinen auf der Zunge.

Mary Churchill und Beatrice Eden erzählten sich noch einiges Privates über ihre Familienmitglieder, aber Ann hörte nicht zu. Es interessierte sie nicht. Der Schreck und das Schicksal ihrer eigenen Familie waren das Einzige, an das sie im Moment denken konnte.

Im Herrenhaus angekommen lief Ann in die Küche und stürzte zwei Gläser Wasser hinunter. Als sie zurück in die Halle kam, stand dort Außenminister Eden bei seiner Frau. Er hielt sie in seinen Armen. Mary entdeckte Ann und schob sie zurück in den Flur zur Küche. Auch sie hatte Tränen in den Augen.

»Sie haben gerade Nachricht bekommen, dass ihr Sohn Simon mit dem Flugzeug abgestürzt ist. ... Wir werden nachher in kleinem Kreis essen. Du kannst gerne schon gehen. Wir brauchen jetzt ein bisschen Privatsphäre.«

Ann nickte. Ihr war es nur recht. Sie lief durch einen Seitenausgang hinaus und ging zurück in ihre Villa.

Es war noch relativ früh, und in den Räumlichkeiten war es ruhig. Nur eine andere Frau war schon aus ihrer Villa heimgekehrt.

Als sie in ihr Vierbettzimmer trat, sah sie den Brief sofort. Die Post kam immer im Laufe des Tages und wurde auf die Kopfkissen der ATS-Frauen verteilt. Der Brief trug nicht den typischen Stempel der britischen Militärpost. Graues, raues Papier, auf dem ihr Name und die Anschrift notiert waren. Sonst nichts, kein Absender, gar nichts.

Mit zitternden Händen öffnete Ann den Umschlag und holte den mit Bleistift geschriebenen Brief hervor. Er war auf Deutsch.

Miss Miller,
ich bedaure, Ihnen keine andere Mitteilung machen zu können, aber das Haus in der Lindenstraße 24 wurde in der Nacht von Potsdam am 14. April dieses Jahres komplett zerstört. Es gab neunzehn Tote und drei Überlebende, die allerdings alle zur Familie Kleinschmidt gehören. Auf dem Zettel der Familie Buchner war weiter nichts notiert.
Bitte halten Sie Ihr Versprechen.
Bankow

Ann saß auf ihrem Bett. Ihr ganzer Körper wurde von einem Zittern erfasst. Ihr Atem ging so schnell, dass sie Angst bekam. Komplett zerstört. Neunzehn Tote. Dann waren Charlie, Marianne, Onkel Friedel und Tante Hilde mit größter Wahrscheinlichkeit tot. Verschüttet, erschlagen, verbrannt – vielleicht alles drei zusammen. Getötet durch die englischen Bomber – die ihre Kameradinnen in die richtige Richtung gelotst hatten.

Sie starrte ins Nichts. Eine eisige Kälte floss durch ihren Körper. Könnte sie die Zeit doch nur zurückdrehen. Jetzt, da sie von dem Verlust ihrer Familie wusste, wäre es ihr lieber gewesen, wenn sie noch im Unklaren geblieben wäre. Es fühlte sich an, als hätte ihr jemand das Herz fein säuberlich herausgetrennt. Charlie war tot. Mehr konnte sie nicht denken.

TEIL 3

Freitag, 11. Mai 1934

»Stimmt das?«, fragte Ursula ganz aufgeregt. Ursula Uhlig war ebenfalls auf ihrer Schule, nur ein paar Klassen höher. Sie entsprach genau dem Typ Mädchen, der nun auf allen Kraft-durch-Freude-Plakaten zu sehen war – blond, stramm, begeistert von der Sache. Anscheinend hatte die Nachricht ein paar Tage gebraucht, bis sie zu Ursula durchgedrungen war. Aber jetzt stand sie in der Pause vor ihnen. Mit ihren sechzehn Jahren war Ursula einen ganzen Kopf größer als Annegret und Charlie.

Charlie zuckte zusammen, aber Annegret hatte schon damit gerechnet, dass ihre Mädelschaftsführerin sie ansprechen würde. »Was meinst du denn?«

»Dass ihr beide aus dem Jungmädelbund raus seid? Was denn sonst?«

»Hmhm.« Charlie nickte nur.

»Und wieso? Los, erklärt euch!« Ursula hatte sich Verstärkung in Form von drei anderen Jungmädeln und einer weiteren Mädelschaftsführerin geholt. Zu fünft standen sie vor ihnen, wie eine Mauer.

»Och, wir hatten einfach keine Lust mehr.« Annegret war die Wortführerin.

»Keine Lust worauf?«

Charlie sagte nichts. Aber da Annegret sie quasi überredet hatte, fand sie, es sei ihre Verantwortung, die Sache zu regeln.

»Na, genau auf so was«, sagte sie deshalb.

»Was meinst du mit *so was?*«, schnauzte Ursula sie an. Die anderen machten merkwürdige Gesichter. Sie schienen noch nicht ganz zu verstehen, um was es hier eigentlich ging.

»Genau das. Ihr steht hier vor uns, als hätten wir was verbrochen. Und du ... du glaubst immer, du dürftest einfach über uns bestimmen.«

»Das darf ich ja auch, wenn ihr in meiner Gruppe seid.«

»Eben darauf haben wir keine Lust, immer so angeschnauzt zu werden. Außerdem ... Wir haben so viele Schularbeiten. Und kaum noch Zeit, richtig zu spielen.«

»Zu spielen?«, echote Ursula abschätzig. »Außerdem ... ich schnauze euch ja auch nur an, wenn ihr mir nicht folgt.«

»Aber das wollen wir doch nicht.«

»Ich hab immerhin die Befehlsgewalt über die Mädel in meiner Gruppe.«

Charlie schüttelte ihren Kopf. »Bei den Pfadfinderinnen haben wir viel mehr zusammen beschlossen. Was wir machen wollen und so.«

Eins der anderen Mädchen nickte. Sie war auch bei den Pfadfinderinnen gewesen, nur in einer anderen Gruppe. Ursula warf ihr einen bösen Blick zu. Sie stellte das Nicken sofort ein.

»Dann wollt ihr also nicht gute deutsche Mädchen und Frauen werden?«

»Das bestimmst doch nicht du, wer das wird«, gab Annegret patzig zurück.

»Das können nur die werden, die bei uns sind.«

»Quatsch! Plötzlich gilt nur noch, was die da sagen? Ich bin auch so ein gutes deutsches Mädchen. ... Und du? Du bist doch selbst ein Märzveilchen.«

Ursulas Kopf lief rot an. »Das nimmst du sofort zurück«, brüllte sie über den Schulhof.

»Nein. Ich weiß doch genau, dass du erst im letzten Herbst

eingetreten bist ... genau wie die meisten.« Die meisten von denen suchten doch nur nach ihrem Vorteil.
»Du bist ...« Ursula schubste Annegret heftig.
Die stürzte zu Boden. Annegret versuchte noch, sich über die Seite abzurollen. Ihre Knie schrammten über das Pflaster. Plötzlich war das ältere Mädchen über ihr.
»Das nimmst du zurück, du blöde Kuh.« Ursula setzte sich auf ihre Arme und packte sie bei den Haaren. Mit der Faust rieb sie so schnell über die Haare, dass es brannte.
»Lass das. ... Lass mich los.«
»Lass sie los. ...Lass sie sofort los!«, schrie nun auch Charlie. Schon war sie bei Ursula und versuchte, sie wegzuzerren. Die anderen Mädchen blieben ratlos nebendran stehen. Ursula schlug nach Charlie und riss sie zur Seite. Sie war stärker.
Ursula war schwer. Annegret bekam sie nicht von sich runter. Sie saß quasi auf ihr und riss ihren Kopf an den Haaren hoch. »Du blöde Kuh. Das nimmst du zurück!«
Annegret schrie auf. Es tat so weh. Die Kopfhaut wurde ganz heiß. Ihre Haare zieptn. Etliche rissen einfach aus.
»Lass mich in Ruh. ... Geh von mir runter!«
»Was ist denn hier los?« Plötzlich stand ein Lehrer bei ihrer Gruppe.
Ursula ließ sie los und stand schnell auf. »Heil Hitler, Herr Lamprecht.«
»Was ist hier los?« Er schaute streng in die Runde.
»Die da«, Ursula zeigte auf Annegret. »Die da hat mich beleidigt.«
»Stimmt das?«, fragte er scharf.
Annegret setzte sich auf. Ihre Knie waren aufgeschürft, ebenso ihre Handballen.
»Ich hab nur die Wahrheit gesagt«, verteidigte sie sich. Die Strumpfhose war kaputt. Ein großes Loch an jedem Knie.

Mama würde furchtbar schimpfen. »Sie hat mich geschubst. Sie muss mir die Strumpfhose ersetzen.« Die blutige Haut darunter war ihr egal.

»Und was wäre die Wahrheit?«

»Sie hat ein böses Schimpfwort zu mir gesagt«, verteidigte Ursula sich jetzt schnell.

Der Lehrer schob seine kleine Nickelbrille auf der Nase hoch.

»Ich hab nur gesagt, dass sie ein Märzveilchen ist. Und das entspricht der Wahrheit.«

Der Mann schaute von oben auf sie herunter. Dann blickte er Ursula an, wägte ab. Oder war er verunsichert? Schnell fällte er sein Urteil.

»Ihr beide da.« Er zeigte auf Annegret und Charlie.

»Ihr habt Nachsitzen, heute Nachmittag. Und ihr schreibt hundertmal: *Unser Führer, Adolf Hitler, führt die deutsche Nation zu ihrer wahren Größe zurück.*« Dann drehte er sich um und ging so schnell weg, als wollte er fliehen.

»Das habt ihr jetzt davon, dass ihr ausgetreten seid. Jeder hier kriegt, was er verdient.« Ursula lachte gehässig. »Und das war erst der Anfang. Ihr werdet schon noch sehen.« Triumphierend drehte sie sich um und ging. Die anderen Mädchen folgten ihr stumm. Das Mädchen aus der Pfadfindergruppe schaute noch mal verstohlen zurück, sagte aber nichts mehr.

Charlotte kniete sich vorsichtig neben sie. »Annegret? ... Tut es sehr weh?«

»Diese blöde Kuh.«

»Ich hab dir doch gesagt, dass es Ärger gibt.«

Trotzig schob Annegret die Unterlippe vor. »Dann sitzen wir eben nach. Ist ja nur ein Nachmittag. ... Überleg mal, wie viele Heimabende wir uns dafür sparen.« Sie versuchte ein tapferes Grinsen. Von so einer würde sie sich doch nicht einschüchtern lassen. Schließlich war sie ganz Papas Tochter, wie Mama immer stolz sagte.

»Ich glaub nicht, dass es das schon war. ... Du hast doch gehört, was sie gesagt hat.«

»Beim nächsten Mal melde ich das dem Direktor. Dann kriegt sie ihre gerechte Strafe. Ich hab ihr schließlich nichts getan.« Neben ihr auf dem Boden lag ein schimmernder Perlmuttknopf. Annegret griff danach. Er stammte von Charlies guter weißer Schulbluse. Eins der Kleidungsstücke, die ihre Cousine von Mama bekommen hatte, als Annegret rausgewachsen war. Vermutlich war er im Tumult abgerissen worden.

Charlie half ihr hoch. Obwohl Annegret die aufgeschürften Handballen hatte, war es Charlie, der die Tränen in den Augen standen. »Ich hab Angst vor ihr.«

»Ach Quatsch! ... Wir halten zusammen. Dann können sie uns gar nichts.«

»Und wenn uns alle Mädchen ausschließen?«

»Dann haben wir ja immer noch uns!« Es klang nicht halb so überzeugend, wie Annegret es beabsichtigt hatte. »Ursula soll sich bloß nicht an dich rantrauen. Da kriegt sie es aber mit mir zu tun! Großes Ehrenwort!«

Samstag, 21. Juli 1945

Die Charlottenburger Chaussee war gesäumt von Tausenden Soldaten der britischen Garnison. Churchill stand auf einem Militärwagen und nahm die Parade ab. Außenminister Eden war auf einem weiteren Fahrzeug. Marshal Montgomery ebenso. Selbst Mary Churchill fuhr auf einem separaten Wagen die Reihen ab.

An der Siegessäule war der Union Jack geflaggt. Die Soldaten standen vor ihren Waffengattungen, die Fußsoldaten salutierten. Als Churchill strahlend das Victory-Zeichen mit seinem Zeige- und Mittelfinger formte, applaudierten alle heftig und jubelten ihm zu. Nachdem er den Corso abgefahren war, wechselte er zu einem aufgebauten Podium, auf dem noch mal alle an ihm vorbeimarschierten. Verschiedene Militärkapellen spielten auf. Kein Zweifel – dieser Krieg war gewonnen. Und hier und jetzt war die Zeit, diesen hart errungenen Sieg gebührend zu feiern.

Während die Vertreter der Siegermächte noch in Berlin die endgültige Fassung des Abkommens über die Festlegung der Besatzungszonen Deutschlands und die gemeinsame Verwaltung von Groß-Berlin unterzeichneten, fuhr Ann schon früher zurück nach Babelsberg. Mehrere hochrangige Militärs wurden zum Mittagessen erwartet.

Sie hatte keine Hoffnung, am heutigen Tag nach Potsdam hineinzukommen. Und wieso sollte sie auch? Die Buchners meldeten sich nicht auf ihre Nachricht. Und die Müllers schienen alle tot zu sein. Sie würde den Bankows wie versprochen Essen zukommen lassen, aber das musste noch einen Tag warten. Morgen würde sie sich hoffentlich kurz zu den UFA-Studios fahren lassen können. Aber die Nachricht über den Tod ihrer Verwandten, ihrer geliebten Cousine, betäubte sie.

Es war ihr ganz recht, dass im Haus viel los war. Sie hatte auch dann noch genug zu tun, als Mary, dieses Mal ohne ihre Begleitung, mit Beatrice Eden zu einer großen Sightseeing-Tour zu den Schlössern von Potsdam aufbrach.

Ann hielt die Stellung im Haus, als die Delegation um Churchill zur Konferenz aufbrach. Als Mary und Beatrice Eden am späten Nachmittag von ihrer Tour zurückkamen, zeigten sie ihr wieder ihre Souvenirsammlung, als sie sich von ihr kühle Getränke servieren ließen.

Ihre Handgriffe kamen Ann mechanisch vor. Sie war mit ihren Gedanken ganz woanders. Vollkommen naiv hatte sie gedacht, wenn nur alle überlebt hätten, dann würde jetzt mit dem Ende der Kämpfe alles bald in Ordnung kommen. Aber nichts war in Ordnung, rein gar nichts. Und es hatten auch nicht alle überlebt. Doch so ganz konnte sie die Suche nicht aufgeben, schon um ihrer Eltern willen nicht.

Churchill kam rasend von der Konferenz zurück. Heute war der Schlagabtausch zwischen den Drei Großen wohl noch heftiger gewesen als an den vorherigen Tagen. Wieder war es um die Grenzziehung Polens gegangen. Der Premierminister hatte seinem Unmut laut Luft gemacht, nachdem er zur Tür hereingekommen war.

Stalin wolle zu viel. Seinen Anteil an Deutschland, und zwar unabhängig von dem Teil, der Polen zugesprochen werden sollte. Plus die zwanzig Milliarden Dollar Reparationen und Teile der deutschen Flotte. Das sei unverschämt. Er räubere, wo es nur gehe. Schon in den Wochen vor der Konferenz hätten sie angefangen, in Berlin Industrieanlagen in großem Umfang zu demontieren und nach Russland zu transportieren – überall, nicht nur in ihrem Sektor. Und während die Polen deutsche Kohle verkauften, herrsche in England Brennstoffmangel und der Winter sei nicht mehr fern. Außerdem schmissen die Polen die Deutschen aus ihren Wohnungen und Häusern. Das bedeutete rund acht oder neun Millionen Vertriebene! Stalin rede natürlich nur von anderthalb bis zwei Millionen, ja behaupte sogar, es gebe ohnehin keine Deutschen mehr in den polnisch besetzten Gebieten, weil alle schon geflüchtet seien.

Und wohin würden diese fliehen? Selbstverständlich hierher, in den Westen. Wer dürfe sie durchfüttern? Die Briten und die Amerikaner natürlich. Millionen von hungernden Mäulern. Als würden die Briten nicht selbst unter Lebensmittelknappheit leiden! Dann dürfe Stalin auch nicht mit Unterstützung von den Amerikanern oder Briten rechnen. Schließlich würde er den westlichen Alliierten damit eine riesige Bürde aufladen. Er, Churchill, habe gefordert, dass die Ressourcen Deutschlands gerecht an alle Siegermächte verteilt würden. Aber davon wolle Stalin nichts wissen und komme ständig mit neuen Ausflüchten.

Und was tue Truman? Dirigiere die Russen hin und her, im Wissen um seine neue Bombe. Als wäre der Krieg im Pazifik bereits gewonnen. Truman zeige Stalin allzu deutlich, dass er nicht mehr auf ihn angewiesen sei. Kein Wunder, dass Stalin immer verstockter werde.

Mit einer letzten Armbewegung, mit der er seinen Unmut wegwischte, stampfte Churchill die Treppe hoch und zog sich zurück. Er wollte ausgeruht am Staatsbankett von Stalin teilnehmen, das heute Abend stattfand.

Neue Bombe? Was denn für eine neue Bombe?, fragte Ann sich kurz. Da verabschiedete Mary sich schon. Sie ging mit dem Ehepaar Eden in die Delegationsmesse, um dort zu Abend zu essen. Nach einem kurzen, aber heftigen Sturm hatte sich die Lage im Haus wieder beruhigt.

Wenigstens war Ann heute früher dran. Auch sie erwartete eine besondere abendliche Veranstaltung. Heute war wieder Tanzabend. Die Aussicht, Jackson erneut zu sehen, war der einzige Lichtblick. Schon den ganzen Tag überlegte sie, was sie ihm antworten sollte, wenn er fragte, wieso sie so bedrückt war.

Zum wiederholten Mal fragte Ann sich, wie die Geschichte mit Jackson sich noch entwickeln würde. Sie wollte ihm keine falschen Versprechungen machen. Ihm irgendwann einfach Lebewohl sagen zu müssen, würde ihr ohnehin schon schwer genug fallen.

Jackson wusste so gut wie sie, dass sie nicht ewig hierbleiben würden. Die ersten Rücktransporte von amerikanischen Soldaten ins Heimatland hatten bereits begonnen. Und auch bei ihnen in der Truppe rumorte es. Die meisten der Männer wollten so schnell wie möglich nach Hause. Es war doch klar, dass ihre Wege sich bald trennen würden. Genau wie sie selbst wusste auch Jackson nicht, was er nach dem Krieg arbeiten würde. Und so, wie sich die Situation in Deutschland gerade darstellte, mussten auch Ann und ihre Eltern ihre Zukunftsplanung neu überdenken.

Mit fünf anderen ATS-Frauen, die auch schon früh Feierabend gemacht hatten, ging Ann zur NAAFI-Kantine. Es waren noch nicht viele Soldaten da. Das Grammophon lief noch nicht.

Ann ging mit zwei der Frauen an einen der Tische, die am Rand standen. Nebenan der Tisch war schon besetzt mit drei Amerikanern, die in eine heftige Diskussion verwickelt waren. Sie warfen ihnen kurz interessierte Blicke zu, als sie sich setzten, aber ihr Thema schien dann doch interessanter zu sein.

Ann aber war mit ihren Gedanken ganz woanders. Geistesabwesend wischte sie das Kondenswasser an ihrem Limonadenglas weg.

Gwendolyn, eine junge ATS-Frau aus Cornwall, sagte mit leiser Stimme: »Ich hoffe wirklich sehr, dass Churchill die Unterhauswahl gewinnt. Dass er weiter unser Premierminister bleibt.«

Die dritte Frau, eine Rothaarige, pflichtete ihr bei. »Wenn ich mir Attlee so anschaue ... Gegen Truman und Stalin ist er ein Fliegengewicht. Den verspeisen die doch schon vor dem Frühstück.«

»Und du, Ann? Wen hast du gewählt? ... Ann?«

Sie schreckte hoch. »Ja? ... Ich ... Churchill natürlich.«

»Wie ist er so?«

»Churchill?... Launisch. Sympathisch, aber launisch. Er ist recht umgänglich, aber auch eigensinnig. ... Und seine Gesundheit macht mir Sorgen. Seiner Tochter wohl auch. Er trinkt zu viel, er raucht ununterbrochen, er isst zu viel, und er bewegt sich zu wenig.«

»Hat er deswegen immer einen Arzt dabei?«

»Lord Moran, ja, vermutlich. In Jalta war er auch schon krank. ... Trotzdem: Wehe, wenn Churchill die Wahl verliert.«

Ein britischer Soldat kam zu ihnen hinübergeschlendert und blieb vor den Tischen stehen. »Meine Damen, es wäre mir eine Ehre, wenn jede von Ihnen schon mal einen Tanz mit mir reservieren würde.«

Gwendolyn und die Rothaarige lachten, sagten aber zu.

»Und Sie, wollen Sie nicht mit mir tanzen?«

»Doch, doch«, sagte Ann lustlos.

»Der Krieg ist aus, Mädchen. Wir dürfen jetzt wieder fröhlich sein.«

Ann war mehr als heilfroh, dass in diesem Moment nicht nur der Rest der ATS-Frauen kam, sondern direkt hinter ihnen auch Jackson und einige andere Soldaten den Raum betraten. Sie stand auf und ging zu ihm hinüber.

»Endlich. Ich hatte so sehr gehofft, dass du früh genug zurück sein würdest, um noch hierherzukommen.« Sie lächelte erleichtert. »Und, wie war es auf der Raketenbasis?«, fragte sie in einem bemüht fröhlichen Ton.

Jackson griff zärtlich nach ihrer Hand. Vor all den anderen Leuten in der Kantine wollte er ihr wohl keinen Kuss geben. Ann war es ganz recht.

»Es war eine lange Fahrt. ... Meine Beine sind ganz steif. Tanzen hilft bestimmt.« Er grinste sie charmant an, bestellte sich schnell ein Bier und war schon wieder ganz bei ihr.

»Hey, Jack! Dann ist das dein Mädchen, von dem du gesprochen hast?« Einer der drei Amerikaner vom Nachbartisch stand plötzlich neben ihnen und sprach Jackson an.

»Wie kommst du denn so schnell hierher?«, fragte Jackson verwundert.

»Erster unter der Dusche! Wie immer ... Willst du mich denn nicht wenigstens vorstellen?« Er klopfte Jackson kameradschaftlich auf die Schulter.

»Ann, das ist Louis Carter, Mitarbeiter aus dem Stab von Admiral Leahy. Louis, diese schöne Frau ist Ann Miller. Britischer ATS.«

Louis reichte ihr die Hand. »Angenehm. Ich hab schon viel von Ihnen gehört.«

»Och«, wollte Jackson abwiegeln.

»Doch, doch! Die ganze Hinfahrt und vor allem die ganze Rückfahrt lang hat er uns von Ihnen vorgeschwärmt.«

»Ach ja? Und was hat er so erzählt?« Ann bemühte sich um ein spöttisches Lächeln.

»Er konnte gar nicht gen...«

Genau in diesem Moment spielte das Grammophon auf. Grinsend zog Jackson Ann beiseite. Es war ein langsames Lied, und die Hälfte der Gäste stimmte mit in den Gesang ein.

When the Lights Go On Again – Vera Lynn sang von der Hoffnung auf das Ende des Krieges und auf Zeiten jenseits der Verdunkelung. Seit zwei Jahren sangen die Briten inbrünstig mit, wenn es im Radio lief.

»Und was hast du von mir erzählt?«, fragte Ann.

»Ich erzähle viel, wenn der Tag lang ist. ... Du siehst müde aus. Hattest du ein paar anstrengende Tage?«

Ann nickte bloß. Sie genoss es, einfach nur tanzen zu können. Als sie ihren Kopf in seine Halsbeuge schmiegte, fühlte sie sich beschützt. Hier, in seinen Armen, konnte sie für einen Moment all die dunklen Schatten um sie herum vergessen.

Ein paar Lieder später nahm Jackson sie bei der Hand und zog sie mit nach draußen. Vor der Kantine hatte sich schon eine kleine Traube Menschen gebildet, aber er lief weiter, um die Ecke herum. Ann wusste genau, was er wollte. Im Grunde wollte sie es ja auch.

Wieder nahm er ihr Gesicht in beide Hände und küsste sie. Doch sie erwiderte seinen Kuss nur leicht.

»Was ist? ... Ist was? Du siehst so traurig aus.«

»Jackson ... was machen wir hier eigentlich?«

»Uns küssen!?«

»Ja, aber ... Es ist doch ...« Ann wusste nicht, wie sie es ihm sagen sollte. Was sie ihm sagen sollte!

Er trat einen Schritt zurück und griff nach ihren Händen. »Ich weiß, was du meinst. Ich für meinen Teil weiß, wohin es führen kann. Ich werde wohl hierbleiben, in Deutschland. Und das könntest du auch.«

»Du willst hierbleiben? Ich denke, du hasst die Deutschen!«

»Und?«

»Wenn du sie hasst, wieso willst du dann hier bei ihnen leben?«

»Ich will ja nicht *mit* ihnen leben«, gab Jackson ironisch von sich.

»Aber wieso willst du nicht zurück?«

Er räusperte sich kurz. »Ich hab dir doch erzählt, dass es uns schlecht ging, meiner Familie, während der *Great Depression*. Und dass ich früh aus der Schule musste, um in den Fabriken zu arbeiten. Hier kann ich was aus mir machen, wenn ich beim Militär bleibe.«

»Und deine Eltern?«

»Meine Eltern sind tot.«

»Hast du gar keine andere Familie mehr? Geschwister, Onkel oder Tanten?«

»Nein, ich hab niemanden mehr.« Obwohl seine Worte überzeugend klangen, schien ihm die Frage doch irgendwie unangenehm zu sein.

»Und wenn das Militär Deutschland wieder verlässt? Was dann?«

»Das wird vermutlich noch viele Jahre nicht der Fall sein. Und bis dahin bleibe ich hier. ... Ann, ich möchte ganz ehrlich mit dir sein. Zu Hause, ich war beliebt und alles ... Aber im Grunde genommen war ich dort immer ... ein Verlierer. Aber hier, hier bin ich ein Sieger. Niemand sieht mich schief an. Der Verdienst ist besser als zu Hause, und ich habe gute Aufstiegsmöglichkeiten.«

»Aber wie passe ich da rein?«

»Du könntest doch auch bleiben.«

»Du meinst, ich soll mir hier einen Job suchen?«

»Wieso nicht? Du kannst doch ganz gut Deutsch. Die britische Sektion des Alliierten Kontrollrates wird ganz sicher nach Übersetzerinnen und Übersetzern suchen. Und falls du da nichts kriegst – bei uns suchen sie schon händeringend.«

Ann schaute Jackson überrascht an. An eine solche Möglichkeit hatte sie noch gar nicht gedacht. Sie hatte immer geglaubt, sie würde wieder zu ihren Eltern gehen und dann irgendwann mit ihnen zurück nach Deutschland kommen. Vermutlich erst, wenn sich das Leben hier wieder einigermaßen normalisiert hätte. Aber so, wie es hier im Moment aussah, konnte das noch Jahre dauern.

»Es wäre doch einen Versuch wert, oder?«

Ann schaute ihn immer noch ganz perplex an. Er drückte ihr einen schnellen Kuss auf.

»Denk wenigstens darüber nach, ja?«

Ann musste einmal tief durchatmen. »Jackson, ich weiß nicht, ob mir das nicht zu schnell geht.«

»Bist du jemandem versprochen oder hast einen festen Freund?«

»Natürlich nicht. Was denkst du denn!«, gab sie empört von sich.

»Hast du etwas anderes vor, zu Hause in London?«

»Eigentlich nicht.« Sie schüttelte den Kopf. »Aber wir kennen uns doch kaum.«

»Wir können uns noch kennenlernen. Das ist doch das Schöne dabei. Wenn die Konferenz erst einmal zu Ende ist, haben wir sicherlich sehr viel mehr Zeit. Und irgendwann auch geregelte Dienstzeiten.«

»Wenn die Konferenz zu Ende ist, habe ich hier nichts mehr zu tun. Ich muss mit den anderen zurückfliegen!«

»Oh!« Das schien ihm nicht ganz klar gewesen zu sein. Er dachte kurz nach. »Dann kommst du eben wieder.«

»Aber ich habe hier doch nichts. Ich habe keinen Job, keine Unterkunft.«

»Du hast mich!«

Ann sah ihn an. Wenn er wüsste, wer sie wirklich war. »Du weißt, was ich damit meine. Außerdem, vielleicht … vielleicht würdest du mich ja gar nicht mehr wollen, wenn du mich besser kennen würdest«, sagte sie ernst.

»Wie könnte ich dich nicht mehr wollen, wenn ich dich besser kenne? Mit jeder Minute, die ich dich besser kennenlerne, möchte ich dich mehr.« Seine Stimme drückte eine Zärtlichkeit aus, die weit über seine Worte hinausging.

Es tat weh, ihn so zu hören. Er war verliebt. Er sprach von nicht weniger als einer gemeinsamen Zukunft. Um alles in der Welt wollte sie ihn nicht verletzen. Was sollte sie nur darauf antworten? Bisher hatte sie den Gedanken daran, ihm zu sagen, dass sie Deutsche war, immer beiseitegeschoben.

Verdrängt. Ihre eigentliche Aufgabe war wichtiger. Doch jetzt war ihre Aufgabe erledigt, wenigstens so gut wie. Wollte sie ihm wirklich sagen, dass sie hier im Land seiner verhassten Gegner ihre Kindheit verbracht hatte? Und dass die Hälfte dessen, was er über sie wusste, kaum besser war als eine Lüge? Bisher schien es ihr nicht notwendig gewesen zu sein. Diese Möglichkeit hatte sie noch nicht einmal in Betracht gezogen. Sie hatte sich verboten, an etwas zu denken, was über ihre Tage hier in Babelsberg hinausging.

Aber er plante bereits ihre gemeinsame Zukunft. Ihm tatsächlich die Wahrheit offenbaren zu müssen ... Die Konsequenzen wären fatal. Sie konnte sich seine Reaktion lebhaft vorstellen. Sollte sie ihm wirklich ihre wahre Identität preisgeben? Nicht, wenn sie nicht bereit war, ihm das Herz zu brechen. Wie viel weniger schwer wog es da, dass sie ihre eigenen Gefühle nicht zulassen durfte.

Sonntag, 22. Juli 1945

»Da bist du ja endlich! Wir haben furchtbar viel zu tun!«, sagte Mary, als Ann am frühen Morgen das Herrenhaus betrat. Merkwürdig genug, dass Mary schon auf war.

»Papa will morgen Abend ein Staatsbankett geben. Hier. Wir müssen alles vorbereiten.« Sie flatterte geradezu durch den Raum. »Natürlich muss es die Staatsbankette von Truman und Stalin übertreffen! Dort gab es Kaviar und Wodka, Wassermelone und Champagner, eine endlose Reihe an Trinksprüchen, und alle haben sich gegenseitig die Menükarte signiert. ... Das Essen, wir müssen als Erstes das Essen planen!« Mit diesen Worten stürmte sie in die Küche.

Mary besprach Churchills Vorstellungen eines gelungenen Staatsbankettes mit Pinfield. Der Wunsch nach *Scotch*

Woodcock, Rührei auf gerösteten, mit *Gentleman's Relish* bestrichenen Toasts, garniert mit Anchovis, brachte ihn ins Schwitzen.

»Wo soll ich denn so schnell Anchovis herbekommen? Und *Gentleman's Relish?*«

»Papa lässt auch kalten Schinken einfliegen.«

»Kalten Schinken? Wieso das denn? Was soll das werden? Eine Vorspeise?«

»Bieten Sie es einfach zum Hauptgang an. Und Anchovis und *Gentleman's Relish* können direkt mit eingeflogen werden.«

Pinfield verdrehte die Augen. »So wichtig, wie er es macht, könnte man meinen, der Ausgang der Konferenz würde von kaltem Schinken abhängen. Ich glaube nicht, dass Stalin nur wegen einem bisschen *Gentleman's Relish* die Finger von der deutschen Flotte lässt.«

Sie besprachen gut eine halbe Stunde die Details der Menüfolge. Als sie wieder hinausgingen, war Mary etwas ruhiger. Ann folgte ihr eiligen Schrittes.

»Die Musik bei Stalin hat ihm gar nicht gefallen! Onkel Joe hat aus Moskau extra zwei Pianisten und zwei Geigerinnen einfliegen lassen. Die Musikerinnen waren dick und hatten schmutzige Gesichter, hat Papa gesagt. Außerdem hätten sie unentwegt gespielt. Papa konnte sich gar nicht richtig unterhalten.«

Ann verkniff sich ein Schmunzeln. Nicht richtig unterhalten hieß bei Churchill so viel wie: Er konnte kein großes Wort führen. Vermutlich genau das, was Stalin beabsichtigt hatte.

»Das Essen muss eine Wucht werden. Dafür müssen wir sorgen. Es wird Papa von seinen düsteren Gedanken abbringen. Er denkt nur noch an die Wahl. Er hat ein schlechtes Gefühl.«

Ann wollte ihr Mut machen. »Das braucht er nicht. Praktisch alle ATS-Frauen haben für ihn gestimmt.«

»Ja, die Frauen sind auf seiner Seite, aber die Männer?« Mary wischte auch ihre eigenen düsteren Gedanken beiseite. »Wie auch immer: Für die Musik hab ich schon alles arrangiert. Die Band der Royal Air Force wird spielen. Und zwar in vollständiger Besetzung!« Mary blieb im Esszimmer stehen. Ihr Blick wurde kritisch. »Aber der Tisch, der ist einfach nicht groß genug. Da müssen wir uns noch etwas einfallen lassen.«

»Wie viele kommen denn?«

»Fünfundzwanzig Personen!«

»Herrje. Der Tisch hier hat höchstens Platz für zehn Personen.«

»Genau. Und da kommst du ins Spiel. Ich habe mir überlegt, dass es in den UFA-Studios doch bestimmt große Holzplatten gibt. Oder verschiedene Tische, die zueinander passen. Tische, die alle gleich groß sind.«

Ann schaute sie überrascht an. Das war eine gute Idee. Sofort stieg sie in die Überlegungen mit ein. »Außerdem brauchen wir dann eine riesige Tischdecke. Ich kann dort schauen, ob ich eine große Stoffbahn finde, die wir nutzen können.«

»Und auch Gläser. Am besten schöne Kristallgläser, die alle gleich aussehen.«

»Bestimmt finde ich im Fundus der Filmstudios etwas. Dort lagert doch eine Unmenge an Material.«

»Oh, Ann! Das wäre fantastisch. Du fährst sofort hin und schaust nach, was du finden kannst.«

»Schöne Kerzenständer. Und bestimmt wäre es doch eine gute Idee, noch etwas mehr Suppenschüsseln und Anrichteplatten mitzubringen.«

Mary war begeistert. »Morgen muss alles perfekt sein.

Papa erwartet nichts weniger von uns, als dass wir die vorherigen Bankette in den Schatten stellen.«

Damit war Ann sehr einverstanden. »Ich mache mich gleich auf.«

»Gute Idee. Ich werde in der Zeit das Besteck sortieren und zählen.«

***

Unerwartet schnell und vollkommen überraschend hatte sie nun die Gelegenheit, den Bankows das Essen zu bringen. Sie ließ sich von dem englischen Fahrer kurz an ihrer lindgrünen Villa absetzen, packte ihren Rucksack, in dem die Lebensmittel verstaut waren, und schon fuhren sie Richtung UFA-Studios.

Ann musste sich durchfragen, bevor endlich jemand begriff, weswegen sie hier war. Höflich bestand sie darauf, mit Herrn Bankow zu sprechen. Er würde ihr sicherlich bei all ihren Anliegen helfen können. Sie brauchte nicht einmal zu ihm zu gehen, denn er wurde geholt. Liesel war wie immer bei ihm.

»Herr Bankow. Ich benötige Ihre Hilfe. Ich brauche etliche Sachen aus dem Fundus. Sie kennen sich doch bestens aus.« Sie sagte nichts zum Essen, denn noch waren sie nicht alleine.

Bankows Blick und auch der von Liesel lag neugierig auf dem Rucksack. »Aber gerne. Was benötigen Sie denn?«

Ann zählte alles auf.

»Bitte, kommen Sie hier entlang. Genügend Tische können wir nachher aus der Kantine holen. Für den Transport müssten Sie sowieso mit einem oder zwei großen Pritschenwagen zurückkommen.«

Er führte Ann in den Fundusschuppen, und bald waren

sie alleine. Erst jetzt schnürte Ann den Rucksack auf. Verschiedene Packungen Kekse, vier Dosen mit Corned Beef, mehrere Konservendosen mit Bohnen und anderem Gemüse, zwei Tüten Milchpulver. Alles Dinge, die nicht so schnell verderben konnten. Liesel gingen die Augen über, als sie noch ein Stück harten Käse hervorzauberte.

»Ich danke Ihnen für Ihre Dienste, auch wenn die Informationen äußerst betrüblich sind. Vielleicht können Sie ja noch mal bei den Buchners vorbeigehen. Möglicherweise wird dort erst in ein paar Tagen etwas notiert.« Sie zog noch einen kleinen Briefumschlag aus ihrer Uniformjacke. »Hier ist noch ein Brief. Darin ist meine Adresse in London notiert. Falls Sie doch noch jemandem der beiden Familien begegnen, jetzt, oder auch später, dann geben Sie die Adresse doch bitte weiter.«

Liesel war zu sehr damit beschäftigt, die Lebensmittel in eine Holzkiste zu räumen. Aber Bankow blickte ihr in die Augen.

»Es tut mir wirklich sehr leid, dass ich Ihnen keine andere Nachricht bringen konnte.«

Ann zögerte. »Ich habe gedacht ... Ich weiß noch, dass Herr Müller eine kleine Werkstatt hatte. Er hat Elektroartikel repariert. ... Vielleicht, wenn Sie dort noch mal ...«

»Elektro-Müller etwa?«

»Ja, ich glaube, so hieß die Werkstatt.«

»Aber ... dann ...« Bankow machte ein überraschtes Gesicht. »Dann weiß ich ... *Die* Müllers sind doch schon Jahre vorher weggezogen!«

»*Die* Müllers? ... Weggezogen aus der Lindenstraße?« Ann verschluckte sich an ihren eigenen Worten. Durfte sie neue Hoffnung schöpfen?

»Aber sicher. Nachdem sie den Mann weggeholt hatten, konnte sich die Familie die Wohnung nicht mehr leisten.«

»Weggeholt?« Ein unangenehmes Kribbeln lief über ihren Schädel. »Was bedeutet das? ... Wer hat ihn weggeholt?«

Bankow räusperte sich. »Die ... Gestapo!«

Ann brauchte einen Moment, um diese Information zu verdauen. *Die Gestapo!* Eiseskälte strömte ihr durch die Adern. »Wohin haben sie ihn gebracht?«

Bankow schlug die Augen nieder. »Ich glaube, sie haben ihn nach Oranienburg gebracht.«

»Wann war das?«

»Irgendwann 1942 ... wenn ich mich recht erinnere.«

1942 ... Sicher war das erst nach dem unterbrochenen Telefonat gewesen. ... Oder vielleicht gerade wegen des Telefonates? Sie bekam Gänsehaut auf den Armen. Mit rauer Stimme fragte sie nach: »Oranienburg – was gab es dort?«

»Ein Konzentrationslager. ... Sachsenhausen.« So leise, dass seine Worte kaum noch zu verstehen waren. Ein Ort, der nicht genannt werden durfte.

Ihr wurde für einen Moment schwarz vor Augen. Das konnte doch nicht sein. »Und die anderen?«

»Aber das ist doch die gute Nachricht. Wenn sie nicht mehr im Haus in der Lindenstraße gewohnt haben, dann könnten sie tatsächlich noch leben.«

Himmel und Hölle zugleich. Ann setzte sich auf einen großen Kasten, der im Fundusschuppen herumstand. Ihre Knie schlotterten. Onkel Friedel im KZ. Unwillkürlich sprangen ihre Gedanken zu ihrer eigenen Internierung in Huyton. Sie waren nur wenige Wochen dort gewesen, zusammengepfercht mit anderen Deutschen. Sie hatten mit der Furcht gelebt, wie es nun mit ihnen weitergehen würde. Doch das schlimmste Erlebnis war schon gewesen, dass man ihr den einzigen Wintermantel gestohlen hatte. Sicher war das britische Lager nicht annähernd so schlimm gewesen wie ein KZ der Deutschen. Aber die gute Nachricht war doch: Charlie –

sie lebte möglicherweise noch! Charlie, Tante Hilde, Manfred und Marianne, und vielleicht sogar Rainer.

Montag, 23. Juli 1945

Vater hatte ganz dezent herumgefragt. Vielleicht war das das erste Anzeichen echter Freiheit: Man durfte sich wieder trauen, neugierige Fragen zu stellen. Man musste nicht fürchten, sofort erschossen zu werden. Gemeinsam liefen sie durch die Straßen von Potsdam.

Gestern Nachmittag war ein heftiges Gewitter über die Stadt gezogen und hatte Äste und Laub von den Bäumen gerissen. Weggefegter Trümmerstaub und einzelne Dachschindeln waren zurück auf die Straße geweht worden. Überall standen Menschen vor den Häusern und fegten die Scherben ihres zerstörten Lebens zusammen.

Liesel wollte fast lachen. Sie alle lebten so ein merkwürdiges Leben: ohne Uhrzeit, ohne Kalender, ohne Zeitung und ohne Arbeit. Vordringlich war, dass man sich um Lebensmittelkarten anstellte, dann für Essen und zwischendurch für Wasser. Hatte man Zeit, konnte man schauen, ob man noch eine nicht geplünderte, leer stehende Wohnung fand, wo man etwas Brauchbares herausholen konnte. Kleidung oder gar gehortete Kohlen. Ihre Leben trieben ziellos durch dieses Chaos, aber die Leute fegten die Straße.

Sie liefen weiter. Junkerstraße, die Jägerallee hoch Richtung Pfingstberg. Nach ein paar hundert Metern bog Vater ab in eine kleinere Straße. Liesel wusste nicht, wohin er wollte. Ihr war es egal. Sie trottete ihm einfach hinterher.

Als sie laute Stimmen hörte, hob sie den Kopf. Zwanzig Meter weiter standen ein paar Leute vor einem Haus und schauten hoch. Irgendetwas war. Die Leute riefen jemandem etwas zu. Eine Mutter floh mit ihren zwei Kindern an ihnen vorbei. Ein Einbeiniger auf Krücken, der sich beeilte wegzukommen. Noch ein älteres Ehepaar, das auf der gegenüberliegenden Straßenseite flüchtete. Liesel war alarmiert.

Im dem Moment, in dem sie die Frau im zweiten Stock entdeckte, sprang sie auch schon. Völlig lautlos trudelte sie für einen Moment durch die Luft und landete mit einem dumpfen Aufprall.

Vater wandte sich im selben Moment um und drehte Liesel von dem Anblick weg. Er sagte nichts. Als gäbe es nichts zu sagen. Er zog sie mit sich um eine Ecke in eine kleine Straße. Die ersten Meter ging er neben ihr. Er machte einfach nur einen kleinen Umweg. Die Frau hatte dunkle Haare gehabt. Es konnte also nicht Helene gewesen sein. Alles andere interessierte ihn nicht.

Liesel sah sie noch immer fallen. Vielleicht war wieder ein Russe hinter ihr her gewesen, oder zwei oder drei, oder eine ganze Meute. Wobei, das hatte weitgehend aufgehört. Vielleicht hatte die Frau ja gerade festgestellt, dass sie schwanger war. Nicht von ihrem Mann, den sie vermutlich seit Monaten nicht mehr gesehen hatte. Der vielleicht schon tot war. Ein Russenbalg im Leib war ein guter Grund zu springen.

Was, wenn sie selbst schwanger wäre? Sie hatte ihre Periode das letzte Mal Anfang April bekommen und war längst überfällig. Das Ausbleiben der Blutung konnte natürlich genauso gut an ihrer nervlichen und seelischen Belastung liegen, oder an der Unterernährung. Trotzdem ... Drei Monate waren seitdem vergangen.

Am 26. April war die Pfaueninsel gefallen. Ein jeder ahnte, Potsdam war nicht mehr zu halten. Die Männer des Volkssturmes wussten, dass sie keine Gnade erwarten durften. Vater, wie alle kampffähigen Männer, versteckte sich irgendwo. Aus der Stadt fliehen konnte man nicht mehr. Die restlichen

Bewohner der Stadt verkrochen sich in den Kellern oder anderen Löchern.

Am nächsten Morgen saßen Liesel und Helene zusammen mit den anderen Hausbewohnern ängstlich im Keller. Schwere Schritte und Befehle auf Russisch kündigten an, dass nun auch ihr Haus durchsucht wurde. Auf den Straßen wurde noch immer geschossen.

Die Russen stürmten in ihren Keller. »*Wojna kapuut! Wojna kapuut!*« Der Krieg ist aus! Der Krieg ist aus!

Dann zerrten sie Martin, den Zehnjährigen, nach draußen. Seine Mutter klammerte sich an ihn, wurde mit einem Gewehrkolben niedergeschlagen, und der Junge verschleppt. Baumeln hatte Liesel ihn nicht gesehen. Aber seitdem hatte sie ihn auch nicht mehr wieder getroffen. Genauso wenig wie den alten Lüdenscheid, der frühere Oberschulrat, der im Parterre gewohnt hatte. Auch seine Frau hatte sich an ihn geklammert, und sie schleppten die beiden hinaus. Später hatte man sie im Kohlenkeller gefunden. Wimmernd.

Dann durchsuchte man sie alle gründlich. Schmuck, Uhren, Ringe. Alles wurde genommen. Alle Soldaten trugen schon mehrere Uhren an beiden Handgelenken. Sie schrien sie auf Russisch an. Liesel, Helene und die anderen kauerten sich zusammen in die Ecke. Dann waren sie fort.

Doch es dauerte keine zwanzig Minuten, da kam der nächste Trupp. Jetzt wussten sie schon, was sie wollten. Mit erhobenen Händen reihten sie sich auf und ließen sich abtasten. Doch bei ihnen war nichts mehr zu holen. Der ganze Schmuck, alle Uhren – alles schon geklaut.

Mit leeren Händen wollten die Männer das Haus nicht verlassen. Einer packte Sibylle, die Fünfzehnjährige, die mit ihrer Mutter und zwei kleineren Schwestern unter dem Dach wohnte, und zerrte sie aus dem Keller.

Niemand sagte etwas. Niemand traute sich, etwas zu sagen.

Noch während sie Sibylles Schreie hörten, waren sie dran. Helene und auch sie selbst. Vermutlich auch alle anderen Frauen, aber das bekam Liesel nicht mehr mit.

Drei Männer schleppten sie mit in die Wohnung ins Erdgeschoss und warfen sie dort auf das Ehebett der Lüdenscheids. Liesel konnte nicht einmal mehr schreien. Jeder Atemzug wäre ohnehin umsonst gewesen. Im ganzen Haus hörte sie Frauen jammern und schreien und um Hilfe rufen. Aber auch deren Rufe verstummten bald.

Irgendwann, im Laufe des Tages, traute sich jemand ins Zimmer. Die Witwe Seidel kam mit einer Tasse. Sie hob Liesel hoch. Ihr Körper schien vollkommen leblos. Mühsam brachte sie einige Schlucke Wasser runter. Und spie sie sofort wieder aus.

Frau Seidel zog ihr die zerrissene Kleidung aus, wusch ihr notdürftig das Blut von den Beinen und gab ihr ein Kleid der alten Lüdenscheid. Liesel war es egal, wie sie aussah. Je unattraktiver, desto besser.

Ja, es gab den *Ukas Stalina* – Stalins Erlass, der Vergewaltigungen verbot. Damit hatten sie sich alle bis zuletzt beruhigt. Was für ein Hohn! Liesel war nicht die Einzige, beileibe nicht. *Uri, Uri* ... Frau, komm! Sie lernten alle schnell Russisch in den letzten Tagen des Aprils. Jede Nacht die Jagd nach den Uhren und den Frauen, gleich welchen Alters. Es gab kaum eine, die dem entkommen war.

Man konnte die Frauen an ihren leeren Gesichtern erkennen. So leer ... wie das von ihr selbst. Einige wurden umgebracht, andere überlebten die Tortur einfach nicht. Ständig musste Liesel daran denken, was ihre Lehrerin ihr gesagt hatte. Da war sie schon über drei Jahre aus der Volksschule raus gewesen. Sie hatte sie getroffen, in einer Schlange, in der Liesel nach Brot anstand. Es musste irgendwann im Februar oder März gewesen sein, denn es war furchtbar kalt gewesen.

Da waren die ersten Trecks mit den Flüchtlingen aus Ostpreußen schon durch Potsdam durchgezogen. Und mit ihnen die unheilvollen Geschichten.

Wenn sie diese Schande erlebe, dann müsse sie sich umbringen. Dann sei sie besudelt ... von diesen Ostbarbaren. Ihr Blut sei unrein. Eine geschändete deutsche Frau habe keinen Wert mehr. Das hatte die ehemalige Lehrerin ihr befohlen.

Vor zehn Tagen hatte sie die ältere Frau wiedergesehen. Liesel stand in der Schlange an der Wasserpumpe an. Sie erkannte ihre Lehrerin fast nicht, aber sie hatte genau das gleiche leere Gesicht wie all die anderen. Umgebracht hatte sie sich nicht.

Nach Wochen, die sie wie in Eisstarre gelebt hatte, war es ausgerechnet diese Begegnung, die sie zum ersten Mal wieder etwas spüren ließ. Wut und rasende Empörung. Das erste Mal, dass sie wieder etwas spürte, was sich nach Leben anfühlte. Sie hätte vor ihrer Lehrerin ausspucken wollen, wenn sie die Kraft dazu gehabt hätte. Doch sie tat es nicht. Und sie erzählte auch Vater nichts. Sie sprachen nicht über das Thema.

Als Helene ihnen letztes Jahr davon erzählt hatte, wie Marianne Müller auf Landdienst in der Ostmark vom hiesigen Ortsgruppenleiter der NSDAP in die Scheune verschleppt worden war, hatte Vater nur gesagt, dass ihr das recht geschehe. Eine Familie von Verrätern! Das hätten sie jetzt davon! Marianne Müller, das Zwillingsmädchen, nach dem diese Britin suchte. Wie es Helene eigentlich auf ihrem Landjahr ergangen war, darüber wurde natürlich nicht geredet. Was nicht sein durfte, das konnte auch nicht sein.

Über nichts wurde gesprochen. Nicht über ihre Hitlerverehrung, die sich im Rauchfeuer der Bomben in Nichts aufgelöst hatte. Nicht über Liesels Schändung. Nicht über ihren

Selbstmordversuch. Sie war jetzt eine *Njemze*. Die Stummen, so nannten die Russen die Deutschen. Sie war eine *Njemze* – eine Stumme im Volk der Stummen. Und stumm lief sie ihrem Vater hinterher.

Vater schaute sich nach ihr um. Nach einem kleinen Umweg waren sie wieder zurück auf der richtigen Straße. Endlich blieb er vor einem Haus stehen. Wieder war das Dach weg, die oberen Etagen eingestürzt. Doch die Haustür war verschlossen und auf den Klingelschildern standen noch schön aufgereiht die Namen der Bewohner. Er klingelte bei Hufnagel.

Nichts passierte. Er klingelte noch mal, wartete und klopfte dann. Beim Fenster im Erdgeschoss bewegte sich die Gardine. Er machte ein freundliches Zeichen. Kurz darauf öffnete sich die Haustür.

»Ja?« Eine Frau mittleren Alters, die Haare am Ansatz schlohweiß. Die Miene wechselte zwischen feindselig und skeptisch.

»Ich wollte zu Charlotte Hufnagel. Wohnt sie noch hier?«

Charlotte Hufnagel, war das Charlotte Müller? Diese Charlie, die die Britin suchte? Dann hatte Vater also etwas über die Familie herausbekommen. Wenn die Frau jetzt einen anderen Namen trüg, musste sie geheiratet haben.

»In diesem Haus ist nur noch die untere Wohnung bewohnbar«, sagte die Weißhaarige jetzt.

»Wissen Sie, ob Charlotte Hufnagel noch lebt?«

»Wieso interessiert Sie das?« Immer noch der Argwohn bei der kleinsten Frage. Er war allen in Fleisch und Blut übergegangen.

»Ich suche sie für jemanden.«

»Sind Sie ein Verwandter?«

»Nein«, antwortete Vater ganz offen und ehrlich.

Vermutlich war es seine freundliche Art, die die Frau zum Erzählen brachte.

Montag, 23. Juli 1945

»Es ist ein Wunder, dass wir das noch alles geschafft haben!« Mary Churchill schüttelte ungläubig den Kopf. Sie stand vor dem Haus und ließ ihren Blick zufrieden über den Vorgarten gleiten.

Als wäre die Organisation eines Staatsbankettes innerhalb von zwei Tagen nicht schon Herausforderung genug. Ann hatte am Vortag diverse Utensilien, gut verpackt in Kisten, in einem Jeep verstaut. Zwei Militärpritschenwagen mit zehn gleich großen Tischen aus der UFA-Kantine begleiteten sie am Nachmittag zurück zu Churchills Herrenhaus. Mitten auf der kurzen Strecke kam über der Stadt ein heftiges Gewitter herunter. Starker Regen setzte die Straßen unter Wasser. Die kleine Wagenkolonne musste an den Straßenrand fahren. Doch der Regen selbst war nicht das Schlimmste. Der Wind war unfassbar heftig. Böen zerrten an den Planen, die hinten auf den Pritschenwagen über die Tische gespannt waren. Eine Plane riss ganz los und wehte in einen Garten. Ann saß im vorderen Wagen der Kolonne und konnte nichts tun. Sie mussten abwarten, bis sich das Gewitter legte.

Als sie endlich an Churchills Herrenhaus ankamen, sah sie direkt die Bescherung. Eine Linde, die vor dem Haus stand, war herausgerissen worden. Große Teile der Wurzel standen hervor, drumherum matschiger Rasen. Wie sich beim Betreten des Hauses herausstellte, hatten die Wurzeln die Hauptwasserleitung mit sich gerissen. Es gab kein fließendes Wasser mehr im Haus. Eine Katastrophe!

Premierminister Churchill tobte. Er kam von der Konferenz zurück und konnte nicht baden. Soldaten mussten literweise Wasser heranschaffen, das auf dem Herd in der Küche erhitzt wurde. Wütend zeterte Churchill durchs Haus, bis ihm ein britischer Soldat aus dem technischen Stab versicherte, dass es kein größeres Problem sei, die Leitungen rechtzeitig zum Staatsbankett zu reparieren.

Tatsächlich konnten ein Dutzend Soldaten, die in Windeseile den Rasen aushoben, um an die Rohre zu kommen, das Problem innerhalb von vier Stunden beheben. Andere Soldaten zerlegten derweil die Linde und schafften das Corpus Delicti fort. Zurückgeblieben war ein unschöner brauner Fleck mitten auf dem Rasen.

Auch heute Morgen war die Laune des Premierministers nicht wirklich besser. Kaum hatte Ann das Haus betreten, hörte sie schon seine sonore Stimme. Er befand, es sei ein höchst verantwortungsloses Eingreifen der Vorsehung, und sah sich im Geiste schon genauso gefällt wie die Linde. Zudem musste er nach dem Aufstehen mit ansehen, dass die Vorbereitungen für sein perfekt geplantes Staatsbankett im Moment noch immer an allen Ecken und Enden schiefliefen. Die Luftfracht mit den georderten Lebensmitteln war noch unterwegs. Sogleich machte er Pinfield ganz nervös mit seinen immer neuen Vorschlägen, was man den Gästen sonst noch kredenzen könnte. Er wählte höchstpersönlich den Wein aus, Liebfrauenmilch, den er gerne trank. Eine halbe Stunde später verwarf er seine Entscheidung wieder. Man wollte doch nicht wirklich deutschen Wein auftischen. Nicht bei einem Staatsbankett, das den Sieg über die Deutschen feierte.

Ann war froh, dass sie ihm weitestgehend aus dem Weg gehen konnte. Auf Weisung von Miss Bright hatten sie morgens früh eine Palmpflanze geliefert bekommen. Kurzerhand hatte die Konferenzorganisatorin die Pflanze in einem anderen Garten ausbuddeln lassen. Angeleitet von Mary Churchill pflanzten die Soldaten die Palme ein. Danach schichtete Ann einen kleinen Steinhaufen rund um den Stamm, wo kein Rasen mehr wuchs. Am Vormittag sah der Vorgarten so aus, als wäre die Palme schon immer dort gewesen.

Ann bewunderte Joan Bright, wie sie das wieder hinbekommen hatte. Jetzt war alles repariert. Die Wasserversorgung war wieder in Ordnung. Der Vorgarten sah gepflegt aus. Und rund ums Haus hatte man den Unrat, den das Gewitter gestern auf das Grundstück geweht hatte, aufgesammelt.

Ann schnaufte durch. »Jetzt erst können wir das erledigen, was wirklich ansteht.«

»Gut, dann lass uns schnell die Tische aufstellen.« Mary schien mit ihrer Gartenarbeit zufrieden und ging zurück ins Haus.

Ann folgte ihr. Zusammen machten sie sich daran, die beste Position für den zusammengestückelten Tisch zu finden. Endlich hatten sie alles schön mittig im großen Wohnzimmer aufgestellt.

»Wenn erst der Stoff darauf liegt, wird es so aussehen, als wäre es ein einziger großer Tisch.« Anns skeptischer Blick fiel nach draußen auf den blauen Himmel: »Hoffentlich regnet es dann nicht wieder.«

Auch Mary schaute hoch. »Bloß nicht. Papa sieht jetzt schon in jeder einzelnen Wolke einen Vorboten aufkommenden Übels.«

Im Gegensatz zu gestern Nachmittag war es angenehm warm und trocken. Die Gäste würden aber erst abends eintreffen.

Eine halbe Stunde später ließ sich der Premierminister noch einmal blicken. Er gab einige Geräusche von sich, aus denen Ann nicht schließen konnte, ob er den halb gedeckten Tisch nun ansprechend fand oder eher nicht.

Mit den Worten: »Sollen wir die Tischordnung jetzt noch mal durchgehen?«, verschwand Mary Churchill mit ihrem Vater im Nachbarzimmer.

Ann deckte weiter das Besteck auf. Sie hatte genaue Anweisungen von Mary erhalten, wo was liegen und wie sie die

Unmengen an Gläsern arrangieren sollte. Während in der Küche und angrenzenden Räumlichkeiten die Hölle los war und vermutlich der halbe Stab des Kriegsministeriums mit den Churchills über der Tischordnung brütete, war Ann plötzlich vollkommen alleine. Wenn man mal von den bewaffneten Soldaten absah, die sich am Rand des Grundstückes postiert hatten.

Die großen Terrassentüren standen offen. Eine Amsel zwitscherte. Die Sonne fiel hinein auf die große weiße Stoffbahn, die sie in doppelter Lage über die Tische gezogen hatten. Was für ein merkwürdiges Gefühl. In nur wenigen Stunden würden genau hier die wichtigsten Männer der Welt speisen. Würde eventuell Stalin oder Truman diesen silbernen Suppenlöffel, den sie gerade polierte, in den Mund nehmen? Würde ihnen schmecken, was Pinfield zubereitete?

So versessen, wie der Premierminister über jedes Detail wachte, könnte man meinen, die Verträge, die das Schicksal der Welt entscheiden würde, würden hier am Essenstisch geschrieben.

Konnte Ann selbst etwas bewirken? Sicher nicht, indem sie das Silber polierte. Sie würde gerne etwas tun können. Etwas, was den Menschen hier vor Ort half. Die letzten zwei Tage waren sehr arbeitsreich gewesen. Und trotzdem kreisten ihre Gedanken beständig um ihre Familie. Onkel Friedel in einem Konzentrationslager. Waren die politischen Häftlinge in dieselben Lager gekommen wie die Juden? Die Schreckensmeldungen aus den KZs waren furchtbar, ja fast schon haarsträubend unglaubwürdig. Aber hatte Onkel Friedel überhaupt als politischer Häftling gegolten? Sicher, er hatte das Land verlassen wollen. Aber war man direkt politisch, wenn man nicht mehr in einer Diktatur leben wollte? Unter Hitler vermutlich schon: Wer nicht für ihn war, war gegen ihn gewesen.

Ann verscheuchte diese dunklen Gedanken. Besser, sie konzentrierte sich darauf, dass alle anderen sehr wohl das Glück haben konnten, überlebt zu haben. Wenn die Müllers weggezogen waren, weil das Geld nicht mehr gereicht hatte, dann waren sie bestimmt an den Rand der Stadt gezogen. Dort, wo es billigere Wohnungen gab. Und weniger Bombentreffer.

Sie polierte den letzten Löffel und legte ihn auf den Tisch. Wie würde dieses Deutschland aussehen, am Ende, nach all diesen Staatsbanketten, Büfetts, gemeinsamen Mittagessen und Paraden? Würde es dann noch *ein* Deutschland geben? Und würde sie in einem zerstückelten Deutschland überhaupt leben wollen? Die Kriegsjahre waren schlimm gewesen in Britannien. Aber den Menschen hier, vor allem denen in den Städten, war es noch schlimmer ergangen.

Ann kannte einige ATS-Frauen, die geheiratet hatten. Die dem Schicksal mutig ihr Gesicht entgegenstreckten, darauf vertrauten, dass sich alles zum Besten wenden würde. Andere heirateten der Hoffnung zum Trotz. Sie wollten einfach nur die Tage, die ihnen noch blieben, nutzen.

Heirat war das Letzte, an das Ann dachte. Sie war immer darauf bedacht, Distanz zu wahren. Ein Großteil ihres Lebens drehte sich darum, dass niemand herausfand, dass sie Deutsche waren. Also ging Ann auf keine Angebote ein. Sie flirtete nicht, sie ging abends nicht tanzen. Die meiste Zeit über hatte es wegen der Verdunkelung sowieso keine Gelegenheit gegeben. Überhaupt blieb ihr viel zu wenig vom Leben. Auch ihre Jugend war eine Opfergabe an den Krieg gewesen.

Tagsüber hatte sie geschlafen und am Nachmittag ihrer Mutter geholfen. Essen zu beschaffen, war mühselig. Ihre Nächte verbrachte sie an der Flak, um dann am Morgen wieder in das schmale und klamme Haus, das sie Heim nannten, zurückzukehren. Wenn sie in der Badewanne duschte, dann nur kurz und oft genug bei kaltem Wasser. Aber immer mit billiger Seife.

Ann bewohnte ein kleines Zimmer im Dachgeschoss. In der Früh ging sie zu Bett. In ihren Träumen tanzte sie mit Fred Astaire, dinierte mit James Stewart und wurde von Cary Grant in die Londoner Clubs zum Cocktail eingeladen. In ihren Träumen gehörte sie dazu. Zu irgendjemandem. Mit ihrem limitierten Leben.

Sie nahm ihr Schicksal klaglos hin. Wie sollte sie auch im Angesicht ihres Verrates ihr eigenes glückliches Leben planen? Sie hatte Charlie gesagt, dass sie zusammenhalten würden. Und dass sie das gemeinsam durchstehen würden, den Ärger mit Ursula. Nein, sie hatte sich keine Gedanken über ihr Leben nach dem Krieg gemacht. Das Glück wartete höchstens jenseits des Krieges auf sie. Zukunft war für den Frieden gemacht.

Aber jetzt war der Frieden eingetreten. Sie durfte endlich anfangen zu träumen. Ihre Mutter war zweiundzwanzig Jahre gewesen, als sie Ann bekommen hatte. Sie war jetzt schon ein Jahr älter, und Jacksons Kuss war ihr allererster Kuss von einem Mann gewesen. Er hatte Gedanken in ihr ausgelöst, die sie sich nie zuvor gestattet hatte. Gedanken an ihr eigenes Glück.

Wenn sie jetzt zurückdachte, dann war der 1. Mai 1933 der letzte Tag ihrer glücklichen Kindheit gewesen. Tags darauf hatte Papa sie fest in den Arm genommen, als er nach Hause gekommen war. So fest, dass es ihr wehtat. Und auch Mama wurde in die Umarmung eingeschlossen, minutenlang.

Danach schoben ihre Eltern sie in ihr Zimmer. Doch die elfjährige Annegret stahl sich leise wieder heraus und lauschte an der Küchentür. Papa erzählte atemlos von Vorfällen aus der Stadt. Es machte ihr Angst. Man hatte die Redaktion der

Zeitung gestürmt, für die Papa gelegentlich schrieb. Eigentlich wollte er nach seiner Arbeit noch einen Artikel abgeben, den er über den Tag der nationalen Arbeit am Abend zuvor geschrieben hatte. Doch als er an dem Gewerkschaftshaus ankam, lief die Razzia bereits. Anscheinend war er dem Tumult nur um Minuten entgangen. Von einer Straßenecke aus hatte er verstohlen mit angesehen, wie Leute abgeführt, in große Panzerwagen geschubst, gestoßen, getreten, mit Knüppeln geschlagen wurden.

Noch vor dem Abendessen sah Ann, wie ihr Vater vor dem Kohleofen hockte und vollgetippte Blätter verbrannte. Etliche Schriftstücke wanderten an diesem Abend in das Feuer. Es dauerte Jahre, bis Ann begriff, was er da verbrannt hatte: Beweise, die zu gefährlich gewesen waren. Artikel, Entwürfe für Artikel und Schriftstücke von anderen, die bei den neuen Machthabern keinen Gefallen gefunden hätten.

Vielleicht war es genau dieser 2. Mai gewesen, an dem ihre Eltern begriffen hatten, dass die Entwicklung unumkehrbar war. Seitdem herrschten unausgesprochene Verbote in ihrer Wohnung. Plötzlich wurde viel gewispert und geflüstert. Ihr Vater saß abends oft vor dem Radio, das Ohr an den Stoff des Lautsprechers gedrückt. Das Radio wurde so leise gestellt, dass man schon zwei Meter weiter nichts mehr hören konnte. Alltägliche Dinge fehlten plötzlich. Es gab keine Zeitung mehr. Papa ging nicht mehr zu Versammlungen. Besuch wurde seltener. Die Schreibmaschine stand abgedeckt in einem Regal, unbenutzt. Und auch ihre Mutter erzählte immer weniger von den Dingen, die sie am Tag erlebt hatte. Als wäre es plötzlich verpönt, offen zu erzählen, was passiert war.

Genau ein Jahr ging das so, bevor Annegret eines Nachts von ihrer Mutter geweckt wurde. Schon seit Wochen durfte sie nicht mehr runter auf die Straße, spielen. Nur gelegentlich besuchten sie noch ihre Verwandten. Und während Annegret und Charlie nur noch auf den Hinterhof durften, unterhielten sich die Erwachsenen oben hektisch und leise. Dann die Nacht, in der sie verschwunden waren.

Mary kam ins Zimmer und riss Ann aus ihren Gedanken. Sie war sichtlich nervös. Mit zitternden Händen rückte sie ein Kristallglas zurecht.

»Papa ist gerade gefahren«, sagte Mary gedankenverloren. Wieder schaute sie gen Himmel, sichtlich zufrieden, dass sich das Wetter hielt.

»Eigentlich bin ich jetzt hier fertig«, sagte Ann.

»Ja, es sieht gut aus.« Mary drehte einen der silbernen Kerzenständer.

Bankow hatte ihr stolz verraten, dass sie aus dem Film *Frauen sind doch bessere Diplomaten* stammten, gedreht 1940 mit dem Star Marika Rökk in den Neubabelsberger Studios. Er selbst hatte an den Kulissen mitgearbeitet.

»Dann sollten wir jetzt rübergehen in den kleinen Salon und uns den Möbeln widmen.«

Ann schaute sie verblüfft an. Schon am Vormittag hatten sie jede Menge Dinge verrückt, Statuen fortgeräumt und Dutzende Blumensträuße arrangiert. Eigentlich hatte sie gedacht, dass sie dort fertig seien. Sie folgte der jungen Adeligen ins Nachbarzimmer.

Mary stand vor ein paar Sesseln und schaute sie prüfend an.

»Sollen wir sie rausstellen?«, fragte Ann nach und wollte schon Hand anlegen.

»Was? Nein, nein. ... Ich überlege nur. Meine Mutter sagt immer: Stühle reden miteinander. ... Wer könnte sich irgendwann im Laufe des Abends hierher verirren und gemeinsam Platz nehmen?«

Anns Gesichtsausdruck verriet wohl, dass sie nicht so ganz verstand, was Mary meinte.

»Niemand zieht gerne einen schweren Sessel durch den halben Raum, um sich zu jemandem zu setzen. Und niemand unterhält sich gerne mit jemandem, zu dem er die ganze Zeit aufschauen muss, weil der andere mangels Sitzgelegenheit stehen muss.«

Ann nickte.

»Also, wir stellen hier und dort jeweils zwei Sessel separat. Und dort hinten kommt eine Gruppe mit drei Sesseln hin.«

»Auch irgendwo einen einzelnen Sessel, falls mal jemand verschnaufen will?«

»Nein.« Mary schüttelte den Kopf. »So prunkvoll und luxuriös es auch wirken soll – niemand sollte vergessen, dass das hier ein Arbeitsessen ist.«

Ann hatte schon kapiert. »Ich lass noch die schönen Brokatsessel aus den Schlafzimmern runterbringen.«

»Ja, alle. ... Hol alles runter bis auf meinen Schminktischhocker«, sagte sie jetzt lachend.

***

Der Tag verlief so gar nicht in Churchills Sinne. Erst die kaputte Wasserleitung, dann die ganze Aufregung rund um das Staatsbankett. Und auf der Konferenz schien es auch hoch hergegangen zu sein.

Ann kam es zupass, dass die Staatsmänner uneins waren. Jeder Tag, den die Konferenz länger dauerte, gab den Bankows mehr Zeit, ihre Familie zu finden. Jeder Tag mehr bedeutete für Ann vierundzwanzig Stunden länger, in denen sie sich nicht entscheiden musste, wie sie Jackson gegenübertreten sollte, wenn es um eine endgültige Entscheidung ging.

Mary hatte nur kurz etwas von jeder Menge Gegenwind gewispert und dass das Feilschen um die polnischen Grenzen und die Reparationen in einen Topf geworfen wurde. Der amerikanische Präsident verfolge eigene Ziele und würde dafür die östlichen deutschen Provinzen – Ostpreußen, Westpreußen, den größten Teil Pommerns und Schlesien – opfern. Mary erwähnte es so beiläufig, als wären Millionen Menschen, die aus ihrer Heimat vertrieben würden, nur eine kleine Randnotiz der Geschichte. Für Churchills Tochter zählte gerade nur der perfekte Ablauf des anstehenden Essens. Sie kontrollierte zum x-ten Mal das Besteck.

»Löffel für die kalte Suppe. Löffel für die Schildkrötensuppe. Dann das Messer für den Fisch. Das Messer für die Hühnchenfilets. Gabeln für das Gemüse und Salat et cetera. Die kleinen Löffelchen für Eis und Obstsalat. Alles da.« Sie drehte sich mit einem angespannten Lächeln zu Ann.

»Ich bin neugierig, ob Stalin sich an den *Scotch Woodcock* rantraut. Ich habe mit Papa gewettet, dass er es nicht isst.«

»Ist ja wirklich auch nicht jedermanns Geschmack.« Ann hatte den schottischen Leckerbissen mit *Gentleman's Relish*, einer salzigen Anchovipaste, auch erst als Erwachsene lieben gelernt: Die Mischung aus Eiern, Butter und Sahne auf Weißbrot, garniert mit Kapern und Anchovis, war schon eine etwas gewagte Kreation.

»Ann, ich geh nun auch hoch und mach mich fertig. Ich würde dich bitten, hier solange zu warten. Jeden Moment könnte die Kapelle der Royal Air Force eintreffen. Du musst ihnen zeigen, wo sie sich aufstellen sollen. Bring ihnen bitte noch etwas zu trinken. Der Abend könnte lang werden. Aber dann ... Ich muss dich leider bitten ... Du musst das Gelände verlassen. Sicherheitsprotokolle, du weißt schon.«

»Aber natürlich.« Wie schade. Natürlich wusste sie, dass sie sich keinesfalls hier unter die Gäste mischen durfte. Trotzdem hatte sie gehofft, wenigstens einen kurzen Blick auf Stalin werfen zu können.

Aber schon weit vor Stalins Ankunft tauchten immer mehr russische Soldaten auf, ihre Maschinengewehre im Anschlag. Sie schienen überall zu sein. Es waren so viele, dass sich selbst die englischen Bewacher in die Nähe der Terrasse zurückzogen, vorsichtshalber.

Als sie etwas später in ihrer Villa ankam, waren die meisten Frauen schon im Haus. Unten im großen Wohnzimmer wurde geschwatzt, Karten gespielt und erzählt. In ihrem Zimmer waren alle ausgeflogen. Ein Brief lag auf ihrem Kopfkissen. Ihr Herz machte einen großen Sprung. Nachrichten von den Bankows? Aber als sie das Papier in die Hand nahm, sah sie sofort, es war nicht von ihnen.

Jackson schrieb ihr im Telegrammstil.

Heute keine Zeit. Du ja wohl auch nicht. Morgen Lust auf einen Spaziergang? Ich hol dich ab.

Trotz ihrer Erschöpfung spürte sie Enttäuschung. Nur zu gerne hätte sie gerade heute ihren Kopf in seine Halsbeuge gelegt. Eine Stelle, an der sie so etwas erahnte wie ein Leben jenseits von Schuld und Leid. Eine Möglichkeit, ein normales Leben zu führen. Hatte sie das nicht auch verdient? Ein glückliches Leben? Wenigstens ein normales Leben? Ein Leben, was jede andere der Frauen, die hier mit ihr wohnten, sehr wohl erwartete.

Sie faltete den Brief sorgfältig zusammen. Immerhin, morgen sollte sie bestimmt mehr Zeit haben, nachdem sie nun zwei Tage durchgearbeitet hatte. Wohin sollte sie mit Jackson gehen? Der Weg nach Schloss Sanssouci wäre eine gute Gelegenheit, wieder durch die Innenstadt von Potsdam fahren zu müssen. Sie schrieb eine kurze Antwort und legte sie in die Schale für den Postausgang. Unten im Salon herrschte Trubel.

»Willst du mitspielen?« Penny saß an einem der Tische und hielt Karten in der Hand.

»Nein, danke. Ich bin total erschlagen.«

»Hast du sie noch gesehen?«, fragte eine junge Frau neben Penny.

»Nein, ich musste gehen, bevor Stalin und Truman kamen.«

»Bestimmt kannst du morgen leckere Reste essen«, sagte die Frau mit einem neidischen Unterton. Etliche der jungen Frauen beneideten sie um ihren Dienst bei den Churchills.

Ihr wäre es lieber gewesen, sie wäre in einer Villa der normalen Delegierten untergekommen. Sie hätte viel mehr Zeit gehabt für ihre Extratouren. »Hm, angetrocknete Anchovis ... lecker. Ich bring dir welche mit«, gab sie deshalb mit ironischem Unterton zurück.

Alle lachten. Sie zog sich zurück auf ihr Zimmer. Karen kramte gerade etwas aus ihrem Koffer heraus.

»Hast du keine Lust, mit runterzukommen?«

Ann schüttelte den Kopf. »Es war so anstrengend. Ich werde noch ein paar Zeilen an meine Eltern schreiben, dann geh ich früh schlafen. Morgen muss ja auch alles wieder weggeräumt werden.«

»Schade. Du machst dich rar in den letzten Tagen. Wir haben kaum noch Zeit füreinander.« Ihre Kameradin klang tatsächlich traurig. »Wir wollen noch mal schwimmen gehen, morgen oder übermorgen.«

»Jackson holt mich morgen ab.«

Karen bedachte sie mit einem merkwürdigen Blick. »Willst du dich wirklich mit ihm einlassen?«

»Hast du Angst um meine Unschuld?«, fragte Ann schmunzelnd.

Karen schüttelte ihren Kopf. »Ich kann es nur nicht verstehen. Wir werden doch in ein paar Tagen wieder fort sein. Ich weiß eben nicht, welchen Sinn es haben soll.«

Unangenehm berührt drehte Ann sich weg. Als wenn sie

nicht das Gleiche denken würde. Und doch wollte sie sich dieser Wahrheit nicht stellen. Da sie Karen eine Antwort schuldig blieb, zuckte die mit den Schultern und ging hinaus.

Ann setzte sich auf die Bettkante. Karens Frage war mehr als berechtigt. Welchen Sinn hatten ihre Treffen mit Jackson? Eigentlich hatte er ihr lediglich ein wenig helfen sollen bei der Suche nach Charlie und den anderen. Aber schon jetzt ging ihre Beziehung tiefer. Der erste Kuss. Der Wunsch, sich besser kennenzulernen. Die Frage, ob Ann sich vorstellen könne, in Deutschland zu bleiben.

Alles wäre so viel unverfänglicher, wenn Ann nicht wüsste, dass es darauf hinauslief, ihm irgendwann beichten zu müssen, dass sie eine Deutsche war. Und dass sie, wenn sie hierbliebe, ganz andere Ziele verfolgte als er. Sicher stellte er sich etwas anderes vor. Sicher wollte er hier Karriere machen, um dann in ein paar Jahren als gemachter Mann nach Amerika zurückzukehren. Was also versprach sie sich von ihren Ausflügen mit ihm?

Würde er sie morgen wieder küssen? Bestimmt würde er es versuchen. Und sie musste sich eingestehen, dass sie es auch wollte. Jackson hatte für sie eine Tür aufgestoßen, die sie nicht mehr schließen wollte. Eine Tür zu einem unbefangenen, leichten Leben. Und es war mehr als nur die Verlockung, endlich fröhlich sein zu dürfen. Er war ein wirklich netter Mann. Einer, der etwas in ihr auslöste. Ein Gefühl, ein Bedürfnis ... eine ungestillte Sehnsucht. Fühlte es sich so an, wenn man verliebt war? Sie wollte ihm nah sein. Wollte jede Minute mit ihm verbringen.

Und gleichzeitig war da dieses schwere Gefühl im Bauch. Kam nicht jede gemeinsame Minute einer Lüge gleich? Sie musste es ihm beichten. Wann war der richtige Zeitpunkt, um ihm die Wahrheit zu gestehen? Je schneller, desto besser. Doch dann verwarf sie ihr Vorhaben wieder. Am wahrscheinlichsten war doch, dass sich ihre Wege nach der Konferenz trennten. War es da wirklich nötig, ihre wunderbare Romanze zu stören? War er denn nicht schon längst mehr als nur eine Romanze? Ann seufzte auf. Sie musste sich endlich entscheiden, was Jackson für sie war.

Dienstag, 24. Juli 1945

Mary hatte ihr bedrucktes Chintzkleid zum Lüften aufgehängt. Sie polierte ihre Aquamarin-Ohrringe mit einem Tuch und legte sie zurück in eine Schatulle. Die junge Britin wirkte müde.

Auch Ann war übernächtigt. Die ganze Nacht hatte sie daran gedacht, wie sie sich heute Jackson gegenüber verhalten sollte.

»Und, wie war das opulente Gelage gestern?«, fragte Ann neugierig.

»Das Essen hat hervorragend geklappt. Allen hat es geschmeckt. Meiner Meinung nach war die Musik etwas zu laut. Aber Papa wollte es so. So gab es nur kurze Trinksprüche statt ausufernder Tischreden. Und am Ende haben sich wieder alle gegenseitig ihre Menükarten unterschrieben. Kurz nach Mitternacht hat sich die Runde aufgelöst.«

Ann fächerte sich Luft zu. Es war noch früh und noch nicht besonders heiß, aber schon jetzt deutete sich ein schwüler Tag an. Im Nebenraum schlief der Premierminister noch.

»Die Außenminister haben heute ein Mittagessen. Mal sehen, ob sie dabei einige der Knoten entwirren können, die gestern auf der Konferenz entstanden sind. ... Immerhin konnten sie die Frage von Frankreichs Vorrechten in Syrien und dem Libanon einvernehmlich klären. Aber sonst scheint noch alles offen. Und dann ... Nachher kommen noch die Polen. Papa hat überhaupt keine Lust auf sie. Sie machen doch nur Ärger.«

»Ach ja? Ich dachte, wir seien damals in den Krieg eingetreten, weil wir ihnen gegen Hitler zur Seite stehen wollten.«

»Schon. Aber jetzt fordern sie fast ein Viertel des deutschen Territoriums, inklusive Vorpommern. Kannst du dir vorstellen, wohin all die Deutschen dann gehen würden? In die westlichen Sektoren. Am Ende würden wir sie durchfüttern müssen. Das will Papa unbedingt verhindern.«

»Und was sagen die anderen beiden dazu?«

»Stalin will ihnen das Territorium bis zur Oder-Neiße-Linie schenken. Außerdem sind die Polen so naiv zu glauben, sie könnten ein sozialistisches System haben und von den Sowjets Unterstützung erhalten, ohne dass diese massiven Druck ausüben würden. Jeder, der Stalin einmal persönlich begegnet ist, weiß, dass das keinesfalls so laufen würde. Ab jetzt sind die Polen seine Marionetten. Und Truman ... Ich weiß nicht genau. Papa hatte gedacht, er käme besser mit ihm aus. Aber jetzt zeigt sich allmählich, dass Trumans Interessen nicht in Europa liegen.«

»Vielleicht, wenn man Stalin etwas anderes anbieten würde ...«

»Ach, das ist doch alles schon passiert. Er ist einfach unersättlich. In Teheran haben Roosevelt und Papa ihm Königsberg versprochen. Onkel Joe wollte unbedingt einen eisfreien Hafen an der Ostsee haben. Und er hat bekommen, was er wollte.«

Ann dachte daran, dass eine Schwester von Papa nach Königsberg geheiratet hatte. Sie hatten schon einige Jahre keinen Kontakt mehr zu ihr. Niemand kannte ihre Adresse in London, vorsichtshalber. Nur ein Aspekt ihrer verdeckten

Identität. Aber noch 1933 hatten sie zu Weihnachten eine Postkarte aus einem völlig verschneiten Königsberg erhalten. Und Ann meinte sogar, sich erinnern zu können, dass sie als Vier- oder Fünfjährige über den Jahreswechsel mal zu Besuch gewesen waren. Zumindest damals war das Frische Haff komplett vereist gewesen.

»Vielleicht waren sie in Teheran und Jalta einfach zu spendabel. Aber als noch Krieg war … Ich glaube, damals war es allen egal. Hauptsache, das Kämpfen würde endlich enden. … Und jetzt … Papa ist gar nicht glücklich darüber, wie die Konferenz verläuft. Wenn wenigstens die Wahl nicht gleichzeitig stattfinden würde. Sicher hätte er dann viel mehr Energie, um seine Ziele durchzusetzen.«

Ann wusste Bescheid. Morgen würden der Premierminister, seine Tochter und auch der Führer der Opposition, Clement Attlee, nach London fliegen. Sie wollten vor Ort sein, wenn das Ergebnis der Wahl verkündet wurde. Es schien keine ausgemachte Sache zu sein, dass Winston Churchill die Unterhauswahl gewann. Etliche seiner Anhänger wurden zunehmend nervös.

Auf jeden Fall wurde die Konferenz für einige Tage unterbrochen. Das gab Ann die Möglichkeit, sich freier zu bewegen. Trotzdem, der Gedanke daran, der Führer der Labourpartei könne gewinnen, machte Ann große Sorgen. Churchill hatte das große Ganze im Blick, das Schicksal Europas im Angesicht eines erstarkten kommunistischen Russlands. Anders Clement Attlee. Der schien lediglich daran interessiert, dass die britischen Bürger bald die Einschränkungen, die der Krieg mit sich gebracht hatte, hinter sich lassen konnten, genug zu essen hatten und genug Kohle, um im nächsten Winter nicht frieren zu müssen.

Mary und Ann bemühten sich, im Haus den Normalzustand wiederherzustellen, bevor die polnische Delegation einfallen würde. Die Tische wurden zu den UFA-Studios zurückgebracht. Am liebsten wäre Ann mitgefahren. Es brannte ihr unter den Nägeln, mit den Bankows zu sprechen. Aber auf sie wartete Arbeit. Arbeit, und vier Kisten mit eingepackten Gläsern und Kerzenständern, für einen späteren Besuch.

Gestern Abend noch hatte sie am Brief für ihre Eltern weitergeschrieben, natürlich immer etwas verklausuliert, falls die Post geöffnet würde. Sie hatte ihnen von der Schreckensnachricht berichtet, dass das Haus in der Lindenstraße komplett zerbombt war. Aber anders als sie selbst, die Tage mit dieser niederschmetternden Information hatte leben müssen, bekamen die Eltern direkt im nächsten Absatz erzählt, dass die Familie von Onkel Friedel weggezogen war. Und dass es Hoffnung gab, sie doch noch lebend zu finden.

Ann hatte den Brief abgeschickt. Aber Onkel Friedel hatte sie nicht darin erwähnt. Wollte sie ihren Eltern wirklich mitteilen, dass Papas Bruder schon vor drei Jahren ins KZ gekommen war? Sie hoffte so sehr auf einen klitzekleinen Silberstreif am Horizont.

***

Ann hatte Mary noch geholfen, für den nächsten Tag zu packen. Anscheinend hatte auch Mary Churchill Sorge, dass ihr Vater den Posten als Premierminister verlor. Sie ließ sich zwar nichts anmerken, wirkte jedoch sehr bedrückt.

Immerhin hatte Ann früh Feierabend machen können. Als Jackson sie mit dem Jeep abholte, hatte sie schon eine halbe Stunde auf ihn gewartet. Ihre Begrüßung war holprig. In Ann sträubte sich mittlerweile alles, ihm weiter etwas vorzuspielen. Außerdem würde ein zärtlicher Kuss hier auf der Straße auch ein Naserümpfen bei dem einen oder anderen britischen Soldaten hervorrufen. Sich in der Gruppe mit anderen zu vergnügen, war eine Sache. Etwas anzufangen mit jemandem aus den anderen alliierten Streitkräften, war etwas ganz anderes.

Sie brauchten eine halbe Stunde, bis sie im Park von Schloss Sanssouci angekommen waren. Es war immer noch extrem schwül. Anns Bluse klebte an ihrem Körper. Als Jackson ihre Hand nahm, war sie verschwitzt. Sie umrundeten das leere Bassin der großen Fontäne und stiegen langsam die Terrassen hoch Richtung Schloss. Ann erzählte, dass sie letzte Woche schon einmal kurz im Schloss gewesen war. Gemeinsam setzten sie sich auf die oberste Stufe und schauten hinunter. Von hier aus konnte man die Stadt übersehen.

»Potsdam gefällt mir gut. Also das, was von der Stadt übrig geblieben ist. Was für eine Schande, dass es so weit kommen musste.«

Ann nickte.

»Wie konnte eine Nation, die so viel Schönes hervorgebracht hat, derart geistig verkümmern?« Jackson schüttelte den Kopf.

Was sollte sie darauf antworten? Sie konnte es sich ja selbst nicht erklären. Stattdessen blieb sie stumm.

»Der Krieg hat seine eigenen Gesetze. Ich habe so viel gesehen ...« Wieder schüttelte er den Kopf. »Nicht nur die Deutschen hat er zu Monstern gemacht.«

Ann bedachte ihn mit einem neugierigen Blick.

»Meine eigenen Leute haben ... Sie haben Soldaten einfach umgebracht. Deutsche Soldaten, die sich schon ergeben hatten. Sie haben sie einfach erschossen. Manche von ihnen waren fast noch Kinder. ... Es war einfacher, als Gefangene zu machen. In den ersten Tagen in der Normandie ... Niemand hielt sich gerne damit auf. Gefangene waren nur Ballast.« Er wischte sich über die Stirn.

Ann musste an den Jungen denken, der auf Jackson eingestochen hatte. Hatte man ihn vielleicht auch einfach umgebracht? *Nur Ballast ...*

»Verstößt das nicht gegen das Kriegsrecht? Stehen Soldaten, die sich ergeben haben, nicht unter einem speziellen Schutz?«

»Ja, natürlich. Die Genfer Konvention ist da ganz eindeutig. Das Völkerrecht regelt die Behandlung von Kriegsgefangenen. Aber nachdem sich die Deutschen selber kaum daran gehalten haben, konnte man wohl nicht viel anderes erwarten. Trotzdem, gegen einen bewaffneten Soldaten zu kämpfen, der einen erschießen will, ist eine Sache. Unbewaffnete Teenager zu erschießen, die nach ihrer Mutter weinen, ist ...«

Ann griff nach seiner Hand. Sie war feucht. War es Schweiß, den er aus seinem Gesicht gewischt hatte, oder Tränen?

»Ich finde es immer schwierig, eine ganze Nation für die Taten Einzelner verantwortlich zu machen. Auch wenn es im Falle Deutschlands natürlich viele Einzelne sind. Aber jetzt dabei zusehen zu müssen, wie dieses Land zerrissen wird ...« Ann schluckte ihre letzten Worte hinunter.

Für einen Moment sagte niemand etwas. Jackson zupfte mit seiner freien Hand an einem Grashalm, der sich seinen Weg ans Licht zwischen den Stufen erkämpft hatte. »Es sieht ganz gut aus für mich. Vermutlich werde ich hierbleiben können. Noch ist nichts entschieden, aber ...« Jetzt schaute er sie fragend an.

Sie wusste, worauf er hinauswollte. Hatte sie schon eine Meinung dazu gefasst? Hierzubleiben, mit ihm? Sie wusste es nicht.

»Erwarten deine Eltern dich bald zu Hause?«, fragte Jackson, als sie nicht antwortete.

»Natürlich. Die Möglichkeit, dass ich hierbleiben könnte, ist ja sehr vage ... selbst für mich.«

»Aber du ziehst es in Erwägung?«

So ein heikles Thema. Jackson ging natürlich davon aus, dass sie für ihn hierbleiben würde. Wieso sonst sollte sie in Deutschland bleiben?

»Ja, ich ziehe es in Erwägung.« Ann wusste erst in diesem Moment, als sie es aussprach, dass es stimmte.

Endlich war da ein leichtes Lächeln auf seinem Gesicht. Er schien tatsächlich erleichtert zu sein. Selbstverständlich wusste auch er nicht, was sie von ihm wollte. Wie auch? Ann wusste es doch selbst nicht.

Er zog sie zu sich heran. Diesmal schmeckte sein Kuss nicht nach Bier. Ann erwiderte seine Zärtlichkeiten. Doch als sie wieder voneinander abließen, zitterte sie.

»Jackson ... Was ist das hier mit uns zwei?«

»Ein Anfang.« Es klang eher nach einer Frage denn nach einer Bestätigung.

»Ja, aber wo führt es hin?«

»Ich weiß es noch nicht. Aber ich habe ein gutes Gefühl.« Jetzt tauchte wieder sein charmantes Lächeln auf.

Sie seufzte.

»Du machst dir Sorgen, weil es dir zu schnell geht?«

Ann nickte.

»Ich glaube, ich habe mich noch nie so gut mit einer Frau verstanden wie mit dir.«

»Das bedeutet?«

Jetzt packte er ihre Hand fester. »Das bedeutet, dass du mir wirklich wichtig bist. Und dass ich dich nicht verletzen möchte. Es bedeutet, dass es mir ernst ist mit dir.«

Dass ich dich nicht verletzen möchte. Sie würde ihn so gerne auch nicht verletzen müssen. Doch diese Möglichkeit blieb ihr jetzt schon verwehrt. Entweder entschied sie sich gegen ihn, oder sie musste ihm ihre Lügen gestehen. Dieser Gedanke ätzte sich in ihre Seele.

Als sie nicht antwortete, fuhr er fort: »Ich weiß, du musst Dutzende solcher Geschichten erlebt haben. Soldaten, die im Angesicht des Todes noch etwas erleben wollen. Männer, die dir den Hof machen und genau wissen, dass sie eine Woche später an die Front müssen. Mit all den Konsequenzen, die das haben kann. Doch jetzt ist der Krieg aus.« Er sah sie ganz ruhig an. »Wenn man jetzt etwas mit einer Frau anfängt, dann sollte es etwas Ernsthaftes sein. Zumindest finde ich das.«

Erwartungsvoll blickte er sie an. Sie wusste, sie musste jetzt etwas sagen.

»Ich ... Mir geht es genauso wie dir. Ich hab mich auch noch nie zuvor mit einem Mann so wohlgefühlt. ... Aber direkt hierzubleiben ...«

»In einem fremden Land«, ergänzte er.

Ann nickte beklommen. Schließlich befand sie sich nicht in einem fremden Land, auch wenn Deutschland ihr fremd geworden war. »Ich hab das Gefühl, ich muss alles auf eine Karte setzen. Und dabei kenne ich diese Karte noch nicht einmal.«

Sein Nicken bestätigte, dass er sie verstand. »Aber hast du nicht gesagt, du weißt ohnehin noch nicht, was du jetzt nach dem Krieg anfangen willst?«

»Ja.«

»Dann würdest du doch im schlechtesten Fall ein paar Wochen oder Monate vertrödeln. Wenn du bleibst und es nicht mit uns beiden klappt, dann kannst du doch jederzeit zurückgehen. Und dann das anfangen, was du sonst vielleicht einfach nur ein paar Monate früher angefangen hättest.«

Sie atmete tief durch. Damit hatte er natürlich recht. Sie vergab sich doch nichts, wenn sie es probierte. Und doch, die eine Sache stand ihr noch im Weg.

Als hätte er ihre Gedanken gelesen, fragte er jetzt: »Ich bin mir sicher, du bekommst einen Job als Übersetzerin. ... Woher kannst du eigentlich so gut Deutsch?«

Es war, als würde sich ihr Magen umdrehen. Plötzlich war ihr übel. Das war eine Frage, bei der sie nur offensiv lügen konnte. Andernfalls müsste sie die Wahrheit erzählen. War das jetzt der Zeitpunkt, um Jackson zu sagen, wer sie wirklich war?

Ann schaute ihn an und hatte ihre Sprache verloren. Ihr Herz pochte laut. *Sag es ihm. Sag es ihm jetzt. Es wäre nur fair, es ihm zu sagen.* Doch sie konnte nicht. Meine Güte, was war sie doch für ein Feigling.

»In der Schule. ... Und später habe ich deutsche Feldpost übersetzt. Viele Monate lang. Da hab ich natürlich noch viel dazugelernt.«

Abrupt stand sie auf. Sie wollte ihm nicht weiter ins Gesicht schauen müssen. Angespannt ging sie ein paar Meter in Richtung Schloss.

»Warst du schon mal drin? Kommen wir überhaupt rein?«

Jackson stand jetzt auch. Enttäuschung war in seinem Gesicht zu lesen. Hatte er bemerkt, dass sie ihm etwas verheimlichte? Oder glaubte er einfach, dass sie nur noch ein paar Tage mehr Zeit brauchte?

Sie kamen nicht ins Schloss hinein und gingen noch eine halbe Stunde spazieren, bis sie wieder zurück zum Jeep liefen. Als sie an Churchills Herrenhaus vorbeikamen, stand der Premierminister gerade vor der Tür und streichelte eine streunende Katze.

Beide schauten erstaunt auf die Szene. Der kleine Stubentiger ließ sich nicht einschüchtern von den Männern mit den Gewehren, die den Premierminister flankierten.

Als Jackson vor der Villa hielt, in der die ATS-Frauen untergebracht waren, blieb sie sitzen. Sie hatten nicht mehr über eine mögliche gemeinsame Zukunft gesprochen. Aber das Thema schwebte die ganze Zeit zwischen ihnen. Ann drehte sich zu ihm.

»Gib mir ein paar Tage Zeit. Ich werde heute noch meinen Eltern schreiben und sie fragen, was sie von dieser Idee halten. Ich ... ich möchte sie nicht einfach vor vollendete Tatsachen stellen. Kannst du das verstehen?« Tiefer. Sie verstrickte sich immer tiefer in ihre Lügen. Sie wusste doch genau, dass sie nicht entscheiden konnte, hier bei ihm zu bleiben, solange er die Wahrheit nicht kannte.

Ein erleichtertes Lächeln erschien auf Jacksons Gesicht. »Ja, das kann ich verstehen.« Da sie direkt vor dem Haus mit den anderen Frauen standen, griff er nur nach ihrer Hand und drückte ihr einen zärtlichen Kuss auf ihren Handrücken. »Sehen wir uns morgen?«

»Gerne. Churchill und ein paar aus seiner Delegation fliegen morgen Mittag oder Nachmittag zurück nach London. Ich weiß noch nicht genau, wann sie zurückkommen werden. Aber ich denke, ich werde bestimmt ein oder zwei freie Tage haben.«

»Dann erwarte mich morgen.«

Niedergeschlagen von ihren vielen Lügen betrat Ann das große Gebäude. Als sie in ihr Zimmer ging und die Uniformjacke auf das Bett warf, lag da wieder ein Brief. Es war abermals dieses billige graue Papier. Bankow! Eilig riss sie den Brief auf.

Werte Miss Miller,
wir haben herausbekommen, wo sich Charlotte Hufnagel, geborene Müller, nun aufhält. Wir werden Sie zu ihr bringen beziehungsweise Ihnen die Adresse geben. Bitte bringen Sie reichlich zu essen mit. Wir erwarten Sie in den UFA-Studios.
Leopold Bankow mit Liesel

Charlotte Hufnagel? Dann hatte Charlie wohl geheiratet! Aber sie lebte. Wenn sie es denn war! Nein, sie war es bestimmt! Ann wollte nichts anderes denken, als dass sie endlich ihre Charlie wiedergefunden hatte. Sie presste ihr Gesicht in das raue Papier, überglücklich. Nahm es direkt weg, als sie spürte, dass ihr die Tränen in die Augen schossen. Sie glaubte ganz fest dran, dass sie Charlie ganz bald wiedersehen würde. Sollte es wirklich wahr sein? Sie konnte endlich ihren Verrat gutmachen. Jetzt musste sie nur noch irgendwie und ganz schnell in die Stadt kommen ... Jackson!

Sie brauchte ihn noch immer, als Mittel zum Zweck. In ihrem Inneren rebellierte es. Hatte sie ihm nicht gerade noch eine dicke Lüge aufgetischt? Sie würde ihren Eltern schreiben. Päh! ... Glücklich und trauernd zugleich ließ sie sich aufs Bett sinken. Sie starrte die Zeilen an. Charlie lebte. Und wenn sie lebte, dann brauchte sie Hilfe, ganz sicher sogar. Wenn Ann eins in den letzten Wochen erfahren hatte, dann, dass es den Menschen hier sehr schlecht ging.

Wieso sollte sie nicht hierbleiben, selbst wenn es mit Jackson nicht weiterging? Von hier aus konnte sie Charlie zehnmal leichter helfen. Sie würde ihren Eltern noch heute schreiben. Und sie würde um eine schnelle Antwort bitten. Vielleicht käme der Brief ihrer Eltern mit demselben Flug zurück, mit dem Winston Churchill zurück nach Potsdam kam.

Mittwoch, 25. Juli 1945

Es ging hektisch zu im Haus Seefried. Über allem hing Churchills Abreise und der Ausgang der Unterhauswahl. Der Premierminister hatte schlecht geschlafen und düstere Träume gehabt. In der Küche munkelte man, er habe von seiner Abwahl geträumt.

Es war verabredet worden, dass die Konferenz während der Abwesenheit des britischen Premiers ausgesetzt wurde. Da sich die Staatsmänner anscheinend noch auf nichts geeinigt hatten, würden die Verhandlungen verschoben. Ann konnte es gar nicht erwarten, dass die Churchills abflogen. Das Herrenhaus wäre für mindestens zwei Tage mehr oder weniger verwaist. Das bedeutete, sie konnte früh Feierabend machen. Ann hatte schon einen Plan, wie sie die Lebensmittel zu den Bankows bringen konnte und im Gegenzug dafür Charlies Adresse bekam. Vielleicht, vielleicht mit etwas Glück, würde sie ihre Cousine schon heute oder morgen wiedersehen.

Sie half Mary dabei, die letzten Sachen zusammenzupacken. Nach einem frühen Treffen auf der Konferenz würden Churchill, Mary und Außenminister Eden bereits am Mittag nach Hause fliegen.

»Heute werden noch mal Fotos gemacht. Papa fürchtet, dass alle den letzten Moment seiner Regentschaft festhalten wollen. Er glaubt, dass die Frauen für ihn sind, aber die meisten Männer gegen ihn.« Mary drückte ihre Kleidung im Koffer zusammen, und Ann half ihr, die Schnallen zu schließen.

Gemeinsam wanderten sie noch einmal durch die Räume des Herrenhauses und prüften, ob auch alles Persönliche eingepackt worden war. Die Tochter des Premierministers wirkte sehr nervös.

»Wenn ich nicht wiederkommen sollte, dann ... melde dich bei mir. Wir können uns ja mal in London treffen.«

Ann glaubte ihr nicht so recht. Erst einmal zurück in London würde diese hochwohlgeborene Tochter zu ihren Freunden und ihresgleichen zurückkehren. Freundschaften, die im Krieg geschlossen worden waren, hielten nur dann, wenn man etwas gemeinsam überlebt hatte. Aber sie beide, sie hatten nur Stühle gerückt und Vasen verstellt. Trotzdem nickte sie ihr aufmunternd zu.

»Ich bin mir sicher, wir werden uns schon ganz bald wiedersehen.«

»Ja, das hoffe ich auch.«

Das letzte Treffen der Großen Drei begann um elf Uhr und dauerte nicht lange. Nach kaum zwei Stunden war Marys Vater schon wieder in der Ringstraße. Ann wusste, dass die meiste Arbeit ohnehin in den Unterausschüssen geleistet wurde. Alles, was irgendwie zu strittig war, wurde vertagt, verschoben oder an andere Stellen verwiesen. Churchills Aufgabe in Potsdam war für heute erledigt. Jetzt begann ein stetiges Heraustragen von Koffern und Paketen.

Der Premierminister hatte sich nur kurz in seine Räume zurückgezogen und stand nun in der Empfangshalle. Er sah fahl aus. Seine beige Militäruniform war zerknittert und spannte über seinem Bauch. Plötzlich hatte er nichts mehr von der Bulldogge Churchill. Er wirkte kleiner, fast, als wäre er in den letzten Stunden geschrumpft.

Ann begleitete Mary noch bis raus auf die Straße. Mehrere Militärwagen parkten dort. Alle warteten darauf, dass der Premierminister das Haus verließ. Nachdem sich beide noch mal versichert hatten, dass alles eingepackt und verstaut war, blieb Ann bei Mary stehen. Die stieg in den Wagen und wartete auf ihren Vater.

Gemeinsam mit Außenminister Eden trat Churchill vors Haus und kam die Auffahrt hinunter. Er schien durch alle hindurchzublicken. Als wäre er schon gar nicht mehr hier. Er beachtete Ann nicht, stattdessen unterhielt er sich mit Eden.

Der Außenminister schien aus irgendeinem Grund wütend zu sein. »Ich wünschte nur, das mit der Flotte wäre anders gelaufen. Wir hätten das vorher besprechen sollen. Den genauen Wortlaut!«

»Ich hätte es mir auch anders gewünscht. Aber wenn Truman einen Anteil an der deutschen Flotte haben will, dann kann ich nicht so tun, als würde Russland nicht auch ein Drittel zustehen.« Churchill nahm hinten neben Mary Platz. »Truman hat Stalin vorhin Bescheid gesagt. Ich habe ihn beobachtet. Ich stand ganz nah dabei. Er hat ihm von der erfolgreichen Zündung der großen Bombe erzählt. Stalin hat nicht mal mit der Wimper gezuckt.«

»Vielleicht hat er nicht begriffen, dass es wirklich eine neuartige Bombe ist«, entgegnete Eden.

»Es wird nicht lange dauern, bis er das herausfindet. Truman ist entschlossen, die Wunderwaffe einzusetzen. Das wird ein Inferno auf Erden. Die Hölle wird sich auftun für die Japaner. Dann kann er die Russen zum Teufel schicken! Meine Zustimmung hat er.« Mit diesen Worten hielt Churchill ihm die Hand hin. Die beiden Männer schauten sich noch einmal tief in die Augen und verabschiedeten sich.

Der Fahrer ließ den Wagen an. Ann trat zurück. *Große, neuartige Bombe ... Die Hölle wird sich auftun.* Was kam da auf sie zu, fragte Ann sich stumm. War das die Wunderwaffe, von der schon Hitler fabuliert hatte?

Der erste Wagen der Kolonne fuhr an, und dann auch Churchills. Ann schaute Mary nach, die noch winkte. Neben ihr seufzte der Außenminister laut, drehte sich um und ging in eine andere Richtung davon. Anscheinend würde er mit einem separaten Flugzeug nach London fliegen.

Ann wandte sich um. Obermaat Pinfield und seine Küchengehilfen standen vor der Tür. »Kommen Sie mit in die Kantine, Mittag essen?«

Auch er konnte einige Tage Verschnaufpause gut gebrauchen. In den letzten Tagen hatte er viele Essen für die wichtigsten Staatsmänner der Welt zubereiten müssen.

»Ja, eine gute Idee«, sagte Ann.

***

Nach dem gemeinsamen Essen ging Ann in den *Military Store* und kaufte ein. Sie ließ sich alles in einen Karton packen, den sie zurück ins Herrenhaus schleppte. Der Karton kam zu den anderen vier Kisten, die sie im Keller abgestellt hatte.

Am liebsten wäre sie sofort gefahren, aber erst musste sie noch ihre Arbeit erledigen. Sie räumte in den Zimmern auf, die jetzt nicht mehr bewohnt waren. Die Bettwäsche wurde abgezogen und das Bettzeug gelüftet. Als sie alles erledigt hatte, wusste sie, es war so weit.

Sie trug die vier Kisten mit den Gläsern, Suppenterrinen und Kerzenständern aus dem Fundus der Filmstudios hoch und stellte ihren Karton daneben. Alles sollte schließlich nach Arbeit aussehen. Draußen vor der Tür bat sie einen der Soldaten um einen Wagen. Eine halbe Stunde später saß sie auf dem Beifahrersitz.

Dieses Mal musste sie gar nicht erst nach Herrn Bankow fragen. Er saß draußen in der Sonne, seine Tochter an seiner Seite, und wartete anscheinend schon auf sie. Sein Gesicht zeigte große Erleichterung und Freude. Er kam ihr ein Stück entgegen, blieb aber drei Meter vor dem parkenden Wagen stehen.

»Ihr da!«, herrschte der Fahrer die beiden an. Er machte eine Geste, dass die Bankows die Kartons ausladen sollten.

Ann stieg aus und packte sich den Karton mit den Lebensmitteln.

»Lassen Sie doch die Hunnen die Arbeit machen«, riet ihr der Fahrer.

»Das hier ist sehr wertvolles Geschirr. Ich möchte, dass es unbeschadet zurückkommt. Vielleicht brauchen wir es noch mal.«

»Dann hätten Sie es besser direkt im Haus behalten.«

»Kein Platz«, antwortete Ann so knapp wie möglich. Vielleicht war das zu unhöflich. Deshalb schob sie eilig nach. »Ich will mit in den Fundus. Ich möchte mir mal das Kostümlager anschauen.«

»Ach so«, sagte der Soldat verständnisvoll und zwinkerte verschwörerisch. Lässig setzte er sich auf den Kotflügel seines Jeeps und steckte sich eine Zigarette zwischen die Zähne. »Ich warte solange. Lassen Sie sich ruhig Zeit. Wir haben uns alle eine Verschnaufpause verdient.«

Jeweils eine Kiste in ihren Armen warteten Liesel und Bankow vor der Tür des Fundusschuppens auf sie. Ann folgte ihnen mit dem Karton. Stumm liefen sie durch die Gänge.

Liesel schaute sich immer wieder ängstlich nach ihr um, als würde sie befürchten, dass sie sich mit dem Essen davonstehlen könnte. Sie erreichten einen abgeschiedenen Lagerraum, und Bankow setzte seine Kiste ab. Ann stellte den Karton darauf.

Noch einmal prüfte sie, ob auch niemand in der Nähe war. »Danke für Ihre Benachrichtigung. ... Sie schrieben: Charlotte Hufnagel. Heißt das, sie ist verheiratet?«

Bankow nickte. »Verheiratet und hat zwei Kinder.«

»Zwei Kinder!«, stieß Ann aus. »Sind Sie sicher, dass Sie die richtige Frau erwischt haben?«

»Ich denke doch.«

Ann schaute ihn zweifelnd an. Ihre Cousine sollte schon Mutter von zwei Kindern sein? In ihrem Kopf war Charlie noch immer ein zwölfjähriges Mädchen. Aber natürlich war sie nun elf Jahre älter. So viel, was sie verpasst hatten. So viele vergeudete Jahre.

»Und wo wohnt sie jetzt?«

»Sie ist auch ausgebombt worden und lebt jetzt anscheinend in einem Keller.« Als Bankow ihre Zweifel bemerkte, schob er schnell nach: »Viele leben jetzt in Kellern. Wir ja auch.«

»Ja. ... Natürlich.« Erst jetzt nahm Ann ihre Hand vom Karton und gab ihn frei.

Liesel griff sofort zu und klappte die Pappe zurück. Schnell prüfte sie den Inhalt, wie immer stumm.

Bankow holte ein gefaltetes Stück Papier aus seiner Hosentasche. »Hier, ich habe es Ihnen vorsichtshalber aufgezeichnet. Das war ihre letzte Adresse. Ihre Nachbarin sagte mir, dass sie in derselben Straße in einem Haus mit der Nummer 19 untergekommen sei. Wir waren dort, aber sie war nicht da.«

»Dann haben Sie sie gar nicht getroffen?«

»Nein, leider nicht. ... Aber tagsüber sind die meisten ja unterwegs. Wegen Marken oder Brot oder Wasser Schlange stehen.«

»Wie können Sie sicher sein, dass sie die richtige Frau ist?« Anns Hoffnung sank. Müller war ja nicht gerade ein seltener Nachname.

Der Deutsche zuckte mit den Schultern. »Ich hab mich durchgefragt. Zwei Tage lang. Ich hab rausgekriegt, wohin die Familie Müller aus der Lindenstraße umgezogen ist. Wir sind zu einer Adresse am südlichen Stadtrand geschickt worden. Dort hat die Familie Müller aber auch nur bis 1944 gewohnt. Dann sind sie unbekannt verzogen.« Sein ungeduldiger Blick fiel auf den Karton.

»Immerhin konnte man mir noch sagen, wo die Tochter nach ihrer Heirat gelebt hat und wie sie jetzt heißt. Das Haus ist in einer der Seitenstraßen der Pappelallee. Wir sind hin. Dort sagte mir ihre Nachbarin, die Einzige im Haus, die nicht ausgebombt wurde, dass eine Lotte Hufnagel, geborene Müller, tatsächlich in dem Haus gewohnt hatte. Und dass die junge Frau noch lebt.«

Lotte. Wieso sollte aus Charlie eine Lotte werden? Vielleicht aus dem gleichen Grund, aus dem aus Annegret eine

Ann geworden war. Die einen wollten nicht mehr, dass es deutsch klang, und die anderen nicht mehr, dass es englisch klang. »Und diese Lotte Hufnagel ... lebt jetzt wo?«

»Hier, ich hab es Ihnen eingezeichnet. Dort, wo das Kreuz ist. Hausnummer 19.«

»Im Keller?«

Er nickte. »Wir waren dort. Er ist bewohnt. Wir haben zwei Stunden gewartet, aber dann mussten wir gehen«, sagte er mit bedauerndem Ton.

Ann wusste ja, dass auch die Deutschen sich hier nicht frei bewegen konnten. Nachts galt die Ausgangssperre, auch wenn die schon etwas gelockert war. Sie atmete tief durch. Sollte sie ihm glauben? Zumindest war Bankow überzeugt, dass er die richtige Person gefunden hatte.

Und wenn nicht? Sie würde die Lebensmittel ja doch nicht wieder mitnehmen. Liesels begehrliche Blicke lagen auf dem Inhalt. Sie hatte schon eine Dose in der Hand – Corned Beef. Bestimmt würden sie sie öffnen, sobald Ann verschwunden war.

»Vermutlich ist es das Beste, wenn Sie morgens früh oder abends kurz vor der Ausgangssperre hinfahren. Dann müssten Sie sie dort antreffen.«

»Gut. ... Dann werde ich dort mein Glück versuchen.«

Ein verzweifeltes Lächeln stand auf Bankows Gesicht. »Wir waren noch dreimal in der Markgrafenstraße. Ihr Zettel hängt noch dort, aber es ist nichts notiert.«

Offensichtlich war es ihm wichtig zu zeigen, dass er sich das Essen redlich verdient hatte.

»Ja, danke. ... Falls Sie noch etwas erfahren über die Müllers oder die Buchners, bitte geben Sie mir sofort Bescheid. Einige Tage werde ich noch hier sein.«

Jetzt legte auch er seine Hand auf den Rand des Kartons. »Sehr gerne.« Auch er wollte nicht, dass seine Quelle versiegte. »Ich bringe Sie noch zurück. Ich muss die anderen Kisten ja noch holen.«

Er warf einen Blick auf seine Tochter. »Bleibst du hier?«

Wie eine hungrige Katze hockte Liesel vor dem Karton. Ganz sicher würde sie die Sachen nicht aus den Augen lassen. Andererseits blieb sie wohl nicht gerne allein.

Doch endlich rang sie sich zu einer Antwort durch. »Ich bleib hier. Da, hinter den Leinwänden.«

Ann betrachtete die junge Deutsche mitleidig. Wie sie sich wegduckte, vollgesogen mit Angst wie ein Schwamm. Ein Gedanke schoss ihr durch den Kopf: So könnte sie selbst heute sein, wenn Papa nicht mit ihnen geflüchtet wäre. »Auf Wiedersehen, Liesel. Vielleicht sehen wir uns ja nicht mehr. Dann ... wünsche ich dir alles Gute für deine Zukunft.« Ann hielt ihr die Hand hin.

Liesel Bankow sah Ann erstaunt an. Sie schüttelte kurz ihre Hand. Aber schon gehörte ihre Aufmerksamkeit wieder dem Karton, den sie nun packte und hinter ein paar Leinwände trug. Bankow brachte sie ein Stück, als Ann sagte: »Notieren Sie mir doch bitte noch, wo Sie derzeit leben. Also ich meine, wenn Sie nicht hier sind. ... Nur für alle Fälle«, schob sie schnell nach.

Er nahm den Zettel und holte einen Bleistift aus seiner Hosentasche. »Wie gesagt, für den Fall, dass Sie uns suchen – wir leben jetzt im Keller.«

Als sie vor die Tür traten, packte Bankow wortlos die nächste Kiste und verabschiedete sich mit einem Nicken.

»Nichts Passendes gefunden?«, fragte der Fahrer Ann grinsend, als sie wieder einstieg.

»Nein, alles alt und stinkt nach Mottenkugeln.«

Sie fuhren zurück. Am liebsten hätte sie den Mann gefragt, ob er sie nicht schnell zu der Adresse auf dem Zettel bringen könnte. Aber das ging nicht. Miss Bright würde bestimmt früher oder später Wind davon bekommen. Und dann wäre sie in Erklärungsnot. Nein, sie musste sich etwas anderes einfallen lassen.

Jackson! Heute Abend wollte Jackson sie wieder abholen. Heute würde sie es ihm sagen. Sie musste ihm die Wahrheit sagen, musste es erklären, damit er sie in die Stadt brachte. Sie schimpfte sich selber dafür, dass sie gestern die Gelegenheit nicht wahrgenommen hatte. Gestern hätten sie Zeit dafür gehabt. Wenn sie sich ihm heute offenbarte und im gleichen Atemzug nach Hilfe fragte, sah es so aus, als wenn sie ihn nur benutzen wollte.

Aber Ann musste dringend zu dieser Adresse! Konnte es wirklich Charlie sein, die Bankow gefunden hatte? Eine verheiratete Frau? Mutter zweier Kinder? Lotte Hufnagel, der Name klang fremd.

Donnerstag, 26. Juli 1945

Wo blieb Vater nur? Immer, wenn die Russen kamen, gab es Ärger. Vater musste sich im provisorischen Rathaus melden. Natürlich wussten alle ganz genau, wer Parteimitglied war. Letzte Woche hatte sie beim Brotanstehen munkeln hören, dass der Leiter der Ortsgruppe von einem Mob gelyncht worden sei. Anscheinend war er nicht schnell genug verschwunden. Auch wenn Vater sich nie durch etwas hervorgetan hatte, hatte sie Angst um ihn.

Und jetzt war er schon über fünf Stunden fort. Liesel wurde fast verrückt hier unten alleine im Keller. Hatte er sich auf dem Amt gemeldet und stand jetzt vielleicht noch für Brot an? Sie hatten gestern neue Marken bekommen. Aber neue Marken hieß nicht unbedingt frisches Brot.

Vielleicht hatten sie ihn direkt verhaftet. Es hieß, Parteimitglieder würden nun alle selbst in den KZs kaserniert. Plötzlich wurde der Name Sachsenhausen laut ausgesprochen. Auch etwas, das es vorher nicht gegeben hatte. Von Konzentrationslagern war, wenn überhaupt, nur hinter vorgehaltener Hand gesprochen worden.

Vater war keiner der Märzgefallenen gewesen. Früh in die Partei eingetreten, war er aber trotzdem lediglich Mitglied gewesen, war nur zu den verpflichtenden Parteiversammlungen gegangen und hatte ansonsten die Schnauze gehalten, wie er immer wieder sagte. Aber das Abzeichen, dieses kleine, runde Stück Metall, das so viele bis kurz vor Eroberung der Stadt am Revers getragen hatten, es konnte ihm nun zum Verhängnis werden. Dabei hatte es ihnen so viele Jahre gute Dienste geleistet. Erst hatte er die Anstellung bei der UFA bekommen und dann, zum Jahresende 1938, hatten sie eine schöne Wohnung zugewiesen bekommen. Endlich genug Platz für fünf Kinder. Ein Schlafzimmer für die Eltern und je eins für die Jungs und für die Mädchen. Im zweiten Stockwerk eines Vorderhauses, das nicht nach Schimmel roch. Tagsüber schien sogar die Sonne in die Zimmer. Viele Möbel waren dort stehen geblieben. Von ihren neuen Nachbarn erfuhren sie, dass hier vorher ein jüdischer Rechtsanwalt mit seiner Familie gewohnt hatte. In einer Nacht- und Nebelaktion war er auf und davon, nachdem er gar nicht mehr hatte arbeiten dürfen. Ihnen sollte es nur recht sein. Liesel schrubbte mit Mutter und Helene drei Tage die Wohnung, vorsichtshalber. Dann erst zogen sie ein.

So also brachte ihnen dieses wunderbare Jahr 1938 zum Ende noch eine gute Wohnung. Jawohl, es war bergauf gegangen mit ihnen und der Nation. Hätte Liesel jemals auch nur daran gedacht, dass es hier enden würde? In einem Keller?

Oben standen noch vereinzelt die Möbel dieser jüdischen Familie. Ob sie nun zurückkommen würden? Ob sie ihre

Möbel wiederhaben wollten? Wohnen konnte in dem Haus ab dem ersten Stock niemand mehr.

Der Nachmittag schritt immer weiter voran. Mal hockte sie im Dunkeln, mal knipste sie das Licht an, weil ihre Angst zu groß wurde. Allmählich kroch die Panik in ihr hoch und erreichte ihren Kopf. Vater war noch immer nicht zurück. Sie hielt die Ungewissheit nicht mehr aus. Was, wenn er jetzt schon in einem Transport ins KZ saß? Wenn sie ihn nie wiedersehen würde? Erst vor drei Tagen hatte Vater in einer alten Zeitung gelesen, dass man die Bewohner von Dachau in Bayern gezwungen hatte, durch das dortige Lager zu gehen. Sie sollten sich anschauen, was ihre eigene Bevölkerung den dort Inhaftierten angetan hatte. Würden die Russen, die Amis und die Briten nun in den Lagern das Gleiche mit ihnen machen? Dann würde sie sich noch einmal einen Wintermantel beschaffen und ins Wasser gehen!

Hin- und hergerissen entschied Liesel sich irgendwann, Vater zu suchen. Sie versteckte die Lebensmittel dieser Britin alle einzeln, alle in einem eigenen Versteck. Wenn jemand räubern kam, sollte er wenigstens lange suchen müssen. Und vielleicht würde der Dieb schon nach dem ersten Fund glücklich abziehen und seine Beute sichern. Aber jemanden Fremdes würde die Witwe Seidel sowieso nicht einlassen.

Im Keller war es kühl, deswegen war es nicht schlimm, dass sie die ganze Zeit in einem Wollpullover rumsaß. Doch als sie jetzt vor die Tür trat, fing sie sofort an zu schwitzen. Das könnte natürlich auch der Angst geschuldet sein.

Geduckt schlich sie an den Häuserwänden entlang, immer erst um eine Ecke schauend, bevor sie weiterging. Ihre Knie waren butterweich vor Angst. Schon sehr lange war sie nicht mehr alleine vor die Tür gegangen. Doch obwohl sie nicht ohne ihn im Keller hatte bleiben wollen, hatte Vater darauf bestanden, dass sie nicht mitkam. Wenn er sich offiziell melden musste, weil er Parteimitglied gewesen war, konnte das nichts Gutes bedeuten.

Liesel lief weiter in die Innenstadt hinein. Hier begegnete sie mehr Menschen. Die schlurften nicht mehr nur durch die Gegend. Einige von ihnen eilten irgendwohin. Beschäftigt, sie waren beschäftigt. Etwas beruhigter lief sie drei Geschäfte ab, die wieder geöffnet hatten. Hier bekam man die Lebensmittelmarken und gelegentlich auch etwas, was man dafür eintauschen konnte. Vater stand an keiner der Schlangen an.

Seit der Nacht von Potsdam war sie kaum noch auf der Straße gewesen. Aber an jenem Morgen war sie vom Bunker, in dem sie übernachtet hatten, nach Hause gegangen. Überall rauchte und brannte es. Tote lagen auf der Straße, viele von ihnen Zwangsarbeiter, die nicht in die Luftschutzkeller durften.

Natürlich hatte Potsdam schon vorher vereinzelte Bomben abbekommen. Aber das war nichts im Vergleich zur Nacht von Potsdam. Die Hölle hatte sich direkt vor ihren Haustüren geöffnet. Jetzt war die Innenstadt eine einzige große Wunde. So sehr, wie das Antlitz der Stadt vollkommen verändert war, so sehr hatte sich auch Liesels Leben verändert.

Sie schlug den Weg Richtung Französisches Viertel ein. Etliche Männer standen hier in den Trümmern und gaben Eimer für Eimer weiter. Sie erkannte einige davon. Alle waren Parteimitglieder. Würde sie Vater hier finden?

An einen der Männer, die unten in der Eimerkette standen, trat sie heran. »Wissen Sie, wo Leopold Bankow ist? Er ist mein Vater«, setzte sie vorsichtshalber nach.

Der Mann starrte sie an, als hätte sie in einer fremden Sprache mit ihm gesprochen. »Bankow? Kenn ich nicht«, sagte er abweisend und reichte einen leeren Eimer zurück. »Geh weiter … Geh weg.« Angst in der Stimme. Man wollte mit niemandem mehr in Verbindung gebracht werden. Jeder konnte noch größeren Dreck am Stecken haben als man selbst.

Ja, jetzt komme der Zahltag, so sagten alle. Viele von ihnen hämisch. Aber wofür sollten sie eigentlich bezahlen? Was hatten sie verbrochen?

Vater hatte sich vor allem darum gekümmert, dass immer Essen bei ihnen auf dem Tisch gestanden hatte. Niemals auffallen, das hatte er ihnen schon früh eingebläut. Am besten, man hält sich immer aus allem raus, soweit es möglich ist. Niemals vorweggehen, niemals hervorstechen, so die Familiendevise. Und damit waren sie ja schließlich immer gut gefahren. Im November 1938, in der Reichskristallnacht, hatte Vater krank im Bett gelegen. Später hatte er sich immer rausgeredet, wie schade es sei, dass er das Spektakel verpasst habe. Aber das sagte er nur, wenn Kameraden und Parteigenossen da waren. Alleine im kleinen Kreis der Familie sagte er es nie. Als Fritz mal danach fragte, schimpfte er mit ihm. Damals war Liesel der Gedanke gekommen, ob er wohl gar nicht krank gewesen war. Ob er nur nicht hatte mitmachen wollen. Ach was: Vater war vorsichtig, aber ein Feigling war er nicht. Also konnte das ja gar nicht sein.

Tatsächlich hatte er als junger Mann mal mit den Kommunisten sympathisiert. Das hatte er ihnen dieses Frühjahr erzählt. Und er hatte Helene und sie schwören lassen, das niemandem zu verraten. Er war dort wieder weg, als er gemerkt hatte, dass bei denen nichts zu holen war. Bei den Roten gab es nur Parolen, nichts zu essen.

Bei der NSDAP wurden einem unter der Hand Stellen vermittelt. Der eine kannte den anderen, und alle waren in der Partei. Was war daran so schlimm, dass sie jetzt derart dafür zahlen sollten? Natürlich wusste sie nicht alles, was Vater getan hatte. Aber hatte er ihr nicht beigebracht, dass sie gehorsam sein und ihre Pflicht erfüllen sollte? Da war es doch nicht anzunehmen, dass er es anders gehandhabt hatte.

Und genau wie er hatte sie sich immer an alle Regeln gehalten, wenigstens an fast alle. Und jetzt durften sie die Trümmer dieser Regeln wegschaufeln.

Liesel ging weiter, um die nächste Ecke. Auch hier standen Männer auf den Trümmern, wieder alles Parteimitglieder. Sie wollte gerade den Mann fragen, der unten auf der Straße stand, als sie ihn sah. Ein Kribbeln lief ihr den Schädel hoch.

Vater stand oben, im Inneren des zusammengestürzten Hauses, auf zwei wackeligen Planken. Er schüttete die vollen Eimer aus. Die schlimmste Position, wie sie von ihren wenigen Tagen als Trümmerfrau wusste. Dort staubte es, und es war auch am unsichersten. Dort hatte sie selbst gestanden, als der Schutthaufen unter ihr eingekracht war. Ein Zittern lief durch ihren Körper. Sie musste sich setzen, so schummerig wurde ihr.

Sie hatte Durst. Der Staub brannte ihr in der Kehle. Luftnot, sie konnte kaum atmen. Oder war es ein Angstanfall, wie Vater ihr die wiederkehrende Atemnot erklärt hatte? Sie versuchte, langsam und tief zu atmen. Allmählich ging es wieder.

Was sollte sie jetzt tun? Sollte sie zurückgehen? Wieder allein in den Keller? Was, wenn man Vater hierbehielt? Allein im Keller … Sie würde nicht mal eine Nacht durchstehen.

Vater pfiff nach ihr. Sie kannte den Ton. Er winkte jemanden heran und stieg herab. Ein russischer Soldat, der bewaffnet am Fuße des kaputten Gebäudes stand, rief ihm feindselig etwas zu. Vater zeigte zu Liesel. Er durfte zu ihr runterkommen.

»Glückwunsch. … Du hast es geschafft.«

Liesel schaute ihn fragend an.

»Du bist zum ersten Mal allein durch die Stadt gelaufen.«

Das stimmte! Bisher war sie nicht weiter als bis zur nächsten Ecke gegangen, wenn Vater nicht dabei gewesen war. Abgesehen von dem einen Mal.

Ihr zweifelnder Blick lief hoch zum Gebäude. »Wann kommst du zurück?«

»Ich weiß noch nicht. Wenn sie mich lassen. Immerhin haben wir Essen bekommen. Jeder einen Teller dicke Suppe, vor zwei Stunden. Vielleicht gibt es abends noch mal etwas.« Er schaute sich um. Der Soldat beäugte sie ungeduldig.

»Bekommst du auch mehr Marken?«

Er zuckte mit den Schultern. Sie würde mehr Marken bekommen, wenn sie freiwillig in den Trümmern arbeitete, aber das konnte sie nicht mehr.

»Da du schon mal unterwegs bist, stell dich für Milch an.«

»Gibt's nicht. Ich bin eben an mehreren Geschäften vorbeigekommen.«

»Dann geh noch mal zu dem Haus der Buchners. Vielleicht hat da ja jemand was notiert in den letzten Tagen. Ich komme ganz sicher nicht dahin. Heute nicht, und auch in den nächsten Tagen nicht.«

»Musst du morgen wieder hierher?«

»Ja, morgen und wohl die nächsten Wochen.«

»Wochen?«, keuchte Liesel entsetzt.

»Ist schon gut. Ich hab Arbeit, und ich krieg was zu essen. ... Also geh und schau nach. Vielleicht bekommen wir dann ja wieder was von dieser Britin.«

Liesel war alles andere als begeistert. Aber Vater hatte recht. So weit hatte sie sich schon lange nicht mehr alleine auf die Straße gewagt. Da konnte sie die paar Straßen auch noch laufen.

Bevor sie um die Ecke verschwand, schaute sie noch mal zu ihrem Vater. Er stand schon wieder oben und kippte die

Eimer aus. Hoffentlich würde ihm nicht das Gleiche passieren wie ihr. Sie hatte nur noch ihn.

Als sie in die Markgrafenstraße einbog, glaubte sie nicht, dass es Neuigkeiten gab. Doch tatsächlich hatte jemand etwas auf dem Zettel notiert.

Hermann war hier. Bin bei Harry untergekommen.

Darunter war noch etwas gekritzelt.

Mama (Tante Berta) bei Tante Sabine.

Alles war direkt unter der Notiz von der Britin geschrieben.

Annegret ist hier. Liebe Buchners, bitte notiert, wo ihr untergekommen seid. Ich melde mich wieder.

Wer war Mama, Tante Berta? Berta Buchner? Und hieß Ann Miller eigentlich Annegret? War sie in Wirklichkeit selbst eine Deutsche? Waren sie es gewesen, die damals abgehauen waren, Ann Miller und ihre Eltern? Sie wusste nicht mal, wann es gewesen war. Nur dass Verwandte der Müllers und der Buchners das Land verlassen hatten.

Sie war damals noch ein Kind gewesen. Dass sie es überhaupt wusste, hatte sie ihrem Bruder Otto zu verdanken, der mal über Rainer und Manfred Müller gesprochen hatte. Und natürlich hatte Helene ihr erzählt, was sie über die Buchners wusste, damals nach dem Kino. Damals, als sie gesehen hatten, wie sich der Buchner-Junge und der Müller-Junge gekloppt hatten.

Mitte Mai 1942 war es gewesen, sie war gerade mit Helene aus einer Nachmittagsvorstellung im Kino gekommen – *Quax, der Bruchpilot,* mit Heinz Rühmann in der Hauptrolle.

Draußen, auf offener Straße, kloppten sich zwei. Der eine war Rainer Müller, der Älteste von Elektro-Müller. Und der andere war der jüngste Buchner-Junge. Drumherum das halbe Bataillon der Hitlerjugend Potsdams.

Müller war in Uniform. Vermutlich auf Heimaturlaub von der Front. Er war einen Kopf größer und bestimmt zehn Jahre älter als der Junge, der gerade seit zwei Jahren in der Hitlerjugend war. Aber immer, wenn er Überhand über den Buchner-Jungen gewann, halfen dem die Kameraden. Müller hatte keine Chance.

Helene wollte noch gucken, aber Liesel zog sie weg. So was wollte sie sich gar nicht angucken. Und der Film war so vergnüglich gewesen. Sie hatte keine Lust, dem Streit zuzuschauen. Sie hörten noch, wie Müller anfing zu brüllen.

»Verräter! ... Elender Verräter!«

Wenn Liesel es sich so recht überlegte, hatte er ja auch recht damit. Etliche Wochen vorher hatte man den Vater abgeholt, Elektro-Müller. Der Mann war ins KZ gegangen. Das wusste die halbe Stadt.

Später hörte man gerüchteweise, dass der Buchner-Bursche ihn verpfiffen hatte. Das Pikante daran: Die Schwester von Buchners Vater und der Bruder von Müllers Vater waren verheiratet. Verrat in der Familie. Etwas, das niemand wirklich schön fand, egal, auf welcher Seite man stand.

Den Buchner-Jungen hatte sie später immer mal wieder gesehen. Hermann Buchner, wenn sie sich recht erinnerte. Sie kannte ihn, weil auch er später an einer der Flakgeschütze gestanden hatte. Niemals mit ihr zusammen. Aber sie begegneten sich hin und wieder. Dann schien er also den erbitterten Häuserkampf überlebt zu haben.

Sollte sie der Britin oder Deutschen, die ihr Land verraten hatte, etwa von den Nachrichten erzählen? Von Hermann und Tante Berta? Sie griff zu dem Zettel. Ihre Hand verharrte an dem Papier. Sie wollte ihn abreißen. Wütend, wütend darüber, dass sie fast ihre ganze Familie verloren hatte. Und die Frau, die sich aus dem Staub gemacht hatte, sie hatte es sich gut gehen lassen.

Niemand würde davon wissen. Sollte Miss Miller doch einfach auch ohne Familie leben müssen. Genau wie sie. Wer konnte schon genau sagen, ob diese Lotte Hufnagel wirklich die Gesuchte war. Möglich war es, aber nicht sicher. Das würde sie ihr gönnen, dieser Frau, die sie fütterte, wie man einen hungrigen Köter fütterte. Niemals, ohne etwas dafür zu verlangen.

Doch da war noch mehr. Hermann, der Verräter. Ihm würde sie auch helfen, wenn sie den Zettel hängen ließ. Sie spürte, dass hier etwas nicht zusammenpasste. Sie war wütend auf die, die das Land verraten hatten. Und sie war wütend auf die, die Verräter verraten hatten. Liesel presste die Lippen aufeinander. War das nicht ein Widerspruch?

Noch ein prüfender Blick die Straße lang. Niemand, der sie beachtete. Mit einer Bewegung riss sie den Zettel ab und zerknüllte ihn.

Donnerstag, 26. Juli 1945

Jackson hatte gestern Abend nur sehr wenig Zeit gehabt. Den ganzen Tag über war er in Berlin herumgefahren. Und als er endlich gekommen war, waren sie nur auf ein kurzes Bier in die NAAFI-Kantine gegangen. Heute hatte er sehr früh rausgemusst. Präsident Truman flog nach Frankfurt, um dort Eisenhowers Hauptquartier und die Truppen zu inspizieren. Jackson begleitete ihn. Sie würden erst am späten Abend zurückkehren. Heute würde sie ihn nicht sehen.

Zu wenig Zeit für eine Aussprache, befand Ann. Sie wusste

nicht, wie Jackson auf ihre Offenbarung, dass sie eine Deutsche war, reagieren würde. Und wenn er dann ein paar Minuten später direkt wegmüsste, wäre das sicher nicht hilfreich.

Den ganzen Tag schon arbeitete sie lustlos im Herrenhaus. Sie putzte ein paar Fenster, was eigentlich noch nicht nötig war. Aber sie wollte vermeiden, dass sie irgendwo anders eingesetzt wurde, wo sie dann mehr unter Aufsicht stand. Doch schon am frühen Nachmittag verließ sie das rosafarbene Herrenhaus.

Gestern hatte sie einen weiteren Brief ihrer Eltern erhalten. Die konnten kaum noch an sich halten vor lauter Wissbegierde auf gute Nachrichten. Ann konnte ihnen nur verklausuliert schreiben, wie die Suche nach ihren Familien hier vonstattenging. Auch deshalb wollte sie heute wieder zum russischen Kontrollpunkt gehen. Sie wollte Charlie endlich finden. Sie wollte ihren Eltern endlich von ihrer Wiedervereinigung schreiben können. Und wenn sie es allein in die Stadt hinein schaffte, brauchte sie sich Jackson nicht zu offenbaren, wenigstens nicht so bald. Sie wusste nicht, welcher Grund schwerer wog, einen weiteren Versuch zu wagen.

Doch als sie nun am Kontrollposten ankam, die Stange Zigaretten und noch ein paar Schokoladenriegel im Rucksack, war Igor wieder nicht da. Und von den anderen sprach niemand genug Englisch, um jemandem verständlich zu machen, was sie wollte. Als sie die drei Männer wild gestikulierend fragte, ob sie nach Potsdam reingehen könne, kam ihre Verständigung nicht über das englische *Paper*, den geforderten Passierschein, hinaus.

Sie wollte es noch mal an einem anderen Kontrollpunkt versuchen. Deshalb schlug sie einen Weg in Richtung Babelsberger Park ein. Doch dort kam kein Kontrollpunkt mehr. Alle Straßen führten zu den drei Russen, bei denen sie ihr

Glück schon versucht hatte. Bankow hatte gesagt, dass der frühe Morgen oder der späte Nachmittag vor der Ausgangssperre die beste Zeit sei, um jemanden aufzusuchen. Ihr blieb also noch genug Zeit.

So schnell wollte sie nicht aufgeben. Sie hatte noch den ganzen Nachmittag vor sich. Vielleicht gab es in einer Stunde oder zwei eine Wachablösung beim Kontrollpunkt. Vielleicht käme Igor wieder. Sie lief durch den Park Richtung Wasserkante. Eine Amsel begleitete sie fröhlich zwitschernd. Es war warm, und sie wollte ihre Füße ein wenig im Tiefen See abkühlen.

Als sie an das locker mit Gebüsch bewachsene Ufer trat, schreckte sie jemanden auf. Eine Russin saß dort, eine Thermoskanne neben sich und eine Schnitte Brot mampfend. Blitzschnell griff die zu dem Gewehr, das neben ihr im Gras lag, ließ es aber sofort sinken, als sie erkannte, dass Ann eine Britin in Uniform war.

»Hallo.« Ann nickte ihr freundlich zu.

»*Sdráwstwujte*«, sagte sie, nachdem sie ihren Bissen hinuntergeschluckt hatte. Die Russin trug ihr Haar zu einem Dutt und hatte Pausbacken.

»Wirklich schön ruhig hier, oder?« Ann gestikulierte in die Gegend.

Die andere nickte zustimmend. »*Nice*«, sagte sie mit einem schweren russischen Akzent.

»*You speak English?*«

Die andere lachte und wiegte ihren Kopf hin und her. »*Small!*« Dabei machte sie allerdings eine international verständliche Geste mit Daumen und Zeigefinger für klein.

»*My name is Ann, Ann Miller.*«

»Olga.«

Die Russin sagte noch ihren Nachnamen dazu, zumindest glaubte Ann das. Aber er war so lang, dass sie sich sowieso keiner Hoffnung hingab, ihn zu behalten. Ann breitete ihre Arme aus, als würde sie fliegen wollen. »Churchill.«

Olga nickte. Sie hatte wohl verstanden. »Weggeflogen.« Das war Deutsch.

»Du sprichst Deutsch?«, fragte Ann überrascht.

»Bisschen mehr.«

Verstohlen betrachtete sie die Uniform der Russin. Bisher hatte sie weibliche Uniformierte eigentlich nur den Verkehr regeln sehen. Und tatsächlich entdeckte sie jetzt auch die zwei kleinen Fähnchen in Weiß und Rot neben ihr im Gras.

»Mittagspause?«

»Kein Pause! ... Feuerabend.« Olga nickte.

Ann lächelte über den kleinen Versprecher und ließ sich neben ihr ins Gras fallen.

»*Tschai* ... Tee?«, bot Olga ihr an und hielt ihr die Thermoskanne entgegen.

»Ja, gerne.« Ann hatte tatsächlich Durst und war ganz erfreut, dass es süßer kalter Tee war.

»Wo kommst ... her?« Wieder dieser schwere russische Zungenschlag mit dem gerollten R.

»London.«

»Oi, London.« Ein bewunderndes Lächeln tauchte in Olgas Gesicht auf.

»Und du?«, fragte Ann zurück.

»Klein Dorf. ... Hundert Meter von Stalingrad.«

»Hundert Kilometer?«

Olga lachte. »*Da.* ... Hundert Kilometer von Stalingrad.«

»Bist du in Potsdam stationiert?«

Olga nickte wieder. »Potsdam ... Jägerallee.«

Oh, das war gar nicht so weit weg von der Adresse, die Bankow ihr aufgezeichnet hatte. Einen Versuch war es doch wenigstens wert, dachte sich Ann. »Hast du ein Auto, einen Jeep?«

»*Jeep … Njet.*«

Ann war enttäuscht. Zu Fuß gehen konnten sie diesen langen Weg nicht. Sie wären bestimmt über eine Stunde nur für eine Strecke unterwegs. Das war zu kritisch. Sie durfte nicht wieder aufgegriffen werden.

»*Ural*«, sagte Olga nun. »Motorrad.«

Sie hatte ein Motorrad. Fantastisch!

»Würdest du mich nach Potsdam reinbringen?«

Das Gesicht von Olga änderte sich schlagartig. Plötzlich war sie verunsichert. Oder war es Misstrauen, was da in dem runden Gesicht stand? Statt Ann anzuschauen, lief ihr Blick raus zum Wasser.

Verdammt! Das war jetzt nicht so gut gelaufen. Aber vielleicht funktionierte das bei den Russinnen genauso wie bei den Russen. Sie zog ihren Rucksack zu sich heran und öffnete ihn.

»Eine kleine Reise nach Potsdam … für eine Stange Zigaretten?«

Olga sog scharf die Luft ein, als wäre sie äußerst erstaunt. Trotzdem schien sie zu hadern. Ihr Blick blieb unterhalb von Anns Gesicht hängen. Schaute sie ihr etwa in den Ausschnitt? Dann wurde ihr klar: Sie sah dort Anns kleines goldenes Kreuz an der Kette.

Schmuck! Natürlich! Schmuck und Uhren! Für einen kurzen Moment überlegte sie, wie dringend sie nach Potsdam hineinwollte. Eigentlich war es gar keine Frage. Sofort löste sie die schmale Damenarmbanduhr von ihrem Handgelenk und öffnete den Verschluss ihrer Kette. Sie legte beides auf die Stange Zigaretten und hielt sie in Olgas Richtung.

»Ich suche jemanden in Potsdam. Es ist dringend.«

»Es ist … verboten.« Ihr breites Gesicht wirkte allerdings, als würde sie überlegen.

»Eine deutsche Frau mit kleinen Kindern. Sie brauchen meine Hilfe.«

»Kleine Kinder?«

Ann nickte. »Zwei kleine Kinder.«

»Jetzt?«

Ann überlegte. Es war noch immer früher Nachmittag. Es wäre sicher hilfreich, wenn sie Charlie etwas Richtiges zum Essen mitbrachte.

»Ich bin in einer halben Stunde wieder zurück. Wartest du hier solange?«

»Halb Stunde? *Da* ... Ja.«

Ann packte ihre Sachen wieder zurück in den Rucksack und ging.

Der Mann hinter der Theke des *Military Store* schaute sie merkwürdig an.

»Sie schon wieder? Sie können das doch nicht alles alleine essen!«

»Ach was, das ist für uns abends im Gemeinschaftsraum. ... Ich brauch wieder Milchpulver, für unseren Tee.«

»Milchpulver für Tee?«

»Oder hätten Sie frische Sahne?« Ann wusste so gut wie er, dass das illusorisch war. Aber es lenkte den Verdacht von ihr ab.

»Nein. Keine Sahne. ... Also Milchpulver. Sonst noch was?«

»Corned Beef, und ein paar Kekse.«

»Tee und Kekse verstehe ich ja. Aber Corned Beef?«

»Fragen Sie mich nicht. Ich verstehe es auch nicht. Ich muss es nur immer kaufen.«

Ann konnte ihr Glück kaum fassen. Olga saß noch genau dort, wo sie sie verlassen hatte. Sie war fertig mit ihrem Essen und zur sofortigen Abreise bereit.

Ann gab ihr die Zigaretten und den Schmuck. Der Schmuck

verschwand sofort in einer kleinen Tasche von Olgas Uniformbluse. Sie liefen ein paar Meter zurück durch den Park. Am Rand eines Weges stand ein Motorrad mit einem Beiwagen. Olga verstaute die Zigaretten und die Thermoskanne in dem Beiwagen und legte dort ihr Gewehr ab. Ann quetschte sich daneben.

»Wohin wir fahren?« Olga stieg auf und ließ den Motor an.

»Erst einmal zur Jägerallee.«

Den Weg kannte die Russin. Sie blieb stumm und schien auch etwas angespannt zu sein. Wieder eine Fahrt durch die zerstörte Stadt. Ann sah zum ersten Mal einige Männer, Deutsche, auf Fahrrädern. Vielleicht das erste Anzeichen einer Normalisierung. Sie sah ein paar russische Militärwagen, aber sonst war es sehr ruhig auf der Straße.

Als sie an der Jägerallee ankamen, erblickte Ann einen vielleicht achtjährigen Jungen am Straßenrand, der Pflastersteine in den Untergrund hämmerte. Langsam, aber sehr genau. Er trug keine Schuhe und war ganz allein. Der Anblick versetzte ihr einen Stich. Ann erinnerte sich an die weiße Bluse ihrer Schuluniform, die Mama für sie gebraucht gekauft hatte. Abends wurde sie gewaschen und am Herd aufgehängt, damit Ann sie am nächsten Tag wieder anziehen konnte. Sie hatte nur die eine. Aber immerhin hatte sie eine Bluse gehabt, und auch ein Paar Schuhe.

Sie holte Bankows Zettel heraus und dirigierte Olga durch einige kleinere Straßen. Sobald sie nicht mehr auf der Hauptstraße waren, entspannte die Russin sich ein wenig. Schließlich parkten sie vor einem heruntergekommenen, aber nicht zerbombten Haus mit der Nummer 19.

Ann schluckte. Sie betete, flehte, dass sie nun endlich auf Charlie treffen würde. Nervös stieg sie aus und nahm sich den Rucksack.

»Wartest du hier?«

Olga schaute sich das Haus genau an. »Nein. Ich mitkomm.« Schon war sie abgestiegen und griff nach ihrem Gewehr. Die Zigaretten klemmte sie sich vorsichtshalber unter einen Arm.

Olga ging vorweg und klopfte. Es war schon eher ein Hämmern. Einen Moment später wurde die Tür von einer älteren Frau einen Spaltbreit geöffnet. Etwas unfreundlich schob Olga die Alte beiseite und trat in den Flur.

Ann folgte ihr. »Ich suche Charlotte Hufnagel.«

Erleichterung stand im Gesicht der Grauhaarigen. »Im Keller!« Eilig verschwand sie in ihrer Parterrewohnung.

Olga war schon den Hausflur nach hinten durchgegangen und stand vor dem Treppenabgang. Die Waffe hielt sie im Anschlag, als würde sie jederzeit einen Überfall erwarten. Stufe für Stufe sicherte sie die Umgebung ab.

Ann wurde wirklich mulmig zumute. War die Lage immer noch so gefährlich, dass die alliierten Streitkräfte jederzeit mit einem Angriff rechnen mussten? Olga war endlich unten angekommen und drückte einen Verschlag nach dem anderen auf. Brachial.

Im Kellergang brannte eine nackte Glühbirne. Nach der dritten Tür hörte sie ein Wimmern. Wimmern von Kindern. Ann war sofort neben ihr und betrat den Raum.

Auf einer Matratze, die auf dem Boden lag, saß eine Frau. Zwei kleine Mädchen von vielleicht zwei Jahren drängten sich an ihren Körper, wimmernd, sodass Ann ihr Gesicht nicht erkennen konnte. Auch hier brannte eine nackte Glühbirne. Die Luft war abgestanden. Es roch nach Schweiß und ungewaschener Kleidung.

»Sind Sie Charlotte Hufnagel?« Die Stimme versagte ihr beinahe.

Die Frau auf der Matratze versuchte zu erkennen, wer sie

fragte. Die Kinder weinten wieder. Ann kramte in ihrem Rucksack und holte zwei Schokoladenriegel heraus.

»Hier ... bitte.«

Die Frau schaute überrascht. Sofort drehten sich die beiden Mädchen um und rissen Ann die Riegel aus der Hand. Wieder drängten sie sich an ihre Mutter, aber ließen sich nun von ihr hinsetzen. Die Deutsche schaute müde zu ihr hoch, während sie die Riegel auspackte.

»Charlie Müller?«

»So habe ich früher mal geheißen. Seit ich geheiratet habe, heiße ich Hufnagel.« Sie antwortete abgehackt, wie bei einem Verhör.

Ann musste sich wirklich zusammenreißen. Sie konnte noch immer nicht sicher sagen, ob diese Frau wirklich ihre Charlie war. »Heißen Ihre Eltern Friedel und Hilde Müller?«

Stille. Ann wurde schlagartig klar, dass, wenn es stimmte, dass Onkel Friedel ins KZ gekommen war, Charlie vermutlich öfter genau solche Fragen gestellt bekommen hatte, allerdings immer mit einem sehr unschönen Ausgang. Deswegen sagte sie jetzt mit einer warmen Stimme: »Onkel Friedel und Tante Hilde? Wie geht es ihnen? Und Manfred und Marianne?« Bitte sag, dass du sie kennst, flehte Ann stumm.

Ein ungläubiges Staunen war die Folge. »Annegret?«

Die Gefühle brachen aus Ann heraus wie Wasser nach der Schneeschmelze. Sie ging in die Knie und riss ihre Cousine in die Arme. Sie schluchzte ... laut ... genau wie ihr Gegenüber. Jetzt fingen auch die Kinder wieder an zu weinen. Sie wussten ja nicht, dass es Freudentränen waren.

»Charlie, du bist es. ... Endlich. ... Ich hab dich gesucht. ... So lange.«

»Annegret ... Ich glaub es nicht. Ich kann es nicht glauben. ... Was machst du hier? ... Wie hast du mich gefunden?«

Ihre Worte gingen durcheinander. Die Wiedersehensfreude war unbeschreiblich. Sie herzten sich, schauten sich prüfend an, ob es sein konnte, dass die andere die Eine war. Umarmten sich, schluchzten gemeinsam. Tränen der Freude, Tränen der Erleichterung, Tränen über die verlorenen Jahre.

Es dauerte etliche Minuten, bis sie wieder in der Lage waren, ein normales Wort herauszubekommen.

Ann warf einen kurzen Blick auf Olga. Die stand mit dem Gewehr im Anschlag und beobachtete in der ganzen Zeit den Kellerflur. Sie sah angespannt aus. Besser, Ann beeilte sich.

»Ich bin hier mit der britischen Delegation der Konferenz. Ich suche dich schon seit über zwei Wochen. Aber es ist schwierig, nach Potsdam hineinzukommen, als Britin.« Sie holte jetzt noch einen Schokoladenriegel raus, als sie erkannte, wie mager ihre Cousine war. »Hier, nimm das schon mal.«

Charlotte griff nach dem Riegel, riss die Verpackung auf und biss zu. »Das ist das Schlimmste. Der Hunger.«

Ann suchte in ihrem Gesicht nach der Zwölfjährigen, die sie vor elf Jahren hatte zurücklassen müssen. Ja, jetzt erkannte Ann, dass es tatsächlich ihre Charlie war. Obwohl sie fast gleichaltrig waren, sah Charlie deutlich älter aus. Ihr braunes Haar war stumpf und schon lange nicht mehr gekämmt worden. Ihr Gesicht schmutzig. Die Augen schwammen in Tränen und waren doch merkwürdig ausdruckslos.

»Ich hab ein wenig Essen mitgebracht. Ich konnte heute nicht so viel einkaufen.« Sie kramte die Kekse, die Konservendose und das Milchpulver aus ihrem Rucksack hervor. »Das ist nur für den Anfang. Ich werde jetzt für dich sorgen. Für euch.« Sie wollte Charlie beruhigen. Tatsächlich würde es so sein – es war nur ein Anfang. Ihre Eltern waren wahrlich nicht reich, aber im Vergleich zu Charlie lebten sie wie Könige.

Sie reichte Charlotte einen Zettel. »Unsere Adresse in London. Nur schon mal für alle Fälle.« Charly steckte ihn schnell weg.

»Wie heißt ihr?«, fragte Ann die Mädchen. Ungekämmte Locken kringelten sich an ihren Köpfchen. Es tat weh, Kinder so zu sehen.

Die saßen stumm an der Wand und wussten wohl nicht, was sie von der fremden Frau halten sollten.

»Hannelore und Frederike ... Hanne und Fritzi«, erklärte Charlie stolz. »Zwillinge.«

»Ja, Zwillinge.« Es lag wohl in der Familie. »Was ist mit Marianne und Manfred?«

»Manfred ist irgendwo an der Front. Wir haben schon lange nichts mehr von ihm gehört. Und Marianne ... bei Mama.« Als wollte sie nicht an unselige Geschichten erinnert werden, schob sie schnell nach: »Fleisch!« Ihre Cousine schaute auf die Dose mit dem Corned Beef, als wäre sie aus purem Gold. Noch war das Essen wichtiger als alles andere.

»Ich werde für dich Sorge tragen«, betonte Ann noch einmal. »Ab jetzt wird alles gut. ... Oder zumindest besser. Besser als das hier allemal.«

Charlotte schaute sie an, als könnte sie immer noch nicht glauben, dass sie hier war. Tränen wuschen schmale Rinnsale in ihr staubiges Gesicht.

»Annegret ... all die Jahre ... so viele Jahre ... so schrecklich ...« Ihre Worte gingen in Tränen unter.

»Ich bin ja jetzt hier.« Ann nahm eine Hand ihrer Cousine und streichelte sie. »Jetzt bin ich ja da. ... Ich muss gleich zurück, aber ich werde wiederkommen. ... Bestimmt.«

»Ich ...« Charlie schluchzte wieder laut auf.

Erst jetzt bemerkte Ann die große Wölbung unter der Decke. Sie zog die grobe Wolldecke beiseite. »Du bist schwan-

ger!« Hochschwanger sogar, wie deutlich zu sehen war.
»Wann erwartest du das Kind?«

»Bald. Keine drei Wochen mehr.« Jetzt fasste Charlie nach Anns Hand und presste sie so fest, dass es wehtat. »Bitte verlass mich nicht. ... Bleib bei mir. ... Ich hab so große Angst.«

»Ich muss zurück. Ich kann nicht einfach hierbleiben.« Sie kramte mit der freien Hand in ihrer Uniformtasche. »Ich kann dir Geld geben. Hier.« Sie streckte ihr all das Geld entgegen, das sie dabeihatte. »Britische Pfund. Damit kannst du dir etwas kaufen. Und ich komm wieder, vielleicht schon morgen.«

Charlie schüttelte den Kopf. »Ich kann mich kaum noch bewegen. ... Ich kann nicht mehr laufen. ... Und ich hab Angst, dass das Kind zu früh kommt, wenn ich mich noch mehr bewege.«

Was sollte Ann denn jetzt tun? Ihr Blick lief zu Olga, die zwar das Gewehr gesenkt hatte, aber immer noch mit Argusaugen den Flur bewachte. Erwartete sie tatsächlich unangenehmen Besuch? Sehr lange würde sie sicherlich nicht mehr hierbleiben wollen. Ann steckte einen Teil des Geldes wieder ein, ließ ihr aber ein paar einzelne Pfundnoten da. Mit dem Rest würde sie reichlich Essen einkaufen.

»Vielleicht kann jemand anderes dir etwas kaufen ...« Sie hörte auf zu reden, als sie sah, wie vehement Charlie ihren Kopf schüttelte. »Deine Nachbarin?«

Erschöpft ließ Charlie ihren Kopf hängen. »Hier denkt jeder nur noch an sich selbst. Das Geld wäre einfach weg. Und ich ... Endlich gibt es wieder Wasser aus dem Hahn. Frau Heimbach von oben bringt mir Wasser. Aber mehr hat sie selbst nicht. Sie traut sich nicht auf den Schwarzmarkt. Und so, wie ich aussehe, kann ich nicht dahin. Nicht mit dem Bauch, und nicht mit den Kindern. Wenn sie Razzien machen, muss man schnell laufen können. ... Ich schaff es kaum noch, mich für die Essensmarken anzustellen. Und dann für das Brot. Annegret, du musst mich hier rausholen ... bevor das Kind kommt.« Ihre Finger krallten sich in Anns Arm.

Was sollte sie denn jetzt tun? Es war so schwierig, in die Stadt reinzukommen. Da sollte sie jetzt eine Zivilistin und zwei Kinder mit rausbringen? Und vor allem: Wohin sollte sie sie bringen? »Ich verspreche dir, ich komm wieder, sobald es geht. Mit Essen. Was brauchst du noch?«

»Alles. Ich brauch wirklich alles. ... Aber vor allem Essen. Am besten etwas, was ich nicht kochen muss. Ich kann hier kein Feuer machen.«

Ann schaute kurz zu Olga. Sie trat schon ungeduldig von einem Bein aufs andere.

»Lass mich nicht allein zurück.« Charlie ließ Anns Hand nicht los.

Die nickte. »Ich komme wieder. Ich verspreche es dir. Erzähl mir schnell, was mit Onkel Friedel und den anderen ist.«

»Vati ist ...« Jetzt schluchzte Charlie wieder laut auf.

»Er ist ins KZ gekommen. So viel weiß ich schon. Wann hast du das letzte Mal von ihm gehört?«

Sie zuckte mit den Schultern. »Ich weiß nicht. Er durfte uns schreiben, alle paar Monate. Wenigstens am Anfang. Wir haben jetzt aber schon bestimmt ein Jahr nichts mehr von ihm gehört. Und es war zu riskant, selbst dort hinzufahren.«

»Und Tante Hilde? Wie geht es ihr?«

»Mami und ich ... wir haben uns Anfang April aus den Augen verloren.«

Oh nein. Sie hatte doch so sehr gehofft, von Charlie jetzt die Antworten auf ihre Fragen zu bekommen. »Was ist mit Marianne?«

»Sie war bei Mami ...«

Ann atmete tief durch. Das bedeutete, sie war vermutlich hier in der Gegend, auf nun russisch besetztem Territorium. Die Antworten auf ihre nächste Frage fürchtete sie schon sehr lange.

»Weißt du irgendwas über Rainer und Manfred?«

Charlie strich sich eine Strähne aus der Stirn. Oder wischte sie sich Tränen weg? »Rainer ist ... hoffentlich ... in russischer Gefangenschaft. Wir haben im Winter 1942 das letzte Mal Feldpost bekommen.«

Sie schaute besorgt auf ihre Töchter. Sie wollte vor den Kleinen nicht von Tod und Sterben erzählen.

»Und von Manfred ... wir wissen es auch nicht. Zuletzt war er in Kurland, aber das ist auch schon Monate her. Er hat dann bei der Evakuierung in Ostpreußen geholfen. Vielleicht hat er geschrieben, aber es muss dort wohl sehr chaotisch zugegangen sein.«

Rainer und Manfred – Charlotte wusste so gut wie sie: Die Chancen, dass ihre Brüder beide überlebt hatten, waren sehr gering. Sie brauchten sich da beide nichts vorzumachen. Das hatten Mama und Papa schon vor Jahren ausgerechnet. Und Tante Hilde und Marianne, nun, man würde sehen. Onkel Friedel, seit drei Jahren im KZ? Ob er noch lebte?

Ann musste daran denken, wie deprimierend ihr nächster Brief an ihre Eltern ausfallen würde. Sie musste Charlie noch eine unangenehme Frage stellen. Eine Frage, auf die es in Zeiten wie diesen kaum hoffnungsvolle Antworten gab. »Was ist mit deinem Mann?«

»Von ihm habe ich zuletzt im Januar gehört. Er war aber an der Westfront. Vielleicht ... wenn er sich rechtzeitig ergeben hat ... Er muss einfach in Gefangenschaft sein. Wäre er tot, hätte man mich ja schon benachrichtigt. Und in Gefangenschaft dürfen sie doch keine Briefe schreiben.«

So viel ungläubige Hoffnung in den Worten. Ann wusste nichts Tröstendes zu antworten.

»Aber du musst eins wissen.« Wieder drückte Charlie Anns Hand heftig. Ihre Worte waren eindringlich. »Hermann ... Hermann Buchner hat Vati verraten. Dass er Feindsender hört. Wir waren so vorsichtig, aber er hat geplaudert.«

»Hermann? Wirklich? Ich ... Nein, das kann ich mir nicht vorstellen.«

»Ich konnte mir vorher auch so vieles nicht vorstellen. Aber die Zeiten, sie waren so ... Schwierig ist gar kein Ausdruck dafür. Hermann hatte wohl selber Probleme in der HJ. Und er hat gedacht, wenn er zeigt, dass er auf Linie ist, lassen sie ihn in Ruhe.«

Charlies Stimme klang merkwürdig abgeklärt. Vermutlich waren Dinge dieser Art in den letzten Jahren hier Alltag gewesen. Vielleicht hatte sie auch einfach keine Kraft mehr, sich gegen Schicksalsschläge zu stellen.

»Er war einfach noch zu jung und hat zu lange in Hitler-Deutschland gelebt. Hitlers Gefolgsleute ... Sie haben eine ganze Generation verdorben. Irgendwann kennt man keine andere Wahrheit mehr.«

»Ich kann das einfach nicht glauben. ... Wie soll ich das nur Mama schreiben?« Anns Kehle schnürte sich zu.

Charlie gab ihr eine kurze Zusammenfassung dessen, was sie über die Buchners wusste, was nicht viel war, und eigentlich schon drei Jahre alt. Ann schüttelte nur den Kopf, als wollte sie das alles nicht glauben.

»Annegret, du weißt nicht, wie es hier war. Es war ... unmenschlich. Für uns alle.«

»Unmensch ...«, mischte Olga sich plötzlich in das Gespräch ein. »Deutsche Unmensch.«

»Was?« Ann drehte sich überrascht um. Die Worte der Russin klangen heftig und hasserfüllt.

»Deutsche Männer alles Unmensch. Alle erschießen.«

»Olga! ... Warum ...?«

Jetzt kam die Russin aus ihrer Deckung bei der Tür hervor. »Ich keine Kinder. Aber Kinder von Schwester. So kleine Menschen.« Sie hielt ihre flache Hand unterhalb der Hüfte. »Deutsche Soldaten haben gemacht kaputt. Köpfe gegen Wand. Alle kaputt. Drei kleine Menschen, einfach kaputt. Ich selbst gesehen!« Sie spie ihre Worte aus, dass die Spucke nur so flog. »Und mir ... und Schwester. Auch gemacht kaputt. Anders. ... Alle deutsche Männer erschießen. Nur Frauen und Kinder leben lassen.« Ihre Augen schimmerten vor Tränen. Wütend, eine Faust geballt und mit der anderen Hand das Gewehr in die Luft stoßend, stand sie mitten im Raum.

Ann war sprachlos. Die deutschen Soldaten hatten Kinder einfach gegen die Wand geschlagen? Bisher hatte sie solche Geschichten immer als Kriegspropaganda abgetan. Ihr wurde übel.

Ihre Cousine aber nickte. »Die Russen haben das Gleiche gemacht, hier, mit den Frauen.«

»Aber keine Kinder kaputt!«, bellte Olga.

»Nein, die Kinder haben sie in Ruhe gelassen. Die kleinen Kinder wenigstens, und die Schwangeren. Aber sonst alle.«

Ann brauchte einen Moment, um die Sprache wiederzufinden. »Alle? ... Alle Frauen wurden vergewaltigt?«

Charlie nickte beklommen. »So gut wie alle. Selbst die Vierzehn- und Fünfzehnjährigen haben sie weggeschleppt. Manche waren sogar noch jünger. Tagelang, ja über Wochen. ... Wieder und wieder. Und nicht nur einer. Mit ganzen Meuten sind sie auf die Frauen ... Ich hab solch ein Glück gehabt. Wäre ich nicht schwanger ...« Ihre Stimme versagte.

Massenvergewaltigung! Ein Mittel der Kriegsführung, das schon lange vor Maschinengewehren und Panzern existiert hatte. Mit einer Waffe, die jeder Soldat immer bei sich trug.

Deshalb war es *dangerous,* als Frau nach Potsdam reinzugehen. Jackson, der sie so heftig am Arm gepackt hatte, als sie leichtfertig davon erzählt hatte, nach Potsdam zu wollen. Und Miss Bright – wusste auch sie davon? War das der Grund, warum ihre Vorgesetzte so eindringlich darauf bestand, dass sie niemals allein unterwegs waren? War das hier vielleicht gang und gäbe? War das die eigentliche Gefahr, die hier noch lauerte? Nicht der Volkssturm oder Überbleibsel von Werwolf-Einheiten? Wussten hier alle Bescheid?

»Und waren es nur die Russen?« Anns Worte kamen stockend. Bilder aus dem Reichstag kamen in ihren Kopf. Sie hatte geglaubt, es sei eine Ausnahme gewesen. Der Ausreißer eines Soldaten, der Dienstfrei hatte.

»Hier nur die Russen. Aber die Tommys und die GIs? Wer weiß das schon?«

Ann starrte auf die nackte Wand. Wie passte diese unschöne Wahrheit zu der *Wir-sind-die-Guten*-Attitüde, die hier alle Siegermächte vor sich hertrugen? Sie musste an die Soldaten denken, die mit ihr in der NAAFI-Kantine getanzt hatten. Hatte einer von ihnen auch so etwas getan? Und die Russen – Igor vielleicht? Oder gar Jackson? Nein, das ging zu weit. Das konnte nicht sein. Aber offensichtlich wusste er davon.

Charlie legte ihre Hand auf den Bauch. »Ich hatte Glück. Weil ich schwanger bin. Aber jetzt habe ich furchtbare Angst. … Wenn das Baby kommt. Ich schaff das nicht allein!«

Was sollte Ann nun tun? Sie musste mit Olga zurückfahren. Es brach ihr das Herz, Charlie hier zurückzulassen. »Olga, kannst du mich morgen wieder hierherbringen?«

Die Russin schüttelte ihren Kopf. Sie war zurück zur Tür gegangen. »Nein, morgen ich fahr.«

»Wohin?«

»Dorf von Stalingrad.«

»Nach Hause?«

»*Da.* ... Nach Hause. Feuerabend«, bestätigte Olga, und ihre Stimme klang plötzlich wieder ganz warm. »Wir jetzt auch nach Hause fahren. ... Komm.«

Sie mussten wieder zurück. Olga war nervös. Und für Ann wäre es auch nicht hilfreich, wenn alle mitbekämen, dass sie fort gewesen war.

Aber wann würde sie wiederkommen können? Und wie? Eigentlich war jetzt klar, dass ihr nur noch Jackson helfen konnte. Vielleicht, wenn sie ihm alles erzählte. Heute würde er erst sehr spät aus Frankfurt wiederkommen. Er wollte ihr morgen schreiben, wann sie sich treffen konnten. Vermutlich erst am Abend, wenn hier schon Ausgangssperre war.

»Ich versuche, übermorgen wiederzukommen. Für die Dauer der Konferenz wohne ich in Babelsberg, bei der britischen Delegation. Ich bin eine von den ATS-Frauen. Wir kümmern uns um die Villen der Konferenzteilnehmer. Ich muss mir was einfallen lassen. ... Meinst du, du hältst es noch zwei Tage aus?«

Ann blickte auf die beiden Mädchen, die stumm an die Wand gelehnt saßen. Die Schokoriegel waren wohl ein Geschenk des Himmels für sie gewesen. Jetzt warteten sie ungeduldig darauf, dass ihre Mutter endlich die Dose mit den Keksen öffnete. Sie waren in den letzten Wochen nicht verhungert. Sie würden auch die nächsten zwei Tage nicht verhungern. Was Ann wirklich Angst machte, war Charlies Zustand.

»Übermorgen? ... Ich stell mich jeden Tag für Brot an, aber meistens morgens. Am Nachmittag findest du mich hier. ... Bitte komm! ... Übermorgen, ja? Versprochen? ... Nicht später. Ja? Nur zwei Tage.« Ihr Flehen zerriss Ann das Herz.

»Ja. Nicht später. Ich verspreche es.« Himmel, versprach

sie schon wieder etwas, was sie nicht halten konnte? Der Perlmuttknopf fiel ihr ein, und ihr gebrochenes Versprechen.

Nein, ihr würde schon irgendetwas einfallen. Der Abschied fiel ihr unendlich schwer. Wieder flossen Tränen, dieses Mal begleitet von allerlei Beteuerungen.

Als Ann in den Beiwagen einstieg und sie wegfuhren, wurde ihr bewusst, dass die Probleme jetzt erst richtig anfingen.

Freitag, 27. Juli 1945

Ann konnte es immer noch nicht glauben. Sie wollte es nicht glauben. Churchill hatte die Unterhauswahlen verloren. Und nicht einfach verloren – er hatte haushoch verloren. Gestern Abend war es offiziell bekannt gegeben worden. Es gab kein anderes Thema. Clement Attlee, Führer der Labour-Partei, würde sein Nachfolger werden. Ein unscheinbarer Mann, Sozialist und nicht gerade der beste Redner. Es fehlte ihm gänzlich an Charisma. Ein Schaf im Schafspelz sei er, so machte es die Runde.

Andere Neuigkeiten, wie zum Beispiel, dass der Alliierte Kontrollrat gestern nun auch offiziell beschlossen hatte, dass es in Südwestdeutschland eine eigene französische Besatzungszone und auch in Berlin einen vierten Sektor für Frankreich geben sollte, gingen ebenso unter wie die Tatsache, dass noch am späten Abend die chinesische Regierung Japan zur bedingungslosen Kapitulation aufgefordert hatte – im Namen von Truman und Churchill. Wohl eine seiner letzten Amtshandlungen.

Mary Churchill würde also nicht zurückkehren. Obermaat Pinfield wusste noch nicht, ob er hierbleiben würde. Der neue Premierminister Attlee wurde für morgen erwartet. Er würde nun in das rosafarbene Herrenhaus einziehen.

Die meisten Delegierten waren einigermaßen überrascht. Schon die Tatsache, dass die britische Delegation für zwei Tage kopflos war, während die Verhandlungen natürlich in den Einzelausschüssen weitergingen, schwächte den britischen Einfluss. Und jetzt kam ausgerechnet der Mann, der als einziger europäischer Staatschef Hitler die Stirn geboten hatte, nicht mehr an den Verhandlungstisch zurück.

Während Churchill ganz Europa im Blick hatte, reichte Attlee das Schicksal Großbritanniens. Ihm waren die Deutschen egal. So würde es kein gutes Ende nehmen für ihre Landsleute, dachte Ann.

So desolat hatte sie sich die Situation ihrer Familie nicht vorgestellt. Ihre letzten Jahre mussten schon schlimm genug gewesen sein. Charlie so zu sehen, halb verhungert, verängstigt, geschunden – nicht nur Opfer des Krieges, auch Opfer von Tyrannei und Willkür. ... Ann war erschüttert. Sie musste etwas unternehmen. Aber im Moment wusste sie ja nicht einmal, wie sie wieder in die Stadt kommen sollte.

Im Herrenhaus hatte sie heute nicht viel zu erledigen. Sie kaufte schon mal einige Lebensmittel auf Vorrat und deponierte sie in ihrem Schrank, in der Hoffnung, dass Jackson ihr irgendwie helfen konnte. Helfen wollte.

Zwar hatte es tagsüber leicht getröpfelt, ab es war immer noch warm, als sie sich abends zur NAAFI-Kantine aufmachte. Jackson hatte ihr eine Nachricht zukommen lassen, dass sie sich dort treffen würden. Schon den ganzen Tag war sie äußerst nervös gewesen. Sie wusste, ein schwieriges Gespräch stand ihr bevor. Vielleicht das schwierigste, das sie jemals geführt hatte. Und das folgenreichste. Alles hing davon ab, ob Jackson weiterhin zu ihr stehen würde.

Ann bestellte sich eine Limonade und setzte sich damit in eine ruhige Ecke. Heute war kein Tanzabend. Das Grammophon lief im Hintergrund. Die Swing-Musik passte so gar nicht zu ihrer Stimmung. Sie sah sich um. Der große Raum war heute relativ leer. Vermutlich nutzten viele Soldaten und ATS-Frauen den konferenzfreien Tag, um einen Ausflug zu machen, die Ruinen von Berlin oder die Schlösser zu besichtigen oder vielleicht zu einem der vielen Seen im Umland zu fahren.

Als Jackson den Raum betrat, sah sie schon, dass etwas nicht stimmte. Statt sofort zu ihr zu kommen, winkte er ihr nur kurz, ging an die Theke und bestellte etwas. Eine Minute später kam er mit zwei Bier und einer Limonade in der Hand an ihren Tisch. Er sah niedergeschlagen aus. Die Limonade stellte er vor Ann ab und setzte sich. Wortlos trank er eine halbe Flasche Bier in einem Zug. Er warf ihr ein kümmerliches Lächeln zu und trank wieder, stumm.

»Was ist los?«

Er schüttelte den Kopf, als wollte er nicht darüber reden. »Ich fürchte, ich bin heute Abend kein guter Unterhalter. Ich wollte dich wenigstens sehen ... aber ...« Er fasste nach ihrer Hand.

Sie griff zu. Sein Druck war so fest, als wollte er sich an ihr festklammern. Ann rückte mit ihrem Stuhl näher an ihn heran.

»Was ist passiert?«

Um Zeit ringend wischte Jackson das Kondenswasser von seiner Flasche. »Ich sollte zum Hauptquartier zurückfahren. Besser, ich leg mich mal hin und schlafe aus.«

»Bist du krank?«

Wieder schüttelte er nur den Kopf.

»Sag es mir. Was ist los? Was ist passiert?«

Sein Blick schweifte durch den Raum. Er überlegte wohl noch, ob er ihr etwas erzählen sollte.

»Du weißt doch: Geteiltes Leid ist halbes Leid«, forderte sie ihn sanft auf.

»Ich will dich damit nicht belasten.«

»Sag es mir. Ich bin doch auch Soldatin. Ich hab schon vieles überstanden, und viel gesehen.«

»Das nicht!« Er wischte sich über die Stirn, wollte Bilder vertreiben. Zum ersten Mal heute Abend blickte er ihr direkt in die Augen. Seine waren rot, so als wäre er völlig übermüdet. Oder als hätte er geweint. Viel geweint.

Ann sagte nichts. Wenn er reden wollte, sie war da.

Stockend kamen seine Worte, als müsste jedes einzelne von ihnen vorher geprüft werden. »Ich hab in Frankfurt jemanden getroffen. Einen alten Kameraden, Charles Madison. Wir haben gemeinsam in Slapton Sands die Ausbildung gemacht. Ein guter Mann.«

Sie nickte. Sie hörte ihm zu. Er nahm noch einen Schluck, leerte die erste Flasche und griff sofort zur zweiten. Er trank nicht, sondern klammerte sich daran fest.

Spröde Worte, scharfkantig, selbstverletzend. »Er war bei der Befreiung von Dachau dabei. Er ...« Jackson presste die Lippen aufeinander. Wollte er nicht weiterreden? Konnte er nicht? Er stützte seinen Kopf mit seinen Fäusten.

»Er hat mir alles erzählt. Die Menschen dort ... Was die Deutschen in ihren KZs verbrochen haben, es ist ... mit Worten nicht zu beschreiben. ... Leichenberge ... Ausgemergelte tote Körper ... nackt aufeinandergestapelt ... Nur noch Haut und Knochen.« Er schüttelte wieder den Kopf, atmete tief durch. »Haut und Knochen, es hört sich so harmlos an. Haut über Knochen, und dazwischen gar nichts mehr ... Er hat mir Fotos gezeigt. Die Rippen stachen bei allen hervor. Die Köpfe nur noch Schädel.«

Ann schluckte. Sie hatte schon davon gehört. Fotos davon zu sehen, hatte vermutlich noch mal einen eigenen Schrecken.

»Madison, er ... er war bei der Einheit, die einen Zug ausräumen musste. Vierzig Waggons voll mit Leichen ... Ein Transport mit Gefangenen aus Buchenwald. Der Zug war dort abgestellt worden, aber zum Ausladen sind sie nicht mehr gekommen. Diese Herrenmenschen sind vor unserer Front geflohen.« Er nahm einen Schluck. »Diese Schweinehunde sind einfach abgehauen und ... haben die Menschen in den Waggons verrecken lassen. ... Madison hat ... Er musste ... Die Leichen wurden aus den Waggons geholt. ... Erst dachten sie, alle wären tot. ... Doch bald merkten sie, es gab einige wenige, die noch atmeten.« Seine Faust traf seinen Kopf. Es war nicht zu begreifen, so sehr man auch hämmerte. »Kannst du dir vorstellen, wie es sein muss, wenn du vierzig volle Waggons zwei Tage alter Leichen nach einem letzten Lebenszeichen untersuchen musst? Es eigentlich nicht kannst. Der Gestank dich schon umbringt ... und doch ... bei jedem Körper hoffst du, dass ...« Jetzt legte er seinen Kopf in seine offenen Hände. Nicht zu begreifen. Einfach nicht zu begreifen. »Madison war immer einer der ganz harten Jungs bei uns in der Truppe. Ich hab ihn fast nicht wiedererkannt. ... Ein gebrochener Mann. ... Diese Deutschen ... Man sollte sie einfach alle erschießen. Alle miteinander. Keine Ausnahme.«

Alle erschießen. Das hatte auch Olga schon vorgeschlagen. Wut, geboren aus diesen unfassbaren unmenschlichen Gräueltaten. Ohnmächtige Wut.

»Die Deutschen sind Tiere. ... Nein, alles nur Bestien. Kein Tier wäre so grausam zu einem Artgenossen. ... Man sollte sie einfach alle verhungern lassen, diese Untiere. Alle miteinander.«

Ann blieb stumm. Sie legte ihre Hände auf seine. Es gab nichts zu sagen. So saßen sie einige Minuten schweigend in der Ecke.

Bestien, Untiere – alle verhungern lassen.

Sie musste an Charlie denken und ihre zwei Töchter. Sie hungerten. Sie hatten Angst. Genau wie die Bankows. Ann konnte sich nicht vorstellen, dass Charlie Schuld auf sich geladen hatte. Bei den Bankows war es etwas anderes. Ann hatte sie dann doch nicht gefragt, so wie Pinfield es vorgeschlagen hatte. Zu groß war ihre Angst gewesen, sie zu verschrecken. Die Bankows waren die Einzigen, die sich für Ann in Potsdam frei bewegen konnten.

Aber wenn die Siegermächte nun mit den Deutschen machen würden, was diese anderen angetan hatten, welche Art Menschen wären sie dann selbst?

Noch etwas war Ann klar: Ganz sicher konnte sie Jackson nicht erzählen, dass sie eine Deutsche war. Nicht heute, wenn überhaupt jemals. Eine gemeinsame Zukunft war ein großes Stück in die Ferne gerückt. Und sie musste es allein zurück zu Charlie schaffen.

Jackson malte Kreise in die Wasserpfütze, die sich aus dem Kondenswasser auf dem Tisch gebildet hatte.

»Dann wirst du vermutlich doch nicht hierbleiben?«, fragte sie irgendwann.

Sein Kopf ruckte hoch. »Doch.«

Ann war überrascht. Sie hatte mit einer anderen Antwort gerechnet. »Hier zwischen den Deutschen, den Nazis, den Bastarden, wie du sie nennst? Ist es das wert, Karriere zu machen?«

Er blickte sie an, überlegte, was er antworten wollte. »Ich muss hierbleiben.«

»Wieso?«

Er sah durch sie hindurch, als würde er in ein fernes Land schauen, oder in die Vergangenheit. Knapp sagte er: »Wegen meiner Brüder.«

»Ich dachte, du hast keine Familie mehr.« Hatte sie da etwas falsch verstanden?

Doch er nickte nur. Nickte mit einem Kopf, so schwer ... So unendlich schwer wie seine nächsten Worte. »Ich hatte zwei Brüder. Brian und Sam. Samuel, er war zwei Jahre jünger als ich. ... Sam meldete sich nach Pearl Harbor sofort freiwillig. Und als ich auch wollte ... Brian, mein älterer Bruder, er dachte wohl, dass er seine jüngeren Brüder nicht alleine gehen lassen konnte.« Jacksons Blick fixierte die Wand. Doch er schien durch die Tapete hindurchzustarren. Was sah er? Seine Brüder?

»Brian hat immer davon geträumt zu fliegen. Irgendwie hat er es geschafft, in die Fallschirmspringer-Eliteeinheit aufgenommen zu werden. Knallhartes Training, aber er hat es durchgehalten. Sam kam wie ich in die Infanterie ...«

»Was ist passiert?«

»Wir waren alle drei beim D-Day dabei. ... Brian als Fallschirmjäger. Ich hab ihn das letzte Mal Ende Mai gesehen. Aber wir wussten alle, dass die Fallschirmjäger unsere Vorhut bildeten. Sie sollten das Hinterland sichern und Nachschublinien stören. ... Ich hab seitdem ... nichts mehr von ihm gehört.«

Ann erwiderte nichts. Sie wusste, dass das nichts Gutes bedeuten konnte. Sie brauchte einen Moment, um zu fragen: »Und Samuel?«

»Omaha Beach.« Ein Ort, so tödlich wie ein geladenes Maschinengewehr.

Sie schluckte. Jackson selbst war an Utah Beach angelandet. Aber die Landung der Einheit am Strand von Omaha Beach hatte desaströs geendet. Für die Männer hatte es kaum Hoffnung gegeben.

»Hast du ihn noch mal gesehen?« Sie sagte nicht: seine Leiche.

Jackson schüttelte nur den Kopf. Es gab viele Erklärungen dafür, dass man ihn nicht gefunden hatte. Erschossen und mit den Wellen abgetrieben. Mit der viel zu schweren Ausrüstung einfach ertrunken. Am Strand auf eine Mine getreten, was eine Identifizierung manchmal völlig unmöglich gemacht hatte. Es waren die wahrscheinlichsten Erklärungen.

»Weder Sam noch Brian. ... Deswegen muss ich hierbleiben. ... Vielleicht leben sie noch. Oder wenigstens, wenn ihre Leichen identifiziert würden ... Ich kann nicht ohne sie nach Hause. Es wäre ... als würde ich sie hier alleine lassen. Als würde ich sie im Stich lassen ... Ich muss bleiben, hier, beim Militär. Solange ich noch einen Funken Hoffnung habe.«

Alle kannten sie Geschichten von unfassbar unglaublichen Zufällen. Von Totgesagten, die plötzlich wieder auftauchten. Natürlich war es möglich, dass Jacksons Brüder irgendwo in ein Lazarett gekommen waren, ihre Erkennungsmarke verloren hatten und sich nicht an ihre Namen erinnerten. Oder transportunfähig bei irgendwelchen französischen Zivilisten gepflegt wurden. In diesen Zeiten gab es nichts, was es nicht gab. Sie konnte Jackson verstehen.

»Wir hatten verabredet, uns nach der Befreiung in Paris zu treffen, wenn wir uns nicht schon in der Normandie über den Weg laufen würden. In Paris, oder je nach Truppenbewegung später in Berlin. ... Wenn ich kann, fahre ich jeden Samstag um zwölf Uhr mittags zur Siegessäule.«

Ann schluckte. Auch er suchte seine Familie. Etwas, das sie miteinander verband. Und doch auch etwas, was sie trennte.

Samstag, 28. Juli 1945

Der neue Premierminister wurde erst für den Abend erwartet. Er brachte auch einen neuen Außenminister mit – Ernest Bevin. Auf sie wartete bereits volles Programm. Erst Stalin besuchen, dann Truman, und am späten Abend würde es sogar noch eine Plenarsitzung der Konferenz geben.

Wie würde Clement Attlee sein? Viele bezeichneten ihn als Langweiler. Jemand, der sehr sachlich war. Eher distanziert in seinen Umgangsformen. Er sollte nicht annähernd das politische Format, das Charisma und das Pathos eines Churchills haben. Bisher hatte Ann ihn nur von Weitem gesehen. Aber so weit würde sie den Eindruck schon mal bestätigen.

In den letzten zwei Tagen hatte Ann im Haus alles vorbereitet. Heute bezog sie nur die Betten frisch. Ihre Nerven waren zum Zerreißen gespannt, während sie untätig durch die Räume wanderte. Pinfield bereitete alles für ein schnelles Abendessen vor. Miss Bright hatte vorbeigeschaut, noch mal alles kontrolliert und ihr dann den Nachmittag freigegeben. Aber für die Ankunft des neuen Premierministers am frühen Abend sollte sie wiederkommen und dann Dienst haben bis nach der Konferenz.

Direkt nach dem Mittagessen ging Ann in den *Military Store*. Wieder schaute der Soldat hinter der Verkaufstheke sie merkwürdig an. Sie redete sich damit raus, dass man schon mal anfing, für die Abschiedsfeier Dinge einzukaufen. Lange konnte die Konferenz ja jetzt nicht mehr dauern. Er schluckte die Ausrede einfach so. Zumindest hoffte Ann das. Es war schon auffällig, wie viele Lebensmittel sie einkaufte.

Mit einem voll bepackten Karton unterm Arm lief sie zurück in die Villa der Frauen. Ihr Schlafzimmer war wie alle anderen Räume leer. Die anderen Frauen erledigten gerade ihre Arbeit. Schließlich waren fast alle Delegierten in Babelsberg geblieben und arbeiteten fleißig weiter in diversen Ausschüssen.

Zurück in ihrer Unterkunft war sie etwas enttäuscht, als sie keine Nachricht von Jackson auf ihrem Kissen entdeckte. Aber eigentlich war damit gar nicht zu rechnen. Jackson war gestern tatsächlich sehr schnell wieder verschwunden. Was hätte er auch sonst noch erzählen sollen, bei diesen schrecklichen Bildern im Kopf, die er mitgebracht hatte? Beiden war nicht nach Small Talk zumute gewesen.

Ihr Treffen war gestern so furchtbar anders verlaufen, als sie es geplant hatte. Die Erzählungen von Dachau und von seinen Brüdern. Jackson litt so auch schon genug. Obwohl ihr Treffen so kurz gewesen war, hatte er sie zum Abschied leidenschaftlich geküsst. Seine Umarmung hatte etwas von einem Ertrinkenden gehabt.

Nein, sie hatte ihm nicht noch einen Schlag versetzen wollen. Sie wagte gar nicht, sich vorzustellen, was er zu ihrer Enthüllung sagen würde. Hätte sie doch nur vor einigen Tagen schon die Karten auf den Tisch gelegt. Aber jetzt wurde es von Tag zu Tag schlimmer. Jetzt wurde ihr Geheimnis von Tag zu Tag zu einer fetten Lüge.

Heute Abend würde sie keine Zeit haben, um sich mit ihm zu treffen. Sie überlegte kurz, ob es schon zu spät war, ihm eine Nachricht zukommen zu lassen. Doch vermutlich würde er von ganz alleine auf die Idee kommen. Wann die Staatsmänner sich zur Konferenz zusammenfanden, sprach sich immer relativ schnell herum. Und dass der neue Premierminister erst heute Abend anreisen würde, war sicherlich auch den Amerikanern bekannt. Sie würden sich also frühestens morgen Abend wiedersehen. Das bedeutete aber auch, dass Jackson sie weder heute noch morgen Nachmittag in die Stadt bringen könnte – wenn sie ihr Geheimnis überhaupt offenlegen würde. Und wenn er ihr dann noch helfen wollte. *Wenn* ...

Also würden wieder zwei Tage nutzlos verstreichen. Damit konnte Ann sich nicht abfinden. Sie hatte Charlie versprochen zu kommen. Und sie hatte es sich selbst versprochen, Charlie kein weiteres Mal im Stich zu lassen.

So ruhig es im Haus war, so aufgewühlt war ihr Inneres. Charlie – ihre geliebte Charlie. Sie litt. Und auch wenn sie gerade nicht in akuter Gefahr war: Ann musste ihr unbedingt eine andere Unterkunft verschaffen. Das Baby würde bald kommen, doch ihr ausgezehrter Körper würde nicht ausreichend für das Kind sorgen können. Wenn jetzt auch noch die Geburt kompliziert wäre. An die hygienischen Zustände wollte sie erst recht nicht denken. Nein, sie musste sie aus diesem Loch holen. Sie und ihre beiden Lockenköpfchen – Hannelore und Frederike, Hanne und Fritzi.

Tatsächlich hatte sie von Charlie nur wenig Neues erfahren, was Hoffnung machte. Von ihrem Vater hatte Charlie länger nichts mehr gehört. Rainer, ihr älterer Bruder, war vermutlich in Stalingrad eingekesselt worden. Sie vermuteten ihn in Gefangenschaft. So wie Manfred, Mariannes Zwillingsbruder, hoffentlich auch. Mehr Glück durfte man nicht vom Schicksal erwarten.

Marianne, Charlies jüngere Schwester, war bei ihrer Mutter gewesen. Charlie hatte noch kurz und knapp von ihnen erzählt. Ihre Mutter und Marianne hatten im Herbst letzten Jahres auch die kleine Wohnung am Stadtrand räumen müssen. Ihre Vermieter schmissen sie einfach raus und zogen selbst ein. Zuletzt hatten die beiden Frauen einen elendig kalten Winter in einem Gartenhäuschen verbracht. Aber da Charlie vor der Eroberung der Stadt jeden Kontakt verloren hatte, wusste sie nicht, wie es ihnen in den letzten Wochen ergangen war.

»Was ist mit Onkel Bruno und Tante Berta?«, hatte Ann nachgefragt.

Von den Buchners wusste Charlie kaum etwas. Nach Hermanns Verrat hatten die Müllers allen Kontakt zu der Schwagerfamilie abgebrochen. Und seit sie an den Stadtrand gezogen waren, begegnete man sich auch nicht mehr zufällig in der Innenstadt. Doch 1942 hatten alle noch gelebt. Tante Berta war nach Hermanns Verrat an Charlies Vater noch mal bei ihnen vorbeigekommen. Die ganze Sache tat ihr unendlich leid. Aber sie hatte selbst so viele Probleme und kam kaum zurecht. Onkel Bruno, Mamas Bruder, war damals schon in russischer Gefangenschaft gewesen. Vielleicht, wenn er seinen Einfluss hätte geltend machen können, wäre es nie zu dem Verrat gekommen. Aber so blieb die Erziehung der flügge gewordenen Jungs vor allem der gleichgeschalteten Schule und der Hitlerjugend überlassen.

Wusste Charlie etwas über Guste, das älteste Buchner-Kind? Guste war zwei Jahre jünger als Charlie und sie. Sie war ihnen ständig nachgelaufen wie ein mutterloses Entenküken. Heute musste sie zwanzig sein, nein, einundzwanzig schon. Charlie hatte nur mit dem Kopf geschüttelt. Guste – wenn sie in Potsdam gewesen war, als junge Frau … Charlie wollte gar nicht daran denken. Und Ann auch nicht. Mit ein wenig Glück hatte Tante Berta sie vor Schrecklichem bewahren können. Aber anzunehmen war das nicht.

Und was war aus den zwei Buchner-Jungs geworden? Charlie zuckte mit den Schultern. Hermann, der Jüngste, war jetzt fünfzehn. War er zum Volkssturm gegangen – Hitlers letztem Aufgebot gegen die Alliierten, das aus Milchgesichtern und Großvätern bestand? Walter war schon im Soldatenalter.

Ann hoffte, von den Bankows zu hören, wenn auf dem Zettel der Buchners etwas notiert worden war. Zu sehr waren die Bankows auf Anns Lebensmittel angewiesen. Aber jetzt, da sie Charlie endlich gefunden hatte, würde sie sich auf sie konzentrieren. Ihre Cousine würde sehr viel leichter ihre Verwandten finden können. Aber erst musste das Baby kommen, und es musste ihnen besser gehen. Genau deswegen musste Ann unbedingt in die Stadt.

Dabei war sie allerdings auf sich allein gestellt. Den ganzen Vormittag über hatte sie abgewogen, ob sie ihren gewagten Plan verwirklichen sollte. Er war riskant, aber Ann sah keine andere Möglichkeit. Selbst auf die Gefahr hin, von Miss Bright bestraft zu werden, musste sie versuchen, in ziviler Kleidung in die Stadt zu gehen.

Irgendwo musste sie ein Schlupfloch durch einen Garten oder einen Hinterhof finden. Immerhin kontrollierten die russischen Soldaten ja vor allem, dass niemand Unbefugtes den Bereich betrat. Auch wenn durch Passierscheine geregelt war, wer den Bereich verlassen durfte – die Kontrolle galt vor allen denen, die hineinwollten.

Zurück würde kein Problem sein. Ihre Uniformjacke würde sie sich in den Rucksack stecken und erst kurz vor dem Kontrollpunkt anziehen. Dann würde sie so tun, als hätte sie sich lediglich verlaufen. Am Kontrollpunkt würde man sie einfach durchwinken in den britischen Bereich der Konferenzteilnehmer.

Den schweren Rucksack auf dem Rücken lief sie in einem schlichten Sommerkleid zum Park des Babelsberger Schlosses. Sie durchquerte ihn abseits der Straße und ging erst am Ende zurück auf die Wilhelmstraße. Hier käme sie am ehesten durch irgendwelche Gärten auf die Straßen zwischen dem Bahnhof Babelsberg und dem Hauptbahnhof Potsdam zurück.

Am Ende der Wilhelmstraße knickte die Straße ab und führte über eine Brücke über die Nuthe. Hier liefen auch die

Schienen entlang. Das war das Nadelöhr, durch das sie hindurchmusste. Rechts von ihr lagen mehrere Fabrikgebäude, anscheinend alle verlassen. Sie versuchte, hinter den Fabrikhallen durchzukommen, aber dort war alles abgesperrt oder ummauert. Das Gelände dahinter wurde begrenzt durch das Flüsschen. Winzig im Vergleich zur Havel, aber doch zu breit, um darüber zu springen. Ihr blieb nichts anderes übrig, als auf die große, breite Straße zurückzukehren.

An diesem Abschnitt der Straße, die Richtung Innenstadt führte, gab es keine richtigen Kontrollpunkte, nur einige provisorische Straßensperren. Das hatte sie mehrere Male bei ihren Autofahrten bemerkt. Hier, am Rand des Delegationsbereiches, waren kaum Zivilisten zu sehen. Hier würde sie am ehesten auffallen.

Der Babelsberger Bahnhof lag etwa siebenhundert Meter links von ihr. Rechts herum, zum zerstörten Potsdamer Bahnhof, wäre es noch mehr als einen Kilometer. Wenn sie es bis dahin schaffte, dann würde sich kaum noch jemand nach ihr umdrehen.

Sie beobachtete die Gegend ein paar Minuten lang. Niemand war in Sicht – keine russischen Soldaten, aber auch keine Zivilisten. Das bedeutete, dass sie nicht einfach zwischen anderen Passanten untertauchen konnte. Sie musste es trotzdem riskieren. Schweiß rann ihr zwischen Rucksack und Kleid hinunter. Endlich fasste sie Mut und ging los.

Schon auf dem Weg hierher hatte sie einen gleichgültigen Gesichtsausdruck geübt. Im Schlosspark hatte sie sich mit etwas Erde das Gesicht schmutzig gemacht. Ihre braunen Haare hatte sie verstrubbelt, als wären sie tagelang nicht gekämmt worden. Und ihre Uniformjacke hatte sie auf links gedreht und sich um die Hüfte gebunden. Natürlich war sie immer noch besser angezogen als die meisten Deutschen hier. Trotzdem hoffte sie, dass sie so durchgehen würde.

Schweren Herzens musste sie sich bemühen, nicht zu schnell zu gehen. Eher genauso müde und fußlahm und ziellos wie die meisten, die hier herumliefen. Sie war vielleicht sechs- oder siebenhundert Meter weit gekommen, als sie einen Wagen hinter sich hörte. Ein russischer Jeep fuhr vorbei. Sie zwang sich, nicht hochzuschauen. Schon als sie hörte, wie der Wagen langsamer wurde, wusste sie, das gab Ärger.

»*Ja tebja ljublju*«, rief einer der Soldaten. Was so viel hieß wie: Ich liebe dich. Was die Russen darunter verstanden, wusste Ann inzwischen.

Der Wagen stoppte, und schon stieg einer der zwei Soldaten aus. Verdammt, weit und breit war niemand zu sehen. Die nächsten Zivilisten sah sie ein paar hundert Meter weiter vor dem zerstörten Bahnhofsgebäude.

»*Uri, Uri!* ... Frau, komm!« Einer winkte sie näher heran. Schon war der zweite ausgestiegen. Sein breites Grinsen wirkte schon fast wie ein Zähnefletschen. Sie knufften sich gegenseitig, als wäre das ein großer Spaß.

Ann streckte ihren Rücken und legte ihre aufgesetzte desillusionierte Miene ab. Eilig wischte sie sich durchs Gesicht, dann ging sie mit erhobenem Kopf auf sie zu.

»*Good Morning*«, sagte sie so laut wie möglich.

Der eine hatte sie schon am Arm gepackt, aber ließ jetzt erschrocken los. Die Männer warfen sich gegenseitig Blicke zu, wohl überrascht, dass sie es nicht mit einer Deutschen zu tun hatten. Andererseits hatten bestimmt schon andere diesen Trick angewandt.

Deshalb sagte jetzt einer von ihnen im strengen Befehlston: »*Passport!*«

Sie zitterte, als sie die Ärmel ihrer Uniformjacke aufknotete und die Jacke auf rechts drehte. Eilig holte sie noch ihr Barett aus der Uniformjacke und zog es auf.

»*ATS – British Auxiliary Territorial Service.*« Sie kramte ihren Delegationsausweis aus dem Rucksack.

Die Soldaten besprachen sich hektisch auf Russisch. Dann fragte einer gestikulierend nach dem Passierschein. Ann tat so, als wüsste sie nicht, was er meinte. Sie wies wiederholt auf ihre Abzeichen. Doch sie wusste, dass das nichts nutzen würde.

»Churchill … *dawai, dawai*«, sagte einer.

Ja, das wusste sie, dass Churchill weg war. Sie nickte freundlich, aber als sie in Richtung der Innenstadt deutete, schüttelten beide ihre Köpfe. Jetzt war klar, ihr Ausflug endete hier.

Sie gestikulierten viel, aber Ann weigerte sich, ihren Jeep zu besteigen. Tatsächlich hatte sie Angst, wohin sie sie fahren würden. An einen einsamen Ort, an dem niemand die Schreie einer Frau hörte? Oder zu Miss Bright? Dann säße sie vermutlich im nächsten Flugzeug nach Großbritannien.

Erst als einer der Männer den Wagen gewendet hatte und laut auf Russisch auf sie einredete, musste sie sich geschlagen geben. Sie stieg in den Wagen und streifte sich die Uniformjacke über. Das war es. Weit war sie ja nicht gekommen. Trotzdem war sie irgendwie erleichtert, als die Soldaten sie tatsächlich zurück zum Kontrollpunkt fuhren und nicht woandershin.

Ihr Rucksack drückte schwer auf ihre Schultern, aber noch schwerer wog für sie die Tatsache, dass sie Charlie nicht sehen würde. Dass sie ihr nicht zu Hilfe kommen konnte.

***

»Können Sie mir mal verraten, was Sie sich dabei gedacht haben?«

Meine Güte, diese Frau wusste aber auch über alles Bescheid. Keine Stunde, nachdem der Jeep sie abgesetzt hatte, stand Miss Bright plötzlich bei ihr im Zimmer. Ann hatte auf ihrem Bett gesessen und einen Brief an ihre Eltern verfasst, als ihre Vorgesetzte hereingestürmt war.

»Worum geht es denn?«

»Mir ist zu Ohren gekommen, dass Sie das Gelände unbefugt verlassen haben.«

»Es tut mir sehr leid. Ich habe mich verlaufen. Ich hatte doch heute Nachmittag frei und war im Babelsberger Schlosspark spazieren. Als ich zurückwollte, habe ich anscheinend die falsche Abzweigung genommen.«

»Hatte ich Ihnen nicht gesagt, dass Sie aufpassen sollen? Das ist jetzt schon das zweite Mal, dass die Russen mich auf Sie ansprechen. So geht das nicht.«

Sie schaute Ann böse und mit skeptischem Blick an. Einen Moment dachte sie über etwas nach.

»Ich ziehe Sie ab vom Haus des Premierministers. Ich werde heute Abend schon jemand anderes dorthin schicken. Keine Ahnung, was Sie für ein Spiel spielen, aber mir ist es zu heiß. Hier darf auf gar keinen Fall etwas schiefgehen, hören Sie! Ich werde Ihnen morgen früh Bescheid geben, in welcher Villa Sie Ihre Aufgaben ab sofort übernehmen werden.«

Joan Brights Blick funkelte, so wütend war sie.

»Und leisten Sie sich bloß nicht noch so einen Ausrutscher. Dann sitzen Sie im nächsten Flugzeug nach Hause!«

Miss Bright drehte sich um und ging hinaus. Ann hörte sie draußen noch schimpfen: »Als hätten wir jetzt nicht schon genug Probleme.«

Ann ließ sich aufs Bett zurückfallen. Das war ja nicht besonders gut gelaufen. Außerdem, was sollte sie Karen und Penny und den anderen erzählen? Und wie sollte sie es Jackson erklären? Mit viel Glück verriet Miss Bright den anderen Frauen ihren kleinen Alleingang nicht.

Ihr letzter Versuch war gründlich schiefgelaufen. Trotzdem, eins stand fest: So oder so musste sie dringend in die Stadt. Und wenn Miss Bright es ihr ein Dutzend Mal verbot. Ihre Beschäftigung beim ATS war ihr egal. Die würde jetzt nach Ende des Krieges sowieso bald enden. Allerdings durfte sie nicht riskieren, nach Hause geschickt zu werden. Nicht jetzt. Nicht, bevor sie Charlie irgendwo sicher untergebracht hatte.

Was blieben ihr also für Möglichkeiten? Olga war weg und Igor ... Seit dem Nachmittag damals hatte sie ihn nicht mehr angetroffen. Und ewig irgendwelche Russen anzubetteln, ob sie helfen konnten, wurde zu riskant. Andererseits, für heute Nachmittag erwartete Charlie Nachschub an Essen, an Hoffnung und vielleicht auch in Form eines kleinen Wunders. Schon wieder hatte Ann ihrer Cousine etwas versprochen, was sie nicht würde halten können. Ein dicker Klumpen machte sich in ihrem Magen breit.

Was also konnte sie noch tun? Mit viel Glück würde Jackson heute Abend auch ohne eine Verabredung mit ihr in der NAAFI-Kantine auftauchen. Andererseits ging er bestimmt davon aus, dass Ann heute Abend den neuen Premierminister im Haus erwartete. Vielleicht würde er deshalb zur Abwechslung sein Feierabendbier in der Kantine des amerikanischen Hauptquartiers trinken.

Was immer auch Ann überlegte, sie kam immer zum gleichen Schluss: Jackson war der Einzige, der ihr jetzt noch helfen konnte.

Als die kleine Wagenkolonne des neuen Premierministers am frühen Abend eintraf, konnte Ann das nur noch von oben aus dem Fenster beobachten.

Sonntag, 29. Juli 1945

Wie schon am Abend zuvor begleitete sie Karen und Penny zur NAAFI-Kantine. Jackson war gestern Abend tatsächlich nicht mehr aufgekreuzt. Entgegen ihrer Befürchtungen hatte sich kaum eine der Frauen überrascht gezeigt, dass Ann aus dem Premierminister-Haus abgezogen worden war. Joan Bright hatte es den Frauen wohl so verkauft, dass sie auch anderen die Gelegenheit geben wollte, sich zu beweisen. Nichts lag der Konferenzorganisatorin ferner, als Zweifel an ihrer Autorität aufkommen zu lassen.

Also hatte Ann mit Gillian Smith die Villen getauscht und war jetzt für Lord Leathers zuständig, der quasi direkt gegenüber ihrer Unterkunft am Anfang der Ringstraße residierte. Als Minister für Kriegstransportwesen kümmerte er sich vor allem um Fragen, die mit der deutschen Flotte zu tun hatten.

Doch jetzt, auf dem Weg zur NAAFI-Kantine, war Ann mit ihren Gedanken ganz woanders. Niedergeschlagen, aber innerlich sehr aufgewühlt, betrat sie das Gebäude, in dem die Angestellten der Streitkräfte ihre Freizeit verbringen konnten. Heute hatte der britische Soldatensender seinen Betrieb aufgenommen. Wie üblich spielte Swing-Musik im Hintergrund, dieses Mal aber aus dem Radio.

Jackson war noch nicht da. Sie kaufte sich eine Coke. Penny und Karen waren schon in ein Gespräch mit zwei britischen Soldaten verwickelt. Sie stellte sich an den Rand der kleinen Gruppe und tat, als würde sie zuhören.

Heute hatte es auch keine Konferenz gegeben. Stalin hatte sich verkühlt, so hieß es, und hüte das Bett. Ob es stimmte, wusste niemand. Am Nachmittag hatte Clement Attlee nochmals Präsident Truman besucht. Er war darüber informiert worden, dass sich der amerikanische Außenminister Byrnes mit seinem russischen Amtskollegen Molotow in den letzten

Tagen einer Lösung genähert hatte. Ann wurde vor Augen geführt, dass die Konferenz sich langsam dem Ende neigte. Ihre Tage hier waren definitiv gezählt.

Auch in der Kantine unterhielten sich alle über den Verlauf der Verhandlungen. Am Nachbartisch diskutierte eine kleine Gruppe. Die Außenminister schienen fleißig zu sein. Sobald sie die Fragen der Westgrenze Polens und der deutschen Reparationen geklärt hatten, würde man die Konferenz beenden können, so hieß es. Die Amerikaner hatten wohl den Vorschlag eingebracht, dass jede Macht die gewünschten Reparationsleistungen aus der ihnen zugewiesenen Zone nehmen sollte. Das gefiel den Russen nicht besonders, konnten sie doch ihre versprochenen zwanzig Milliarden Reparationen nicht aus Ackerland beziehen. Doch auch wenn Amerikaner und Russen noch nicht übereingekommen waren, so wurde doch deutlich, dass sie die endgültige Vereinbarung eher unter sich ausmachen würden. Fakt war, dass schon alle nur noch von den *Großen Zwei* sprachen. Attlee hatte nicht nur wichtige Besprechungen verpasst. Er, und mit ihm die britischen Interessen, schienen nun außen vor zu sein. Anscheinend war Ann nicht die Einzige, die ihm weniger politisches Gewicht zutraute.

Ann nahm die Informationen auf, aber mit ihren Gefühlen war sie woanders. Wann kam Jackson endlich? Ein Treffen der Außenminister hieß immer auch viel Arbeit für die Fahrer, die Akten zur Alliierten Militärkommandantur bringen mussten. Sie hatten sich für heute Abend verabredet. Sie sehnte sich nach Jackson und fürchtete sich gleichzeitig vor dem Gespräch, das sie heute führen musste.

Wie sonst sollte sie zu Charlie kommen, wenn nicht mit ihm? Er war ihre letzte Hoffnung. Natürlich hätte sie versuchen können, zumindest zu den Bankows in die UFA-Studios zu kommen und ihnen Lebensmittel für Charlie mitzugeben.

Aber ob die jemals bei der Empfängerin ankommen würden? Außerdem brauchte Charlie in ihrem Zustand mehr als nur Essen.

Es wurde immer später. Als Ann schon dachte, er würde es gar nicht mehr schaffen, ging endlich die Tür auf, und er kam mit einem anderen Amerikaner herein. Anders als vorgestern schien er gute Laune zu haben. Die düstere Schwere, die ihn umgeben hatte, war verschwunden. Obwohl die anderen dabeistanden, griff er Ann an der Taille, zog sie zu sich heran und gab ihr einen Kuss auf die Stirn.

»Was ist los?«

Der zweite Amerikaner bestellte ihnen zwei Bier. Sofort stand er mit den Flaschen neben ihnen. Er gab eine an Jackson weiter und hielt das Bier zum Anstoßen hoch.

»Was gibt es denn zu feiern?«

»Chuck und ich, wir werden bleiben.« Jackson stieß erst an Chucks Flasche an, dann an ihre Coke.

Beide Männer tranken gut gelaunt einen Schluck.

»Chuck Morrison«, stellte sich der andere jetzt vor. »Und Sie müssen Ann Miller sein.«

»So ist es«, pflichtete Ann ihm bei.

»Entschuldige bitte, dass wir so spät kommen. Aber tatsächlich waren wir noch bei der Alliierten Kommandantur, um einige Papiere zu unterschreiben. Jetzt ist es amtlich: Ich werde für die nächsten Monate hierbleiben.«

Ann lächelte ihn an. Was immer das jetzt auch für sie beide bedeutete, sie freute sich für ihn. »Wie schön.«

»Ich bleib auch hier. Natürlich werden ziemlich viele Soldaten erst einmal hier stationiert bleiben. Aber jetzt gehören wir offiziell einem anderen Stab an«, erklärte der andere Amerikaner. »Und die Bezahlung ist auch besser.« Grinsend hob Chuck seine Flasche und trank sie aus. »Noch eins? Sie doch auch, oder? Wollen Sie nicht auch lieber ein Bier?«

»Ja, Ann. Du musst mit uns feiern.«

Es war wirklich erstaunlich, wie Jacksons Gemütszustand in zwei Tagen gewechselt hatte. Aber so hatte sie ihn ja auch kennengelernt – als Meister der Leichtigkeit. Das war doch genau das, was sie an ihm so mochte. Das und noch ein paar andere Dinge.

Auf der einen Seite war es gut, dass er so viel bessere Laune hatte. Es würde ihr leichter fallen, ihm die Wahrheit zu gestehen. Auf der anderen Seite musste sie erst einmal eine ruhige Minute mit ihm alleine finden.

Karen und Penny gesellten sich zu ihnen, und sehr schnell wurde in einer kleinen Runde darüber geredet, was einen wohl erwartete, wenn man hierbliebe.

»Das könnte ich mir nicht vorstellen. Früher oder später wird man sehr viel mit den Deutschen zu tun haben«, sagte Karen.

»Ich könnte mir das vorstellen«, warf Penny ein. »Es ist auf jeden Fall besser als das, was ich in Nottingham zuletzt getan habe. Eine kleine Fabrik, ein winziges Büro, und ich musste immer in der Ecke ohne Tageslicht sitzen. Da ist es hier doch spannender.«

»Und so viel bequemer«, warf Chuck ein. »Ich werde bekocht, muss meine Wäsche nicht selbst waschen, und außer meinem Bett muss ich nicht viel aufräumen.«

»Ihr Männer, ihr seid doch Faulpelze vor dem Herrn!«, warf Karen lachend ein.

Jackson schaute Ann bedeutungsvoll an. Sie wusste genau, was mit seinem Blick gemeint war. Er wollte, dass sie sich jetzt auch dazu äußerte, ob sie hierbleiben würde. Aber darauf eine Antwort zu geben, war viel zu kompliziert.

Sie unterhielten sich noch ein Weilchen zu fünft, dann wechselten Penny und Chuck an die Theke. Karen hatte so viel Feingefühl, sie alleine zu lassen.

»Sollen wir rausgehen, an die frische Luft?« Ann wollte Jackson ganz für sich alleine haben. Sie fürchtete seine Reaktion in aller Öffentlichkeit.

»Gerne.« Er holte noch etwas Nachschub, und gemeinsam gingen sie nach draußen.

Endlich! Sie setzten sich vor der Tür auf eine kleine Bank.

»Also, was hältst du davon?«

»Dass du hierbleibst? Ich freue mich für dich.«

Er schaute sie durchdringend an. Sie wusste genau, dass er jetzt etwas von ihr hören wollte. »Und was ist mit dir?«

»Ich habe meinen Eltern geschrieben.«

»*Musst* du auf ihre Antwort warten oder *willst* du darauf warten?«

Ein dicker Kloß saß ihr im Hals. Ihre Eltern hätten sicher nichts dagegen, wenn sie hier in Deutschland bleiben und eine gute Arbeit finden würde. Zumal eine Anstellung bei den britischen Besatzungsbehörden ihr eine Sicherheit bieten konnte, die sie im Moment in England nicht hatte. Dort würde sie sich erst um eine Ausbildung oder eine Arbeit bemühen müssen.

»Ich bin ihr einziges Kind, musst du wissen.«

Er nickte verständnisvoll. »Aber wenn das egal wäre, würdest du es denn wollen? Würdest du hierbleiben wollen, mit mir?«

»Ich … ich weiß es nicht. Es geht mir zu schnell.«

Jackson griff nach ihrer Hand. »Ich weiß, wir kennen uns noch nicht so lange. Und es ist ein fremdes Land. Aber es ist ja nicht so, als wenn wir direkt heiraten würden und zusammenziehen. Du hättest deine Arbeit, und ich hätte meine. Und in den nächsten Monaten würden wir sehen, was aus uns wird.« Als sie nichts antwortete, schob er nach: »Ich würde mir sehr wünschen, dass aus uns beiden etwas wird.«

»Ich ja auch«, gab sie leise zur Antwort.

»Dann entscheide dich doch einfach für uns. Spring ins kalte Wasser.«

»Jackson ... ich ...« Ihre Worte blieben in der Luft hängen. Jesses, war das schwer. Sag es ihm! Sag es ihm jetzt. Sag es ihm einfach und schnell. Dann liegt die Entscheidung bei ihm. Nein, berichtigte sie sich. Erklär es ihm langsam.

»Jackson, wenn wir hierbleiben und du aber findest, dass alle Deutschen Monster und Bestien sind ...« War das der richtige Weg, um mit ihrer Offenbarung anzufangen? Ihn daran zu erinnern, was er eigentlich von den Deutschen hielt? Zu spät. Die Worte waren gesagt.

»Du weißt, dass mein eigentlicher Grund hierzubleiben meine Brüder sind.«

Sie nickte. »Und wenn ich dir jetzt sagen würde, dass ich ...«

Das durfte doch wohl nicht wahr sein. Genau in dem Moment kam Joan Bright um die Ecke.

Ann stand schnell auf und begrüßte ihre Vorgesetzte. »Guten Abend, Miss Bright.«

»Miss Miller. Schönen Abend ebenso.« Sie warf einen skeptischen Blick auf Jackson, nickte ihnen zu und ging hinein.

»Kommt ihr nicht gut miteinander aus?«

»Doch, eigentlich schon.«

»Aber?«

Ann schüttelte den Kopf. »Nichts weiter. ... Ich glaube, sie sieht es nur nicht gerne, wenn wir uns mit fremdländischen Soldaten herumtreiben.«

»Aha, fremdländischen Soldaten«, sagte Jackson verständnisvoll und rückte scherzeshalber eine Handbreit von ihr ab. »Ich will dir ja nicht deinen Ruf ruinieren.« Doch wieder blickte er sie eindringlich an und wartete auf eine Antwort.

Absicht oder nicht, plötzlich stand Miss Bright mit einem Glas Wein in der Hand draußen an der Tür und unterhielt sich. Ann hatte das deutliche Gefühl, dass sie sie im Auge behielt.

»Du wolltest mir gerade etwas sagen«, forderte Jackson sie auf.

»Ja. ... Ich ...« Das konnte sich zu einer großen Katastrophe ausweiten. Sie wusste ja nicht, wie Jackson reagieren würde. Außerdem, wie sähe es aus, wenn sie erst heimlich mit ihm tuschelte und er dann verärgert gehen würde?

»Was gibt es denn?«

Sie warf einen verstohlenen Blick in die Richtung ihrer Vorgesetzten und sah ihn dann an. »Ja. ... Ich wollte dir sagen: Ich brauche noch etwas mehr Zeit.«

Sie konnte die Enttäuschung in seinen Augen sehen.

»Wir haben aber nicht mehr viel Zeit. ... Ich habe gehört, dass die ersten Entscheidungen auf der Konferenz getroffen wurden. Es sieht ganz so aus, als könnte es in den nächsten Tagen sehr schnell gehen. Du weißt doch, wie es bei uns zugeht: Da wird man dann von heute auf morgen auf einen anderen Posten versetzt.«

»Ich weiß.«

»Ich hab einfach nur Angst, dass du plötzlich nach England zurückfliegst.«

Sie presste ihre Lippen aufeinander. »Es ist nicht so, als würde ich nicht bleiben wollen. Ich würde es gerne versuchen ... mit dir, mit uns.«

»Aber dann tu es doch einfach. Entscheide dich ... für uns.«

Sie blickte wieder auf Miss Bright, die dort immer noch stand. Kein Zweifel, sie schien Ann zu beobachten. Traute sie ihr mittlerweile zu, mit einem amerikanischen Soldaten im Gebüsch zu verschwinden?

»Jackson, können wir uns nicht morgen treffen? Und ganz in Ruhe darüber sprechen? Morgen früh vielleicht schon?«

»Morgen früh? So kurzfristig kann ich meinen Dienst nicht tauschen.«

Ann nickte erleichtert. »Oder dann am Nachmittag, sobald du freihast? Wir könnten noch mal im Schlosspark spazieren gehen.« Es wäre hier in der Nähe. Und Jackson wäre mit dem Wagen da. Wenn er sie nach ihrer Enthüllung nicht von sich stoßen würde, wenn er ihr sogar helfen wollte, könnte sie noch vor Einbruch der Dunkelheit die Lebensmittel bei Charlie vorbeibringen.

»Am Nachmittag? ... Ich kann es versuchen. Letztendlich hängt alles davon ab, ob und wann morgen wieder die Konferenz stattfindet.«

Karen und Penny traten vor die Tür. Sie unterhielten sich kurz mit Miss Bright. Dann kamen sie die Stufen herunter.

»Kommst du mit zurück?« Karen blieb ein paar Meter vor ihnen stehen.

Der scharfe Blick von Miss Bright lag auf ihr.

»Ich glaube, es wäre besser, wenn ich mitgehe.«

Jackson sah etwas enttäuscht aus, aber natürlich kannte er die unausgesprochenen Zwänge, die im Militär herrschten.

Ohne sie zu berühren oder ihr gar einen Abschiedskuss zu geben, sagte er: »Ich versuche es morgen Nachmittag, sonst treffen wir uns morgen Abend wieder hier.«

Ann nickte und stand auf. Als sie, Karen und Penny auf den Bürgersteig traten, hörten sie hinter sich Schritte. Verfolgte Miss Bright sie etwa? Sie lief hinter ihnen, bis sie ihre Unterkunft erreicht hatten.

»Ich wünsche Ihnen eine angenehme Nachtruhe.« Miss Bright winkte ihnen noch zu und ging weiter.

Verdammt! Wäre sie doch einfach länger geblieben. Aber jetzt konnte sie schlecht einfach umkehren. Karen und Penny blieben noch unten im Gemeinschaftsraum, während sie nach oben ging.

Lavinia, die vierte Frau, mit der sie sich das Zimmer teilte, gab ihr einen Umschlag. »Hier, der ist gerade für dich abgegeben worden.« Sie wollte eben das Zimmer verlassen und ins Badezimmer gehen.

Ann drehte sich schnell um. »Wann ist er gekommen?«

»Gerade erst, vor zwanzig Minuten vielleicht. Eine ältere Deutsche hat ihn anscheinend bei den Russen abgegeben.«

Ann wartete, bis Lavinia im Bad war. Dann riss sie den Umschlag auf.

Charlotte Hufnagel liegt in den Wehen. Bitte kommen Sie schnell und helfen ihr.
Gertrude Heimbach, die Nachbarin

Eine heiße Welle der Angst strömte durch ihren Körper. Um Gottes willen, was sollte sie jetzt tun? Charlie lag dort in einem Keller, ihre zwei kleinen Töchter bei sich, und bekam ihr Baby. Zwei Wochen zu früh!

Ann dachte gar nicht lange nach. Sie schnappte sich ihren Rucksack, der noch von ihrem gestrigen Ausflugsversuch mit Lebensmitteln bepackt war. Mit viel Glück war Jackson noch in der Kantine. Er war mit einem Wagen da. Sie musste ihn überzeugen, dass er ihr half! Ohne sich irgendwo abzumelden, verließ sie das Haus. Sie eilte die Straße entlang, ohne sich darum zu scheren, ob sie Aufmerksamkeit erregen würde.

Jackson stand noch mit ein paar anderen Männern draußen. Als er Ann entdeckte, schaute er verwundert und kam auf sie zu.

»Ann!?« Beim Anblick des Rucksackes runzelte er die Stirn.

»Jackson, ich brauche deine Hilfe. Es ist wirklich dringend!«

»Was ist denn los? Was ist passiert?« Jackson griff nach ihren beiden Händen und schaute sie ernst an.

»Jackson, du musst mich nach Potsdam reinbringen. Sofort! ... Jemand ... Meine deutsche Cousine bekommt ein Baby. Sie ist in Gefahr. Sie lebt in einem Keller.« Sie flüsterte hektisch, aber eindringlich. Trotz seiner Bierflasche in der Hand zog sie ihn in Richtung seines Jeeps.

»Deine deutsche Cousine?«, fragte er verstört.

»Ich ... ich bin auch Deutsche. Meine Eltern sind geflohen, vor elf Jahren, hier aus Potsdam. Bitte ... bitte hilf mir. Bitte bring mich nach Potsdam rein, sofort!«

Jackson blieb abrupt stehen. »Du bist eine Deutsche!?« Seine Miene verzog sich schmerzlich.

TEIL 4

Sonntag, 13. Mai 1934

»Annegret, steh auf.« Das war Mama. »Komm schon, Schlafmütze.«

»Mama?« Annegret wischte sich die Augen. »Ich bin noch müde!«

»Komm, steh auf, Liebes. Aber sei leise. Ganz leise, ja?«

Annegret setzte sich im Bett auf. War heute nicht Sonntag? Da durfte sie doch ausschlafen. Sie war noch todmüde.

Sie stand auf und ging zu den schweren Vorhängen. Aber gerade, als sie sie aufziehen wollte, riss ihre Mutter sie zurück.

»Nein, die lassen wir heute mal zu.« Sie zog Annegret in ihre Arme, im schwachen Schein einer zur Wand gedrehten Nachttischlampe. »Pass auf, Spätzchen. Wir machen einen Ausflug. Nur wir drei. Das wird schön.«

»Wohin?«

»Kennst du nicht. Komm, mach dich fertig. Ich hab dir Sachen rausgelegt. Und dann essen wir noch schnell was.«

Gestern Abend waren sie früh nach Hause gegangen. Sie hatten noch Charlies Familie besucht. Die Familie von Mamas Bruder, Onkel Bruno und Tante Berta, war auch da. Draußen auf dem Hinterhof spielte sie mit Charlie und Guste Himmel und Hölle. Doch schon bald gingen sie. Annegret hatte das Gefühl, dass es einen Streit gegeben haben musste, während die Kinder draußen gespielt hatten. Die Erwachsenen verabschiedeten sich merkwürdig stumm voneinander. Tante Berta weinte sogar. Auch auf dem Rückweg herrschte eine merkwürdige Stimmung. Es gab früh Abendessen, und dann war sie ins Bett geschickt worden. Viel früher als sonst. Aber da sie noch etwas hatte lesen dürfen, war es ihr egal gewesen.

Als sie sich nun ihre Sachen angezogen hatte und in den Flur trat, war sie erstaunt. Vier Koffer standen dort, Papas großer Rucksack und ihr kleiner.

»Wo fahren wir denn hin?« Das war ganz schön viel Gepäck für einen kleinen Ausflug.

»Komm, Spätzchen. Ich hab dir Kakao gemacht«, antwortete Mama.

Sie wollte noch mal nachfragen, war aber viel zu müde. Mama schob sie eilig in die Küche. Lustlos aß sie eine Schnitte mit dick Butter und etwas Käse. Papa trug einen guten Anzug und Mama ein schickes Kleid. Aber sie hatten beide ihre bequemen Schuhe an. Und auch Annegret bekam ihre dicken Winterstiefeletten rausgestellt.

»Warum muss ich die denn anziehen?« Es war Mitte Mai, eigentlich schon zu warm für die gefütterten Stiefeletten.

»Deine blauen Riemchenschuhe sind dir doch jetzt zu klein.«

Das stimmte natürlich. Außerdem hatten sie seit dem Vorfall mit Ursula auf dem Schulhof eine dicke Schramme im Leder. Für sonntags waren die nicht mehr gut genug.

Papa spähte nervös aus dem Fenster, während er seine Schnitte kaute. Auch Mama schien sehr angespannt. Annegret war ziemlich neugierig, wohin es gehen sollte, vor allem mit den vielen Koffern.

»Wohin fahren wir denn?«
»Nur einen kleinen Ausflug«, wiederholte ihre Mutter.
»Mit vier Koffern?«
»Wir bleiben ein paar Tage.«
»Was? ... Nein. Ich muss doch morgen zur Schule!«

»Das haben wir schon alles besprochen ... mit deinem Lehrer.«

»Ich darf einfach so wegbleiben?«

»Genau.« Doch Mama sprach schon in eine ganz andere Richtung. Papa hatte ihr ein Zeichen gemacht.

Er öffnete vorsichtig die Tür, packte einen Koffer links, einen rechts und lief geräuschlos die Treppe hinunter. Als er wieder hochkam, nahm er die nächsten zwei Koffer.

Papa schaute sich merkwürdig im Flur um. Stumm. Dann flüsterte er: »Jetzt aber schön leise!«

Mama nahm die beiden Rucksäcke und einen großen Beutel, in den sie noch einige Essenssachen gesteckt hatte. »Spätzchen, gehst du bitte ganz, ganz still die Treppe runter? Wir wollen im Haus doch niemanden aufwecken.«

Annegret nickte. Auf dem Treppenabsatz fiel ihr aber etwas Brandwichtiges ein. »Mama, ich muss aber morgen in ...«

»Schhhht!« Mama schaute ganz böse. Papa blieb für einen Moment stehen und lauschte. Dann nickte er. Weitergehen.

Erst als sie die Haustür öffneten, bemerkte sie, dass es noch ganz dunkel war. Sie stiegen in ein Auto. Es war kein Taxi. Annegret kannte den Mann nicht. Niemand sprach. Irgendetwas war höchst merkwürdig. So viel war ihr schon klar.

Vier Koffer und zwei Rucksäcke, für nur ein paar Tage. Aber was viel wichtiger war: Sie musste morgen unbedingt in die Schule. Sie durfte Charlie nicht im Stich lassen. Am Freitag hatte Ursula ihnen gedroht. Und Annegret hatte Charlie versprochen, sie nicht allein zu lassen. Versprochen!

Das Auto brachte sie raus aus Berlin. Im Wagen war sie sofort wieder eingeschlafen. Irgendwo in einer kleinen Stadt, deren Namen sie nicht wusste, weckte Mama sie, und sie stiegen aus. Noch vor der Dämmerung waren sie an einem

Bahnhof angekommen und warteten dort auf einen Zug. Annegret war müde. Die Nervosität ihrer Eltern griff auf sie über. Sie durfte nichts fragen, nichts sagen. Dann stiegen sie in einen Zug, der Stunde um Stunde fuhr.

Wieder schlief sie ein. Als sie wach wurde, sah sie nur unbekannte Landschaft. Dann ein Bahnhof – *Dresden Hauptbahnhof.* Dort stiegen sie um, in einen kleineren Zug. Dann noch mal. Die Landschaft wurde anders, es wurde hügelig. Ja sogar steinige Felsen kamen in Sicht.

Es war schon Nachmittag, als sie irgendwo im Nirgendwo ausstiegen. Ab hier ging es zu Fuß weiter. Mama und Papa jeder zwei Koffer in der Hand, trug sie nun ihren Rucksack, der unerwartet schwer war. Sie versteckten sich hinter einer Scheune, gingen erst im Dunkeln weiter. Irgendwann kamen wieder kleinere Gebäude in Sicht, ein Bahnhof mit merkwürdigen Schriftzeichen. Als sie in den Zug einstiegen, war Annegret so müde, dass sie schlief, bevor der Zug losfuhr.

Kurz bevor sie in einen großen Bahnhof einfuhren, weckte Mama sie. »Prag«, sagte Mama zu Papa. Es klang überaus erleichtert.

Ihre Eltern hatten anscheinend gar nicht geschlafen. Papa sah so müde aus, wie sie ihn noch nie gesehen hatte. Mama hatte dunkle Ringe unter verheulten Augen. Dann packten sie ihre Sachen zusammen und stiegen aus.

Sie liefen zu einer kleinen Pension, wuschen sich und zogen frische Kleidung an. Auch Annegret zog sich um. Als sie nun in ihre Rocktasche griff, fühlte sie etwas. Sie zog das kleine Stück heraus. Es war der Perlmuttknopf von Charlies guter Schulbluse. Sie hatte vergessen, ihn ihr zurückzugeben, nach dem Streit auf dem Schulhof. Während Mama vor der Pension auf Papa wartete, der drinnen noch etwas erledigte, starrte Annegret unverwandt den Knopf an. Die Tränen in ihren Augen schimmerten mit dem Perlmuttknopf um die Wette. Heute war Montag. Charlie musste sich nun ganz allein Ursula stellen. Dabei hatte sie ihr doch versprochen zusammenzuhalten. Sie hatte Charlie im Stich gelassen.

In der Nacht vom 29. auf den 30. Juli 1945

»Du bist eine Deutsche!?«
Jacksons Frage bohrte sich in ihre Eingeweide. Nicht so sehr die Worte, sondern eher seine Ungläubigkeit ... zuerst. Und dann die Abscheu. Er fragte noch mal, mit den gleichen Worten. Dieses Mal nickte Ann nur und ging weiter in Richtung seines Wagens.

Er kam ihr hinterher. »Und du hast hier eine Cousine? Hier in Potsdam?« Seine Augenbrauen zogen sich zusammen. Das konnte doch wohl nicht ihr Ernst sein, drückte seine empörte Miene aus.

»Sie liegt in den Wehen. Wir müssen ihr helfen, sofort!«
Ann war so angespannt, dass sie kaum reden konnte. Sie zerrte ihn weiter, bis sie am Jeep standen. Jackson stieg ein, aber startete den Wagen nicht. Äußerst angespannt setzte sie sich neben ihn.

»Erklär es mir. ... Was meinst du mit: Du bist eine Deutsche?« Unwillig, als wollte er die Antwort eigentlich nicht hören.

Ihr Blick lief über die Menschen, die draußen vor der NAAFI-Kantine standen. Bemerkten sie, dass hier etwas Merkwürdiges vor sich ging? »Ich bin hier geboren, hier in Potsdam. ... Mit zwölf Jahren bin ich mit meinen Eltern weggegangen. Ins Exil. Mein Vater war politisch aktiv. Er hat um sein, um unser Leben gefürchtet. Deshalb sind wir geflohen. In einer Nacht-und-Nebel-Aktion.«

Er kaute an ihrer Antwort. »Eine Deutsche?! ... Ich meine ... wirklich?! ... Du hättest es mir sagen müssen.«

»Ich weiß. Ich wollte auch. ... Bitte lass uns jetzt fahren. Wir müssen uns beeilen. Ich erklär dir alles unterwegs. ... Bitte!« Sie klang so eindringlich, dass er endlich losfuhr.

Sie kamen zum russischen Kontrollpunkt. Jackson zeigte seinen Passierschein vor und sagte etwas von einem medizinischen Notfall. »Krankenhaus ... *Hospital*«, das verstanden die Soldaten. Vermutlich glaubten die Russen, dass Jackson die Frau auf dem Beifahrersitz in ein Krankenhaus fahren musste.

Endlich. Schon fuhren sie am Hauptbahnhof vorbei. Ann wollte etwas erklären, doch Jackson stoppte sie mit einer Handbewegung.

»Ich muss erst nachdenken.«

Ann schluckte. Wie würde sein Urteil ausfallen? Doch sie konnte sich nicht auf ihre Angst um ihre Beziehung konzentrieren. Charlie, sie musste zu Charlie. Sie durfte sie kein zweites Mal im Stich lassen. Konzentriert dirigierte sie den Jeep durch die Ruinen der Innenstadt.

»Da lang. Jetzt ist es nicht mehr weit.« Ann saß auf glühenden Kohlen. Hoffentlich würde sie nun niemand mehr aufhalten. Als sie die Innenstadt auf der anderen Seite verließen, sagte Jackson plötzlich: »Wann? Wann wolltest du es mir sagen?«

»Gestern. Und davor auch schon. Aber dann ... Ich konnte einfach nicht. Nicht nach all dem, was du vorgestern erzählt hast. ... Jetzt rechts. Wir sind fast da.«

Jackson blickte angestrengt auf die Straße, aber Ann merkte, dass er ihr immer wieder wütende Seitenblicke zuwarf.

»Ich wollte es immer wieder sagen, aber ich musste mir erst über meine Gefühle im Klaren sein.«

»Und jetzt plötzlich bist du dir über deine Gefühle im Klaren?« Das klang nicht sonderlich freundlich.

Es war genau das eingetreten, was Ann befürchtet hatte. Natürlich musste er glauben, dass sie ihn nur ausnutzte. Dass sie ihn nur benutzte für ihre Zwecke.

»Am Anfang war es einfach noch ... Du kannst dir doch sicher vorstellen, dass ich nicht herumlaufe und allen erzähle, dass ich Deutsche bin!«

»Niemand weiß es? Nicht mal deine Vorgesetzte?«

»Ich glaube nicht.«

»Du hättest mir ... Du hast mich angelogen.«

Ann dachte nach. Sie war mittlerweile gut darin geworden auszuweichen, das Thema zu wechseln, um nicht offensiv lügen zu müssen. Doch tatsächlich hatte er recht. »Ja, ich hab gelogen. Aber eigentlich nur über alles, was meine Herkunft angeht. Und warum ich so gut Deutsch kann.«

Er warf ihr einen ungläubigen Seitenblick zu.

»Wirklich. Sonst habe ich nie gelogen. Das musst du mir glauben.«

»Und als ich dich geküsst habe, war das echt? Oder hast du den Kuss nur erwidert, weil du mich ... hierfür brauchtest?«

»Ich ... Nur am Anfang, weil ich dich brauchte. Aber dann ... Ich hatte nicht geplant, dass ich Gefühle für dich ...« Himmel, war das schwer. Es hörte sich selbst in ihren Ohren vollkommen verquer an. »Da vorne ist es.«

Als der Wagen langsamer wurde, sagte sie: »Bitte. Ich erkläre es dir. Ich erkläre dir alles in Ruhe. Aber jetzt muss ich mich erst um meine Cousine kümmern.«

Schon war sie aus dem Wagen gesprungen und klopfte an der Tür. Wieder war es die ältere Frau, die die Haustür öffnete.

»Frau Heimbach?«

Die Deutsche nickte. Aus dem Keller kamen gedämpfte

Schreie. Ann drängelte sich einfach an der Frau vorbei und rannte zur Kellertreppe.

»Charlie!« Sie stürzte die Treppe runter.

Ihre Cousine lag zusammengekrümmt auf der Matratze. Niemand war bei ihr.

»Ich bin jetzt da. ... Sei ganz beruhigt. ... Ich bin ja jetzt da!« Schon war sie auf den Knien und fasste Charlies Hände.

»Annegret!«, keuchte die Schwangere.

Hinter ihr betrat Jackson den Kellerraum. Seine Hand lag an seinem Pistolenholster. Noch immer traute niemand den Deutschen. Oder traute er ihr nicht? Vermutete Jackson, dass sie ihn in einen Hinterhalt gelockt haben könnte? Ann ahnte, das mit dem Glauben und Vertrauen würde ab jetzt schwierig sein.

Doch als er die schwangere Frau vor sich sah, entspannte sich seine Miene. Verwundert schaute er sich um. Er konnte wohl nicht glauben, dass hier unten tatsächlich Menschen wohnten.

»Wir müssen sie in ein Krankenhaus bringen.« Ann drehte sich zu Charlie um. »Was ist mit dem St.-Josefs-Krankenhaus? Gibt es das noch? Steht es noch?«

Charlie nickte, hechelte heftig und versuchte, den nächsten Schrei zu unterdrücken.

»Wir müssen sie hochbringen, in meinen Wagen. Du gehst mit ihr auf den Rücksitz.« Jackson gab klare Anweisungen. Er fackelte nicht lange. Für ihn war es keine Frage, was nun passieren musste.

»Wo sind die Mädchen?«

»Heimbach«, presste Charlie zwischen zwei Schreien hervor.

Jackson gab eine Anweisung, und zusammen packten sie die Schwangere links und rechts. Vorsichtig zogen sie Charlie in die Aufrechte.

»Ich kann nicht ...« Jammernd ging die Schwangere in die Knie.

»So wird das nichts. So kriegen wir sie nicht die Treppe hoch.« Ohne ein weiteres Wort schob Jackson ihr einen Arm unter die Achseln und den anderen unter die Knie. Charlie krallte sich an seinem Hals fest. Mühsam unterdrückte sie einen Schrei, heftig atmend.

Ann stützte seinen Rücken von hinten, als er ihre Cousine die schmale Treppe hochbalancierte. Jetzt war es von Vorteil, dass Charlie so abgemagert war.

Er trug sie bis oben und direkt weiter bis zu seinem Wagen. Vorsichtig ließ er sie auf die Rückbank gleiten. Als Ann sich auch in den Wagen setzen wollte, stand dort plötzlich die Nachbarin.

»Sie müssen die Mädchen mitnehmen.« Vor ihr klammerten sich die Zwillinge aneinander.

»Das geht jetzt nicht. Wir müssen zum Krankenhaus.«

»Nein. Ich werde sie nicht hierbehalten. Ich hab nichts zu essen für sie. Ich kann mich nicht um sie kümmern.« Das klang nach einer bereits getroffenen Entscheidung. Entschlossen schob Frau Heimbach die beiden völlig verängstigten Kinder in Richtung Wagen.

»Nein, Sie müssen sie wenigstens heute nehmen. Ich kann Ihnen auch Essen ... geben.«

Noch vor Anns letztem Wort fiel die Haustür vor ihnen zu. Jackson schaute sie entgeistert an. In dem Moment drang ein unmenschlicher Schrei aus Charlies Mund. Die Kinder fingen an zu weinen.

Ann hatte keine Zeit, lange zu überlegen. »Sie muss ins Krankenhaus, sofort. ... Dann nehmen wir sie eben mit.«

Sie drängte sich auf den Rücksitz. »Kommt, hier nach vorne. Wir bringen eure Mutter jetzt ins Krankenhaus.«

Die beiden Mädchen stiegen glücklicherweise freiwillig auf

den Beifahrersitz. Es half wohl auch ein bisschen, dass Jackson blitzschnell zwei Schokoladenriegel aus dem Handschuhfach hervorgezaubert hatte.

Es dauerte nur wenige Minuten, dann standen sie schon vor dem Krankenhaus. Jackson hupte laut und rannte dann in das Gebäude. Ann holte die Mädchen aus dem Wagen und versuchte, Charlie zum Aufstehen zu bewegen. Sie schaffte es nicht alleine. Erst als Jackson mit einer Krankenschwester wieder herauskam, hoben sie Charlie gemeinsam aus dem Wagen. Sofort kam noch eine weitere Schwester heran, die einen klapprigen Rollstuhl schob. Mit vor Schmerzen verzogenem Gesicht ließ Charlie sich hineinfallen.

»Die Aufzüge gehen nicht. Sie könnten uns helfen, sie die Treppe hochzubringen«, sagte eine der Schwestern auf Deutsch zu Jackson.

Der schaute sie an. Er wusste natürlich nicht, was sie zu ihm gesagt hatte. Ann übersetzte schnell.

»Werden Sie sich um sie kümmern?«

»Natürlich. … Sie kommt direkt nach oben auf die Geburtshilfe. Wir haben den ganzen Krieg durchgearbeitet. Selbst in der Nacht, als die Bomben hier fielen.«

Schon waren Jackson und die beiden Schwestern im Inneren verschwunden.

Die Mädchen klammerten sich aneinander und weinten bitterlich. Ann schloss die Arme um die beiden Kleinen.

»Alles wird gut. Eure Mutter bekommt jetzt euer Geschwisterchen. Und ein Doktor wird sich um sie kümmern. Und sie wird in einem richtig schönen Bett liegen und genug zu essen bekommen.«

Die letzten beiden Dinge bezweifelte sie zwar, aber sie musste die Mädchen irgendwie beruhigen. Sie teilte einen letzten Riegel aus dem Handschuhfach in zwei Stücke, und für einen Moment versiegte das Weinen der Mädchen.

Was sollte sie denn jetzt mit den beiden machen? Sie konnte sie nicht mit in die mit den ATS-Frauen belegte Villa nehmen. Das war ausgeschlossen. Und Jackson konnte die beiden auch nicht mitnehmen. So viel konnte sie ihm nicht zumuten. Sie hatte seine Hilfe schon über Gebühr beansprucht.

Eigentlich fiel ihr nur eins ein, was sie mit den Mädchen machen konnte. Die Bankows sprachen Deutsch, und Ann würde ihnen den Inhalt des Rucksackes geben. Und sie würde ihnen mehr versprechen. Sicherlich würden die beiden sich dann um die Mädchen kümmern, nur für ein paar Tage.

Jackson kam schon wieder heraus. »Es ist direkt ein Arzt gekommen. Sie hat jetzt Hilfe.« Er blickte auf die beiden Lockenköpfchen und verzog sein Gesicht.

Ann wusste nicht, ob das ein Lächeln sein sollte.

»Was machen wir jetzt mit den beiden *Sweeties*?«

»Ich kenne jemanden, zu dem wir sie bringen können.«

Er bedachte Ann mit einem merkwürdigen Blick, sagte aber nichts. Eilig stieg er ein. Ann sagte den beiden Mädchen, dass sie auf den Rücksitz gehen sollten. Brav folgten sie ihrer Anweisung.

»Mama?«, fragte eine der beiden.

Ann wusste nicht, ob es Hanne oder Fritzi war. »Mama geht es gut. Sie bekommt jetzt ein Baby. Und morgen dürft ihr sie besuchen, ja? Freut ihr euch darauf, eure Mama zu besuchen?«

Mit ernstem Blick nickten die beiden.

»Fahren wir los. Es ist nicht weit.« Ann hatte den Zettel, auf dem Bankow die Behausung von Charlie skizziert und auch seine eigene Adresse notiert hatte, immer dabei.

Sie brauchten keine drei Minuten mit dem Wagen, da standen sie vor dem Haus in der Auguste-Viktoria-Straße. Oben fehlten das Dach und der halbe zweite Stock. Ann flehte zum

Himmel, dass sie die Bankows im Keller finden würden. Aber es war schon spät – Ausgangssperre. Sie mussten da sein!

Montag, 30. Juli 1945

Ann war erst mitten in der Nacht nach Hause gekommen und hatte sich heftige Vorwürfe von Karen, Penny und Lavinia anhören müssen. Nur eine Viertelstunde später, schwor Karen, und sie hätten Miss Bright Bescheid gesagt.

Wie konnte sie einfach so das Haus verlassen, ohne jemandem Bescheid zu geben? Die drei Frauen hatten stundenlang nach einer Erklärung für ihr Verschwinden gesucht und waren zu dem Schluss gekommen, dass es sich nur um ein Tête-à-Tête von Ann und Jackson handeln konnte. Aber das hätte sie ihnen ja wirklich sagen können.

Karen hatte sich Sorgen gemacht, Penny war sauer, und Lavinia fand es ganz und gar nicht angemessen, sich als unverheiratete Frau des Nachts fortzuschleichen. Und dann noch mit einem Amerikaner! Ann machte ein zerknirschtes Gesicht, klärte aber den Irrtum nicht auf. Ihr Frühstück war entsprechend einsilbig verlaufen.

Sie konnte nur an eins denken: Charlie. Wie war die Geburt verlaufen? War sie wohlauf? War das Baby gesund? Jackson hatte ihr wiederholt versichert, dass die Schwangere in guten Händen sei. Sie war in einem Krankenhaus, und ein Arzt und Schwestern würden bei der Geburt helfen. Sie würde in einem Bett schlafen. Und sie würde etwas zu essen bekommen. Das war allemal besser als ihr Kellerdasein.

Trotzdem machte sie sich große Sorgen. Charlie war unterernährt. Sie konnte nur hoffen, dass ihr Körper die massiven Strapazen einer Geburt überlebte. Und dass das Baby gesund war. Immerzu kam ihr die junge Mutter mit dem toten Baby auf dem Arm in den Sinn. Das sollte nicht Charlies Schicksal sein, schwor sie sich. Der Gedanke, dass sie ihre geliebte Cousine wiedergefunden hatte, nur um sie gleich wieder zu verlieren, ließ ihr keine Ruhe.

Außer dass Jackson sie wegen Charlie beruhigt hatte, war er äußerst einsilbig gewesen. Einsilbig und distanziert. Dabei hatte er gestern so viel Einsatz gezeigt. Sie hatten die Zwillinge noch zu Liesel Bankow gebracht. Obwohl es schon spät gewesen war, war sie alleine im Keller gewesen. Sie hatte Ann überrascht. Die hatte geglaubt, dass sie die stumme Deutsche langwierig überreden und ihr Schubkarren voller Essen versprechen musste.

Aber als Liesel die beiden verängstigten Mädchen sah, war sie wie ausgewechselt. Warmherzig sprach sie sie an, sie, die niemals freiwillig einen Ton von sich gab. Und es war überhaupt keine Frage – sie konnten bleiben. Natürlich versprach Ann ihr, baldmöglichst mit mehr Essen vorbeizukommen. Der Inhalt des Rucksackes würde sie wenigstens über die nächsten zwei, drei Tage bringen, da war Ann sich sicher.

Die beiden Mädchen bekamen jedes noch einen halben Apfel zu essen. Dann krochen sie unter Liesels Decke und waren schon eingeschlafen. Ann versicherte ihr, dass es nur für ein paar Tage sei. Liesel sollte doch morgen mit den Mädchen ins Krankenhaus gehen und nach Charlie sehen. Und dort ihre Adresse hinterlassen, damit ihre Mutter die Mädchen später abholen konnte. Dafür hatte sie ihr zusätzlich fast zwanzig britische Pfund gegeben.

Zu ihrem großen Erstaunen hatte sogar Jackson all sein Geld, ein paar Dollar, und noch eine angefangene Packung Zigaretten dazugelegt. Jackson rauchte nicht, aber mittlerweile wusste Ann ja, dass amerikanische Zigaretten die beliebteste Währung waren.

Trotzdem hatte Ann ein schlechtes Gewissen. Ging es

Hanne und Fritzi auch gut? Die Unterkunft der Bankows war kaum komfortabler als Charlies Kellerverlies. Und was würde Herr Bankow zu dem unerwarteten Besuch sagen? Würde er die Mädchen auf die Straße werfen? Nein, das würde er bestimmt nicht tun. Andererseits, was wusste sie schon von ihm? Ihre Gedanken kreisten den ganzen Tag unermüdlich um ihre Sorgen.

Zudem beschäftigte sie die Frage, wie es jetzt mit Charlie und ihren Kindern weitergehen sollte. Das Beste wäre, wenn sie ihnen eine Unterkunft im britischen Sektor von Berlin verschaffte. Dann würde sie sie am leichtesten erreichen und unterstützen können.

Eigentlich war ihre Entscheidung schon gefallen. Sie wollte hierbleiben. Hier in Berlin. Nur so konnte sie ihrer Familie helfen. Charlie, und wer sonst noch lebendig wieder auftauchen würde. Was mit den Buchners war, wusste sie immer noch nicht. Aber darum konnte sie sich jetzt nicht auch noch kümmern. Die Zeit würde ihr hoffentlich mehr Erkenntnisse über die Familie ihrer Mutter bringen.

Sie kannte niemanden von der Alliierten Kommandantur. Aber Jackson kannte jede Menge Briten, die dort arbeiteten. Sicher hatte er recht, wenn er sagte, dass sie nach Übersetzerinnen suchten. Als hätte er nicht schon genug für sie getan, musste sie ihn jetzt auch noch darum bitten, ob er ein Vorstellungsgespräch für sie arrangieren konnte. Oder wenigstens nach ein paar Namen von Leuten fragen, an die sie sich wenden konnte.

Jackson – alle Fäden liefen bei ihm zusammen. Sie brauchte Hilfe, von ihm. Sie brauchte Kontakte, die er hatte. Und sie wollte ihm endlich ihre Gefühle offenbaren. Immerhin konnte sie nun mit offenen Karten spielen. Aber wollte er sie jetzt noch? Ihr Vorgehen war denkbar schlecht gewesen. Mit seiner Hilfe hatte sie endlich ihren Verrat an Charlie gutgemacht. Aber der Preis dafür war hoch: Jackson. Ihn hatte sie verloren, vermutlich.

Gedankenversunken lief Ann rüber in die Villa von Lord Leathers, nur wenige Schritte von ihrer eigenen Unterkunft entfernt. Die graublaue Villa war deutlich kleiner als die des Premierministers. Der Minister war mit zwei seiner Mitarbeiter dort untergebracht. Ann sah sie kaum, denn sie hatten viel zu tun in den Ausschüssen.

Auch heute wartete nur wenig Arbeit auf sie. Und das bisschen erledigte sie mechanisch. Ihr ganzer Körper zitterte unentwegt, sie war völlig übermüdet. Sie war erst um halb drei ins Bett gekommen, und auch dann hatte sie nicht einschlafen können. Ihre Augen fühlten sich an, als hätte sie Sandpapier unter den Lidern.

Irgendwie brachte sie den Tag herum. Mittagessen in der Messe, und dann noch mal Abendessen zwischen einer Menge unerträglich fröhlicher Frauen.

Als sie sich umzog, um in die NAAFI-Kantine zu gehen, schloss Karen die Tür. »Du machst heute Abend aber nicht noch mal so einen Ausflug!«

»Schon mal gar nicht, ohne uns Bescheid zu geben«, schob Penny fordernd nach.

»Nein, du machst es überhaupt nicht mehr. Ich sag sonst Miss Bright Bescheid. Du wirst brav mit uns hingehen und brav wieder mit uns zurück. Ich werde nicht noch einmal den Kopf für dich hinhalten.« Lavinias Ton sprach Bände. In ihrer Achtung war sie tief gefallen.

»Natürlich. Ich wollte sowieso noch einen Brief an meine Eltern schreiben.«

Ann nahm sich Briefpapier mit. Sie musste ihren Eltern vom gestrigen Abend erzählen. Und noch etwas musste sie ihren Eltern mitteilen: Sie würde ihre geliebte Cousine nicht allein in diesem Elend zurücklassen! Sie wollte hierbleiben.

Das stand nun für sie fest. Alles andere würde sich zeigen. Jackson hatte recht. Mehr als ein paar Monate hatte sie nicht zu verlieren. Auch wenn ein gemeinsames Glück mit ihm jetzt mehr als fraglich war.

Schweren Herzens hatte sie sich in der Nacht von Jackson getrennt. Auch er hatte zurückgemusst. Musste erklären, was er so lange getrieben hatte. Ihm würde schon etwas einfallen. Das war es nicht, was ihr Sorgen machte. Von den Bankows waren sie stumm zurückgefahren. Bis auf ein ehrlich gemeintes *Danke* von Ann war kein Wort mehr zwischen ihnen gefallen. Sie waren beide müde, und vor allem nervös, ob man sie anhalten würde. Sicher mussten sie sich unangenehmen Fragen stellen, wenn die Russen ihren Jeep anhalten würden. Doch alles ging glatt. Und durch den Kontrollpunkt kamen sie relativ schnell. Jackson sagte wieder etwas von *Hospital* und zeigte auf Ann. Die Soldaten schluckten es ohne Nachfragen, einfach so. Sie waren wohl auch müde.

Im Unterkunftsbereich der Delegation angelangt wollte Ann sich endlich erklären. Aber er gebot ihren Worten Einhalt. Es war wohl zu viel für eine Nacht. Ohne weitere Aussprache trennten sie sich. Nur, ob er am nächsten Abend kommen würde, hatte Ann noch gefragt, bevor sie an der Ecke zur Ringstraße ausgestiegen war. Seine Antwort war ausweichend gewesen. Er wisse es noch nicht. Dann war er davongebraust.

Dabei hatte sie ihm so viel zu erklären. Ganz in Ruhe. Sie wollte ihm alles erzählen, von ihrer Kindheit, ihrer Flucht und ihren Eltern. Von ihren Gefühlen für ihn. Wenn er käme.

***

In der NAAFI-Kantine ging es ruhig zu. Die Konferenz war heute wieder ausgefallen. Stalin sei noch immer krank. Ein Treffen der Außenminister hatte es allerdings gegeben. Man munkelte, es könne jeden Moment so weit sein. Die Amerikaner und Russen würden über einer Paketlösung brüten. Und wenn Stalin sich bei einigen Details kompromissbereit zeige, könne man bald unterschreiben.

Premierminister Attlee hatte am Nachmittag Präsident Truman besucht, war aber laut Gillians Schilderung nicht besonders glücklich zurückgekehrt. Und den britischen Außenminister Bevin hatte man erst gar nicht zum Treffen der beiden anderen Außenminister dazugebeten. Immerhin war am Nachmittag sein amerikanischer Amtskollege bei ihm erschienen, und jetzt gerade trafen sie sich noch mal zu dritt in größerer Runde. Vielleicht würde noch heute der Durchbruch geschafft. Aber es lag offen auf der Hand, dass die britischen Interessen in dem großen Spiel nichts mehr zählten.

Gerade erst hatte Ann erfahren, dass auch der Alliierte Kontrollrat heute zu einer Sitzung im amerikanischen Hauptquartier zusammengekommen war. Das bedeutete, dass Jackson bereitstehen musste. Für Fahrten, um Unterlagen zu holen oder zu bringen, oder um Vorgesetzte oder geladene Journalisten zu chauffieren.

Mit jeder vorrückenden Minute wurde Ann nervöser. Die Chancen, dass Jackson noch auftauchte, wurden immer kleiner. Er hatte sicher viel zu tun. Trotzdem hatte sie sich an einen Tisch gesetzt, der nach vorne zur Straße rausging. Vielleicht sah sie seinen Jeep und konnte ihn abfangen, auf dem Weg zwischen dem US-Hauptquartier in Berlin-Dahlem und den Beratern von Präsident Truman.

Karen, Penny, Lavinia und andere ATS-Frauen standen weiter weg. Die drei aus ihrem Zimmer waren wohl noch immer verschnupft wegen ihres Alleinganges. Ann konnte es ihnen nicht verdenken. Wäre tatsächlich etwas passiert, hätten sie mächtig Ärger bekommen, weil sie Anns Abwesenheit nicht gemeldet hatten.

So saß sie allein am Tisch, den Brief an ihre Eltern vor sich, und schaute immer wieder hinaus. Es war hoffnungslos. Vielleicht fuhr Jackson sogar extra einen Umweg, damit sich ihre Wege nicht kreuzten. Dieser Gedanke versetzte ihr einen Stich. Seine Gefühle für sie waren nicht unabdingbar. Sie hatte ihm nicht nur die Wahrheit verschwiegen, sie hatte ihn belogen. Gut möglich, dass er nichts mehr von ihr wissen wollte.

Vielleicht, wenn sie einen Job hier fand, würde sich mit der Zeit alles wieder einrenken. Vielleicht. Aber erst einmal musste sie dafür sorgen, dass sie hierbleiben konnte. Plötzlich hatte sie eine Idee: Wenn sie wenigstens wegen des Jobs nicht auch bei Jackson betteln musste... Ihr Blick ging durch den Raum.

Vier britische Soldaten saßen zwei Tische weiter, jeder ein Bier vor sich und Karten in der Hand, einige auf dem Tisch. Ihren Uniformen sah man nicht an, ob sie im Dienst der Delegation oder des britischen Militärkorps standen. Möglicherweise konnte Ann hier wertvolle Kontakte knüpfen. Bisher hatte sie nur halb zugehört, doch jetzt lauschte sie aufmerksam.

»Wenn Molotow den Vorschlag annimmt, sich bei den Reparationen nur an seine eigene Zone zu halten, sind wir durch und können nach Hause. Wenigstens die meisten von uns«, berichtete einer der Soldaten.

Natürlich liefen alle Gespräche immer darauf hinaus, wie lange sie noch hierbleiben mussten. Alle wollten nach Hause. Die vier Soldaten waren mittleren Ranges und ein paar Jahre älter als Ann. Bestimmt hatten sie schon Frau und Kinder.

»Aber das, was sie gerade verhandeln, würde doch auf eine Teilung Deutschlands hinauslaufen, oder?«, fragte einer der vier, der gerade die Karten neu mischte.

Der erste Soldat zuckte mit den Schultern. »In gewisser Weise.«

Ann fuhr zusammen. Ein Grund mehr, Charlie möglichst schnell in einen der westlichen Sektoren zu bringen. Und den Rest ihrer Familie auch, wenn sie sie denn fand.

Der Soldat sprach weiter. »Aber noch wollen die Russen sich damit nicht zufriedengeben. Sie bestehen auf zusätzlichen zwei Milliarden Reparationen, Industriegüter, bevorzugt aus dem Ruhrgebiet.«

»Das ist aber doch unsere Zone«, warf einer der Männer empört ein.

Eins war nicht nur Ann bei den zurückliegenden Verhandlungen deutlich geworden: Stalin wollte sich die Zerstörung seines Landes von Deutschland bezahlen lassen. Sie folgte dem Gespräch weiter.

»Genau! Daran scheint nun die Diskussion zu hängen.«

»Und die Westgrenzen Polens?«

»Anders als Churchill scheint Attlee die Polenfrage nicht sonderlich am Herzen zu liegen. Und Truman benutzt sie nur noch als Verhandlungsmasse. Die beiden wollen das hier schnell zum Abschluss bringen. Überhaupt, es ist keine glückliche Fügung, dass Attlees erste Tage als Premierminister ausgerechnet auf so rutschigem politischem Parkett stattfinden.«

Für einen Moment schwiegen die Männer, tranken ihr Bier und schauten sich ihre neuen Karten an. Einer machte ein unzufriedenes Gesicht. Dann sagte er: »Mir ist eigentlich egal, was dabei herauskommt. Ich finde es viel wichtiger, dass die Hunnen eins auf die Schnauze kriegen. Der Rest interessiert mich nicht.«

Alle brummten zustimmend.

»Noch mal das Gleiche?«, fragte einer, legte seine Karten verdeckt auf der Tischplatte ab, stand auf und griff nach den leeren Flaschen.

Anns Gelegenheit schien gekommen zu sein. Da sie alle so gut über die Konferenz informiert waren, bezweifelte Ann, dass sie bei der Alliierten Kommandantur angestellt waren. Trotzdem wollte sie ihr Glück versuchen.

»Entschuldigung, ist einer von Ihnen zufällig in unserem Hauptquartier beschäftigt?«

Drei schüttelten den Kopf. Einer sagte: »Nein, von uns keiner. Wieso?«

»Ich wollte nur fragen, ob Sie zufällig wissen, ob die dort Dolmetscher suchen.«

»Sie können Deutsch?« Sofort war da der bekannte misstrauische Unterton. Allein, die Sprache der *Barbaren* zu beherrschen, machte jemanden schon verdächtig.

»Ich habe abgefangene Feldpostbriefe der Deutschen übersetzen müssen.«

Die Mienen der Männer entspannten sich wieder.

»Nein. Ich kenne niemanden. Aber schreiben Sie doch einfach einen Brief ans Hauptquartier. Er wird sicher an die richtige Stelle weitergeleitet.«

Der eine ging nun zur Theke, um Getränkenachschub zu holen.

»Wollen Sie wirklich hierbleiben?«, fragte einer der Männer, unverhohlene Abscheu in dem Wörtchen *hier*.

Ann versuchte, möglichst neutral zu antworten. »Warum nicht? Ich nehme nicht an, dass ich in London so schnell einen guten Job finde.«

»Kein Mann, der auf Sie wartet? Kein Verlobter?«

Ann lächelte leise. »Nein, keiner.«

»Kommt schon noch. Sie sind doch ein hübsches Mädchen.« Man wollte sie wohl aufmuntern, weil sie traurig schaute.

Sie schaute doch nur so traurig, weil sie an Jackson dachte. Er kam nicht. Es war schon spät, und sie sollte langsam zurückgehen. Noch immer steckte die schlaflose Nacht in ihren Knochen.

Ob er nicht kam, weil er keine Zeit hatte? Oder weil er sie nicht sehen wollte? War das seine Art, sich aus dem Staub zu machen? Sie konnte es ihm nicht verdenken, wenn er nichts mehr von ihr wissen wollte.

Dienstag, 31. Juli 1945

Die Mädchen hockten auf dem Bett der Mutter und schauten interessiert zu, wie Lotte Hufnagel ihr Brüderchen stillte. Der Kleine war erst anderthalb Tage alt. Natürlich hatte die junge Frau nicht genug Milch, so ausgemergelt, wie sie selbst war. Die Schwestern hatten ein Fläschchen gebracht, damit sie zufüttern konnte. Aber was ihr Körper hergab, das gab sie ihrem Sohn. Liesel musste sich Tränen wegblinzeln. Was für ein gesegneter Anblick.

»Er hat ordentlich Hunger.« Die Frau setzte den Kleinen ab, und er meckerte sofort. Sie griff nach dem Fläschchen, das neben ihr stand. Die beiden Mädchen schauten gierig auf die angedickte Milch darin.

»Mami ...« Eine kleine Hand streckte sich nach dem Fläschchen aus und ging fordernd auf und zu.

»Auch Hunger«, quengelte nun auch das andere Mädchen.

»Ich weiß, aber das ist für euren kleinen Bruder. Nur noch ein paar Tage, und Tante Annegret wird uns helfen. Sie kommt bestimmt ganz schnell wieder.« Lotte Hufnagel warf Liesel einen fragenden Blick zu.

Tante Annegret, dann waren sie also tatsächlich verwandt, die junge Mutter und die Britin.

»Ich versuche, immer nur vormittags weg zu sein. Miss Miller sagte mir, dass sie am ehesten am späteren Nachmittag kommt«, antwortete Liesel wahrheitsgemäß.

Die Hufnagel nickte nur.

»So, dann lasst uns gehen. Vielleicht bekommen wir ja auch etwas Milch.« Liesel hielt den beiden Lockenköpfchen die Hände hin. Natürlich wollten die bei ihrer Mutter bleiben.

Gestern waren sie schon hier gewesen. Die beiden Mädchen hatten sich so sehr gefreut. Als wäre eine tonnenschwere Last von ihnen gefallen. Sie hatten sich so fest an ihre Mutter geklammert, dass es danach schwierig gewesen war, sie wieder mitzunehmen. Ihre Mutter aber war so müde, dass sie die Kinder nur am Rande wahrnahm. Allein das Versprechen, dass sie bald wieder aus dem Krankenhaus raus durfte, und das Versprechen von Liesel, sie am nächsten Tag wieder zu besuchen, ließen die Zwillinge schließlich mitkommen.

Die junge Mutter schaute auf ihrer Töchter. »Gibt es Sonderzuteilungen für Kinder? Es war doch was angekündigt.«

»Ich habe nichts gehört. Aber es langt auch so.« Bestimmt wusste die Hufnagel, dass Liesel Geld und Zigaretten bekommen hatte, um für die Mädchen zu sorgen. Sie war ja nicht blöd. Niemand würde sich zwei hungrige Mäuler freiwillig aufhalsen.

»Kommt jetzt, wir gehen Brot holen. Brot und Haferflocken für euch. Und wenn ihr brav seid, bekommt ihr draußen noch jede einen Keks.«

Gestern war sie einkaufen gewesen, auf dem Schwarzmarkt. Liesel hatte zwanzig britische Pfund und noch mal sechs amerikanische Dollar von den beiden Angehörigen der Alliierten bekommen. Und vor allem: eine Packung mit acht amerikanischen Zigaretten. Gestern hatte sie ein halbes Brot gekauft, für drei Zigaretten, und ein Kilo Kartoffeln für noch eine Zigarette. Natürlich konnten sie mit den Kartoffeln nichts anfangen, solange sie keine Kochgelegenheit hatten. Aber Kartoffeln ließen sich lagern und dann tauschen. Vielleicht bekam sie heute ein Kilo Äpfel für eine Zigarette. Sie musste Ann Miller sagen, dass sie vor allem Zigaretten mitbringen sollte. Das war die einzig wirklich gültige Währung – Camel und Chesterfield.

Wegen der gelegentlichen Razzien konnte sie nicht direkt mit den Kleinen zum Schwarzmarkt gehen. Schwarzmarkt- und Schiebergeschäfte waren in den letzten Jahren drakonisch bestraft worden. Wer sich bereicherte, wurde als *Volksschädling* ins Zuchthaus gesteckt, oder in ganz schweren Fällen zum Tode verurteilt und hingerichtet. Getötet wurde man dafür jetzt nicht mehr. Trotzdem war der Schwarzmarkthandel weiter verboten. Allerdings drückten die Besatzer häufig ein Auge zu. Manche machten sogar selbst mit. Es war ein lukratives Geschäft.

In Berlin, so hieß es, würde oft in den U-Bahn-Stationen gehandelt. Deswegen hatte sie sich am Charlottenburger Bahnhof umgeschaut. Züge fuhren hier keine. Die Gleise vom Hauptbahnhof hierher waren kurz vor Kriegsende gesprengt worden. Trotzdem war der Bahnhof bevölkert von einer emsigen Menschenmenge. Der Charlottenburger Bahnhof war nicht weit weg von ihrer Unterkunft. Sie hatte die Kleinen nur wenige Minuten alleine gelassen.

Gestern hatten die Mädchen bitterlich geweint, als sie die Mutter zurücklassen sollten. Heute ging es schon etwas besser. Natürlich quengelten sie, aber die Aussicht auf Kekse erleichterte ihnen den Abschied.

»Kommt ihr?« Liesel stand schon an der Tür. Sie konnte es gar nicht abwarten, hier rauszukommen.

»Ich danke Ihnen so sehr. Ich komme bald und hole meine Mädchen ab«, versprach die junge Mutter.

»Schon gut. Solange uns nicht das Essen ausgeht.«

Gestern Abend hatte Vater mit ihr geschimpft. Was sie sich dabei denke? Noch zwei hungrige Mäuler! Vorgestern war er nicht nach Hause gekommen. Die Russen hatten die Männer so spät aus den Trümmern entlassen, dass er es nicht mehr vor der Sperrstunde nach Hause geschafft hatte. Ein alter Parteigenosse hatte ihn mit zu sich genommen, vorsichtshalber. Die Russen verstanden keinen Spaß, wenn man im Dunkeln auf der Straße ohne die nötigen Papiere erwischt wurde.

Aber als Liesel Vater gezeigt hatte, was sie bekommen hatte, und dass da noch mehr kommen würde, hatte er klein beigegeben. Heute wollte auch er auf dem Rückweg noch mit den Dollars und den Pfundnoten sein Glück versuchen.

Sie hatte gehört, wo man Milch bekommen sollte, ungepanschte, was weder sie noch ihr Vater glaubte. Trotzdem würde er sich auf dem Weg nach Hause noch zu einer bestimmten Ruine schleppen. Eilig, denn er musste rechtzeitig von der Straße runter sein. Vater hielt den Glauben hoch, dass es irgendwann doch wieder mal richtige Milch geben musste. Oder Butter, echte Butter. Jeder klammerte sich an etwas, was ihn weiterleben ließ.

Die Mädchen gingen brav mit Liesel mit. Sie waren noch nicht unten zur Tür raus, als beide nach den Keksen bettelten. Liesel gab ihnen ein Gebäckstück, trocken, aber süß.

Auch mit den Mädchen hatte sie nicht weniger zu essen als zuvor. Dafür gaben sie ihr etwas, was sie mit keinen Zigaretten und keinem Dollar kaufen konnte. Zuversicht. Und Hoffnung. Hannelore und Frederike – jetzt war Liesel wenigstens nicht mehr allein. Vater war ja nun den ganzen Tag über fort. Zudem hatten ihr die beiden sofort leidgetan. Erst mitgenommen von wildfremden Menschen mitten in der Nacht, und dann waren sie bei ihr untergekommen. Vielen Kindern ging es so. Mutterseelenallein. Und Hanne und Fritzi hatten auch schon viel durchgemacht. Als Zweijährige das Ende des Krieges erleben zu müssen, war vermutlich noch schlimmer, als wenn man achtzehn war. Ob ihre Mutter auch von den Russen geschändet worden war, vielleicht sogar noch vor ihren Augen? Nach der Empörung und der Wut ein drittes Gefühl, das Liesel lange nicht mehr gespürt hatte. Sie fühlte plötzlich Mitleid mit den Kleinen. Liesel hatte ihr eigenes Leid nicht mehr gespürt. Abgetötet, damit es sie nicht tötete.

Außerdem war es für sie eine große Erleichterung gewesen, die Nacht nicht allein im Keller verbringen zu müssen. Und die Kinder gaben ihr Kraft. Sie konnte sich endlich wieder um jemanden kümmern. Etwas anderes hatte sie ja nie gelernt. Sie hatte endlich wieder eine Aufgabe.

Als sie damals vom Pflichtjahr zurückgekommen war, hatte sie sogar selbst eine Mädelschaft führen dürfen. Das hatte ihr mehr Spaß gemacht als alles andere, was sie je aufgetragen bekommen hatte. Natürlich war das ihre Vorbereitung darauf, selbst bald Mutter zu sein. Und ja, sie wollte möglichst viele Kinder haben. Das Mutterkreuz wäre ihr gerade recht gewesen. Doch jetzt war alles anders.

Liesel wollte keinen Mann mehr. Niemals mehr würde sie einen Mann an sich heranlassen. Keinen. Nicht nach dem, was die Russen ihr angetan hatten. Dabei war doch ihr einziger Lebenssinn gewesen, Ehefrau und Mutter zu werden. Einen anderen gab es nicht. Doch dann kamen die Russen, zerstörten die Vergangenheit und töteten die Zukunft.

Für eine kurze Zeit hatte Liesel mit dem Gedanken gespielt, die Mädchen einfach zu behalten. Es war wunderbar, kleine Kinder um sich zu haben. Was, wenn sie einfach mit ihnen verschwinden würde? Es würde nicht weiter auffallen. Es gab reichlich Flüchtlinge ohne Obdach, ohne Papiere. Aber diese Britin wusste, wo sie wohnten, und jetzt auch die Mutter der Zwillinge. Außerdem, Vater wäre niemals damit einverstanden.

Und trotzdem – jetzt mit den beiden Mädchen schimmerte zum ersten Mal seit dem Ende des Krieges, ja vielleicht seit vielen Monaten, wieder so etwas wie leise Hoffnung am Horizont. Es gäbe da vielleicht etwas, wofür sie weiterleben konnte. Einen neuen Lebenssinn. Eigene Kinder würde sie vermutlich nie haben. Aber um Kinder kümmern konnte sie sich trotzdem. Und dann konnte sie mit ihnen singen. Gestern Abend hatte sie die Mädchen in den Schlaf gesungen.

Die Zeit ist reif
es dreht das Sonnenrad
zu neuem Lauf
auf altem Schicksalspfad
im Jahreskreis der Sonnenwend.
Brenn, Flamme, brenn in uns
und reiß uns mit
brenn klar die Herzen
und der Augen Blick
nach Urgesetz der Sonnenwend.
Nun braust der Sonne
e'wger Sternengang
die Kraft der Erde
neu als Wiederklang
im Urgesetz der Sonnenwend.
Im gleichen Strom des Blutes
schließt den Ring
neu komm uns Kraft daß …

Doch dann war Vater dazwischengegangen. »Sing doch nicht so was!«, hatte er gefordert. Und traurig nachgesetzt: »Sie werden uns jetzt auch alle unsere Lieder verbieten. So wie sie uns alles verbieten.«

Liesel hatte das Liederbuch des BDM versteckt. Sie wollte nicht, dass ihnen auch noch ihre Lieder weggenommen wurden. Sie hatte mit ihren Mädels immer so viel gesungen. Das hatte ihnen am meisten Spaß gemacht – wandern, marschieren und dabei singen.

Mittwoch, 1. August 1945

Etwas anderes hatte Ann wohl auch nicht erwarten können. Miss Bright kontrollierte sie, natürlich. Am Vormittag stand sie plötzlich vor der Tür. Als sie ihr strenges Gesicht sah, erschrak Ann. Hatte jemand geplaudert? Wusste Joan Bright von ihrem nächtlichen Ausflug? Oder machte sie nur ihren üblichen Kontrollgang?

Mit einem aufgespannten Regenschirm stand sie vor der Tür. Es war warm, aber es tröpfelte schon den ganzen Vormittag immer wieder. Sie schüttelte den Schirm vor dem Eingang aus, bevor sie das Haus betrat.

Lord Leathers war heute im Haus und arbeitete sich durch Aktenberge.

»Alles so weit in Ordnung?«

»Jawohl, Miss Bright.«

Joan Bright bedachte sie mit einem kritischen Blick. »Bereiten Sie sich schon mal darauf vor, dass es jetzt sehr schnell gehen kann. In Gatow stehen schon Flugzeuge bereit, um unseren Premierminister nach London zu fliegen.«

»Heute noch?«

Sie wiegte ihren Kopf. »Frühestens heute Abend. Vielleicht

aber auch erst morgen. ... Wir wissen es noch nicht genau. Aber richten Sie sich schon einmal darauf ein. Die anderen Delegierten werden natürlich erst nach und nach ausgeflogen. Könnte also sein, dass es bei Lord Leathers noch einen oder zwei Tage länger dauert. Wir werden Näheres erfahren, wenn heute Nachmittag die Sitzung zu Ende ist. ... Aber anscheinend haben sie sich gestern grundsätzlich geeinigt. Der Protokollausschuss sitzt schon an der gemeinsamen Abschlussdeklaration. Sobald alle drei sie unterschrieben haben, geht es ab nach Hause.« Bright nickte knapp, als hätte sie nun genug erklärt.

»Jawohl, Miss Bright. ... Wenn ich fragen darf: Wir werden sicher noch etwas bleiben, um die Häuser wieder aufzuräumen?«

Erstaunt zog Miss Bright ihre Augenbrauen hoch. »Aufräumen? Wohl eher nicht. Was mit den Häusern danach geschieht, wird Sache der Sowjets sein. Das hier ist deren Territorium. ... Schauen Sie nur, dass alles mitkommt, was wir gestellt haben. Bettwäsche und so weiter.« Ihre Vorgesetzte wollte schon gehen, drehte sich aber noch mal um. »Natürlich kann es nicht schaden, die Häuser nicht wie einen Saustall zu hinterlassen. Niemand soll schlecht von uns denken.« Dann ging sie zur Tür hinaus.

»Jawohl, Miss Bright«, sagte Ann wenig erleichtert. Wenn das stimmte, dann blieb ihr nicht mehr viel Zeit.

Gestern noch hatte sie einen Brief an das britische Hauptquartier in die Post gegeben und sich als Dolmetscherin angeboten. Und sie hatte einem amerikanischen Soldaten, der sich alleine in die NAAFI-Kantine verirrt hatte, eine kurze, aber eindringliche Nachricht für Jackson mitgegeben.

Die Sitzung der drei Staatsmänner war heute schon am frühen Nachmittag. Mit Glück konnte sie früher Schluss machen. Ob Jackson am Abend Zeit hatte, wusste sie natürlich nicht. Sie hatte gesehen, wie bereits aus einzelnen Häusern Koffer und Akten herausgetragen worden waren. Gut möglich, dass es bei den Amerikanern ähnlich zuging. Dann wäre er den ganzen Tag damit beschäftigt, Gepäck oder Personen zum Flughafen zu fahren.

In ihrem Kopf schwirrte es. Sie musste dringend mit Jackson sprechen. Sie musste dringend Charlie im Krankenhaus besuchen. Sie hatte den Bankows Lebensmittel versprochen, und sie musste sich hier auf die Schnelle einen Job suchen. Nicht gerade ein kurzes Programm für verbleibende zwei oder drei Tage.

* * *

Die Nachmittags-Konferenz war wohl ein großer Erfolg gewesen. Ein Aufatmen ging durch die Reihen. Alle wirkten gelöst, aber auch schwer beschäftigt.

Vor der Zusammenkunft der drei Staatsmänner gab es noch einen Fototermin. Dann wollte man letzte Details besprechen. Zum Schluss würde man noch über den einheitlichen Umgang mit deutschen Kriegsverbrechern reden, dann war die Sitzung auch schon wieder zu Ende. Am späten Abend würden alle wieder zusammenkommen, um das Abkommen feierlich mit ihren Unterschriften zu besiegeln.

Ann war geblieben, bis Lord Leathers nach der Sitzung zurückgekehrt war. Der war direkt zu Tisch gegangen, hatte vorher aber noch verkündet, dass er ganz sicher nicht vor morgen Abend fliegen werde, eher erst übermorgen. Also würde sie ihm frühestens morgen beim Packen helfen müssen.

Eilig aß sie zu Abend und zog sich dann um. Sie wollte besonders hübsch aussehen, wenn sie Jackson begegnete. Wenn er kam! Tatsächlich saß er schon in der NAAFI-Kantine, mit noch jemandem an der Theke.

Ihre Knie waren butterweich, als sie durch den Raum auf ihn zuging. Mit einem beklommenen Gefühl begrüßte sie ihn. Er blieb schmerzhaft förmlich, bestellte noch zwei Coca-Cola. Dann setzten sie sich zusammen an einen Tisch, weit ab von den anderen.

»Ich muss nachher wieder zurück. Ich muss im Hauptquartier auf meinen Einsatz warten, wenn die letzte Sitzung der Konferenz läuft«, erklärte er direkt.

»Wann musst du dort sein?«

»Die Sitzung fängt um halb elf an. Ich muss spätestens um halb zehn nach Dahlem fahren.« Sein Holzstuhl knarzte, als er darauf herumrutschte. Als wollte er sofort wieder gehen.

Blieben ihnen noch gute anderthalb Stunden zusammen. Besser, sie fing sofort an.

»Jackson, ich wollte mich entschuldigen. Ich habe dich angelogen, aber wirklich nur, wenn es unumgänglich war. Nur als ich sagte, dass ich Deutsch in der Schule gelernt hätte.«

»Du hättest mir sofort sagen sollen, dass du Deutsche bist.«

»Sofort? Du meinst am Flugplatz schon?« *Hallo, ich heiße Ann Miller und bin eigentlich Deutsche. Danke, dass Sie mein Barett gerettet haben?* Sie sagte es nicht laut. Sie wollte ja nicht spitzfindig klingen.

»Nein, aber direkt irgendwann in den ersten Tagen.«

»Als wir mit all den anderen hier in der Kantine gestanden haben? Oder als wir mit Karen zusammen den Badeanzug gekauft haben? Oder mit den anderen gemeinsam schwimmen waren?«

Er schüttelte den Kopf. »Du hattest genug Gelegenheiten.«

»Wann hätte ich das deiner Meinung nach machen sollen?«

»Auf unserem Spaziergang im Park vom Babelsberger Schloss.«

»Es war das erste Mal, dass wir überhaupt richtig allein

waren. Ich wollte dich erst einmal kennenlernen. Ich wusste ja nicht, ob es …«

»Ob es sich schon lohnen würde, mir die Wahrheit zu sagen?«, fragte er barsch nach.

»Ja. … Du kannst es bestimmt nicht nachvollziehen, aber ich habe lange Jahre Übung darin, meine Identität zu verbergen. Aus guten Gründen. Glaubst du etwa, nur weil wir Deutschland frühzeitig verlassen haben, wären wir nicht wie verhasste Deutsche behandelt worden?«

Überraschung stand in seinem Gesicht. Diese Möglichkeit schien er bisher nicht in Erwägung gezogen zu haben. »Wann seid ihr gegangen?«

»1934 schon. Geflohen, mitten in der Nacht. Ich war zwölf …« Ann lehnte sich zurück und trank einen Schluck. »Wir sind in die Tschechoslowakei geflohen. Da sind wir fast zwölf Monate geblieben. Dann ging es weiter nach Frankreich, wieder für knapp ein Jahr, aber mit immer wechselnden Unterkünften. Irgendwann schaffte Papa es, uns nach Oxford zu bringen. Das war im Frühjahr 1936.« Sie trank noch einen Schluck.

Prag, daran konnte sie sich gut erinnern. Schon nach wenigen Tagen waren sie aus der Pension ausgezogen, in eine winzige Behausung. Ein knappes Jahr blieben sie Prag, wohnten beengt in kleinen Kaschemmen. Fast genauso lang noch mal in Frankreich, wo es ihnen nicht besser erging. Erst in Oxford hatte wieder ein einigermaßen normales Leben angefangen.

»Wir kamen in einer klitzekleinen Wohnung unter. Papa nahm jeden Job an, den er finden konnte. Manchmal blieb er tagelang oder wochenweise weg, um auf den Feldern zu helfen.«

Da Jackson nichts sagte, redete sie weiter.

»Es war so weit okay. Die meisten Kinder in der Schule haben mich gemieden.« Ihre Stimme wurde leiser bei der

Erinnerung an diese Zeit. »Aber einige Kinder haben böse Worte gesagt oder mich gehänselt. ... Ich hatte viel Zeit, Englisch zu lernen. Schon bevor wir nach England kamen, bestand mein Vater darauf, dass ich jeden Tag mehrere Stunden Englisch übte. Meine Mutter auch, aber sie machte sich nicht gut. Vielleicht hegte sie noch immer die Hoffnung, dass wir schon bald wieder zurückkehren würden. Dass sich das Lernen einer fremden Sprache gar nicht lohnen würde. Draußen gab sie sich meistens als Dänin aus. Papa sprach fließend Englisch. Als junger Mann hatte er zwei Jahre in Oxford studiert.«

Jackson sah sie unverwandt an.

»Wir änderten unsere Namen. Aus Annegret wurde Ann, aus Müller Miller. ... Nach anderthalb Jahren in Oxford zogen wir in die Nähe von London. Dort wusste niemand, wer ich war.« Ein kurzes Lächeln blitzte auf. »Ich bin immer eine gute Schülerin gewesen. Mittlerweile konnte ich perfekt Englisch. Wie besessen habe ich daran gearbeitet, meinen Akzent zu verwischen.«

Ann schluckte. Es war eine verwirrende Zeit gewesen. Verwirrend, einsam und schwierig. Nicht auffallen, und niemandem sagen, wer man wirklich war, das war zu ihrer zweiten Haut geworden.

»Nach unserem Umzug konnte ich endlich ein typisches fünfzehnjähriges englisches Schulmädchen sein, das wenig über sich redete, immer brav war und niemanden mit nach Hause brachte. ... Seit damals habe ich niemandem mehr freiwillig erzählt, dass ich Deutsche bin.« Sie sah Jackson direkt in die Augen. Sie erkannte Verständnis. »Dann fiel Hitler in Polen ein. Die Briten hatten den Polen Beistand versprochen. Und obwohl wir uns nichts hatten zu Schulden kommen lassen, durften wir Deutschen uns nicht mehr frei bewegen. Wir durften das Dorf nicht verlassen. Wir durften kein Radio, keine Kamera und kein Fahrzeug haben, was sowieso nicht der Fall war, da wir sehr arm waren. Mit Spenden und geliehenem Geld haben wir uns über Wasser gehalten. Ab und an konnte mein Vater etwas für eine Zeitschrift schreiben. Aber viel Geld bekam er dafür nicht.« Sie seufzte bei der Erinnerung an ihre bitteren Jahre.

»Papa musste sich einem Tribunal stellen. Und obwohl dort festgestellt wurde, dass er politisch völlig unbelastet war, wurden wir trotzdem im Mai 1940 abgeholt und interniert ... in einem Lager in der Nähe von Liverpool. Wir galten als *Enemy Aliens* ... feindliche Ausländer.«

Jackson schaute sie erstaunt an. Das hatte er wohl nicht erwartet.

»Man hat uns verhört, mehrere Male. Sie haben all unser Hab und Gut von innen nach außen gekrempelt und jedes noch so kleine Geheimnis aufgestöbert. ... Im Internierungslager waren wir glücklicherweise nur für ein paar kurze Wochen. Sie haben Papas politischen Hintergrund näher beleuchtet. Wir sind rausgekommen und in die Innenstadt von London umgezogen.«

»Und wie ging es weiter?« Das erste Mal, dass Jackson etwas sagte. Es machte ihr Hoffnung.

»Papa hat eine Stelle bekommen, in einem *Büro*. Bürogehilfe, das war seine offizielle Bezeichnung. Es war etwas Geheimes. Ich weiß es bis heute nicht. Er ging immer zu einem Haus, an dem draußen ein unscheinbares Schild hing. Nichtssagend. Aber ich weiß, dass er den *Official Secrets Act* unterzeichnen musste, was ihn als zuverlässigen Geheimnisträger auszeichnete! Ich hätte vermutlich auch nicht beim ATS anfangen können, wenn dem nicht so gewesen wäre.«

Jackson nickte zustimmend. Das ermunterte sie weiterzureden.

»Papa und auch Mama hatten mir eingebläut, mich nicht zu verraten und nichts von zu Hause zu erzählen. Aber das mussten sie gar nicht. Alles Deutsche war mir verhasst. Zu Hause, das war ein winziges Häuschen, das immer kalt war, da haben wir nie über Potsdam oder Deutschland geredet. Papa durfte nicht, ich wollte nicht und Mama fing sofort an zu weinen, wenn sie nur daran dachte. ... Nur einmal hat er etwas erzählt. Das war 1942. Mein Onkel Friedel, Charlies Vater, hatte Papa angerufen, von Deutschland aus. Frag mich nicht, wie er das bewerkstelligt hat. Eins von Papas vielen Geheimnissen. Er hatte seinem Bruder vorher über die Schweiz Briefe zukommen lassen. ... Wie auch immer, das Telefonat wurde unterbrochen. Seit damals haben wir nichts mehr von ihnen gehört. Von Vaters Bruder und Mutters Bruder – den Müllers und den Buchners. ... Und ich ... ich bin hierhergekommen mit der festen Absicht, meine Verwandten zu finden.«

Sie wischte sich über das Gesicht. »Weißt du, ich bin mit Charlie aufgewachsen wie mit einer Zwillingsschwester. Wir sind fast gleich alt. Die Trennung von ihr hat mir am meisten zu schaffen gemacht. Plötzlich war sie einfach aus meinem Leben verschwunden. ... Onkel Friedel ist Papas älterer Bruder. Er ... Jetzt erst habe ich erfahren, dass Onkel Friedel kurz nach dem Anruf ins KZ gebracht wurde.«

Jackson erschrak. »Lebt er noch?«

»Ich weiß es nicht. Und Charlie auch nicht.« Ann tupfte sich schnell eine Träne weg. Sie blickte sich verstohlen im Saal um. Niemand beobachtete sie. Und wenn doch, würden ihnen vermutlich alle Liebeskummer attestieren. Bald ging es für alle nach Hause.

»Es tut mir so leid. ... Dein Onkel im KZ.« Jackson schüttelte seinen Kopf.

»Ja. ... Ich suche noch den Rest der Familien. Charlies Mutter und Geschwister. Und auch die Familie des Bruders meiner Mutter – die Buchners. Deshalb bin ich hier. ... Und deshalb konnte ich es dir nicht früher erzählen.«

Er knetete seine Hände. »Ich glaube, ich kann jetzt verstehen, warum du es mir nicht gesagt hast. ... Trotzdem hätte ich mir gewünscht, dass es anders gelaufen wäre. Und ich hätte mir gewünscht, du hättest mich nicht belogen.« Er schaute ihr direkt in die Augen. »Hast du dich mit mir getroffen, weil ich ein Auto habe?«

Sie schluckte. »Ja. Und weil du an einen Passierschein kommen konntest.«

»Nur deswegen?«

»Am Anfang schon. Sonst hätte ich mich gar nicht mit dir getroffen. Ich hatte schließlich eine wichtige Aufgabe zu erledigen. Habe es noch ... Den Badeanzug habe ich nur gekauft, weil ich wusste, dass wir in die Stadt reinfahren würden. Ich wollte unbedingt sehen, wie es dort aussah.«

Er schien irgendwie froh, dass sie ihm jetzt keine Lügen auftischte. »Und später?«

Sie wollte ehrlich sein. Wenigstens jetzt. Vielleicht war es ihr letztes Gespräch. »Später war ich ... Ich bin gerne mit dir zusammen. Sehr gerne sogar. Ich dachte immer, ich könnte das eine mit dem anderen verbinden. ... Aber jetzt? Ich will dir die Wahrheit sagen. Ich will hierbleiben, wegen dir. Meine Gefühle für dich ... sind stark. Aber es ist nicht nur wegen dir. Auch wegen meiner Verwandten. Ich muss ihnen helfen. Du hast selbst gesehen, wie sie leben.«

»Du hättest mir vertrauen sollen. Du hättest mir einfach die Wahrheit erzählen sollen.«

Sie schnaufte auf. »Wie hätte ich dir sagen können, dass ich ein Monster bin? Jemand aus der Nation der Bastarde. Erinnerst du dich, was du erzählt hast, als du aus Frankfurt zurückgekommen bist? ... An diesem Abend wollte ich dir die Wahrheit sagen. Aber wie hätte ich dir da sagen können, dass ich eine Deutsche bin. Wie könnte ich mit dir hierbleiben, wenn du so von mir denkst?«

»Aber ich ...«

»Das hast du gesagt: alles Bastarde. Bestien. Untiere. Du hast keinen Unterschied gemacht.«

»Aber so meinte ich das doch nicht.«

»Es hat sich aber so angehört.«

Er schaute auf den Boden, schien nachzudenken. Wusste wohl nicht, was er sagen sollte, wollte Zeit schinden. »Warum musste dein Vater fliehen?«

»Er war Jurist. Ein kleiner Angestellter im Innenministerium in Berlin. Nebenbei hat er sich in der Gewerkschaft engagiert. Ab und an hat er für verschiedene Zeitungen geschrieben. Er war zwar nicht bei den ersten Verhaftungswellen dabei. Aber am 2. Mai 1933, einen Tag nach dem Tag der Arbeit, wurden Tausende Gewerkschaftler verhaftet. Aus ihren Wohnungen geprügelt, einige sofort totgeschlagen. ... Die Zerschlagung der Gewerkschaften, wie auch anderer oppositioneller Gruppen, war erst der Anfang. Alles wurde zunehmend schwieriger. Dass mein Vater nicht auf der Seite der Nazis stand, hatte er durch etliche Artikel schon kundgetan. ... Eine Zeitlang ist es ihm gelungen, sich wegzuducken. Aber er wusste, das würde nicht ewig gut gehen. Auch nach der ersten Verhaftungswelle sind Bekannte von ihm nach Oranienburg gekommen, ins KZ, direkt hier bei Berlin. Nach und nach. Es reichten Kleinigkeiten, um sie zu verhaften. ... Lange bevor die Juden in die KZs gekommen sind, hat Hitler seine eigene Bevölkerung dorthin verschleppt. Die KZs waren voll mit politischen Gefangenen.«

Jackson sagte nichts.

»Es stimmt: Dieses Land war und ist bevölkert von Monstern und Menschenfressern. Aber zu behaupten, es seien alle gewesen ... Alle Deutschen seien gleich. ... Es stimmt einfach nicht. Ich wünsche mir selbst nichts anderes, als dass die NS-Schergen und ihre Helfer drakonisch bestraft werden. Aber jetzt ...« Sie hielt sich die Hand vor den Mund. Tränen kullerten aus ihren Augen. »Was ich jetzt sehe, ist, dass alle über einen Kamm geschert werden. ... Weißt du, was Charlie mir gesagt hat: *In den letzten Jahren war ich für alle die schlechte Deutsche. Und jetzt, jetzt werde ich wieder für Jahre die schlechte Deutsche sein.*«

Jackson presste die Lippen aufeinander. Er blickte sie nicht an. Vermutlich fühlte er sich ertappt. »Im Krieg laufen wir alle immer Gefahr, zu Monstern zu werden. Selbst die Guten. ... Ich hab dir doch erzählt ... von der Normandie. Viele deutsche Soldaten sind verhaftet und nach England deportiert worden. Aber etliche ... sehr viele ... die sich schon ergeben hatten, wurden einfach erschossen. Gerade in den ersten Tagen nach dem Desaster von Omaha Beach. Manche meiner Kameraden sind in einen wahren Blutrausch verfallen.«

Sie saßen vor ihren leeren Flaschen und sagten nichts mehr. So viele Tote zu betrauern. Millionen und Abermillionen. Und jeder Einzelne zählte.

Jackson schaute plötzlich auf die Armbanduhr.

»Musst du schon weg?«

»Ein paar Minuten hab ich noch.«

»Was ... was wird jetzt aus uns?« Ann hatte Angst vor Jacksons Antwort. Aber es half ja nichts. Sie musste es wissen.

Er wischte sich übers Gesicht, schaute verlegen, oder war es ausweichend, zur Seite. Endlich antwortete er: »Ich kann es dir noch nicht sagen.«

»Sobald alle Delegierten nach Hause geflogen sind, reist auch der Stab von Miss Bright ab. Mir bleiben höchstens noch zwei oder drei Tage.«

Er nickte. So weit war ihm ihre Situation auch bekannt. Er

wusste, er sollte jetzt etwas sagen, aber anscheinend hatte er seine Entscheidung noch nicht getroffen. War es so schwer, sie nicht nur als Deutsche zu sehen?

Sie holte tief Luft für ihren letzten Satz. »Ich muss einen Weg finden, um hierzubleiben. Ich habe dem britischen Hauptquartier einen Brief geschrieben, in dem ich mich als Dolmetscherin anbiete. ... Ich muss mich um Charlie und die Mädchen kümmern. Und den Rest meiner Verwandten finden.« Sie sah ihm direkt ins Gesicht. »Aber ich will auch wegen dir bleiben. Ich will es wenigstens versuchen. ... Wenn du noch willst.«

»Gib mir Zeit«, sagte Jackson langsam.

»Wir haben aber nicht mehr viel Zeit. ... Das waren deine eigenen Worte.«

Sein Gesicht war schmerzverzerrt. Leicht machte er sich seine Entscheidung nicht.

Ann konnte nichts tun. Sie hatte ihm die Wahrheit gesagt und musste nun abwarten. Mehr blieb ihr nicht. Und doch.

»Jackson ... ich muss dich um etwas bitten. Wenn ich nicht hierbleiben kann ... Wenn ich mit Miss Bright abreisen muss ... kannst du dich um Charlie kümmern? Wenigstens so lange, bis ich einen Weg gefunden habe zurückzukehren«, schob sie eilig nach.

»Was kann ich denn tun?«

»Ihr amerikanische Zigaretten zustecken, fürs Erste. Besser noch direkt Essen und vor allem Milch bringen, für die Kinder. Vielleicht werden ja bald Auffanglager eingerichtet für die Vertriebenen. Ich weiß nicht, ob es dort besser sein wird als mit ein paar Matratzen auf dem Kellerboden. Eine freie Wohnung wäre natürlich das Beste, irgendwo im britischen oder amerikanischen Sektor.«

Er seufzte auf. »Die Zwillinge ... Sie haben mir so leidgetan.«

»Ja, die Süßen. Und es zerreißt mir das Herz, sie so zu sehen. So hungrig. So ängstlich. So hilflos. ... Und ich weiß immer noch nicht, wie es Charlie geht.«

»Sie war in guten Händen.«

»Trotzdem, ich muss es wissen. Aber ich kann verdammt noch mal nicht hier raus.« Das klang schon fast wütend.

»Ann ... Ich kann dir nichts versprechen, was uns angeht. Aber ich werde mich um eine gute Unterkunft für Charlie bemühen. Versprochen.«

»Den Bankows schulde ich auch noch Lebensmittel.«

»Das ist wohl das kleinste Problem.« Wieder schaute er auf seine Uhr. »Ich muss langsam.«

»Wirst du ... Werden wir uns morgen sehen?«

Er nickte. »Ich werde es versuchen.«

Ann wollte ihre Hand auf seine legen, aber sie fürchtete sich. Fürchtete sich davor, dass er seine zurückzog. Sie verabschiedeten sich nur mit Blicken. Dann stand er auf und ging.

Bitte, Jackson, bitte versuch es. Uns zuliebe, dachte Ann.

Donnerstag, 2. August 1945

In der Nacht waren die Staatsmänner zum letzten Treffen in Potsdam zusammengekommen. Miss Bright hatte sie heute Morgen darüber unterrichtet. Sie sah müde aus. Tatsächlich war die Konferenz erst nach Mitternacht zu Ende gegangen, nachdem Präsident Truman, Marschall Stalin und Premierminister Attlee und noch einige andere ihre Unterschriften unter das Abschlussprotokoll gesetzt hatten. Es war bereits an die Presse gegangen und würde heute im Radio verkündet. Die wenigen deutschen Zeitschriften, die schon wieder zugelassen waren, würden sicher erst morgen darüber berichten können.

Präsident Truman befand sich bereits auf dem Flug nach Plymouth, wo er sein Schiff nach Amerika besteigen würde. Und Premierminister Attlee war ebenfalls kurz nach ihm abgereist. Gillian Smith kam verspätet zum Frühstück hinzu, ganz als würde sie Miss Brights Worte bestätigen wollen. Sie hatte den Premier wohl noch verabschiedet.

Ihre Vorgesetzte gab allen noch Instruktionen mit auf den Weg und verlas eine Liste, wann die einzelnen Delegierten abfliegen würden. Lord Leathers wäre erst morgen dabei. Die ersten ATS-Frauen würden ebenfalls morgen schon fliegen. Wann, war noch nicht klar. Und wer in den ersten Maschinen sitzen würde, war auch noch nicht festgelegt.

Und wenn sie einfach hierbliebe? Wenn sie sich einfach weigerte mitzufliegen? Nein, sie war nun mal Militärangehörige. Und eine Befehlsverweigerung hätte ganz sicher den Ausschluss aus dem Militärdienst zur Folge. Sie könnte natürlich um den sofortigen Rücktritt von ihren Pflichten bitten. Aber in beiden Fällen wäre es mit einer Stelle hier in Berlin bei den alliierten Streitkräften aus. Nein, sie musste einfach darauf vertrauen, dass sie schon bald wieder zurückkäme. Und dass Jackson sich in der Zwischenzeit um Charlie kümmerte.

Ann blieben also nur noch heute und morgen, um etwas zu unternehmen. Sie fragte sich, ob sie eventuell bei Miss Bright die Karten auf den Tisch legen sollte. Wenn sie auch ihr erzählte, dass sie Deutsche war und warum sie in der Stadt gewesen war, vielleicht würde sie ihr eine Gnadenfrist geben. Andererseits hatte sie Miss Bright angelogen. Und ob eine Offenlegung ihrer Lügen ihr wirklich helfen würde, bezweifelte sie stark.

»Heute könnten Sie in Ihren Häusern Besuch bekommen. Die Vertreter der internationalen Presse dürfen sich heute Schloss Cecilienhof anschauen. Einige haben auch nach den

Unterkünften der britischen und amerikanischen Delegationen gefragt. Ich nehme an, die meisten wollen das rosafarbene Herrenhaus und das Kleine Weiße Haus in Augenschein nehmen. Trotzdem könnte es sein, dass jemand auch bei Ihnen klingelt. Also, sorgen Sie in allen Räumen für Ordnung und Sauberkeit. Die noch in Benutzung befindlichen Schlafräume der Delegierten sind natürlich tabu. Aber alles andere möchte ich tipptopp sehen.« Damit schien Miss Bright ihre Rede für heute beendet zu haben.

Unentschlossen trat Ann nach dem Frühstück an sie heran. »Miss Bright, hätten Sie wohl einen Moment für mich?«

»Ja, Miss Miller. Was gibt es denn?« Die Stimmung zwischen ihnen blieb merklich unterkühlt.

Ann trat etwas zur Seite, und die Frau folgte ihr. In ihrer Miene lag ein skeptischer Ausdruck, ganz so, als wollte sie fragen, was es denn nun schon wieder für Probleme gebe.

»Ich wollte Ihnen mitteilen, dass ich bei unserem Hauptquartier wegen einer Stelle angefragt habe. Ich würde gerne hier als Übersetzerin arbeiten. Bestimmt brauchen sie jemanden, der gut Deutsch kann. Also das Hauptquartier oder der Alliierte Kontrollrat.«

»Aha.« Das klang immer noch sehr abweisend.

»Ich habe ja keinerlei weitere Ausbildung. Nach meiner Schulzeit war ich direkt an der Flak und später dann in der Übersetzungsabteilung.« Sicher war es eine gute Idee, noch mal ihren Einsatz für das Vaterland in Erinnerung zu rufen. Wenigstens für Miss Brights Vaterland.

»Ich verstehe. Sie wollen nicht bei null anfangen.« Dieses Mal klangen ihre Worte etwas verständnisvoller.

»Hier könnte ich vielleicht direkt eine bezahlte Anstellung finden«, erklärte Ann.

»Hmhm«, bestätigte ihr Gegenüber. »Und was wollen Sie von mir?«

»Ich wollte Sie bitten, mich in das letztmögliche Flugzeug einzuteilen, das uns nach Hause bringt. Ich möchte so lange wie möglich warten, ob ich eine Einladung zum Gespräch bekomme.«

»Ich verstehe.« Miss Bright schaute kurz auf ihre Liste. »Lord Leathers fliegt sowieso erst morgen. ... Dann sollte das kein Problem sein.«

»Ich danke Ihnen.«

Miss Bright nickte nur und ließ sie stehen. Wie vor Beginn der Konferenz hatte sie jetzt zum Ende hin wieder viel mehr zu organisieren.

Ann verließ die Messe und ging rüber zur graublauen Villa. Lord Leathers kam ebenfalls gerade vom Frühstück zurück.

»Möchten Sie, dass ich Ihnen beim Packen helfe?«

»Ich bin noch nicht so weit. Ich packe erst morgen früh. Viel ist es ja ohnehin nicht.« Er lachte. »Wann geht es für Sie nach Hause?« Er war ein sehr umgänglicher Mann.

»Morgen oder übermorgen vermutlich.«

»Klingt ja nicht gerade begeistert.«

Ann bestätigte seinen Eindruck nur mit einem leisen Grummeln. »Darf ich Sie etwas fragen?«

Er wollte gerade die Treppe hoch und blieb mit einer Hand auf dem Geländer stehen. »Ja, was denn?«

»Nur, falls es nicht der Geheimhaltungspflicht unterliegt.«

»Dann lassen Sie mal hören«, kam es zurück.

»Was passiert nun mit Deutschland?«

Leathers schnaufte laut durch. Zufrieden schien er nicht mit dem Ergebnis zu sein.

»Wenn Sie mich fragen, wird Churchill recht behalten. Ein großer Eiserner Vorhang senkt sich über Europa, mittendurch. Es hat sich deutlich gezeigt, dass Stalin sich alles krallt, was er kriegen kann. Etliche Länder werden nun seiner Einflussnahme ausgesetzt sein. Aber Truman interessiert das nicht. Europa ist für ihn zu weit weg.«

»Was ist nun aus der Westgrenze zu Polen geworden? Wie hat man da entschieden?«

»Das Gebiet östlich der Oder und der Neiße wird vorerst unter die Verwaltung Polens gestellt. Es ist verabredet, dass die endgültige Grenzziehung auf einer zukünftigen Friedenskonferenz beschlossen wird. Wenn Sie mich fragen, wird die nie stattfinden. Das konnte man Truman anmerken. Eine weitere Konferenz interessiert ihn einfach nicht. Und Stalin ...« Er schüttelte den Kopf. »Er ist so gierig. Noch im letzten Moment hat er sich die Krümel vom Tisch geschnappt. Swinemünde und Stettin sind noch an Polen gefallen. Eigentlich sollte alles westlich der Oder bei Deutschland bleiben.«

Ausgebeinte Heimat, grob tranchiert von der Schlachtplatte des Tausendjährigen Reiches, ging es Ann durch den Kopf. »Und was passiert nun mit Deutschland?«

Leathers schob seine Lippen vor. »Im Grunde darf jede Besatzungsmacht in ihrer Zone tun, was sie will.«

»Dann wird es viergeteilt?«

»Viergeteilt, ich weiß nicht so recht. ... Was da heute Nacht unterschrieben wurde ... Es ist ja nicht einmal ein Vertrag zwischen den Nationen. Eher ein Übereinkommen von Handlungsempfehlungen und Absichtserklärungen. Die Gremien werden sich weiterhin treffen. Es wird weiter verhandelt. Wie es läuft, wird man dann sehen. Was zum Beispiel meinen Bereich angeht: Wir haben die Aufteilung der deutschen Kriegs- und Handelsflotte nur sehr vage vereinbart. Es liegt nun an uns, den Text zu interpretieren. Ich weiß jetzt schon, dass die Gespräche wieder von vorne anfangen. Premierminister Attlee hat ja bereits einen Nachfolger für mich berufen. Sobald ich zurückkehre, bin ich vom Amt enthoben. Trotzdem ein Glück, dass ich nicht mehr bei den

Verhandlungen dabei sein muss. Es ist wirklich zäh, mit den Russen zu verhandeln.« Er schnaufte laut auf. »Ich würde also eher sagen, Deutschland wird zweigeteilt. In die russische Zone, mit dem Teil, der von den Polen annektiert wurde. Und jetzt, da Stalin ihnen so großzügige Geschenke gemacht hat, werden die Polen ihn sicherlich auch nicht mehr los. ... Und in die westliche Zone, wobei ich schon ahne, dass auch die Franzosen einige Alleingänge beschreiten wollen. ... Wie dem auch sei: Auf mich wartet noch viel Arbeit.«

»Ich danke Ihnen.«

Ann fing an, im Speisesalon aufzuräumen. Bettwäsche und Handtücher konnte sie erst morgen einsammeln. Sie spülte einige Tassen und Gläser, aber im Grunde hatte sie nicht viel zu tun. Zweimal musste sie das Haus verlassen. Einmal, um drei Häuser weiter Akten abzugeben. Und einmal musste sie ans andere Ende der Ringstraße, um in der Kommunikationszentrale ein Telegramm nach London für Leathers aufzugeben. Obwohl es eigentlich nicht nötig war, fegte sie die gesamte untere Etage.

Am frühen Nachmittag suchte sie in einem der Kleiderschränke nach einer Stoffbürste, um Lord Leathers' zweiten Tweedanzug auszubürsten. Oben gab es ein Ankleidezimmer. Ann war noch gar nicht dazu gekommen, sich hier umzusehen. Als sie den Schrank nun öffnete, kam sie sich vor wie in einer Damenschneiderei: glänzende Stoffe, Seide, Satin, Samt, elegante Schnitte, Abendgarderobe, die für jeden der exklusiven Londoner Clubs ausreichend elegant wäre. Nicht unbedingt das, was man für seine Flucht einpackte. Sie zog einige Kleider heraus und betrachtete sich damit in einem bodentiefen Spiegel.

Penny war gestern mit einigen Kleidern zurückgekommen. Viele der Frauen nahmen sich Stücke aus den Häusern mit, die sie betreuten. Schmuck war nicht mehr zu finden,

den hatten wohl schon die Flüchtenden oder die Russen bei ihren Hausdurchsuchungen mitgenommen. Aber sonst … Souvenirs, Bücher, aber vor allem Kleidung landete in den Reisetaschen der ATS-Frauen. Alle wussten, die Bewohner würden vermutlich nicht mehr zurückkehren. Und wenn, würde man die fehlenden Stücke den Russen anlasten.

Sollte sie der Versuchung nachgeben? Nachdem sie sich mehrere Kleider vorgehalten hatte, wurde ihr aber klar, dass sie von einer sehr viel zierlicheren Frau getragen worden waren. Einzig ein weit geschnittener Morgenmantel aus fließender Seide würde ihr passen. Er war in einem wunderschönen Russischgrün gehalten, mit buntem floralem Druck. Ihre ganze Garderobe zusammen war vermutlich nicht so viel wert wie dieses eine Stück. Sollte sie ihn einfach mitnehmen? Würde die Besitzerin je hierher zurückkehren und ihn vermissen? Ann drehte sich damit vor dem Spiegel, als es klingelte. Rasch zog sie die Seide aus und warf sie auf einen Hocker.

Sie eilte die Treppe hinunter. Ein Bote, der Unterlagen brachte oder holen wollte? Oder vielleicht doch einer der angekündigten Journalisten? Ann öffnete die Haustür.

»Jackson?! … Was machst du denn hier?«

»Darf ich reinkommen? Geht das?«

»Ja. … Ich … Lass uns in die Küche gehen.«

Lord Leathers saß noch immer oben im Arbeitszimmer und war mit seinen Unterlagen beschäftigt.

Ann führte Jackson in den Raum. »Hast du Zeit für einen Tee?«

Er zögerte. Bedeutete das jetzt etwas Gutes oder wollte er ihr nur schnell und bündig schlechte Nachrichten überbringen?

»Hättest du auch Kaffee?« Er setzte sich an den runden Tisch.

»Ja, sicher.« Ihre Hände flatterten, als sie Wasser in den Kessel goss und ihn auf die Herdplatte stellte. Sie steckte eine Filtertüte in den Porzellanfilter und gab einige Teelöffel Kaffee hinein. Das verschaffte ihr einige Sekunden, um sich zu wappnen, für was auch immer.

Eins war klar: Jackson wollte ihr etwas Wichtiges mitteilen. Sonst wäre er nicht hier vorbeigekommen. Sonst hätte er einfach bis heute Abend oder morgen gewartet.

Während das Wasser langsam heiß wurde, setzte sie sich ihm gegenüber. Erwartungsvoll blickte sie ihm ins Gesicht.

»Ich wollte ... Ich hab mir deine Worte noch einmal durch den Kopf gehen lassen. Was du gestern erklärt hast. ... Ich wollte dir sagen, dass ich es nun verstehe, wieso du mir nicht schon früher Bescheid gesagt hast.«

»Oh ... Jackson.« Sie war erleichtert. Zum ersten Mal, seit sie ihm die Tür geöffnet hatte, atmete sie tief durch.

»Aber ich ...«

Was kam jetzt? *Aber! Aber? Aber ich kann nicht mit einer Deutschen zusammen sein? Ich will nichts mit einer Hunnin zu tun haben?* Ein Kribbeln zog über ihren Schädel.

»Ich muss wissen, was du für mich fühlst. Unabhängig von all dem anderen.« Er sah sie mit einem sehr ernsten Gesichtsausdruck an.

Sie nickte, beklommen und doch erleichtert. »Ich glaube ... ich bin ... verliebt.«

»Du glaubst?«

»Jackson, wir kennen uns noch nicht so lange und noch nicht besonders gut. Deshalb bin ich vorsichtig. ... Überhaupt, ich hab noch nie zu jemandem gesagt, dass ich ihn liebe. Also zu einem Mann. Ich weiß ja nicht mal, was es ... Im Grunde war ich in meinem ganzen Leben noch nie richtig verliebt. Woher soll ich dann wissen, wie sich Liebe anfühlt?«

Er schaute sie prüfend an, als wollte er direkt in sie hineinsehen. »Sehnst du dich nach mir, wenn ich nicht da bin?«

Sie nickte.

»Vermisst du mich schon, wenn ich gerade erst zur Tür raus bin?«

Ein zustimmendes Schnaufen.

»Fürchtest du dich davor, mich eventuell nie wiederzusehen? Du in London, und ich in Berlin oder Amerika?«

»Sehr sogar.«

»Träumst du davon, auf einer blühenden Wiese in meinen Armen zu liegen?«

Sie konnte nicht verhindern, dass ihr Tränen in die Augen traten. »Ja.«

Ein dickes Grinsen erschien in seinem Gesicht. Er griff nach ihren Händen. »Miss Miller, ich muss Ihnen leider mitteilen, dass Sie sich unsterblich verliebt haben. Und zwar in mich.«

Ein merkwürdiger Ton stolperte aus Anns Mund. Es war ein Lachen. Dann noch eins. Jackson ließ ihre Hände los. Sie fielen sich in die Arme. Es war, als wollten sie sich nie wieder loslassen. Ihr Mund suchte nach Jacksons Lippen. Sie fanden sich. Der Kuss war wie eine Erlösung. Er hatte ihr die Lügen vergeben. Und seine Gefühle waren stark genug, um darüber hinwegzusehen, dass sie eine Deutsche war. Tränen der Erleichterung rannen ihr über die Wangen.

Hinter ihr pfiff der Kessel. Was sie nicht störte. Sie hätten sich vermutlich ewig weitergeküsst, wenn Ann nicht Schritte auf der Treppe vernommen hätte. Erschrocken ließ sie Jackson los und strich sich die Tränen aus dem Gesicht. Eilig trat sie an den Herd.

»Miss Miller, ist etwas für mich ...« Lord Leathers stand in der Tür. »Oh, Besuch.« Er trat in den Raum und hielt Jackson die Hand hin. »Sind Sie ein Journalist?«

»Nein, ich bin nur ... Ich musste Miss Miller etwas Wichtiges sagen.«

Der Blick des älteren Briten lief über die amerikanische Uniform und wechselte dann zwischen ihnen beiden hin und her. »Ah, ich dachte, es wären Unterlagen für mich gekommen. ... Weil es geklingelt hatte. Und ich hab mich gewundert ... Also ... Na dann ...« Unentschlossen stand er im Raum. »Wenn noch etwas Kaffee übrig ist, nehme ich gerne auch einen.« Er lächelte beide noch mal an und verließ die Küche.

»Deswegen hat sie immer so traurig geguckt«, hörten sie noch, bevor er die Treppe hochging.

Jackson setzte sich wieder. »Du hast traurig geguckt?«

Ann zuckte mit den Achseln.

»Und jetzt, bist du jetzt nicht mehr traurig?«

Ann goss das Wasser in den Filter. »Nicht mehr ganz so traurig. Ich bin sehr erleichtert.«

Sein Blick folgte ihr ruhig. Er erwartete wohl, dass sie weitersprach.

»Ich möchte dich noch etwas fragen. Dich um etwas bitten. ... Und bitte sei nicht böse. Und denk nicht, dass ich nur unsterblich in dich verliebt bin, weil ich dich um einen Gefallen bitten möchte.«

»Und der wäre?«

»Weißt du jemanden, der mir hier einen Job verschaffen kann? Ich meine, kennst du jemanden bei den Briten, den ich direkt ansprechen kann wegen eines Jobs?«

Er setzte wieder sein spitzbübisches Jungengrinsen auf. »Bestimmt. ... Sonst noch was?«

»Ich komm nicht mehr in die Stadt hinein. Heute dürfte es zu spät sein. Und die Mädels feiern am Abend. Einige von ihnen fliegen schon morgen zurück. Da kann ich nicht fehlen. Und ich ... Spätestens übermorgen sitze ich in einer Maschine zurück.«

Jackson stand auf und warf einen Blick zur Tür, die nun einen Spalt aufstand. Er nahm ihre freie Hand.

»Eins solltest du wissen: Wenn du mit mir zusammen bist, dann werde ich für dich sorgen. Ich werde mich immer um alles kümmern.« Sein Lächeln war warmherzig. »Deswegen muss ich dir sagen ... dass du morgen früh ein Vorstellungsgespräch hast. Beim britischen Kontrollrat. Pünktlich um neun Uhr, bei Major Meadows.«

»Ich? ... Was? ... Oh, Jackson!« Sie fiel ihm um den Hals. Und dieses Mal war ihr Kuss mehr als Erleichterung. Als sie voneinander abließen, schluchzte Ann auf.

»Was ist los?«

»Ich bin nur so überrascht. Dass du deine Meinung so schnell geändert hast.«

»Hab ich nicht. Ich war nur enttäuscht, dass du mich nicht eingeweiht hast.«

»Ja, aber gestern. Du warst so ... abweisend. Was hat deine Meinung geändert?«

»Erst einmal musste ich das alles verdauen. Das mit dem Deutschsein hat mich ehrlich gesagt aus der Fassung gebracht. Aber als du mir gestern erklärt hast, warum du mir nicht früher die Wahrheit gesagt hast ...«

Ann schaute ihn an.

»Ich hab dir ja auch nicht von Anfang an gesagt, weshalb ich eigentlich hierbleiben will. Also den wichtigsten Grund.«

»Deine Brüder.«

»Ja, meine Brüder. Und dann hab ich darüber nachgedacht, was ich alles tun würde, um meine Brüder zu finden. ... Im Grunde ist es doch so. Wir haben eine große Gemeinsamkeit: Wir suchen beide nach unserer Familie.«

Ann nickte zustimmend.

»Und je mehr wir gemeinsam haben, umso größer ist doch die Chance, dass aus uns etwas wird.«

Das Lächeln auf seinem Gesicht breitete sich immer mehr aus. Da war er wieder, der unbeschwerte und fröhliche GI, der sich durch nichts unterkriegen ließ. Mit ihm zusammen würde sie es schaffen zu bleiben. Mit ihm zusammen würde sie sich nicht allein fühlen.

»Morgen neun Uhr, sagst du?«

Er nickte grinsend. »Also, was ist? Krieg ich jetzt mal einen Kaffee?«

Als Ann ihm eine Tasse einschenkte, küsste er sie wieder. »So was Verrücktes! ... Ich hätte nie gedacht, dass ich mal eine Deutsche küsse.«

Freitag, 3. August 1945

Major Meadows war um die fünfzig, hatte grau meliertes Haar und trug einen kleinen Oberlippenbart nach englischer Art. Er wirkte genauso, wie man sich einen typischen *Stiff-Upper-Lip*-Briten vorstellte: streng und steif. Jemand, der nicht gewillt war, jemals nachzugeben.

Ann hatte zehn Minuten vor neun das Gebäude im Nordwesten Berlins betreten, in dem die britischen Streitkräfte ihr Hauptquartier eingerichtet hatten. Sie hatte sich durchfragen müssen, bis sie vor seiner Tür stand und eingelassen wurde.

Gestern Nachmittag, nachdem Jackson wieder gefahren war, hatte sie noch einen kleinen Lebenslauf geschrieben. Natürlich beinhaltete er ihren Geburtsort, ihre Fluchtroute und ihre Tätigkeit beim ATS.

»Sie sind Deutsche? Und dennoch beim ATS untergekommen?«, fragte Meadows verwundert nach.

Natürlich war Ann nicht die einzige Deutsche, die in den Reihen der britischen Streitkräfte tätig war. Es gab ganze Einheiten, die nur aus Deutschen, zumeist Juden, bestanden.

Ann nickte. »Mein Vater, also unsere Familie, wurde im Mai 1940 im Zuge des *general roundup* befragt und einer eingehenden Untersuchung unterzogen. Danach sind wir nach London beordert worden. Mein Vater hat dort eine nicht näher bezeichnete Anstellung. Allerdings kann ich Ihnen versichern, dass er den *Official Secrets Act* unterzeichnen musste.«

Die Augenbrauen des Majors gingen überrascht in die Höhe. »Aha! ... Und Sie haben an unseren Flaks Dienst getan und danach abgefangene deutsche Feldpost übersetzt?«

»Jawohl, so ist es.«

Der Major tat so, als würde er weiterlesen, aber irgendwie hatte Ann das Gefühl, er würde über etwas nachdenken. Dann stand er plötzlich abrupt auf und ging an einen Aktenschrank. Er zog eine Aktenmappe heraus, blätterte etwas darin herum und legte Ann dann ein Papierstück vor.

»Können Sie mir das übersetzen?«

Ann schaute auf das gelbliche Papier. Sie überflog den Briefkopf. *Geheime Kommandosache. Der Führer. 18.10.1942.* »Ja, das kann ich.«

»Lesen Sie ab da laut vor.« Er zeigte auf eine Stelle im Papier, auf den dritten Absatz des Fließtextes.

Ann nickte. In flüssigem Deutsch las sie vor:

»*Ich befehle daher: Von jetzt ab sind alle bei sogenannten Kommandounternehmungen in Europa oder in Afrika von deutschen Truppen gestellten Gegner, auch wenn es sich äusserlich um Soldaten in Uniform oder Zerstörungstrupps mit und ohne Waffe handelt, im Kampf oder auf der Flucht bis auf den letzten Mann niederzumachen. ...*«

Ann griff sich an den Hals. Ihre Worte stockten.

»*Es ist dabei ganz gleich, ob sie zu ihren Aktionen durch Schiffe oder Flugzeuge angelandet werden oder mittels Fallschirmen abspringen. Selbst wenn diese Subjekte bei ihrer Auffindung scheinbar Anstalten machen sollten, sich gefangen zu geben, ist ihnen …*«

Sie schluckte, als ihr Blick über die nächsten Worte lief.

»*… ist ihnen grundsätzlich jeder Pardon zu verweigern. Hierüber ist in jedem Einzelfall …*«

»Schon gut. Und wissen Sie, was das ist?« Meadows Ton war harsch.

Ihre Stimme klang belegt. »Das ist ein Befehl von Hitler selbst. Ich vermute, ein Geheimbefehl.«

»Und was sagt er aus? Zusammengefasst?«

»Dass die Wehrmachtsangehörigen sich nicht an das Genfer Abkommen über die Behandlung von Kriegsgefangenen halten sollen.«

Davon hatte sie nichts gewusst. So erklärte sich auch, was Jackson über das Niedermetzeln von deutschen Soldaten, die sich bereits ergeben hatten, in der Normandie erzählt hatte. Sicher war es da längst bekannt gewesen, dass es zuerst die Deutschen waren, die systematisch gegnerische Soldaten, die sich ergeben hatten, einfach ermordeten.

Meadows nahm das Papier, klappte die Akte zu und ließ sie wieder im Schrank verschwinden. Er setzte sich zurück an den Schreibtisch und schaute sie mit scharfem Blick an.

»Dass Sie ausreichend gut Deutsch können, haben Sie bewiesen. Sie verstehen sicher, dass ich unter gegebenen Umständen erst Ihre Sicherheitseinstufung überprüfen muss.«

»Ja, natürlich.«

Plötzlich erhellte sich sein Gesicht. »Wenn das allerdings so ist, wie Sie sagen, steht Ihrer Anstellung bei uns nichts im Wege. Wir würden dann schauen, wo wir Sie am besten einsetzen können. Gute Übersetzer und Dolmetscher brauchen wir händeringend.« Er stand auf und streckte ihr die Hand entgegen. »Miss Miller.«

Sie stand ebenfalls auf. »Major Meadows, ich möchte noch darauf hinweisen, dass im Moment noch geplant ist, dass ich vermutlich morgen oder spätestens übermorgen mit dem Stab von Miss Joan Bright zurückfliege. Die ersten ATS-Frauen werden bereits ausgeflogen.«

»Ach ja? ... Hm.« Er dachte kurz nach. »Das wäre dann ja gegebenenfalls überflüssig. Könnten Sie denn direkt hierbleiben?«

»Selbstverständlich. Sehr gerne sogar.«

»Ich werde mich darum kümmern. Miss Bright, sagten Sie?«

Ann nickte.

»Na ja, die kennt man ja.« Meadows lachte wohlwollend. »Sie bekommen dann Bescheid. Wann, kann ich Ihnen aber noch nicht sagen. Aber ich werde mein Möglichstes tun, um die nötige Information schnell zu bekommen.«

***

Jackson wartete draußen vor dem großen Gebäude auf sie. »Und? Wie ist es gelaufen?«

Ann strich sich eine Haarsträhne aus der Stirn. War es nicht noch zu früh, um sich zu freuen? »Im Grunde sehr gut, glaube ich wenigstens. Meadows will erst noch meine Sicherheitseinstufung prüfen. Aber das sollte kein Problem sein. Ich hoffe nur, dass ich nicht erst zurückfliegen muss.«

»Ich hab mich ein wenig umgesehen. Es gibt hier auch

einen *Military Store*. Einen viel größeren als den in Babelsberg.«

»Sehr gut.«

Jackson hatte ihr gesagt, dass er sich den ganzen Vormittag freigemacht hatte. Was lag näher, als auf ihrem Rückweg mit ihm nach Potsdam reinzufahren? Er hatte es ihr sofort versprochen. Sie musste unbedingt zu Charlie. Sie musste sich überzeugen, dass es ihr und dem Baby gut ging. Und sie wollte den Bankows Lebensmittel vorbeibringen und nach den Zwillingen schauen.

Mit zwei Kartons voller Konservendosen aller Art, Milchpulver, Brot, Kartoffeln, Haferflocken, Reis, Zichorienkaffeepulver, Seife und einer ganzen Stange Zigaretten kamen sie aus dem Laden heraus. Sie hatten sogar Butter und frische Milch bekommen. Ann ging allmählich das Geld aus, aber das war ihr erst einmal egal. Wenn es nur Charlie und den Kindern gut ging.

Sie fuhren zurück. Nach einer halben Stunde durch den britischen und dann amerikanischen Sektor kamen sie an der Stadtgrenze von Berlin-Zehlendorf an einem russischen Kontrollpunkt an. Dieser hier war nicht mehr improvisiert. Hier hatte man bereits eine Schranke in den Boden einbetoniert. Ein langer Balken hing als Schlagbaum quer über die Straße. Sie hielten an.

Der russische Soldat winkte ab. Hier sei kein Durchkommen. Jackson stieg aus, was einen zweiten Soldaten direkt dazu veranlasste, nach seiner geschulterten Waffe zu greifen.

»Alles okay«, rief Jackson und hob beschwichtigend die Arme. »*American Army.* Wir müssen nach Potsdam rein.«

»*Potsdam … njet.*« Einige russische Wörter folgten.

Jetzt stieg auch Ann aus. Das durfte doch wohl nicht wahr sein. »Warum werden wir denn nicht durchgelassen?«

Die drei russischen Soldaten waren offenbar etwas verwundert, dass eine Britin mit einem GI zusammen herumfuhr.

Jackson zeigte seinen Passierschein. Und auch Ann holte das Ausweispapier hervor, das besagte, dass sie zur britischen Delegation der Konferenz gehörte. Es wurde eingehend geprüft.

»*Babelsberg … da. Potsdam … njet.*«

Es dauerte etwas, bis man sich darüber verständigt hatte. Sie durften in Anns Unterkunft zurückfahren, aber nicht in die Stadt rein.

»Was machen wir denn jetzt? Ich hab nicht so viel Zeit. Ich hab gesagt, dass ich am späten Vormittag wieder zurück wäre. Lord Leathers wartet auf mich. Er fährt am Mittag zum Flughafen Gatow.«

»Ich muss auch zurück«, sagte Jackson. »Also, lass uns erst einmal nach Babelsberg fahren. Vielleicht kommen wir da ja durch den kleinen Checkpoint.«

»Okay, Babelsberg«, sagte Ann nun, und sie stiegen in den Jeep.

Doch noch wurde die Schranke nicht geöffnet. Einer der Soldaten hielt seine Hand hoch zum Stoppzeichen. Der dritte Mann war um eine Ecke verschwunden. Er kam zurück in einem Wagen, nicht zu übersehen der große Stern auf den Seiten.

»Babelsberg!«, sagte der Soldat noch mal und hob seinen Zeigefinger. Dann erst öffnete er die Schranke. Sie fuhren hindurch, und ihr Begleitfahrzeug folgte ihnen.

»Was ist denn hier los? Warum machen sie plötzlich so ein Brimborium?«, fragte Jackson laut.

Sie fuhren die vorschriftsmäßige Route bis zum Checkpoint in die Zone der amerikanischen Delegation. Erst hier bog ihr Aufpasser ab.

»Dann hoffen wir mal, dass wir an unserem kleinen

Checkpoint mehr Glück haben«, sagte Jackson und fuhr weiter.

Doch schon als sie um die Ecke bogen, ahnte Ann, dass das heute nichts mehr geben würde. Statt der üblichen drei Soldaten standen dort mehrere Wagen und mindestens ein Dutzend Soldaten.

»Was ist denn da los?«, fragte Jackson laut.

»Lass es uns trotzdem versuchen.« Charlies Schicksal ließ Ann keine Ruhe.

Sie hielten vor der Straßensperre. Ann stieg aus und ging auf den Pulk Männer zu. »Hallo. ... Können wir nach Potsdam reinfahren?«

»*Potsdam ... njet.*«

Ja, ja, das kannten sie ja schon. »Warum? ... *Why?*«

»Marschall Stalin ... *Träin*«, sagte jemand.

Dann war Stalin also heute abgereist, mit dem Zug. Und wie bei seiner Ankunft war wieder die ganze Stadt abgeriegelt.

»Und wann ist der Weg heute wieder frei?« Ann deutete auf die leere Stelle, wo ihre Armbanduhr mal gesessen hatte, und zeigte dann in Richtung Potsdam.

»*Toodäi ... njet!*«, war die Antwort. Heute nicht mehr.

Verdammter Mist. Heute würden sie hier nicht mehr durchkommen.

Frustriert brachte Jackson sie zu der Villa der ATS-Frauen zurück.

»Was machen wir jetzt mit den Kartons? Ich kann sie nicht bei mir im Zimmer abstellen. Alle würden sich fragen, was ich mit den vielen Lebensmitteln will.«

»Ich kann sie solange mitnehmen«, erklärte Jackson.

Ann dachte nach. Ohne Jackson hätte sie sowieso kein Transportmittel. »Ich nehme nur die Zigaretten mit, falls ich doch irgendwie noch in die Stadt reinkomme.«

Jackson legte ihr eine Hand auf den Arm. »Bitte geh nicht alleine. Ich komme, sobald ich kann. Aber bitte geh nicht allein in die Stadt.« In seinen Augen stand ein besorgter Ausdruck.

Sie wollte seine Bitte schon ablehnen, als ihr klar wurde, dass es ohnehin keine Chance mehr gäbe, allein zum Krankenhaus zu kommen. Heute nicht mehr. Und morgen musste sie vielleicht schon fliegen.

»Falls ich ... morgen schon zurückfliege, kannst du die Sachen zu Charlie bringen? Ins Krankenhaus, oder zu ihr nach Hause?« Sie kramte den Zettel mit der Skizze hervor. »Und hier steht auch die Adresse der Bankows.«

»Ja, sobald ich Gelegenheit finde. ... Hoffen wir einfach mal, dass du rechtzeitig Bescheid bekommst.«

Sie wussten, das hier konnte ein Abschied für lange Zeit sein. Gut möglich, dass Ann morgen fliegen musste. Wenn sie vorher keine Zusage bekam. Aber hier, in aller Öffentlichkeit, konnten sie sich auch nicht so voneinander verabschieden, wie sie wollten. Jackson griff nach Anns Hand. Für einen Moment saßen sie nur im Wagen und schauten sich an. Allen neugierigen Augen zum Trotz beugte Ann sich schließlich zu ihm hinüber und küsste ihn innig. Stumm stieg sie aus dem Wagen aus.

Samstag, 4. August 1945

Gestern schon hatte sie sich von Penny und Lavinia verabschiedet, die jetzt bereits wieder zurück in London waren, vielleicht sogar schon auf dem Weg zu ihren Familien im Umland. Miss Bright hatte ihnen mitgeteilt, dass sie alle erst einmal eine Woche Heimaturlaub hätten. Schließlich waren sie hier über vier Wochen im Dauereinsatz gewesen.

Die ersten ATS-Frauen waren nur eine Maschine später als Lord Leathers geflogen. Am Nachmittag hatte Ann die letzten Spuren des britischen Aufenthaltes beseitigt und die Tür der kleinen graublauen Villa ein letztes Mal hinter sich geschlossen.

Mit Jackson hatte sie am Abend noch kurz telefoniert. Er hatte ihr die Telefonnummer seiner Einsatzzentrale gegeben, unter der sie ihn erreichen konnte, wenn er nicht unterwegs war. Ihre Adressen hatten sie bereits ausgetauscht – Jackson von seinem Quartier in Berlin-Dahlem und Ann die Adresse ihrer Eltern, für alle Fälle.

Die Männer im Kommunikationszentrum waren nur mäßig begeistert davon gewesen, dass Ann am späten Nachmittag noch ein nicht dienstliches Telefonat hatte führen wollen. Auch sie hatten schon angefangen, alles zusammenzupacken.

Nachdem sie sich gestern voneinander verabschiedet hatten, wohl wissend, dass es unter Umständen länger dauern konnte, bis sie sich wiedersahen, hatte Ann nur mit Mühe ein Schluchzen am Telefon verbergen können.

Am frühen Vormittag brachte ein Flugzeug weitere ATS-Frauen und diverse Ausrüstungsgegenstände zurück ins Heimatland. Karen war wie sie auch zum letzten Flug eingeteilt. Sie hatten noch in aller Ruhe frühstücken können. Doch jetzt war alles gepackt, und das letzte Dutzend Frauen versammelte sich vor der lindgrünen Villa in der Ringstraße, die einen guten Monat ihr Aufenthaltsort gewesen war.

Miss Bright stand wieder vorne auf dem Rasen, wie schon bei den vorhergehenden Verabschiedungen.

»Auch Ihnen möchte ich noch mal meinen Dank ausdrücken für die gute Arbeit. Falls die Konferenz nicht die erhofften Erfolge gebracht haben sollte, war es auf jeden Fall nicht unsere Schuld.«

Alle lachten befreit. Alles war glattgelaufen, zumindest, soweit Ann es wusste.

Dieses Mal wartete nur ein einziger Mannschaftswagen, um sie zum Flughafen zu bringen. Die jungen Frauen verabschiedeten sich mit einem letzten Händedruck und vielen herzlichen Worten von ihrer Vorgesetzten. Ann stellte sich absichtlich als Letzte in die Schlange.

»Miss Miller. Ich wünsche Ihnen eine gute Heimreise und viel Erfolg bei der Jobsuche.«

»Danke. ... Miss Bright, ich wollte fragen, ob Sie eventuell schon etwas gehört haben.« Vorgestern hatte Ann ihr Bescheid gegeben, dass sie ein Vorstellungsgespräch hatte. Schließlich hatte Miss Bright ihr ja dafür freigeben müssen.

»Nein. Sonst hätte ich Ihnen das schon gesagt.« Ihr Lächeln war jetzt wieder strahlend und ausgelassen. Sobald alle Frauen weg waren, hatte sie ein Problem weniger.

»Hm. ... Also, dann danke noch mal für alles.« Enttäuscht wandte Ann sich ab.

Sie stieg in den Wagen ein, und er fuhr los. Ihr war elendig zumute. So sehr hatte sie noch bis zur letzten Minute gehofft, dass Major Meadows sich melden würde. Aber heute war Samstag. Schon gestern am späten Abend hatte sie das Gefühl gehabt, dass vermutlich bis Montag nichts mehr passieren würde.

Starr schaute Ann auf die Landschaft, die draußen an ihr vorbeizog. Schon wieder ließ sie Charlie im Stich! Die Frage, wie es Charlie nach ihrer Flucht ergangen war, hatte sie jahrelang verfolgt. Seit damals hing das schlechte Gewissen an ihr wie ein Sack Steine und zog sie herab.

Ann war schon siebzehn gewesen, als sie ihrer Mutter davon erzählt hatte. Mama hatte sie, halb lachend, halb weinend, in den Arm genommen. Sie seien doch nicht geflohen, weil Annegret sich mit Ursula Uhlig, der strammen Mädelschaftsführerin, gestritten habe. Was für ein Blödsinn. Sie mussten fliehen, weil die SS Papa vielleicht auch verhaftet hätte, hätten sie nicht rechtzeitig das Land verlassen. An dem Abend hatte Ann sich erleichtert in den Schlaf geweint, den Bindfaden mit dem Perlmuttknopf fest in ihrer Faust.

Was für eine Erleichterung, dass sie nicht wegen ihr geflohen waren. Das schlechte Gewissen gegenüber Charlie aber blieb. Noch immer hing Anns persönliches Glück von Charlies Unversehrtheit ab. Wäre Charlie tot gewesen, hätte ihr für den Rest ihres Lebens ein Teil der Seele gefehlt! Und jetzt brach sie schon wieder ihr Versprechen!

In London angekommen würde sie sofort nach Hause fahren. Sie hatte ihren Eltern viel zu erzählen. Sehr viel. Aber am Montagmorgen würde sie sich direkt zu ihrem Büro begeben und nach Nachrichten fragen. Und erneut eine Bewerbung abgeben. So oder so brauchte sie jetzt bald einen Job. Und vielleicht würde sie als Übersetzerin ja doch noch irgendwann zurück nach Berlin geschickt.

Sie konnte es gar nicht fassen, dass sie ausgerechnet jetzt das Land verlassen musste. Was sollte sie ihren Eltern erzählen, wie es Charlie ging? Von keinem anderen Familienmitglied hatte sie überhaupt nur ein Lebenszeichen erhalten. Was, wenn Liesel Charlie nicht im Krankenhaus besucht hatte? Was würde mit den Mädchen passieren? Waren sie noch bei den Bankows? Und was würden sie mit ihnen machen, wenn Ann nicht käme, um ihnen die versprochenen Lebensmittel zu bringen? Was, wenn Jackson in dem Chaos der Zeit die Kellerwohnung der Bankows und Charlies Unterkunft nicht finden würde?

Jetzt nach der Konferenz gab es für einen Amerikaner keinen Grund mehr, sich auf rein russischem Territorium herumzutreiben, außer mit Ausnahmegenehmigungen. Vermutlich würde Jackson nicht einmal mehr in die Zone hineingelassen. Und wenn doch: Ein amerikanischer Soldat, der kaum genug Deutsch sprach, um eine einfache Frage zu stellen, würde Aufmerksamkeit erregen. So viel konnte schiefgehen.

Ein dicker Klumpen saß in ihrem Magen und fraß ein dickes Loch in ihre Seele. Ihr wurde übel. Sie konnte doch nicht einfach abreisen? Und noch etwas nagte an ihr: Würde sie Jackson je wiedersehen?

Am liebsten wäre sie direkt aus dem Wagen gesprungen. Der aber fuhr viel zu schnell. Außerdem bliebe das bestimmt nicht ohne Folgen. Mit einer solchen Aktion würde sie auf jeden Fall all ihre Chancen auf einen Einsatz hier in Berlin zunichtemachen.

»Was ist? Du bist so still. Freust du dich denn nicht auf zu Hause?« Karen hatte sich die ganze Zeit über mit jemandem unterhalten, aber jetzt sah sie sie besorgt an.

»Ach … mir ist nur übel.«

»Du Arme. Weil du wieder ins Flugzeug musst, oder?«

Das auch. Der Lärm der Maschinen würde unangenehme Erinnerungen in ihr wachrufen. Aber daran hatte sie bisher noch keinen Gedanken verschwendet.

»Ja, genau!«

Mit wackeligen Beinen stieg sie aus. Die Frauen gingen alle schnurstracks zum Flugzeug und gaben ihre Reisetaschen und Koffer ab. Die Ersten stiegen ein.

Ann schaute hoch, wie Gillian Smith oben im Flugzeugrumpf verschwand. Nein! Nein, sie konnte jetzt nicht weg! Sie hatte so viele Gründe, nicht zu fliegen. Trotzdem, jetzt einfach ungefragt abzuhauen, hätte ungeahnte Konsequenzen. Und nicht nur für sie, vermutlich auch für ihren Vater. Außerdem hatte sie kaum noch Geld übrig, und selbst wenn, gab es derzeit nicht einmal freie Unterkünfte. Zudem war Deutschland nun besetztes Territorium. Da konnte man sich nicht einfach nach Belieben niederlassen.

Ein letzter Blick glitt über die Landschaft. Mit langen, tiefen Atemzügen versuchte Ann, sich zu beruhigen. Nur nicht auffallen. Mal wieder nicht auffallen. Sie musste fest daran glauben, dass sie schon bald wieder hierher zurückkehren würde. Dass sie einen Job bei den stationierten Truppen oder dem neuen Kontrollrat bekommen würde, der sie hierher zurückbrachte. Früher oder später.

Ein einzelner, offener Jeep brauste heran. Jackson? Ihr Herz machte einen Sprung. Konnte das sein? Kam er, um sich noch einmal zu verabschieden, hier, wo alles begonnen hatte?

»Miss Miller!« Plötzlich stand jemand vom Beifahrersitz auf, während der Wagen näher kam. »Miss Miller!«

Es war Joan Bright. Der Wagen hielt, und die Britin stieg aus.

»Miss Miller. Es ist gerade gekommen, Ihre Versetzung ins Hauptquartier.«

Ann fehlten die Worte. Mit offenem Mund starrte sie Miss Bright an.

»Haben Sie Ihr Gepäck schon im Flugzeug?«

Sie schien nicht gerade erfreut zu sein. Vermutlich hatte sie gerade Aufschlussreiches über Anns Identität erfahren und fühlte sich getäuscht. Aber das konnte Ann jetzt egal sein. Deshalb nickte sie nur kurz.

»Ann? Was ist los?«, fragte Karen besorgt.

»Ich ... ich bleibe hier.«

»Wie? ... Du bleibst hier?« Karen war zu Recht verwundert. Den anderen Frauen hatte sie nichts von ihrem Vorstellungsgespräch erzählt.

»Ich werde ...«

»Miss Miller hat sich für eine Anstellung als Übersetzerin beworben. Hier bei unserer Truppe«, half Miss Bright mit einer anständigen Antwort aus. »Also ... Ihr Gepäck?«

»Wirklich? Ich habe den Job?«, fragte Ann ungläubig nach.

»Natürlich. Sonst hätte ich mir doch den Weg hier heraus nicht gemacht. Kommen Sie. Holen Sie Ihre Tasche und steigen Sie ein. Ich muss Sie zu unserem Hauptquartier in Charlottenburg bringen. Und ich habe heute in Babelsberg noch viel zu erledigen.«

»Ach, Ann.« Karen warf sich ihr an den Hals. »Du willst wirklich hierbleiben?«

Ann erstickte fast in ihrer Umarmung, konnte aber gerade noch nicken.

Ihre Kameradin ließ etwas von ihr ab. »Es ist wegen Jackson, oder? Es hat dich richtig erwischt.« Traurige Freude stand Karen ins Gesicht geschrieben.

»Ja, wegen Jackson. Er bleibt ja auch hier.«

»Wie schön für euch. Ich wünsch dir alles Gute.« Sie gab Ann einen dicken Schmatzer auf die Wange. »Und wehe, du schreibst mir nicht. Ich will alles wissen.«

»Natürlich.« Als sie Miss Brights ungeduldiges Gesicht sah, ging sie nach hinten und ließ sich ihre Reisetasche und den Rucksack geben.

Sie winkte noch mal den Frauen, die jetzt alle aus dem Fenster starrten. Dann lief sie zum Jeep und nahm auf dem Rücksitz Platz.

***

Da stand sie also, im Hauptquartier der britischen Streitkräfte in Berlin-Wilmersdorf. Sie bekam ein Zimmer zugewiesen, ein Einzelzimmer, wie sie glücklich feststellte. Das lag wohl vor allem daran, dass hier nicht besonders viele Frauen stationiert waren. Sie hatte eine kurze Unterredung mit Major Meadows, der sie knapp begrüßte, aber kaum Zeit hatte.

Von seinem Adjutanten wurde sie in ein Büro geführt, in dem sie bis auf Weiteres ihren Arbeitsplatz haben würde. Der Soldat entließ sie mit den Worten, dass sie nun bis Montagmorgen freihabe. Sie solle sich umschauen und einleben. Dann erst gehe es richtig los. Nach der Hektik, die die Konferenz mit sich gebracht hatte, brauchten wohl alle eine Verschnaufpause.

Sie packte ihre Sachen im Zimmer aus und suchte dann als Erstes nach dem Kommunikationszentrum des Hauptquartiers. Sie schickte ein kurzes Telegramm an ihre Eltern, in dem sie erklärte, dass sie nicht komme und alles Weitere in einem Brief schreiben werde. Und dann ließ sie sich mit dem Einsatzkommando von Jackson verbinden.

Es dauerte ein paar Minuten, bis man Jackson an den Apparat geholt hatte.

»Ann? Bist du schon in London?«, fragte er verwundert.

»Nein, ich bin in Berlin. Ich kann bleiben. Ich hab die Stelle.«

»Du hast die … Aber das ist ja wunderbar.« Seine Worte wurden von überschwänglicher Begeisterung getragen.

»In allerletzter Sekunde hat Miss Bright mir die Nachricht überbracht. Ich war schon am Flugplatz, als sie kam. Gerade eben habe ich mein Zimmer in unserem Hauptquartier bezogen.« Beinahe kindlicher Übermut lag in ihren Worten.

»Das ist fabelhaft. Ach, Ann, ich bin so froh!« Erleichterung, aber auch die Freude über ihre mögliche gemeinsame Zukunft sprach aus seinen Worten.

»Ich hab frei, bis Montagmorgen.«

Einen Moment gab es eine Pause, dann sagte Jackson. »Du willst sicherlich, dass wir nach Potsdam reinfahren, oder?«

»Es brennt mir auf der Seele, Charlie endlich wiederzusehen.« Sie hoffte, dass Jackson Verständnis für ihre Bitte aufbrachte.

»Natürlich hole ich dich ab. In anderthalb Stunden endet mein Dienst. Ich muss erst noch die Kartons mit dem Essen aus meiner Unterkunft holen, aber dann komme ich. Erwarte mich in ungefähr zwei Stunden.«

Ann war erleichtert. Endlich würde sie Charlie besuchen können. Doch noch etwas lag ihr auf der Seele. Natürlich wusste er, wo das Hauptquartier war, hatte er doch schon etliche Botenfahrten hierher unternommen.

»Jackson, ich weiß nicht, wie das ankommen würde, wenn ich mich direkt an meinem ersten Tag von einem GI abholen lasse. Können wir uns woanders treffen?« Sie wusste, wie wichtig der erste Eindruck war. Was würden die britischen Soldaten sonst von ihr denken? Vor allem ihre Vorgesetzten?

»Dann komm mir einfach entgegen. Wenn du den Stützpunkt verlässt, geh die Straße weiter. Wenn du dann auf die große Straße kommst, bieg rechts ab und geh noch ein paar hundert Meter weiter. Irgendwo dort warte auf mich. Ich werde dich schon finden.«

»Oh, Jackson, ich bin so froh. Und so erleichtert. Und so aufgeregt.«

Ann hörte sein Lachen durch den Hörer. »Ja, das bin ich auch. ... Jetzt haben wir endlich Zeit.«

Am Nachmittag folgte sie seinen Anweisungen und ging ihm auf der Straße entgegen. In der Nähe eines großen Baumes blieb sie stehen. Eine Viertelstunde später sah sie den amerikanischen Jeep. Sie trat auf die Straße und winkte.

Jackson wendete den Wagen und hielt. Er sprang heraus, und schon lagen sie sich in den Armen. Ihr Kuss war lang und süß und voller Hoffnung.

Atemlos ließen sie voneinander ab. Jackson geleitete sie galant zur Beifahrertür, als kämen sie von der Oper. Doch noch blieb sie stehen.

»Jackson, ich muss dir danken. Für all das.«

»Schon gut. Es ist doch eine Selbstverständlichkeit. Schließlich ...«

Er sprach nicht weiter. Ann konnte sich den Satz selbst vervollständigen. Schließlich konnte es sein, dass Charlie bald Teil seiner Familie wurde. Aber noch war es zu früh, über Heirat zu sprechen. Und das wusste auch er. Sie fuhren los. Heute durften sie wieder nach Potsdam rein, noch. Als sie nun auf die Kinder- und Gebärenden-Station des St.-Josefs-Krankenhauses kamen und nach Charlotte Hufnagel fragten, teilte ihnen eine Schwester mit, dass die junge Deutsche heute Morgen entlassen worden war. Das war die wichtigste Info überhaupt: Es ging Charlie und dem Baby gut, soweit es die äußerlichen Bedingungen zuließen. Ann war so erleichtert, dass ihr die Tränen kamen, als sie wieder im Jeep saßen.

»Was machen wir jetzt?«, fragte Jackson. Die zwei Kartons mit den Lebensmitteln standen auf den Rücksitzen.

»Ich denke mal, sie ist nach Hause gegangen. Nein, stopp. Vermutlich wird sie erst die Mädchen abgeholt haben.«

Ann hatte Liesel Bankow gesagt, dass sie die junge Mutter im Krankenhaus besuchen sollte. Liesel hatte Charlie bei ihrem Besuch bestimmt ihre Adresse gegeben. Hoffentlich, hoffentlich hatte Liesel sich an ihr Versprechen gehalten.

Sie brauchten nicht lang bis zum Haus der Bankows. Aufgeregt stieg Ann aus und packte sich einen Karton. Jackson griff den zweiten. Sie hatten die Lebensmittel direkt beim Einpacken für beide Familien verteilt. Aber obwohl nur ein Karton für die Bankows war, konnte man nicht riskieren, den anderen im Wagen zu lassen.

Ann schellte. Als sie nichts hörten, klopfte sie laut an der Haustür. Kurz darauf machte ein alter Mann auf.

»Wir wollen zu den Bankows.«

Der Mann sah sie überrascht an. Eine Angehörige der

britischen Streitkräfte und ein amerikanischer Soldat. Was wollten die hier, fragte sein skeptischer Blick.

»Es ist alles in Ordnung. Wir wollen ihnen nur etwas vorbeibringen.«

»Die Bankows wohnen jetzt unten. Im Keller.«

»Ja, ich weiß.« Ann bedankte sich. Noch bevor sie den Kellerabgang erreicht hatten, hörten sie einen Säugling schreien.

»Sie ist da. Charlie ist noch da!«, sagte Ann ganz aufgeregt. Jackson nickte.

Vorsichtig stiegen sie mit ihrer Fracht die Treppe hinunter. Unten mussten sie nur dem Geschrei folgen.

»Charlie? ... Charlie!«, rief Ann. Sie wollte sie nicht schon wieder alle erschrecken.

»Hier!« Liesel Bankow stand plötzlich in der Tür. Als sie die Kartons sah, machte sie große Augen.

Ann stellte ihren auf einem kleinen Tisch ab. Charlie saß mit ihrem Säugling auf dem Arm auf einer Matratze. Die Zwillinge hockten aufgeregt neben ihr. Das Baby schrie nach Leibeskräften. Ann kniete sich nieder.

»Charlie! ... Ist alles in Ordnung mit ihm?«

Charlies Gesicht zeugte von den Strapazen einer jungen Mutter und ihrer Sorgen um ihre Kinder. »Er hat Hunger. Ich hab einfach nicht genug Milch.«

»Wir haben ganz viel mitgebracht. Für dich ... für euch zum Essen. Ich hab sogar Milch, Kondensmilch.«

»Gezuckerte Milch?«, fragte ihre Cousine schwach.

»Ja. Hast du ein Fläschchen?«

»Nicht hier. Ich hab ein Fläschchen bei mir im Keller. Eins der wenigen Sachen, die ich aus unserer Wohnung retten konnte.«

»Sie könnten ein sauberes Tuch nehmen und in die Milch tunken. Dann kann er daran saugen.«

Ann und Charlie schauten Liesel überrascht an.

Fast wie eine Entschuldigung erklärte die: »Mütterkurs beim Bund Deutscher Mädel. Da haben wir so was gelernt.« Sie suchte sogleich nach einem benutzbaren Stück Stoff. Ein altes, aber einigermaßen sauberes Baumwollunterhemd musste dafür herhalten.

Ann kramte die Dose hervor, und Jackson öffnete sie mit einem Messer. Dann gossen sie etwas in zwei Blechbecher. Den einen gab sie den Mädchen zu trinken, den anderen stellte sie neben Charlie ab.

»Versuchen wir es.«

Sie tunkte einen Zipfel des Hemdes in die Milch und steckte ihn in das kleine Mündchen. Das Baby saugte sofort, schrie aber wieder, als Ann den Zipfel herauszog. So ging es etliche Male hin und her, bis das Schreien zu einem Meckern wurde.

Ann holte ein Brot aus einem der Kartons. Sofort griff Liesel nach einem Messer und schnitt dünne Scheiben ab. Alle staunten, als Ann die Butter hervorzauberte. Und es gab sogar Marmelade. Liesel schmierte drei Schnitten und gab zwei davon den Mädchen auf einen Teller.

»Aber schön langsam essen, verstanden? Nicht schlingen.«

Hanne und Fritzi nickten.

»Sie sind so artig.« In Liesels Gesicht lag ein trauriger Ausdruck.

Ann schmierte eine Schnitte für Charlie und gab sie ihr, während sie das Baby übernahm und weiter fütterte. Natürlich war Dosenmilch nicht ausreichend für den Säugling. Aber Charlie würde hoffentlich bald wieder zu Kräften kommen. Jetzt, da sie mehr zu essen hatte.

Jackson stand dabei und schaute sich alles interessiert an. Selbstverständlich verstand er keinen Ton, aber das brauchte er wohl auch nicht.

»Es ist also ein Junge?«, fragte Ann ihre Cousine.

»Rüdiger soll er heißen.«

Ann übersetzte für Jackson. »Rüdiger, kleiner Rudi. Wir werden dich schon groß kriegen.«

Nachdem Liesel ihre erste Schnitte gegessen hatte, übergab Ann ihr den Kleinen. Sie zog einen Karton heran. »Das ist für dich und deinen Vater, Liesel.«

Sie packte alles Mögliche aus. Liesel gingen die Augen über. »Danke. Das ist wirklich sehr großzügig.«

Mit so viel hatte Liesel wohl nicht gerechnet. Aber sie hatte Ann ja auch einen riesigen Dienst erwiesen.

Charlie schaute auf den zweiten Karton. Ann blickte ihr in die Augen und nickte nur. Ja, der schwere Karton war für sie. Ein seltenes Lächeln lief über Charlies Gesicht.

Ann holte aus dem Karton noch vier Packungen Zigaretten hervor. »Liesel, ich möchte dich und deinen Vater um einen weiteren Gefallen bitten. Könntest du noch ein paar Mal in die Markgrafenstraße gehen? Und wenn dort etwas auf dem Zettel notiert ist, Frau Hufnagel Bescheid geben?« Sie hielt ihr die Zigaretten hin.

Liesel machte ein merkwürdiges Gesicht. Sie schaute von Ann zu Charlie, dann zu den Mädchen. »Ich ... war zwischendurch noch mal da.«

»Und?« Ann war sofort alarmiert.

»Jemand hat etwas darauf notiert«, sagte Liesel sehr leise.

»Was? Wer ... Liesel?«

»Unter Ihrer Notiz stand etwas von einem Hermann. Er war dort und ist bei Harry untergekommen.«

»Wer ist Harry?«, fragte Ann Charlie.

»Keine Ahnung. Wir hatten doch so lange schon keinen Kontakt mehr«, antwortete Charlie wahrheitsgemäß.

»So weit, so gut. Hermann ist in der Stadt, und er lebt. Früher oder später werden wir ihn schon finden«, erklärte Ann.

»Da stand noch was.«

Ann schaute Liesel neugierig an. Die zitierte aus dem Gedächtnis: »Mama, Tante Berta, ist bei Tante Sabine.«

»Tante Berta lebt auch!« Ann schlug die Hände vor den Mund vor Freude. Jackson schaute sie neugierig an. Sie übersetzte es ihm schnell.

»Tante Sabine, ich glaube, ich weiß, wer sie ist. Sie ist Tante Bertas Schwester. Wenn ich mich recht erinnere, wohnt sie in Kleinmachnow«, erklärte Charlie.

»Kleinmachnow, ja, stimmt. Sicher finden wir sie dort.«

Liesel machte sich bemerkbar. Sie wollte wohl noch etwas sagen. »Vielleicht sollten Sie einen neuen Zettel schreiben, und ich häng ihn dann auf.«

»Wieso?«

»Weil ... Ich glaube, der alte sah schon ziemlich heruntergekommen aus. Weiß nicht, ob der da noch lange gehangen hat«, gab sie etwas nebulös von sich.

»Na gut. Ich schreib einen neuen Zettel.« Ann übergab die Zigaretten an Liesel, die sie geschwind wegsteckte.

Jackson schaute dezent auf die Uhr. Ann wusste, was er wollte. »Sollen wir dich zu deiner ... Unterkunft bringen? Wir können nicht mehr so lange bleiben. Auch wir sollten vor der Sperrstunde besser weg sein.«

»Liebend gerne. Ich wollte eigentlich schon längst nach Hause, aber ich war so erschöpft vom Weg. ... Und Liesel hat sich wirklich rührend um die Mädchen gekümmert.«

»Aber das hab ich doch gerne gemacht.« Liesel sah traurig aus. Traurig, dass die Kinder sie nun wieder verlassen würden.

Ann setzte sich neben ihre Cousine auf die Matratze. »Charlie, ich habe mich hier auf eine Stelle beworben. Ich bleibe hier, hier in Berlin. Im Westen von Berlin.«

Pure Erleichterung stand im Gesicht ihrer Cousine.

»Sobald ich etwas finde, werde ich für eine bessere Unterkunft sorgen. Und für Essen. Mama und Papa schicken mir bestimmt noch etwas Geld. Ich hab kaum noch was.«

»Jede zusätzliche Unterstützung ist ein Geschenk des Himmels«, sagte Charlie erlöst. »Sobald ich wieder bei Kräften bin, finde ich bestimmt auch Mami und Marianne. ... Und vielleicht hat Papi ...«

Ann nickte beklommen. »Ich kann Erkundigungen einholen. Die KZs sind ja nun alle befreit. Vielleicht gibt es Namenslisten ... von Überlebenden.«

Charlie sagte nichts. Sie wussten, dass sie sich keine allzu großen Hoffnungen machen durften. Aber niemand wollte es aussprechen.

»Aber du musst bald in den britischen Sektor der Stadt kommen. Hier kann ich nur wenig für dich tun.«

Charlie schaute sie zweifelnd an. »Weg aus Potsdam? ... Wenn mein Mann zurückkommt ...«

»Du hinterlässt ihm deine neue Adresse an der alten. Und es wird sicher einige Tage oder sogar Wochen dauern, bis ich überhaupt etwas für euch finde.«

»Und Mama, und Marianne?«

»Um sie werde ich mich auch kümmern. Um euch alle. ... Soweit es in meiner Macht steht.«

Charlie sah noch nicht überzeugt aus.

»Sie kontrollieren doch immer jeden, der die Zone wechseln will. Und ich bin Militärangehörige. ... Außerdem bin ich mir sicher, dass auch dein Mann, wenn er zurückkommt, lieber in einer richtigen Wohnung mit einem richtigen Bett schlafen will als in einem Keller.«

»Ja, natürlich. Du hast ja recht. Und für die Kinder ist es auch besser.« Zweifel lagen dennoch in Charlies Stimme. Sie hatte in den letzten Jahren nicht gerade erlebt, dass Dinge sich zum Guten wendeten.

Jackson fragte, was los sei. Ann übersetzte es. Jackson schien die gleichen Schwierigkeiten zu sehen wie Ann.

»Die ersten Notquartiere werden eingerichtet, in unserem Sektor. Ob ein alter Kinosaal allerdings besser ist als ihr Keller … da bin ich mir nicht sicher. Aber wir finden irgendwas. Auf jeden Fall muss sie aus dem sowjetischen Sektor weg. Für uns wird das nämlich jetzt nach Ende der Konferenz schwierig.«

In kurzen Worten übersetzte Ann den anderen alles.

»*Shänkjuh*«, sagte Charlie dankbar. »Ist er dein Freund?«, setzte sie in Deutsch nach.

Ann schaute ihn an und lächelte. »Ja, mein Freund.« Dabei machte sie ein Gesicht, für das Jackson keine Übersetzung brauchte.

Sonntag, 5. August 1945

Heute hatte Vater frei. Es war Sonntag. Ein Tag zum Ausruhen, ansonsten arbeitete er zehn bis zwölf Stunden. Schwerstarbeit. Immerhin bekam er zu essen, nicht ausreichend, aber was war schon ausreichend in diesen Zeiten? Ihre Konservendosen teilten sie sich gut ein.

Was hatte Vater gestaunt, als Liesel ihm die Butter und die Milch und die Marmelade präsentiert hatte. Sie hatten ein wahres Festmahl gehalten am Abend. Mit so viel hatten sie wahrlich nicht gerechnet. Und dann noch die Zigaretten. Vier Packungen!

Gestern hatte Vater einen Gaskocher aus Militärbeständen auf dem Schwarzmarkt erworben. Eine halbe Packung Zigaretten hatte er dafür zahlen müssen, aber endlich konnten sie sich etwas Warmes kochen. Wenn der Kurs pro Einzelzigarette so blieb, konnten sie sich damit noch mal vier bis sechs Wochen über Wasser halten. Diese deutsche Britin war wirklich spendabel.

Letztendlich mussten sie froh sein, dass Vater als Parteimitglied noch nicht verhaftet worden war. Alle NSDAP-Funktionäre und höheren Beamten wurden interniert. Praktisch alle Richter, Rechtsanwälte und Staatsanwälte wurden aus dem Dienst entlassen. Etliche von ihnen auch direkt verhaftet. Entlassen wurden ebenso alle Lehrer und Hochschulprofessoren mit Parteibuch.

Überhaupt war es allen Parteimitgliedern verboten, eine Tätigkeit auszuüben. Die Briefzustellung war wieder aufgenommen worden. Vater war mitgeteilt worden, dass er aus dem Dienst der UFA entlassen worden war, wegen Parteizugehörigkeit. Aber entlassen war nicht inhaftiert. Die Amerikaner prahlten damit, dass sie schon Zehntausende Nazis verhaftet hatten. Die Russen prahlten nicht, sie taten es einfach. Wenn Vater bloß nicht auch in eins der KZs käme. Wenn er bloß weiter Trümmer schippen durfte.

Vater las ihr einzelne Artikel aus der *Berliner Zeitung* vor. Ein Schreckgespenst machte die Runde – Entnazifizierung. Eins der vier großen Ds, die die Siegermächte auf ihrer Konferenz hier in Potsdam beschlossen hatten: Denazifizierung. Demokratisierung, Demilitarisierung und Dezentralisierung waren die anderen. Zuletzt war jeder Befehl, jedes Gesetz und jedes Verbot direkt in Berlin erlassen worden. Auch das wollten die neuen Machthaber ändern. Aber vielleicht war Dezentralisierung nur eine Umschreibung dafür, dass jetzt die vier Siegermächte separat über das Schicksal ihrer Zonen entschieden.

Vor knapp zwei Wochen war die Tageszeitung zum ersten Mal erschienen, natürlich nur mit Genehmigung und Kontrolle der Besatzer. Für zehn Pfennige hatte Vater sie gekauft. Auch wieder etwas, was wie Normalität aussah – sonntags

Zeitung lesen. Nun, er las natürlich im düsteren Schein der nackten Glühbirne im Keller, einer provisorischen Unterkunft ohne Fenster oder Bad. Aber heute Morgen hatte Liesel zum ersten Mal seit langem Ersatzkaffee gekocht. Gesüßt mit Zuckerersatz. Es war herrlich gewesen.

Überhaupt. Gestern hatte Liesel bestimmt eine halbe Stunde in der Sonne unter einem offenen Fenster in ihrer Straße gestanden und Musik gehört. Der Radiosprecher des Soldatensenders sprach Amerikanisch, also konnte sie nichts verstehen, aber die Musik war schön gewesen.

Nichts versinnbildlichte den Begriff Freiheit für Liesel so sehr wie Swing. Sie durfte plötzlich jede Musik hören, die sie mochte. Ob Anselm Linder, der Swing mehr geliebt hatte als alles andere, wohl überlebt hatte? Was immer es auch zu überleben galt – Arbeitslager, Konzentrationslager, vielleicht war er auch noch an die Front geschickt worden. Hoffentlich war er schon wieder zu Hause.

Jetzt, nachdem alle nationalsozialistischen Jugendorganisationen aufgelöst und verboten worden waren, war sie niemandem mehr verpflichtet. Das erste Mal seit Kriegsende fühlte sie etwas, das sich mit Befreiung beschreiben ließ. Frei, niemandem mehr hörig sein zu müssen. Sie war nun aus dem Dienst und ihrer Pflicht entlassen. Ab jetzt konnte und durfte sie tun, was immer in ihren beschränkten Möglichkeiten stand.

Schon seit ein paar Tagen merkte sie, wie sie sich ganz behutsam aus einer Kruste herausschälte, in die man sie eingebacken hatte. Selbst entscheiden. Dinge tun. Dinge nicht tun müssen.

Freiheit – was für ein Wort. So neu, dass es noch funkelte und glänzte. Noch spielte ihr Leben im Rhythmus von Angst und Hunger. Aber überhaupt eine Ahnung davon zu bekommen, wie es sich anfühlte, frei zu sein. Es war vielversprechend. Es fühlte sich nach Zukunft an.

»Oje«, sagte Vater plötzlich. Es klang nicht nach guten Nachrichten. Er schaute Liesel mit einem düsteren Blick an.

»Was? ... Was ist jetzt wieder?«

»Hier steht, dass in Berlin alle Jugendlichen bis einundzwanzig Jahre zur Trümmerbeseitigung eingezogen werden. Gegen Geld.«

»Auch in Potsdam?«, fragte sie erschrocken.

»Das steht da nicht. Aber ich vermute mal, dass es so kommen wird.«

Die Sowjets machten der Bevölkerung in Brandenburg, denn dazu gehörte Potsdam nun, und den vier anderen neu gebildeten Ländern in ihrer Zone ordentlich Dampf. Zeitungen unterlagen natürlich der Zensur. Parteien durften sich bilden, selbstverständlich nach strenger Kontrolle der politischen Ausrichtung. Kommunisten und Sozialisten wurden in öffentliche Ämter gehievt. Geld und Wertpapiere wurden beschlagnahmt, Banken geschlossen. Das betraf Liesel und Vater nicht. Weder strebten sie ein öffentliches Amt an, noch hatten sie Geld auf der Bank. Aber dass Liesel wieder zum Trümmerräumen abkommandiert werden würde, konnte sie durchaus treffen.

Mit etwas Glück konnte sie dem ja entgehen. Bald wollte sie sich nach einer Stelle umschauen. Vielleicht in einem Waisenhaus. Kinderheime würde es bestimmt in Kürze wie Sand am Meer geben. Wie viele Mütter allein in den letzten Kriegstagen gestorben waren, konnte niemand zählen. Und viele der Väter kamen nicht aus dem Krieg zurück. Ob nun gestorben oder in Gefangenschaft, es konnte dauern.

»Ich mach das nicht.« Sich weigern. Was für ein tolles neues Gefühl. Sie war über sich selbst erstaunt.

Vater schaute erschrocken auf. »Was soll das heißen: Du machst das nicht? Sie werden dich einfach einziehen.«

»Nein! Ich mach das nicht. Ich kann das nicht. Ich werde

morgen früh zum Zivil-Waisenhaus gehen und mich erkundigen, ob sie jemanden brauchen.«

»Das Waisenhaus? Wie kommst du denn jetzt darauf?«

»Sie brauchen sicher Leute. Die Russen werden doch bestimmt bald anfangen, die elternlosen Kinder dort hinzubringen. Und wenn ich erst einmal eine Arbeit habe, wird mich niemand zum Trümmerräumen holen.«

»Und wenn nicht?«

Sie schüttelte ihren Kopf. »Dann ... dann geh ich.«

»Wohin?« Jetzt ließ er die Zeitung ganz sinken.

Liesel schüttelte unwirsch den Kopf. »Keine Ahnung. Einfach irgendwohin. In eine andere Zone.«

Vater schaute sie verstört an.

»Charlotte Hufnagel zieht doch auch weg.«

»Du willst zu den Briten?«

»Oder zu den Amerikanern. Mir egal.«

»Kind, im Moment sind Millionen Menschen auf der Flucht. Alle haben ihre Heimat verloren. Die warten da nicht gerade auf jemanden wie dich.«

»Wir haben doch auch unsere Heimat verloren«, entgegnete Liesel patzig.

»Wir haben noch immer dieselbe Adresse.«

»Wir haben keine Wohnung mehr!«

»Und was ist mit Lene? Wenn sie wiederkommt? Wir können doch hier nicht weggehen. Hans und Fritz könnten noch leben.«

Liesel presste die Lippen aufeinander. Vater hatte recht. Und außerdem – würde sie es sich zutrauen, alleine irgendwohin zu gehen?

Die Konferenz war zu Ende. Die Präsidenten und Marschalls und Premierminister abgereist. Sie hinterließen einen Haufen Beschlüsse, die aber alle so vage waren, dass man nicht wusste, was davon zu halten war.

Radio Berlin sendete schon wieder und versorgte die Bevölkerung mit den neuesten Nachrichten. Ein Schuster drei Straßen weiter hatte seinen Laden wieder geöffnet. Er besaß einen Volksempfänger. Die Menschen hingen in Trauben um sein geöffnetes Fenster, wenn Nachrichten kamen. Die Beschlüsse der Konferenz wurden heiß diskutiert.

Man würde Deutschland nun vierteilen, hieß es. Fünfteilen, wenn man den polnischen Anteil dazurechnete. Deutschland würde es einfach nicht mehr geben. Das, was einmal ihre Heimat gewesen war, würde vor ihren Augen zerfallen. Also noch mehr zerfallen, als es das Land ohnehin schon war. Dabei hatte Stalin selbst doch versprochen, Deutschland nicht zerstückeln zu wollen, einen Tag nach der Kapitulation. Jetzt zeigte sich, was seine Versprechungen wert waren.

Auch wenn die endgültige Grenzziehung der polnischen Westgrenze auf einer folgenden Friedenskonferenz erst noch beschlossen werden sollte: Der Strom der Flüchtlinge und Vertriebenen aus diesen Gebieten riss nicht ab. Vater hatte sicher recht, wenn er sagte, dass Stalin Nägel mit Köpfen machte. Und was außer Zweifel stand, war, dass die Besatzungsmächte planten, für die nächsten Jahre hierzubleiben.

»Vater, willst du wirklich hierbleiben? Hier, wo die Russen sind?«

Er wusste so gut wie sie, dass schon einzelne russische Wörter bei ihr Atemnot und Angstanfälle auslösten. Allein der Klang der Sprache katapultierte sie wieder zurück in den Keller, in den Hinterhof, in das leer stehende Fabrikgebäude. Männer. Schändung.

»Ich kann das nicht. Mir vorzustellen, die ganzen nächsten Jahre ...«

»Stell dich nicht so an«, sagte Vater barsch. Er wollte nicht darüber reden. Täte er es, würde es Wirklichkeit werden. Er wollte es einfach nicht wahrhaben. Es war bestimmt der bessere Weg. Allein, Liesel konnte es nicht. Sie konnte schweigen, doch ihr Körper würde schreien. Was, wenn sie einem der Männer auf dem Amt begegnete? Nein. Sie konnte nicht hierbleiben.

»Du kannst doch überall Arbeit finden, als Zimmermann. Und wegen Lene sagen wir oben Bescheid und geben unsere neue Adresse an.«

»Ich werde nicht gehen. Potsdam ist meine Heimat. Unsere Heimat! Es ist das Einzige, was uns noch geblieben ist.« Vaters Worte klangen endgültig.

Liesel schaute ihren Vater an, der nun wieder die Zeitung hob und weiterlas. Er war nicht gewillt wegzugehen. Würde sie sich trauen, woanders allein ein neues Leben aufzubauen?

Montag, 6. August 1945

Ann und Jackson flanierten über den Kurfürstendamm. Auf der Prachtstraße waren bereits alle Trümmer fortgeräumt worden. Cafés hatten geöffnet, auch wenn nur ein Stockwerk höher die Ruinen ihre Zahnstummel zeigten. Ann sah wieder Kinderwagen, die tatsächlich mit Kindern statt mit Möbeln und Bettdecken beladen waren. Eine Frau mit einem Pudel an der Leine ging spazieren. Vollkommen überladene Busse fuhren dann und wann vorbei. Es war ein unbeschreibliches Gefühl. Jeden Tag sah man ein Ding mehr, das es kurz zuvor noch nicht gegeben hatte. Und von den offenen Wunden, die der Krieg in Land und Leute gerissen hatte, sah man weniger.

Auf der Fahrt hierher hatten sie noch viele Vertriebene mit ihren auf Wagen und Schubkarren aufgetürmten Habseligkeiten gesehen. Aber hier, auf dem Kurfürstendamm, sahen sie keinen einzigen. Die Stadtmitte war derart zerstört, hier gab es ganz sicher keine Unterkünfte mehr.

Auch in ihrem Büro hatte man schon laut darüber nachgedacht, dass man baldmöglichst Auffanglager einrichten musste. Zwar zogen viele der Wohnungslosen weiter aufs Land, weil dort in der Regel nicht so viel Bausubstanz zerstört war. Aber Berlin zog alle Welt magisch an. Wenigstens einmal wollten die Menschen die Hauptstadt des Führers in Trümmern sehen, wenn sie sonst schon kein Ziel hatten.

Hier auf dem Ku'damm gingen die Leute in ihren Sonntagskleidern spazieren, überglücklich, dass sie überlebt hatten. Man sah den Leuten nicht an, dass vermutlich viele von ihnen in Kaschemmen, Kellern und Gartenhäusern wohnten. Und doch wurde das Leben der Bevölkerung jeden Tag ein kleines Stückchen normaler. Es fühlte sich schon fast an wie richtiger Frieden. Wie normaler Alltag.

»Ist das eigentlich erlaubt, dass du mit dem Jeep überall hinfahren kannst?« Ann lachte strahlend.

»Na ja, wenn ihr Briten mich nicht rausschmeißt. Schließlich ist das hier euer Sektor.«

Hand in Hand schlenderten sie die Straße entlang. Jackson war in Uniform, aber sie hatte ein Sommerkleid angezogen. Vermutlich dachten viele, dass Ann ein Ami-Liebchen sei. Aber das war ihr egal.

Nur die Kaffeehäuser hatten tatsächlich geöffnet. Ein einziges vorwitziges Geschäft lud zum Einkaufen ein, doch als Ann durch die geputzten Scheiben schaute, standen da nur vereinzelte Töpfe und etwas Geschirr in den Regalen.

Die Leute genossen eine Tasse Kaffee und manche sogar ein Stück Kuchen in der Sonne. Ann und Jackson bekamen Lust, es ihnen gleichzutun. Sie setzten sich an einen freien Tisch in der Nachmittagssonne und bestellten echten Bohnenkaffee.

Ann hatte nur noch sehr wenig Geld von ihren Eltern übrig, aber Jackson hatte gerade seinen Sold erhalten. Mit Pfund und Dollar konnte man hier alles bezahlen. Sie gönnten sich ein richtiges Stück Torte, sogar mit Sahne. Das hatte Ann in den letzten Jahren nicht mal in England bekommen.

Zwischen Bohnenkaffee und Torte erzählte sie Jackson von ihrem ersten Tag als Übersetzerin. Der Büroleiter war ein umgänglicher Mann, Leutnant Mickle, der an einem Stock ging und leicht hinkte. Er hatte Ann alle wichtigen Leute vorgestellt und ihr viele Dinge erklärt. Sie hatte einen neuen Ausweis bekommen, der sie als Mitglied der britischen Streitkräfte auswies. Den solle sie immer bei sich tragen, hatte Mickle sie beschworen. Ansonsten schien er es nicht besonders eilig zu haben, worüber alle froh waren.

Übersetzt hatte Ann heute noch nichts. Letzte Woche wäre das noch anders gewesen, hatte Mickle gesagt. Da habe man den Text der Abschlussdeklaration der Konferenz extra in London von mehreren Leuten gleichzeitig übersetzen lassen, damit man hier die Zeitungen damit füttern konnte. Die Leute sollten wissen, was über sie beschlossen worden war.

Doch Ann bezweifelte ohnehin, dass man sie direkt als Erstes mit so etwas Wichtigem betraut hätte. Als sie es laut gesagt hatte, hatte Mickle gelacht. Sie würde sich mit ihm gut verstehen und hatte heute schon früh Feierabend machen dürfen.

Nach kaum zwei Stunden in der Stadt schlenderten sie wieder zurück zum Jeep. Sie stiegen ein. Sollten sie noch versuchen, etwas für Charlie einzukaufen? Sie hatten gestern kurz einen Ausflug nach Potsdam gemacht und sich vergewissert, dass es ihr gut ging.

Ihre Cousine hatte mit den Kindern draußen vor dem Haus gehockt. Das Wetter war einfach zu schön für den Keller. Und sie hatten schließlich lange genug in Luftschutzbunkern und Kellern verbracht. Sie brachten Brot, Käse, Wurst, zwei Flaschen Milch und zwei Flaschen Wein mit. Am sowjetischen Kontrollpunkt hatten sie erklärt, sie wollten schwimmen gehen. Zum Beweis hatten sie ihre Badebekleidung und den improvisierten Picknick-Korb vorgezeigt. Aber erst als sie dieser Notlüge eine Flasche Wein hinterhergeschickt hatten, waren sie durchgelassen worden. Sicher würde es von Tag zu Tag schwieriger, ohne ein offizielles Anliegen in die russische Zone zu kommen.

»Jackson ... ich.«

Jackson legte ihr den Zeigefinger auf die Lippen.

»Schhht. Heute keine Probleme. Heute ist der Tag nur für uns.«

Ann lachte. »Das hast du gestern auch schon gesagt.« Ihr Lachen klang glockenhell. Dann hatten sie Charlie aber doch noch besucht.

Obwohl ihr Wagen ohne Verdeck war, rutschte Jackson jetzt näher heran, und sie küssten sich. Ebenfalls wie gestern. Da hatten sie sich auch außerhalb des Stützpunktes geküsst.

»Ich liebe es, wenn du so bist. Du bist so ...«

»Ja?« Jackson wartete mit einem schelmischen Grinsen auf ihre Worte.

»So leicht. So fröhlich. So ... Mit dir kann ich vergessen, wo ich bin. Und was hier war. Und manchmal sogar, wer ich bin.«

»Ich kann dir sagen, wer du bist. Ich hab auf jeden Fall die schönste Deutsche im ganzen Land erwischt.«

Er startete den Jeep und stellte das Radio an. Der *AFN, American Forces Network,* der Militärsender für die US-amerikanischen Truppen in der Stadt, hatte nun auch vor zwei Tagen seinen Sendebetrieb aufgenommen. Aber schon war er überall zu hören. Als hätte er die Musik bestellt, schallte es aus den Lautsprechern *Bei Mir Bist Du Shein* von den Andrews Sisters. Sie mussten beide lachen. Sie sangen mit, während Jackson langsam losfuhr.

Auf der Fahrt hierher hatten sie seinem obersten Befehlshaber, General Eisenhower, im Radio gelauscht. Er hatte eine Rede an das deutsche Volk gehalten, bei der er erklärt hatte, wie die USA die Besatzung des besiegten Deutschlands plante und was sie nun von ihrer Seite aus zu erwarten hatten.

Die Sonne stand bereits tief, und der heiße orangerote Ball blendete sie. Jackson fuhr an die Seite und stoppte den Wagen. Aus dem Handschuhfach holte er eine Sonnenbrille hervor. Ein Füller fiel mit heraus.

»Das ist aber ein edles Stück.«

»Zeig mal her«, sagte Jackson. »Ach, ich weiß, der muss von diesem Journalisten sein. John oder Jack Kennedy. Er war vor ein paar Tagen beim Präsidenten, zum Pressefrühstück. Er hatte sich was notiert, als ich ihn gefahren habe. Muss er wohl vergessen haben.«

»Behalte ihn. Er ist wirklich schön.«

»Ja, mach ich.«

Im Radio erklang der Ton für die Nachrichten.

»Hier nun eine offizielle Verkündung unseres geschätzten Präsidenten, Harry S. Truman, der sich derzeit noch auf See befindet, auf der Rückreise von der Konferenz in Potsdam bei Berlin.«

Jackson stellte den Motor ab. Eine kurze Unterbrechung in Form eines Knackens folgte, dann hörte man die Stimme des amerikanischen Präsidenten.

»*Vor Kurzem warf ein amerikanisches Flugzeug eine
Bombe auf Hiroshima und zerstörte die Nützlichkeit der
Stadt für den Feind. Diese Bombe hatte mehr Kraft als
zwanzigtausend Tonnen TNT.*«

Ann musste sich an die Kehle greifen. Zwanzigtausend Tonnen TNT, das war wirklich viel. Selbst die V2, Hitlers Vernichtungswaffe mit der bis dahin größten Sprengkraft aller Zeiten, hatte nur etwas mehr als siebenhundert Kilogramm Sprengstoff mit sich geführt. Keine Ahnung, ob sich die Sprengkraft so vergleichen ließ, aber eins war klar: Die Bombe musste um ein Vielfaches, ja Tausendfaches stärker sein als die V2, vor der ganz Großbritannien gezittert hatte.

»*... Die Japaner haben den Krieg in Pearl Harbor aus
der Luft begonnen. Das wurde ihnen jetzt vielfach zurückgezahlt. Und das Ende ist noch nicht erreicht. Mit dieser
Bombe haben wir jetzt eine neue und revolutionäre Stufe
der Zerstörung erzielt und die wachsende Macht unserer
Streitkräfte demonstriert. In ihrer jetzigen Form sind
diese Bomben derzeit in Produktion, und weitere stärkere
Versionen sind in Entwicklung. ... Es ist eine Atombombe.*«

»Was ist eine Atombombe?«, fragte Ann.

Er schüttelte den Kopf. »Ich nehme an, etwas, was außerordentlich viel Sprengkraft hat. Bisher habe ich auch nur gerüchteweise davon gehört. Aber sie muss schon was Besonderes sein. Sonst würde der amerikanische Präsident wohl kaum eine Ansprache deswegen halten.«

»Ob das die Wunderwaffe ist?«, fragte Ann. »Hitler soll ständig davon gesprochen haben. Am Ende war es ein wichtiger Bestandteil der Durchhalteparolen. Es hätte ja jeden Tag zu Ende sein können.«

Jackson nickte bestätigend. »Es gab wohl schon länger einen Wettlauf um die Wunderwaffe.«

»Das bedeutet doch, dass die Bombe, wäre sie ein paar Monate früher fertig geworden, hier auf Berlin gefallen wäre. Oder München. Oder das Ruhrgebiet vielleicht.«

»Gut möglich.«

Ann schaute ihn betroffen an. Er schien das einfach so hinzunehmen. Wenn Ann bedachte, wie viel Tod und Zerstörung, welche Schrecken und Entsetzen die V2 in London unter den Menschen verbreitet hatte ... Wie sah es wohl gerade in diesem japanischen Städtchen aus ... Hiroshima? Es musste um ein Vielfaches schrecklicher sein. »Und nur, weil der japanische Kaiser nicht kapitulieren wollte.«

»Nein!«, entgegnete Jackson ohne Zögern. »Nein. Das war die Rache für Pearl Harbor. Und Vergeltung für Bataan. ... Trumans größter Wunsch ist, dass er den Krieg im Pazifik möglichst schnell beenden kann. Das wird er damit sicherlich schaffen. Außerdem ist es ein klares Zeichen, wer ab sofort die herrschende Macht in der Welt darstellt.« Jackson schüttelte seinen Kopf. »Das wird Stalin nicht gefallen. Gar nicht gefallen. Das wird er nicht auf sich sitzen lassen. So kalt abserviert zu werden.« Er wollte den Motor wieder starten, aber Ann stoppte seine Hand.

»Schhh.«

»... *Aus diesen Gründen waren sich Premierminister Churchill und Präsident Roosevelt einig, dass es sinnvoll ist, das Projekt hier fortzusetzen.*«

»Er wusste es! Churchill wusste es und hat es befürwortet«, sagte Ann aufgeregt.

»Warum auch nicht?«

»Nein, ich meine, ich war dabei, als er darüber gesprochen

hat. Er hat so was gesagt in der Art: *Wunderwaffe.* Und: *Inferno auf Erden. Die Hölle wird sich auftun. Die Russen zum Teufel schicken.*«

»Aha.«

»Und du hast recht. Stalin wird sicher unglaublich wütend werden, wenn er davon hört. Truman geht davon aus, dass seine Atombombe im Pazifik den Krieg schneller beenden wird. Und trotzdem tut er die ganze Zeit über so, als sollten die Russen noch immer mit ihnen gegen die Japaner kämpfen. Stalin wird sich veräppelt vorkommen. ... Und ich weiß auch schon, wer das ausbaden muss.«

»Wer?«, fragte Jackson nach.

Ann nickte mit dem Kopf und machte die Augen ganz groß.

»Wir?«

»Nein. Deutschland und die Deutschen. Stalin wird es seinen Verbündeten heimzahlen, dass sie ihn betrogen haben. Hier, an diesem Ort, wo sie ihm vorgegaukelt haben, sie wären treue Verbündete. Deutschland wird ihr Spielball um die Vorherrschaft.«

Stumm saßen sie im Auto, das am Straßenrand mitten in einer Ruinenlandschaft stand. Sie beide hatten sich bereitwillig an genau den Ort begeben, an dem Stalin Trumans hinterhältige Attacke gegen sein Ansehen und die Ehre Russlands erwidern würde.

Drei Kinder schlenderten um die Ecke, zwei Jungen und ein Mädchen. Sie waren vielleicht acht oder neun Jahre alt. Erst blieben sie stehen. Dann war das Mädchen so mutig und ging voran. Das konnten die Jungs nicht auf sich sitzen lassen. Erst verschämt, dann aber immer kecker kamen sie näher. Sie stellten sich neben den Jeep und drucksten herum.

»Nun gib ihnen schon, was sie wollen«, sagte Ann, die nicht wusste, wie sie sich verhalten sollte. Sie war noch immer zutiefst verwirrt. Und betroffen.

Jackson griff in das Handschuhfach und gab allen je einen weichen Schokoladenriegel. Die drei strahlten über das ganze Gesicht.

»*Shänkjuh*«, sagte einer der Jungs.

Und die anderen beiden kicherten. Und dann rannten sie plötzlich eilig davon.

»Die Welt dreht sich weiter«, sagte Jackson.

»Ja«, antwortete Ann, »sie dreht sich immer weiter.«

NACHWORT

Die Entscheidungen, die auf der Potsdamer Konferenz getroffen wurden, beeinflussten den Lauf der jüngeren Weltgeschichte wie nur wenige andere historische Ereignisse. Zu einer Zeit, in der der Zweite Weltkrieg nicht nur im Pazifik noch nicht beendet war, sondern auch noch nicht in den Köpfen der Verlierer und Gewinner. Nachfolgende Generationen haben den jahrzehntelang andauernden Kalten Krieg miterlebt.

In den zwei Wochen, die die Konferenz gedauert hat, haben die drei Staatsmänner, und vor allem die Experten in den diversen Ausschüssen, nicht nur über das Schicksal Deutschlands verhandelt. Churchill, Truman und Stalin haben einen wirklich großen Bogen geschlagen. Politische Macht- und Besatzungsfragen von ganz Kontinentaleuropa, des Nahen Ostens und des gesamten Pazifikraumes wurden besprochen und entschieden. Das meiste allerdings fand keinen Eingang in meine Geschichte. Ich musste mich notwendigerweise auf nur einige wenige Aspekte beschränken.

Die Teilung Deutschlands, in den vorherigen Konferenzen von den Alliierten noch abgelehnt, wurde in den Tagen der Berliner Konferenz, wie die Potsdamer Konferenz zuerst genannt wurde, manifestiert. Machtstreben und Eitelkeiten der Politiker verhinderten eine gemeinschaftliche Lösung. Das fragile Bündnis der Alliierten zerfiel innerhalb von Wochen. Mit weniger Gier und mehr Besonnenheit hätte das Nachkriegsschicksal von Deutschland ganz andere Wege beschreiten können. Motive, Überlegungen, Vorschläge und Visionen gab es damals genug. Aber auch Wunderwaffen und Großmachtbestrebungen, Eitelkeiten und eine britische Unterhauswahl beeinflussten die Entscheidungen.

Im Brennglas dieser wenigen Wochen, die für Jahrzehnte prägend waren, geht es mir nicht bevorzugt um die große Politik, sondern um die Auswirkungen, die Politik auf jeden Einzelnen hat. Auf ihr Wohlergehen, auf ihr Leid und auf das der Heimat.

Meine Geschichte dreht sich um das Leid der Einzelnen, das nicht aufrechenbar ist. Und um gebrochene Versprechen, verpasste Jugend und unmögliche Liebe inmitten einer mörderischen und chaotischen Welt. Um zerstörten Glauben, um vernichtete Träume und um mögliche Hoffnung.

Ganz besonderes Augenmerk legte ich dabei auf das Schicksal der Frauen: die, die meist sehr passiv dem Kriegsgeschehen ausgeliefert sind, aber hinterher immer die Scherben aufkehren müssen. Ähnliche Schicksale wie das von Ann muss es tausendfach gegeben haben, Schicksale wie das von Charlie hunderttausendfach. Liesels Biografie wird es wohl in ähnlicher Form millionenfach gegeben haben. Es sind unsere Mütter und Schwestern, Großmütter, Tanten und Großtanten. Es sind diese Frauen, die später noch die Kraft und den Willen aufbrachten, Deutschland trotz ihrer desolaten Biografie wieder zu einem lebenswerten Ort zu machen.

Zur historischen Einordnung: Miss Joan Bright, Angestellte im britischen Kriegsministerium, hat für Churchill fast alle Konferenzen während des Krieges organisiert. Mary Churchill hat ihren Vater tatsächlich nach Potsdam begleitet, und auch das zusammengekrachte Bett ist historisch verbrieft.

Aber Ann Miller ist eine fiktive Person. Und auch wenn ich mich weitestgehend an historisch belegte Ereignisse halte, musste ich mir natürlich im Zusammenspiel mit vorgenannten Personen gewisse künstlerische Freiheiten herausnehmen. Bis auf gelegentliche Ausnahmen ist die ausgeführte Darstellung sehr nahe an der korrekten Historie.

Hier noch eine letzte interessante Randnotiz. Joan Bright Astley, damals noch unverheiratet, hatte während des Krieges Verabredungen mit Ian Fleming, dem Autor von *James Bond*. Joan Bright soll unter anderem als Vorbild für die Figur der Miss Moneypenny hergehalten haben.